DONGSUH MYSTERY BOOKS 58

THE DUTCH SHOE MYSTERY
네덜란드 구두의 비밀

엘러리 퀸/박기반 옮김

동서문화사

옮긴이 박기반(朴基盤)
서울대 문학원영문과 졸업. 경희대교수 역임. 옮긴책 골즈워디 《포사이트 집안》 카터 《피라밋, 투탄카멘의 수수께끼》 등이 있다.

DONGSUH MYSTERY BOOKS 58
네덜란드 구두의 비밀
엘러리 퀸 지음/박기반 옮김
1판 1쇄/1977년 12월 1일
2판 1쇄/2003년 3월 1일
2판 10쇄/2009년 3월 1일
발행인 고정일/발행처 동서문화사
창업 1956. 12. 12. 등록 16-345(윤)
서울강남구신사동540-22 ☎546-0331~6 (FAX) 545-0331
www.epascal.co.kr

*

이 책의 출판권은 동서문화사가 소유합니다.
의장권 제호권 편집권은 저작권 법에 의해 보호를 받는 출판물이므로
무단전재와 무단복제를 금합니다.
사업자등록번호 211-87-75330
ISBN 978-89-497-0143-1 04840
ISBN 978-89-497-0081-6 (세트)

네덜란드 구두의 비밀
차례

머리글

제1부 두 개의 구두 이야기 …… 15
중간 휴식──퀸 부자 품평을 하다 …… 214
제2부 서류 정리장의 위치 …… 229
독자에의 도전 …… 299
제3부 진상의 발견 …… 301

미스터리 황금시대의 깃발 …… 357

S J 에센슨 박사에게 바친다.
의학 관계 사항에 대해 귀중한 도움말을 주신
감사의 표시로서.

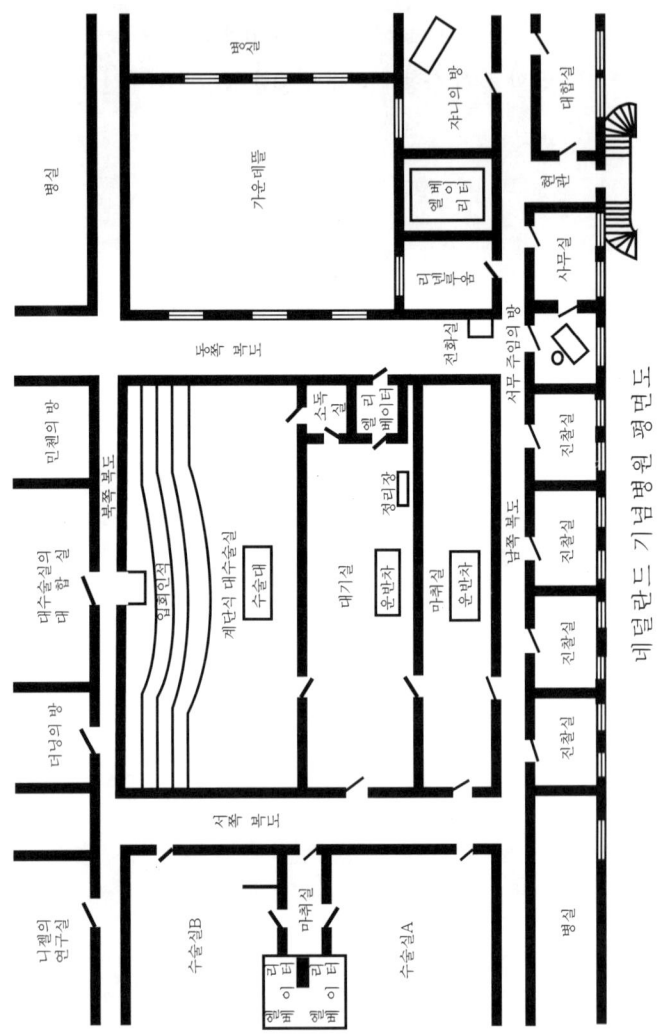

네덜란드 구두의 비밀

하나의 추리 문제

등장인물

에비게일 도른   백만장자 노부인
핼더 도른   유산 상속녀
헨드릭 도른   에비게일의 동생
샐라 플러   도른 집안의 가정부
프랜시스 쟈니 박사   외과 주임
루시어스 더닝 박사   진료 전문의
에디스 더닝   루시어스의 딸
존 민첸 박사   의무(醫務) 감독
에드워드 바이어스 의사   마취계
페니 박사   산부인과 의사
로버트 골드   수련의
루실 플래이스 ⎫
클레이튼 오버먼 ⎭ 간호사
모리츠 니젤   과학자
아이작 컵브   현관 경비
제임스 파라다이스   서무 주임
필립 모어하우스   변호사
마이클 커대이   악당 두목
토머스 스완슨   수수께끼의 사나이
윌리   ⎫
조 게코   ⎬ 악당들
스내퍼   ⎭
블리스틀   집사

새뮤엘 플라우티 의무 검사관보
쥬너 집시 소년
피트 허퍼 신문기자
헨리 샘프슨 지방검사
티모스 클로닝 지방검사관보
리치 경위
존슨 ⎫
리터 ⎬ 형사들
피고트 ⎭
토머스 벨리 형사부장
리처드 퀸 총경
엘러리 퀸 범죄 분석가

머리글

《네덜란드 구두의 비밀》——제목이 이상한 점에 대해서는 소설을 읽어 감에 따라 자연히 납득이 갈 것이다——은 탐구를 좋아하는 퀸 부자(父子)가 독자에게 드리는 세 번째 모험이다. 그리고 이로써 나는 세 번째의 머리글을 쓰게 되었다. 이제까지 엘러리 퀸 소설 선전가로서 나의 고심참담한 발언은 아마도 엘러리의 출판사 주인도, 그 전지전능한 신사도 전혀 의기소침하게 만들지는 않은 것 같다. 엘러리는 나로 하여금 머리글을 쓰게 하는 것은 내가 그 소설화된 회상록의 공간(公刊)을 추진한 상이라고 매우 진지한 얼굴로 주장하고 있다. 그러나 그 말투로 보아 '상'이란 곧 '벌'과 같은 뜻이 아닐까 나는 의심해 본다.

나는 퀸 집안으로부터 특별 취급을 받고 있는 친구지만 퀸 부자에 대해 독서계에서 모르고 있는, 그리고 첫 번째 작품[1]과 두 번째 작품[2] 여기저기에 흩어져 있는 힌트로서는 상상할 수 없는 일에 대해 이야기할 수 있는 것은 아무것도 갖고 있지 않다. 그 본명——여기에 대해서는 비밀로 해 달라는 부탁을 두 사람으로부터 받고 있다——

—으로 볼 때 리처드 퀸 총경과 아들 엘러리 퀸은 뗄 수 없는 관계를 가지며, 뉴욕 시 경찰 기구의 톱니바퀴 가운데서 가장 중요한 톱니라고 해도 좋을 것이다. 이 두 사람의 추억은 이 대도시의 일부 당국 사이에 아직도 생기있고 발랄하게 살아남아 있다. 그것은 센트럴 거리(뉴욕 경찰본부)의 사건 기록부에, 그리고 87번 거리에 있는 두 사람의 옛집에 간직된 범죄 기념품 속에 아직도 보존되어 손으로 만져볼 수도 있다. 그 옛집은 현재 개인 박물관이 되어 있으며, 퀸 부자에게 감사해야 할 훌륭한 이유를 가진 몇몇 감상가들에 의해 유지되고 있다.

현재 두 사람의 환경에 대해서는 이 정도 말해 두면 충분할 것이다. 즉 퀸 세대는 아버지 리처드 퀸 총경과 엘러리, 그의 아내와 어린 아들, 집시 소년인 하인 쥬너——이렇게 다섯 명으로 이루어져 있으며, 아직도 이탈리아 구릉 지대의 평화에 잠겨 사실상 모든 점으로 보아 인간 사냥의 무대에서 은퇴해 있다고 말할 수 있다.

권세가 하늘을 찌르던 에비게일 도른이 가엾게도 몸을 보호할 길도 없이 보잘 것 없는 인간처럼 살해되었다는 소식을 들었을 때, 뉴욕에서부터 일어나 곧 온 문명 세계에 번져 갔던 공포의 신음과 억측의 소용돌이를 나는 지금도 생생하게 기억하고 있다. 부인은 말할 것도 없이 국제적으로 이름이 알려져 있었다——괴짜로서, 그 재정 조작의 일거수일투족, 남몰래 행하는 선행, 평범하기 짝이 없는 가정적 사건의 사소한 일까지 자연히 신문의 제1면 기사가 되었다. 틀림없이 그녀는 '신문적 인물'로서 투쟁이든 항의든 간에 신문 세계——속세의 온갖 일들을 캐내려 드는 신문의 눈길을 피할 수 없었던 과거 세대의 인물 중 스무 손가락 안에 꼽힐 것이다.

에비게일 도른의 죽음을 둘러싼 복잡괴기한 상황을 해명함에 있어 엘러리의 끈질김과 그에 관계된 많은 인물——어떤 사람은 이름이

나 있고 어떤 사람은 부유하며, 또 어떤 사람은 단순히 악명이 높았지만——을 조종하는 교묘한 솜씨, 그리고 세상을 깜짝 놀라게 한 발견이 노총경의 위신을 크게 높였으며, 또한 개인적으로는 경찰의 특별 고문으로서의 엘러리의 명성을 크게 올렸음은 말할 것도 없다.

기억해 주기 바라는 것은, 《네덜란드 구두의 비밀》의 주축을 이루는 이야기는 정책적인 고려에서 이름을 바꾸고 소설적인 견지에서 두서너 군데 세부적인 수정이 가해졌지만 본질적으로는 진실된 사실담이라는 점이다.

이 곤란하기 짝이 없는 사건 수사에 있어 엘러리는 의심할 여지도 없이 그의 두뇌적 역량을 마음껏 발휘했다. 몬티 필드 사건[*1]의 미로, 프렌치 살인 사건[*2]의 뛰어난 복잡성도 이만큼 놀라운 지능을 필요로 하지는 않았다. 이만큼 예민한 추리력을 가지고 범죄 심리의 어두운 심연을 더듬어 범죄적 기만의 비꼬인 실마리를 푼 일은 현실적으로나 또는 가공적으로나 여태까지 없었다고 나는 굳게 믿고 있다.

나는 여러분이 이 작품을 읽고 유쾌하게 느끼기를 바란다.

뉴욕 1932년 5월 J J 맥크

---

(1), (2)는 원서의 주(註)이고, *1, *2는 역자의 주임.

(1)《로마 모자의 비밀》.

(2)《프랑스 분(粉)의 비밀》.

*1《로마 모자의 비밀》에 나오는 사건.

*2《프랑스 분의 비밀》에 나오는 사건.

제1부 두 개의 구두 이야기

    인간 사냥꾼으로서의 내 입장에서 진심으로 깊이 공감을 느낀 탐정이 두 사람 있다. ……인종적인 특이성을 초월하고 공간과 시간의 장벽을 뛰어넘어서 이 두 사람은 이상하리만큼 환상과 현실의 기묘한 비현실적인 대조를 이루고 있다. 한 사람은 책 속에서, 또 한 사람은 진짜 경찰관으로서 빛나는 명성을 쌓은 것이다. ……내가 말하고 있는 이들은 말할 것도 없이 불멸의 인물——런던 베이커 거리의 셜록 홈즈와 뉴욕 시 서(西) 87번 거리의 엘러리 퀸 씨이다.
                      맥스 페햐르 박사[1]의 《추적 30년》에서

수술 OPERATION

    리처드 퀸 총경에게는 여느 때의 민첩하고 실제적이며 오랜 경험을 쌓은 수법과는 놀라운 대조를 이루는 일면이 있어, 가끔 범죄학의 일반적인 문제에 대해서 교훈적인 견해를 말하곤 했다. 이러한 대학 교수 같은 훈계는 보통 그의 아들이며 범죄 수사의 협력자인 엘러리 퀸을 향해 내려지므로, 대개 거실의 난롯불 앞에 앉아 음식을 먹으면서 행해졌다. 그때는 두 사람 외에 집안일을 맡고 있는 망령 같은 집시 소년 쥬너의 들락날락하는 그림자가 있을 뿐이었다.

"처음 5분 동안이 가장 중요해" 하고 노인은 엄한 말투로 말하는 것이었다. "기억해 둬, 처음의 5분으로 많은 수고를 덜 수 있지."

'기억해 둬.' 이것은 노인의 입버릇이었다.

그러면 소년 시절부터 탐정풍의 맛이 넘치는 충고 요리로 자라 온 엘러리는 '흐응' 코를 울린 다음 담배를 한 대 피워물고 난롯불을 바라보면서, 대체 탐정이 범행이 일어난 뒤 300초 안에 범죄 현장으로 달려갈 수 있을 만큼 운이 좋은 일이 과연 얼마나 있을까 의심해 보는 것이다.

엘러리가 자기의 의혹을 입 밖에 내어 말하면, 노인은 슬픈 듯이 고개를 끄덕이며 동조하는 것이었다.

"그래, 그런 행운을 만나는 일은 좀처럼 없지. 수사관이 현장에 닿을 때쯤엔 이미 단서가 될 만한 것이 아주 싸늘하게 식어 버려. 그렇게 되면 비정한 운명의 지체를 보상하기 위해 사람의 힘으로 가능한 한의 일을 하는 수밖에 없어. 쥬너, 코담배를 가져와……."

엘러리 퀸은 결정론자, 실용주의자, 현실주의자가 아닌 것과 마찬가지로 운명론자도 아니었다. 주의(主義)나 학(學)과의 유일한 타협점은 사상의 역사를 통해서 많은 명성과 성과를 올려 온 지성의 복음에 대한 절대적인 신앙이었다. 이 점에서 엘러리는 아버지 퀸 총경의 근본적인 직업 기질과 큰 차이가 있었다. 엘러리는 경찰의 밀고 제도를 독창적 사변(思辨)의 존엄과 걸맞지 않는 것으로 멸시하고 있었다. 그리고 경찰의 범죄 수사 방법을 그 융통성 없고 좁은 도량——규칙투성이인 조직체의 어디서나 볼 수 있는 것이지만——과 함께 비웃고 있었다.

"난 적어도 그 점에서는 칸트와 같은 의견입니다" 라고 엘러리는 말하고 싶은 심정이었다. "순수이성은 인간이라는 잡탕 속에서의 최고의 선(善)이지요. 하나의 머리가 생각할 수 있는 정도의 것은 다른 머리가 꿰뚫어볼 수 있기 때문입니다……."

이것은 그의 철학을 가장 간단한 말로 표현한 것이었다. 그런데 엘러리는 이 신념을 에비게일 도른 살해 사건 수사 도중에 하마터면 포기할 뻔했다. 매우 비타협적인 지적 편력에 있어 그가 의혹에 사로잡힌 일은 아마 이것이 처음이었으리라. 그것은 여태까지 여러 가지 사건에서 몇 번이나 실증된 그의 철학 자체에 대한 의혹이 아니라 다른 두뇌가 생각해 낸 것을 꿰뚫어보는 자기 두뇌의 능력에 대한 의혹이었다. 물론 엘러리는 자아주의자(自我主義者)였다. 그는 "데카르트와 피히테로 내 머리를 강하게 단련시킨다"고 입버릇처럼 말하곤 했다. 그러나 일단 에비게일 도른 사건을 둘러싼 이상한 미궁 속으로 빠져들자 엘러리는 자기 결정의 개인적 영역에 침입해 들어오는 귀찮기 짝이 없는 운명을 간과해 버리고 만 것이다.

192X년 1월, 썰렁하게 춥고 우울한 월요일 아침, 동60번지의 조용한 길을 성큼성큼 걸으면서 엘러리는 범죄에 대한 것을 생각하고 있었다. 그는 검은 색 무거운 얼스터(띠가 달린 품이 넓고 긴 외투)로 몸을 감싸고 모자의 챙을 코안경의 차가운 빛을 가릴 만큼 이마 깊숙이 내려쓰고, 서리가 내린 포도에 지팡이 소리를 딱딱 울리면서 다음 구역에 한덩어리가 되어 가득 들어찬 나직이 웅크리고 있는 건물들 쪽으로 걸어갔다.

매우 골치 아픈 문제였다. 죽은 바로 다음 순간부터 사후 경직(死後硬直) 사이에 무슨 일이 일어났음이 틀림없다. 엘러리의 눈은 조용했으나 매끄러운 갈색 볼이 긴장되어 있었으며, 지팡이에 힘을 주어

콘크리트를 치고 있었다.

 엘러리는 길을 가로질러 건물들 중에서 가장 큰 건물의 정면 현관을 향해 급히 걸어갔다. 현관 앞에는 붉은 화강암으로 된 거대한 돌층계가 있고, 그 돌층계는 포도의 다른 두 지점에서 올라가면 위쪽 돌로 된 현관에서 합쳐지고 있었다. 쇠빗장이 달린 커다란 여닫이문 위 돌벽에 글씨가 새겨져 있었다.

 '네덜란드 기념 병원'.

 엘레리는 돌층계를 뛰어올라가서——그 덕분에 약간 숨을 헐떡이면서——커다란 문 한쪽을 밀었다. 그리고 나서 조용하고 천장이 높은 현관을 들여다보았다. 바닥은 흰 대리석이었으며 벽은 흐린 색 에나멜로 무게있게 칠해져 있었다. 왼쪽에 열려 있는 문에는 '사무실'이라고 씌어진 흰 표찰이 보였다. 오른쪽에도 문이 있는데, 거기에는 '대합실'이라고 씌어 있었다. 바로 앞쪽 현관 맞은편에는 유리로 된 스윙도어를 통해 커다란 엘리베이터의 쇠창살이 보였으며 그 입구에 하얀 옷을 입은 노인이 혼자 앉아 있었다. 역시 흰 바지와 윗옷을 입고 검은 챙이 달린 모자를 쓴 건장하고 턱이 모난, 불그레한 얼굴의 사나이가 사무실에서 나왔으므로, 엘러리는 주위를 둘러보는 것을 그만두었다.

 "면회 시간은 2시에서 3시입니다." 그 사나이는 퉁명스럽게 말했다. "그때까지 병원에서는 아무도 만날 수 없게 되어 있습니다."

 "그래요?" 엘러리는 장갑 낀 손을 주머니 깊숙이 찔러넣었다.

 "……민첸 박사님을 만나고 싶소. 급한 일이오."

 사나이는 턱을 어루만졌다.

 "약속은 하지 않았지만 만나 줄 거요. 아주 급한 일이오. 부탁하오." 엘러리는 주머니를 뒤져서 은화 한 닢을 꺼냈다. "받아 두시오. 무척 급한 일이라……."

"팁은 못 받습니다." 직원은 유감스러운 듯이 말했다. "선생님께 말씀드리겠습니다. 누구시라고……?"

엘러리는 눈을 꿈벅 하고 미소를 지으며 은화를 집어넣었다.

"엘러리 퀸이라고 말해 주시오. 팁은 못 받는다고 했지요? 당신 이름이 뭐요? 샤론이오(삼도천의 뱃사공)?"

상대방은 의아스러운 얼굴을 지었다.

"아이작 컵브입니다. '청원 경찰'인 현관 경비지요."

엘러리는 대합실로 들어가서 앉았다. 안이 텅 비어 있었다. 그는 무의식적으로 코를 찡그렸다. 희미한 소독약 냄새가 콧구멍의 민감한 점막을 자극했다. 지팡이 끝의 쇠붙이를 가지고 신경질적으로 타일 바닥을 똑똑 치고 있었다.

흰 옷 입은 키 크고 건강해 뵈는 사나이가 느닷없이 방 안으로 들어왔다.

"여어, 엘러리 퀸, 이거 오랜만이군!"

엘러리는 재빨리 일어섰다. 두 사람은 따뜻한 악수를 나누었다.

"대체 무슨 바람이 불어서 여기까지 왔나? 여전히 냄새를 맡으러 돌아다니나?"

"뻔하잖나, 사건이라네." 엘러리는 중얼거리듯이 말했다. "나는 본디 병원을 좋아하지 않아, 마음이 우울해져서. 하지만 몇 가지 알아보고 싶은 게 있어."

"기꺼이 도와주겠네."

민첸 박사는 단호한 어조로 말했다.

박사는 매우 날카롭고 푸른 눈을 가졌으며, 생기있는 미소를 띠고 있었다. 그는 엘러리의 팔을 잡고 문을 지나 안내했다.

"하지만 여기선 이야기가 안 돼. 내 방으로 가세. 자네와 이야기한 다면 언제든 시간을 내겠네. 그러고 보니 자네와 만난 지도 꽤 오래된 것 같군……."

두 사람은 유리문을 지나 왼쪽으로 꼬부라져서 닫힌 문이 양쪽에 늘어서 있는 번쩍번쩍 빛나는 긴 복도로 들어섰다. 소독약 냄새가 한층 더 강해졌다.

"아스클레피오스(로마 신화에 나오는 의술의 신)의 망령이로군."

엘러리는 숨을 삼켰다. "이 굉장한 냄새가 자네에게는 전혀 아무렇지도 않나? 하루 종일 여기 있으면 숨이 막힐 것 같은데."

민첸 박사가 소리내어 웃었다. 두 사람은 복도의 막다른 곳을 돌아 방금 온 복도와 직각인 다른 복도를 따라 성큼성큼 걸어갔다.

"곧 괜찮아질 걸세. 여기저기 떠돌아다니는 위험천만한 박테리아덩어리를 들이마시는 것보다는 리졸이나 염화제2수은이나 알코올 냄새를 마시고 있는 편이 낫지……그런데 총경님은 어떠신가?"

"그럭저럭……." 엘러리의 눈이 흐려졌다. "지금 막 귀찮은 작은 사건에 부딪쳐서……나머지는 모두 해결됐는데, 단 한 가지 자질구레한 문제가……만일 내 생각대로라면……."

다시 두 사람은 모퉁이를 돌아 처음에 지나온 것과 평행인 복도를 걸어갔다. 오른쪽은 복도의 면이 전부 벽으로 되어 있는데 단 한 군데에 튼튼하게 보이는 문이 있고 '계단식 수술실 입회인석'이라는 표찰이 붙어 있었다. 두 사람이 지나가는 복도의 왼쪽에 맨 먼저 '내과 주임 루시어스 더닝 박사'라고 씌어진 문이 있고, 그 조금 앞에 '대합실'이라고 쓴 다른 문이 있었다. 끝으로 세 번째 문이 있었는데, 그 앞에서 엘러리의 친구는 미소를 지으며 멈춰섰다. 문에 '의무 감독 존 민첸 박사'라고 씌어 있었다.

꾸밈이라고는 별로 없는 큰 방으로, 책상만이 두드러지게 눈에 띄었다. 번쩍거리는 금속제 기구가 놓인 유리선반 장이 여러 개 벽께에 서 있었다. 그 밖에도 의자가 네 개, 두툼한 책이 가득 들어 있는 낮고 폭이 넓은 책장 하나, 그리고 몇 개의 강철제 서류 보관 상자가 있었다.

"앉아서 외투를 벗게. 그리고 나서 이야기를 듣기로 하지." 민첸은 말했다.

그는 책상 뒤의 회전의자에 털썩 앉아 의자 등받이에 기대어 뼈마디가 두드러진 억센 두 손을 뒤통수에서 맞잡았다.

"한 가지 묻고 싶은 게 있네."

엘러리는 중얼거리듯이 말하고 외투를 의자 위에 내던지고는 방을 성큼성큼 가로질러 갔다. 그리고 책상 너머로 몸을 굽혀 열심히 민첸을 응시하며 말했다.

"사후 경직이 일어나는 시간을 변경시키는 상황이 있을 수 있겠나?"

"그럴 수도 있지. 그런데 어떻게 죽었나?"

"사살되었네……."

"나이는?"

"45살쯤 되었을 거야."

"병 상태는? 말하자면 뭔가 병을 가지고 있었느냐는 뜻인데, 이를테면 당뇨병이라든가……."

"내가 알기로는 병은 없었네."

민첸은 천천히 의자를 흔들었다. 엘러리는 몸을 뒤로 젖히고 앉아 담배를 물었다.

"자아, 내 것을 피우게." 민첸이 말했다. "그럼, 들어 보게. 사후 경직은 아주 까다로워서 보통 시체를 조사한 뒤가 아니면 단정할 수가 없네. 내가 특히 당뇨병이 있었느냐고 물은 까닭은 40살을 넘은 사람이 혈액 중에 당분을 지나치게 함유하고 있는 상태로 급사한 경우, 약 10분 안으로 경직하는 것이 거의 피할 수 없는 일이기 때문일세."

"10분 안에? 놀라운 일인데." 엘러리의 눈은 민첸을 똑바로 바라보았다. 꽉 다문 얇은 입술에서 담배가 아래로 처졌다. "10분 안에……" 하고 그는 조용히 혼잣말처럼 되풀이했다. "당뇨병이라……존, 전화 좀 빌려 주게."

"쓰게나."

민첸은 손짓을 하고 의자 속에 편안히 앉았다.

엘러리는 재빨리 번호를 대고 두 사람과 이야기한 뒤 의무 검사관실에 연결시켰다.

"플라우티 박사요? 엘러리 퀸인데……지미네스의 검시 결과 혈액에 당분의 흔적이 없었소? 아니, 만성 당뇨병 증세였다고요? 제기랄!"

엘러리는 천천히 수화기를 내려놓고 크게 숨을 들이쉬고는 싱긋 웃었다. 얼굴에서 긴장된 주름이 사라졌다.

"모든 게 잘되어 나가면 언제나 결말이 나쁘거든, 존. 오늘 아침에는 자네 덕분에 급한 일을 면했네. 한 번 더 전화를 걸면 끝일세."

엘러리는 경찰본부에 전화를 걸었다.

"퀸 총경을 부탁하네. 아버지십니까? 그건 올래크입니다……절대로 틀림없습니다. 부러진 다리는……그렇습니다. 죽고 난 뒤에 부러졌는데, 10분 안에 일어난 겁니다……물론 그렇지요……나도 그렇게 생각합니다."

"가지 말게, 엘러리." 민첸이 상냥하게 말했다. "나도 시간이 좀 있고, 자네와는 벌써 오래 만나지 못했으니까."

두 사람은 다시 의자에 편안히 앉아 담배를 피웠다. 엘러리는 이상하리만큼 한가로운 얼굴을 하고 있었다.

"자네만 좋다면 난 하루 종일이라도 여기 있지." 엘러리는 웃었다. "자네가 방금 보릿짚을 제공해 주어서 완고한 낙타의 등뼈를 때려 부쉈네……아무튼 나를 너무 책망할 수는 없을 걸세. 갈렌(클로디우스, 130~200? 그리스의 의사)의 직업적인 비밀 같은 건 배운 적이 없으니 당뇨병 따위를 알 턱이 있겠나?"

"그럴 테지. 하지만 그렇다고 우리 두 사람 다 일생을 헛되이 지낸 건 아닐세. 사실은 난 아까 당뇨병에 대해 생각하고 있었어. 마침 이 병원 환자 중 가장 높으신 인물——만성당뇨 병 환자——이 오늘 아침 이 건물 안에서 어이없는 사고를 냈거든. 운수사납게 계단 꼭대기에서 떨어졌지. 담낭이 파열해서 쟈니 박사가 지금 수술 준비를 하고 있네."

"안됐구먼. 자네가 말하는 높으신 분이란 누군가?"

"에비게일 도른 부인이라네." 민첸은 진지한 표정을 지었다. "이미 70살이 넘은 나이치고는 잘 버티고 있지만, 당뇨병 상태에서 담낭 파열 수술은 상당히 위험해. 그나마 불행 중 다행인 것은 혼수 상태여서 마취시킬 필요가 없다는 점일세. 우린 모두 다음달쯤 그 노부인이 만성 맹장염 수술을 받아야 할 거라고 생각하고 있었지. 아마도 쟈니가 오늘 수술에서는 맹장에 손을 대지 않을 걸로 생각하네——용태를 악화시키면 안 되니까. 뜻밖에도 내가 말하는 만큼은 위험하지 않을지도 모르지. 환자가 도른 부인이 아니라면 쟈니는 이런 병의 사례에 대해서 흥미롭다는 것 이상으로 생각지 않을 테지만." 그는 손목시계를 보았다. "수술은 10시 45분에 시작하네. 이제 곧 10시인데 어떤가, 쟈니의 솜씨를 보지 않겠나?"

"글쎄……."

"그 사람 아주 멋있어. 동부에서는 가장 우수한 외과의사지. 네덜란드 기념 병원의 외과 주임이 된 건 얼마쯤 도른 부인의 우정에 의한 것이기는 하지만, 무엇보다도 메스를 잡으면 천재적인 솜씨를 발휘하는 그의 실력 덕분이네. 쟈니는 잘 해낼 거야. 수술은 복도 맞은 쪽 대수술실에서 한다네. 쟈니는 부인이 괜찮을 거라고 하는데, 그가 그렇게 말하는 이상은 그대로 받아들여도 좋아."
"그럼, 어디 한 번 보아 둘까." 엘러리는 좀 내키지 않는 투로 말했다. "사실 나는 한 번도 외과 수술 광경을 본 적이 없어. 겁나는데. 좀 메스껍지 않을까 그게 걱정스럽군, 존……."
두 사람은 소리내어 웃었다.
"백만장자, 박애주의자, 사교계의 원로 부인, 재계의 유력자. 그러나 어차피 죽어 가야 할 육체적 허무함이라……."
"그건 우리 모두가 다 마찬가지지." 민첸은 책상 밑으로 편안하게 다리를 뻗으면서 감개깊은 듯이 말했다. "그래, 에비게일 도른……자네도 알고 있겠지만, 그 부인이 이 병원을 세웠지. 부인의 착안과 부인의 돈으로. 이 병원은 전적으로 부인의 것이라고 해도 좋네……따라서 우리는 모두 충격을 받았다네. 쟈니는 우리보다 더했지. 부인은 그에게 있어 수호신이라고 할 수 있을 정도였으니까. 존 홉킨즈 대학, 그리고 빈 소르본에 유학시켜 주었고, 쟈니가 오늘날 그만큼 된 것은 사실 완전히 부인 덕택이거든. 당연한 일이지만 쟈니는 자기가 수술하겠다고 나섰네. 그 사람이라면 물론 잘 해내겠지. 일에 있어서 그처럼 예민한 신경을 가지고 있는 사람은 달리 없을 걸세."
"그런데 어째서 그런 사고가 생겼나?"
엘러리는 호기심에 쫓기어 물었다.
"운이 나빴던 거야. 부인은 매주 월요일 아침 이곳에 와서 자선 병동을 돌아보기로 되어 있다네——자선 병동은 부인의 자랑스러운 착안이지.——그래, 마침 3층 계단을 내려오려고 하는데 당뇨병에서 오는 현기증을 일으켜서 계단을 굴러떨어져 배를 심하게 다쳤다네……다행히도 쟈니가 그 자리에 있어서 곧 진찰해본 결과 추락으로 인해 담낭이 파열된 것을 알았지. 배가 몹시 부어올라 있었어. 그렇게 되면 취할 방법은 하나밖에 없네. 쟈니는 인슐린과 글루코오스의 응급 조치를 시작했지…….”

"어째서 현기증이 났을까?"

"도른 부인의 시중을 드는 샐라 플러가 게을렀기 때문이네. 그녀는 중년 부인으로 이미 몇 년이나 도른 부인 곁에서 집안일을 돌보며 상담역이 되어 주고 있지. 그런데 부인의 용태로는 하루에 세 번 인슐린 주사를 놓아야 하네. 이런 병의 경우에는 대개 환자 자신이 주사를 하는데, 쟈니는 언제나 자기가 하겠다면서 맡아 했었지. 그런데 어제 저녁에는 쟈니가 아주 중요한 환자 때문에 여느 때처럼 도른 저택에 갈 수가 없어서 부인의 딸 핼더에게 전화를 했다는군. 그런데 핼더가 집에 없었으므로 그 플러라는 여자에게 핼더가 돌아오거든 인슐린 주사를 놓도록 일러 달라고 부탁했지. 그런데 플러라는 여자가 그 일을 잊어 버렸던 모양이야. 노부인은 대체로 주사에 대해서는 무관심했으므로——그 결과 어제 저녁엔 주사를 놓지 않았다네. 핼더는 오늘 아침 늦게까지 자고 있어 쟈니의 부탁 같은 건 전혀 몰랐으므로 오늘 아침에도 또 부인은 주사를 맞지 않았어. 게다가 더욱 나쁜 것은 아침 식사 때 많이 먹었어. 그 아침 식사 때문에 모든 게 틀어진 걸세. 그리하여 곧 혈액 속 당분과 인슐린의 균형이 깨어져 불가피하게 현기증을 일으키게 된 거야. 운수나쁘게도 계단 꼭대기에서 이 현기증이 일어났던 거지. 대체로 이런 형편일세."

"가엾게도……." 엘러리는 중얼거렸다. "가족들에게 알렸겠지? 곧 여기서 화목한 가족 모임이 있겠군?"

"수술실에는 그 사람들을 넣지 않을 걸세." 민첸은 못마땅한 듯이 말했다. "가족은 누구든 옆의 대합실에서 기다리지 않으면 안되네. 가족에게는 절대로 보여 주지 않아. 자넨 몰랐나? 그런데 어떤가, 잠깐 돌아다녀 보지 않겠나. 병원 안을 자네에게 보여 주고 싶군. 자랑은 아니지만 시설이 좋거든."

"그래 볼까, 존."

두 사람은 민첸의 방을 나와서 아까 지나온 북쪽 복도를 걸어갔다. 민첸은 조금 뒤에 수술을 시작하게 될 계단식 대수술실의 입회인석 문과 대합실 문을 가리켰다.

"도른 집안 사람이 누군가 이미 와 있을 걸세" 하고 민첸은 설명했다. "이 근처를 서성거리는 것은 금지되어 있다네. 이 앞 서쪽 복도에 보조 수술실이 두 개 있어서 말이야." 박사는 엘러리와 함께 모퉁이를 돌아서면서 계속 말했다. "우리는 언제나 아주 바빠. 동부에서는 최대라고 해도 좋을 만한 외과의사진을 갖고 있으니까. 복도 너머 왼쪽에 대수술실이 있어. 언피시어터(계단식 수술실)라고 불리지. 거기에는 특별실 두 개와 대기실, 그리고 마취실이 딸려 있다네. 지금 보는 바와 같이 이 복도——서쪽 복도——앞에 대기실로 통하는 문이 있고 모퉁이를 돌아 남쪽 복도로 나오면 다른 입구가 있어서 마취실로 통하고 있지. 언피시어터에서는 대수술을 하게 되어 있고, 동시에 실습생과 간호사들에게 실지 견학을 시킬 목적으로도 쓰이고 있네. 물론 위층에도 다른 수술실이 있긴 하지만."

병원은 이상하리만큼 조용했다. 가끔 흰 옷을 입은 사람들의 모습이 긴 복도를 스치고 지나갔다. 잡음은 모조리 차단되어 있는 것 같았다. 문은 전부 돌쩌귀에 충분히 기름이 쳐져 있어 세게 열고 닫을 때도 소리 하나 나지 않았다. 부드러운 빛이 건물 안에 퍼져 있고, 약품 냄새만 빼면 공기가 아주 맑았다.

"그건 그렇고," 두 사람이 남쪽 복도로 발을 들여놓았을 때 엘러리가 느닷없이 말했다.

"자넨 아까 도른 부인이 수술하는 데 마취를 하지 않는다고 했지? 그건 다만 부인이 혼수 상태이기 때문인가? 나는 외과 수술은 전부 마취를 하는 것으로 알고 있었는데."

"당연한 질문일세." 민첸은 인정했다. "대개의 경우는――사실상 거의 전부라고 해도 좋지만――자네 말대로 마취가 필요하다네. 하지만 당뇨병 환자란 묘한 체질이어서 말이야, 자네도 알고 있는 바와 같이 아니, 자네는 모르겠지만 만성 당뇨병 환자에겐 어떤 수술도 위험해. 그다지 대수롭지 않은 수술이라도 생명에 관계되는 수가 있지. 며칠 전에도 이런 일이 있었네. 어떤 환자가 발가락이 곪아서 진료실을 찾아왔다네. 가엾은 사람이었지. 그래서 담당 의사가 보통 하는 방법대로 치료를 했으며――이것은 불의의 사고 가운데 하나에 지나지 않네――환자는 발가락을 깨끗이 치료받고 집으로 돌아갔지. 그런데 다음날 아침 어이없게도 죽어 버렸어. 검사해 보니 그 남자는 당분 과잉이었음이 밝혀졌다네. 아마 본인도 전혀 몰랐을 거야…….

내가 말하고 싶은 점은, 당뇨병 환자에게 외과 수술을 하는 것은 그야말로 엄청난 모험이라는 사실일세. 수술이 절대로 필요한 경우에는 준비 공작부터 단단히 하고서 시작해야 하지. 즉 비교적 짧은 시간 안에 환자 혈액 중의 당분을 일시적으로나마 정상으로 되돌리는 일을 해치워야 해. 수술하는 동안에도 당분을 정상적으로 유지하기 위해 끊임없이 인슐린과 글루코오스를 번갈아 주사해야 되네. 도른 부인도 그렇게 해야 되겠지. 당분 함유량의 감소를 확인하는 검사도 하고 있지. 이 응급 처치에 한 시간 반이나 두 시간이 걸리는데, 보통은 이 처리만으로도 두 달이 걸린다네. 너무 급격히 정상적으로 돌리려고 하면 간장이 상할 우려가 있으니까. 하지만 도른 부인의 경우는 그러고 있을 여유가 없어. 담낭 파열은 반나절도 그대로 둘 수가 없으니까."

"그런가. 하지만 마취는 어떤가? 마취를 하면 수술이 한층 더 위험해지나? 그래서 자네들은 혼수상태를 이용하여 수술의 충격을 견뎌 내도록 하려는 건가?" 엘러리는 납득이 안 가는 듯 말했다.

"바로 그걸세. 마취를 하면 수술이 한층 더 위험하고 곤란해지지. 우리는 하늘이 베풀어 주신 것을 이용해야 돼." 민첸은 '진료실'이라고 적힌 문의 손잡이에 손을 대고 멈춰섰다. "물론 마취계가 수술대 곁에 서서 부인이 혼수상태에서 깨어나려고 하면 지체없이 마취시킬 준비를 하고 있지……이리 들어오게, 엘러리. 근대적인 병원이 어떻게 운영되고 있는지 자네에게 보여 주고 싶네."

민첸은 문을 열고 엘러리에게 들어오라고 손짓했다. 엘러리는 문이 열림과 동시에 꼬마 전구에 불이 켜지면서 벽에 장치된 작은 판이 환해져 진료실이 현재 사용중임을 알리는 것을 깨달았다. 엘러리는 감탄한 듯이 문턱에 서 있었다.

"빈틈없지, 어떤가?"

민첸이 기분좋은 듯한 얼굴 표정을 지었다.

"저기 있는 이상한 건 뭔가?"

"형광판이라네. 진료실마다 하나씩 붙어 있지. 물론 진찰대, 작은 소독기, 약장, 기구장도 있어. 지금 보는 바와 같이……."

"기구란 것은 인간이 창조주를 조롱하기 위해 만든 걸세. 맹세하지만 다섯 손가락이면 충분해" 하고 엘러리는 훈계하듯이 말했다.

두 사람은 같이 웃었다.

"난 여기 있으니까 숨이 막히는군. 아무도 물건을 팽개쳐 놓거나 하진 않는가?"

"존 퀸터스 민첸이 두목으로 있는 한은 안 되지." 의사는 싱글벙글 웃었다. "사실 우리는 질서라는 것을 신처럼 섬기고 있다네. 이를테면 아주 사소한 보충품이라도 모두 이 서랍에 정리해 두고 있지." 민첸은 한구석에 있는 크고 하얀 정리장을 한 손으로 가볍게 두드려 보였다. "그리고 쓸데없이 참견하는 환자나 방문객에게 알려지거나 눈에 띄는 일이 없도록 주의하고 있어. 그러나 알아 두어야 할 점은 병원 안의 사람은 누구든 어디에 보충품이 있는지 모두 알고 있다는 걸세. 이렇게 해 두면 일이 매우 간단해지지."

민첸은 정리장의 커다란 금속제 서랍을 열었다. 엘러리는 몸을 굽혀 놀랄 만큼 가득차 있는 온갖 종류의 붕대를 말없이 보았다. 다른 서랍에는 탈지면과 가제가 들어 있고 또 다른 서랍에는 약솜, 또 다른 서랍에는 반창고가 들어 있었다.

"잘 정리돼 있군." 엘러리는 중얼거렸다. "자네 부하들은 더러운 가운을 입거나 구두끈을 매지 않으면 벌점을 당하는 모양이지?"

민첸은 소리내어 웃었다.

"그다지 틀리지 않은 말이군. 병원 규칙에 따라 제복을 입는 것이 원칙일세. 남자는 흰 캔버스 구두에 흰 즈크 바지와 윗옷, 여자는 흰 린네르 가운을 입어야 하지. 밖에 있는 '청원 경찰' 역시 자네도 기억하고 있겠지만 흰 옷을 입고 있어. 엘리베이터 보이, 청소부, 취사부, 사무원——모두 병원 안에 발을 들여놓는 순간부터 돌아갈 때까지 정해진 제복을 입고 있어야 하네."

"난 골치가 지끈지끈 아프군." 엘러리는 비명을 질렀다. "여기서 나가세."

두 사람이 다시 남쪽 복도로 나가자, 갈색 외투를 입고 모자를 손에 든 키 큰 젊은이가 급한 걸음으로 다가오고 있었다. 그 사나이는 두 사람을 보고 머뭇거리더니 급히 오른편 동쪽 복도를 돌아 모습을 감추었다.

민첸의 얼굴에서 천진스러운 표정이 사라졌다.

"에비게일 부인의 일을 잊고 있었군" 하고 그는 중얼거렸다. "지금 지나간 사람이 부인의 변호사라네. 필립 모어하우스라는 아주 뛰어난 젊은이지. 모든 시간을 부인을 위해 바치고 있다네."

"사고 소식을 들은 게로군." 엘러리가 덧붙였다. "그처럼 도른 부인에게 개인적인 관심이 있는가?"

"도른 부인의 예쁘장한 딸에게 관심이 있다고 해야겠지." 민첸은 시큰둥하게 대답했다. "저 사람과 핼더는 소문이 날 정도로 상당히 가까운 사이라네. 내가 보기엔 로맨스가 있는 것 같아. 그런데 도른 부인은 대가(大家)의 마나님답게 그런 소문은 웃어넘기고 있는 것 같아……으음, 이제 가족들이 모두 모여 있을 것 같군. 저기 보게, 노부인이 나오는군. 'A' 수술실에서 나온 참이야……여보게, 여길세. 박사!"

흥분 AGITATION

갈색 외투를 입은 사나이는 북쪽 복도의 닫혀 있는 대합실 문으로 달려가 마구 두들겼다. 문 안에서는 아무 소리도 없었다. 남자는 손잡이를 돌려 밀었다…….

"필!"

"핼더……."

키 큰 젊은 여자가 눈물로 눈이 붉어진 채 사나이의 팔에 뛰어들었다. 사나이는 뜻도 알 수 없는 분명치 않은 동정의 말을 중얼거리면서 어깨에 기댄 여자의 머리를 어루만지고 있었다.

텅 빈 넓은 방에는 두 사람밖에 없었다. 길다란 의자가 벽을 따라서 단정하게 놓여져 있었다. 그 의자 가운데 하나에 해달(족제비과에

속하는 물짐승) 가죽으로 만든 코트가 던져져 있었다.

필립 모어하우스는 다정하게 여자의 머리를 일으켜서 턱끝을 들고 눈을 들여다보았다.

"아무것도 아니야 핼더, 어머니는 이제 곧 괜찮아지실 거야." 그는 목이 메어 말했다.

"울지 말라니까. 나는……핼더, 제발……."

여자는 눈을 깜박이면서 남자에게 미소를 지어 보이려고 한껏 애썼다. "오오, 필, 당신이 와 주셔서 정말 다행이에요……여기 나 혼자 앉아서……기다리고 있으니까……."

"알겠어." 사나이는 미간을 모으고 주위를 둘러보았다. "다른 사람들은 어디 있지? 당신을 여기다 혼자 내버려 두다니, 고약한데."

"모르겠어요……샐라와 헨드릭 아저씨는……이 근처 어디에 있겠지……."

여자는 남자의 가슴에 기대어 그의 손을 잡았다. 그대로 한동안 가만히 있다가 이윽고 두 사람은 긴의자로 걸어가서 앉았다. 핼더 도른은 크게 뜬 눈으로 방바닥을 응시하고 있었다. 젊은 사나이는 한사코 말을 찾으려고 했으나 아무것도 떠오르지 않는 모양이었다.

두 사람의 주위에는 말없는 거대한 병원이 가로놓여 있고, 생활을 영위하느라 술렁이고 있었다. 그러나 방 안에는 아무 소리도, 발소리 하나, 들뜬 말소리 하나도 들리지 않았다. 보이는 것이라고는 다만 희고 음산한 벽뿐…….

"오오, 필, 무서워요, 무서워요."

방문 VISITATION

몸집이 자그맣고 기묘한 모습을 한 사나이가 남쪽 복도로 들어와 민첸과 엘러리 쪽으로 걸어왔다. 엘러리는 그 사나이의 얼굴 모습을 분명히 알아보기도 전에 그 성격을 재빨리 알아차렸다. 아마 이 느낌은 묘하게도 어색하게 머리를 한쪽으로 기울이고 다리를 심하게 저는 그 걸음걸이에서 받은 것이리라. 왼발의 어디가 안 좋다는 것은 몸의 중심을 오른발에다 쏠고 있는 그 태도로 보아 분명했다.

'아마 근육 마비 종류인 모양이로군.' 엘러리는 다가오고 있는 그 자그마한 사나이를 지켜보면서 마음 속으로 중얼거렸다.

새로 온 사나이는 완전히 수술복 차림이었다. 흰 가운 아래 즈크 바지와 하얀 캔버스 구두 끝이 내다보였다. 가운에 약품의 얼룩이 지고 한쪽 팔에는 핏자국이 길게 꼬리를 끌고 있었다. 머리 위에는 접어올린 하얀 수술 모자가 얹혀 있었다. 그는 기다리고 있는 두 사람에게로 다가오면서 마스크 끈을 만지작거리고 있었다.

"여어, 민첸, 해치웠네. 맹장을 잘라 버렸지. 이럭저럭 복막염은 피하게 됐나 봐. 더러운 일이지…… 도른 부인은 어떤가? 보고 왔나? 최종 보고서의 혈당량은 어때? 이 분은 누구신가?"

상대방은 기관총을 쏘아 대듯이 이야기하며 그 빛나는 작은 눈을 한시도 가만히 두지 않고 찌르는 듯한 시선을 민첸으로부터 엘러리에게로 옮겼다.

"쟈니 박사, 엘러리 퀸 씨를 소개하겠소. 나와는 아주 오랜 친구 사이지요."

민첸이 얼른 말했다.

"엘러리 퀸, 그럼, 작가인가요?"

"작가 축에도 못 들어갑니다. 만나 뵈어서 기쁩니다, 쟈니 박사님."

엘러리는 말했다.

"저야말로 기쁩니다, 정말!" 외과의사는 성급하게 말했다. "여기선 민첸의 친구라면 누구든 대환영입니다. 그럼, 존, 나는 이제 잠깐 쉬어야겠네. 도른 부인의 일이 걱정되어서. 혼수 상태라면 정말 다행이야. 파열이 심하거든. 정맥 주사는 어떻게 되고 있나?"

"잘돼 가고 있소." 민첸은 대답했다. "내가 마지막으로 물었을 때는 180에서 135로 내려가고 있었지요. 10시 조금 전이었소. 예정대로 수술에 맞출 수 있게 될 거요. 아마 이미 대기실에 실려갔을 걸요."

"다행이군. 이제 곧 다시 일어날 수 있게 되겠지."

엘러리는 미소를 띠며 조심스럽게 말했다.

"바보 같은 질문입니다만, 방금 당신들이 '180에서 135로 내려갔다'고 수수께끼같이 한 말은 어떤 의미입니까? 혈압인가요?"

"천만에요. 그게 아닙니다." 쟈니 박사가 고함을 치듯이 말했다. "100cc의 핏속에 180mg의 당분이 들어있다는 말입니다. 그걸 내리려고 하고 있는 거지요. 정상인 110이나 120이 되기 전에는 수술할 수가 없거든요. 오오, 당신은 의사가 아니었지요, 실례했습니다."

"참으로 놀랍군요."

엘러리가 말했다.

민첸이 헛기침을 했다.

"아무래도 우리 책에 대한 오늘 밤의 계획은 틀어지겠는데요. 도른 부인이 이렇게 되어서 말입니다."

쟈니 박사는 턱을 쓰다듬었다. 눈은 여전히 엘러리와 의무 감독 사이를 성급하게 왔다갔다하고 있었다. 그것이 엘러리를 굉장히 짜증스럽게 만들었다.

"물론 안 되겠지." 쟈니 박사는 고무 장갑을 낀 작은 손을 민첸의 어깨에 얹으며 갑자기 엘러리 쪽을 보았다. "당신은 작가라고 했지요? 그런데…….." 외과의사는 담배진으로 더러워진 이를 기분 나쁘게 드러내며 빙그레 웃었다. "여기도 한 사람의 작가가 있답니다. 조니 민첸이라는. 기막히게 머리가 좋지요. 지금 우리가 같이 쓰고 있는 책을 위해 많은 도움이 되고 있습니다. 정말이지 혁명적이라고 해도 좋을 겁니다. 나로서는 의학계에서 가장 우수한 공동 저작자를 얻은 셈이지요. 퀸 씨, 당신은 '선천성 알레르기'가 무엇인지 알고 있습니까? 아마 모르시겠지요. 의학계에 커다란 충격을 불러일으킬 겁니다. 우리는 접골 외과에서 몇 년 동안이나 골치를 앓던 어떤 문제를 해결했지요."

"아니, 존!" 엘러리가 유쾌한 듯이 미소지었다. "자네는 나에게 그런 이야기를 전혀 하지 않았잖나."

"실례합니다." 쟈니 박사가 갑자기 오른쪽 발꿈치로 방향을 홱 바꾸었다. "컵브, 무슨 일인가?"

흰 옷을 입은 현관 경비가 조심조심 세 사나이 곁으로 다가와서 자그마한 외과의사 주의를 끌려고 뒤에서 우물쭈물하며 서 있었던 것이다. 현관 경비는 모자를 벗었다.

"외래 손님이 선생님을 뵙고 싶어합니다, 쟈니 박사님." 현관 경비는 급히 말했다. "약속이 있다고 하더군요. 방해해서 죄송합니다, 박사님."

"그는 거짓말쟁이야." 쟈니 박사가 고함을 질렀다. "내가 아무와도 만날 수 없다는 건 자네도 알고 있지 않나. 그런 일로 나를 방해해선 안 된다고 몇 번 말해야 알겠나! 플래이스 양은 어디 있지? 그런 시시한 이야기는 모두 플래이스 양이 처리하게 되어 있다는 건 자네도 알고 있겠지. 자, 가 봐. 잘 말해 둬. 지금은 만날 수 없다고. 바쁘니까."

박사는 현관 경비에게 등을 돌렸다. 현관 경비의 얼굴이 새빨개졌으나, 그래도 가려고는 하지 않았다.

"하지만 플레이스 양이…… 그녀가 말하기로는……."

"당신이 잊고 있소, 박사." 민첸이 참견을 했다. "플레이스 양은 아침 내내 죽《선천성 알레르기》의 원고를 베끼고 있었고, 지금은 도른 부인에게 매달려 있지요, 당신의 명성으로……."

"제기랄, 그랬던가!" 쟈니 박사는 중얼거렸다. "그래도 그 사람을 만날 수는 없어, 나는."

현관 경비는 잠자코 손을 들어 외과의사에게 뭔가 귀중한 문서라도 되는 것처럼 하얀 명함을 건네 주었다. 쟈니 박사는 명함을 빼앗듯이 받아들었다.

"이게 대체 누구야? 스완슨……오오……."

쟈니 박사의 목소리가 금방 바뀌었다. 밝고 작은 눈이 흐려지며 몸이 얼어붙은 듯 그 자리에 멈춰섰다. 그는 가운을 걷어올려 윗옷 호주머니에 명함을 집어넣었다. 그리고 재빠르게 바지에서 회중시계를 꺼냈다.

"10시 29분이로군."

그는 입 속으로 말했다.

과연 그의 손놀림은 모두가 놀랄 만큼 교묘해서 굉장히 관록 있어 보였다. 그는 재빠른 동작으로 시계를 다시 집어넣고는 가운을 본디대로 끌어내리며 "좋아, 컵브" 하고 단호하게 말했다.

"안내해 주게. 그 사람은 어디에 있나?……그럼, 나중에, 또 존. 실례합니다, 퀸 씨."

박사는 나타났을 때와 마찬가지로 급하게 몸을 돌려 그 자리를 한시바삐 떠나고 싶었던 듯한 현관 경비의 뒤를 따라 다리를 절며 걸어갔다. 민첸과 엘러리는 한참 동안 복도를 걸어가는 두 사람의 뒤를 지켜보고 있었다. 그리고 쟈니 박사와 현관 경비가 정면 현관의 막다른 곳에 있는 엘리베이터 앞을 막 지나쳤을 때 눈을 떼었다.

"쟈니의 방은 저쪽 끝에 있네." 민첸이 어깨를 옴츠리면서 말했다. "……이상한 사나이지. 어떤가, 엘러리? 하지만 그만큼 훌륭한 사람은 없어……내 방으로 돌아가지 않겠나? 수술이 시작될 때까지 아직 15분 시간이 있으니까."

두 사람은 모퉁이를 돌아 서쪽 복도를 천천히 걸어갔다. 엘러리가 생각에 잠긴 듯이 말했다.

"어딘지 새를 연상케 하는 데가 있군. 머리를 움직이는 품이며 새와 같은 눈으로 주위를 두리번거리는 모습이며……약간 흥미가 끌리는 인물이야. 50살쯤 됐나?"

"그쯤이지……약간이 아니라 여러 가지 의미로 흥미가 끌리네, 엘러리." 민첸은 소년같이 천진스럽게 말했다. "진실로 자기 직업에 평생을 바치고 있는 의사 가운데 한 사람일세. 개인적인 문제라든가 개인적인 재산 같은 건 전혀 안중에 없어. 보수가 적다고 해서 환자를 거절하는 일도 본 적이 없네. 사실 동전 한 푼 받지도 못하고 기대도 할 수 없는 일을 얼마나 해냈는지 모른다네……오해하지 말게, 엘러리, 자넨 지금 참된 인물을 만난 걸세."

"도른 부인과의 관계가 자네 말대로라면," 엘러리는 미소지으며 말했다. "쟈니 박사는 재정적으로 그다지 고생하지 않아도 되겠지."

민첸이 눈을 크게 떴다.

"아니, 자네 무슨 소릴 하는 건가. 그야 물론……." 민첸은 소리를 죽여 웃었다. "뻔한 일이겠지. 그래, 도른 부인이 세상을 떠나면 쟈니 박사는 엄청나게 많은 유산을 받기로 되어 있어. 그건 누구나 다 알고 있는 일일세. 그 사람은 부인에게 있어 마치 아들과도 같으니까. 자아, 돌아가세."

두 사람은 민첸의 사무실까지 와 있었다. 민첸은 짤막하게 전화를 걸었는데 상대방의 대답에 만족하는 것 같았다.

"도른 부인은 이미 대기실로 실려갔군." 그는 수화기를 놓으면서 말했다. "혈당량이 110mg으로 내려갔네. 지금부터 몇 분이 문제야. 어쨌든 끝나면 나도 한시름놓겠는데……"

엘러리는 약간 몸을 떨었다. 민첸은 못 본 체하고 있었다. 두 사람은 아무 말 없이 담배를 피우고 있었다. 뭐라고 말할 수 없이 음울한 공기가 두 사람 사이에 감돌고 있었다.

"아까 말한 공동 저술 말인데, 존." 엘러리는 가볍게 말했다. "자네가 글을 다 쓰다니, 생각지도 못했네. 대체 어떻게 된 건가?"

"으음, 그거 말인가?" 민첸은 웃었다. "그것은 실제의 병례를 모아서 쟈니와 내가 공통으로 품고 있는 한 가지 학설을 증명하려는 거지. 선천적 영향을 신중하게 분석하면 태아의 특수한 병에 대한 근본원인을 미리 알 수 있다는 것인데, 어렵나?"

"아주 과학적이로군요, 교수님." 엘러리가 중얼거리듯이 말했다. "어때, 그 원고를 잠깐 내게 보여 주지 않겠나? 문학적 견지에서 두서너 가지 참고될 만한 의견을 내놓을 수 있을지도 모르니까."

"천만에! 결코 보여 줄 수 없네, 엘러리." 민첸은 펄쩍 뛰며 당혹한 듯이 말했다. "쟈니에게 호된 꼴을 당하게. 사실 원고나 그 책에 씌어 있는 병례 기록은 절대로 비밀이야. 쟈니가 생명처럼 소중하게 보관하고 있지. 바로 얼마 전에도 실습생 가운데 한 사람이 쟈니의 서류 보관장을 들추어 보고 싶은 불행한 충동에 사로잡혀 노인에게 모가지를 잘린 일이 있었다네. 나는 그가 단순히 학문적인 호기심 때문이었다고 생각하지만……유감이로군, 엘러리. 그 기록을 볼 수 있는 사람은 쟈니와 나, 그리고 쟈니의 조수인 플래이스 양뿐일세. 플래이스 양은 정규 간호사인데 주로 사무적인 잡무를 모두 맡고 있지."

"알았네." 엘러리는 눈을 감으면서 싱긋 웃었다. "단념하겠네. 자네에게 조언을 해주고 싶었을 뿐일세. 자넨 이 괴짜를 차 버렸군…… 물론 자네는 《일리아드》를 기억하고 있지? '여럿이 고생을 나누어 가지면 일이 가벼워진다'——자네가 내 도움을 거절한다면 하는 수 없지……."

두 사람은 소리를 합하여 크게 웃었다.

계시 REVELATION

엘러리 퀸은 아마츄어 범죄학 애호가지만, 피를 보는 것은 아주 싫었다. 범죄 이야기 속에서 자라고 살인 이야기로 키워진 무법자나 인간 사냥꾼들과 날마다 접촉하고 있으면서 학대받는 육체를 보는 건 견딜 수 없는 고통이었다. 경찰관의 아들이라는 위치, 난폭자와 근성이 비뚤어진 사람들과의 교제, 범죄 심리의 진흙 늪 속에서 몸부림치는 자신의 작품 생활. 이런 것들도 인간에게 주어진 비인간성의 피비린내나는 증거에 엘러리를 익숙하게 만들지는 못했다. 살인 현장에서의 그는 눈이 날카롭게 빛나고 판단도 재빨랐지만 그 마음은 언제나 병들어 있었다…….

엘러리는 외과 수술에 입회한 적이 한 번도 없었다. 시체는 산더미만큼 보았다. 공시장의 엉망이 된 시체, 강이나 바다에서 건져 낸 시체. 이런 가장 추악한 주검의 모습에 대해서는 신물이 날 만큼 잘 알고 있었다. 그러나 차가운 강철이 따뜻한 살을 물어뜯고, 산 조직을 자르고, 절단된 혈관에서 새빨간 피가 뿜어나오는 것은 생각만 해도 구역질이 났다.

엘러리는 공포와 흥분이 뒤섞인 느낌을 가지고 네덜란드 기념 병원의 원형 극장 관람석에 앉아 20피트쯤 떨어진 극장의 오케스트라 석에서 연출되고 있는, 조용하고 소리없는 사람의 움직임에 가만히 눈을 고정시키고 있었다. 민첸 박사는 발 곁의 의자에 편히 기대어 앉아 수술 준비를 하나도 빠뜨리지 않고 보려는 듯 그 재빠른 푸른 눈을 반짝이고 있었다……두 사람보다 위쪽 자리에 앉아 있는 한무리의 사람들로부터 이야기 소리가 희미하게 들려 왔다. 방 한복판에 흰 옷을 입은 남녀들이 있었다. 실습생과 간호사들이 집도자의 전문적인 솜씨를 견학하기 위해서 와 있는 것이었다. 그들은 매우 정숙했다. 엘러리와 민첸 박사의 등 뒤에도 역시 병원 제복을 입은 한 남자가 앉아 있었는데, 가냘퍼 보이는 흰 옷의 젊은 여자가 가끔 그의 귀에다 뭔가 속삭이고 있었다. 사나이는 내과 주임 루시어스 더닝 박사였으며, 여자는 병원의 사회 봉사부에 근무하고 있는 그의 딸이었다. 더닝 박사는 반백의 머리에 놀랄 만큼 주름이 많은 얼굴을 하고 있으며, 그 속에서 부드러운 갈색 눈이 내다보고 있었다. 여자는 금발이지만 미인은 아니었다. 한쪽 눈시울의 근육이 눈에 띌 만큼 경련하고 있었다.

관람석은 무대 바닥에서 바로 위를 향해 높이 만들어져 있었다. 좌석의 열은 급한 경사를 이루면서 뒤쪽을 향해 층층으로 되어 높아져 갔다. 대체로 극장의 2층 관람석과 비슷한 모양이었다. 뒤쪽 벽에 문이 하나 그 바깥의 회전 계단을 향해 입을 벌리고 있으며, 거기서 아래로 내려가면 직접 북쪽 복도로 나갈 수 있게 되어 있었다.

얼마 뒤 발소리가 뚜렷하게 들리더니 문이 홱 열리고 필립 모어하우스가 신경질적으로 입회인석에 들어와서 주위를 두리번거렸다. 갈색 외투와 모자는 보이지 않았다. 의무 감독을 보자 층층으로 된 경사면을 서둘러 내려와서 몸을 굽혀 민첸 박사의 귀에 대고 뭔가 속삭였다.

민첸은 정중하게 고개를 끄덕이더니 엘러리 쪽을 돌아보았다.

"모어하우스 씨를 소개하겠네, 엘러리. 이쪽은 엘러리 퀸." 박사는 손가락을 흔들었다. "도른 부인의 변호사일세."

두 사람은 악수를 청했다. 엘러리는 기계적으로 미소짓고는 곧 다시 얼굴을 수술석 쪽으로 향하여 지그시 앞쪽을 바라보았다.

필립 모어하우스는 침착한 눈초리와 고집스러운 턱을 가진 마른 몸집의 사나이였다.

"핼더도 플러도 헨드릭 도른도 모두 지금 아래 대합실에 있습니다. 수술하는 동안 이곳에 입회할 수 없을까요, 선생님?" 변호사는 다급하게 속삭였다.

민첸은 고개를 저었다. 그리고 자기 옆자리를 가리켰다. 모어하우스는 눈썹을 찌푸렸으나 그 의자에 앉아 곧 무대에 있는 간호사들의 움직임에 정신을 빼앗기고 말았다.

흰 가운을 입은 노인이 느릿느릿 계단을 올라와서 입회원석을 둘러보고 한 실습생과 눈이 마주치자 고개를 크게 저어 보이고는 곧 사라졌다. 자물쇠가 찰깍 소리를 내어 이제 출입이 금지되었음을 알렸다. 한참 동안 문 저쪽에서 노인이 우물쭈물하는 소리가 들리더니 이윽고 그 기척도 사라지고 말았다.

대수술실의 수술석은 이제 소리 하나 없이 조용해져서 다가올 일을 기다리고 있을 뿐이었다.

엘러리는 극장에서 막이 올라가기 바로 직전 관객이 침을 삼키고 완전한 정적이 장내를 차지하는 그 순간과 똑같다고 생각했다. 싸늘하고 육중하고 휘황하게 빛나는 빛을 발하는 엄청나게 큰 세 개의 전구 아래 수술대가 놓여 있었다. 아무런 칠도 되어 있지 않아서 더욱 썰렁하고 비정해 보였다. 그 옆 테이블에는 붕대며 탈지면이며 갖가지 작은 약병들이 놓여 있었다. 번쩍번쩍 빛나는 유리 상자가 한 개 있고, 실습생 하나가 기분 나쁜 강철 기구를 들고 오른쪽에 놓인 작고 튼튼한 기계 속에서 소독을 하고 있었다. 방 한쪽에서는 흰 가운을 입은 외과의 조수——남자——가 도기 위에 몸을 굽히고 푸르스름한 액체로 정성들여 손을 씻었다. 그중 한 사람이 수건을 거만하게 받아 재빨리 두 손을 닦더니 이번엔 다시 물 같은 액체에다 손을 담갔다.

"처음 것은 염화제2수은이고, 지금 것은 알코올이라네."

민첸이 엘러리에게 속삭였다.

손의 알코올이 다 마르자 조수인 외과의사는 두 손을 앞으로 내밀고 간호사가 소독기에서 고무 장갑을 꺼내어 그 손에 끼울 때까지 기다리고 있었다. 똑같은 절차가 또 한 명의 외과의사에게도 행해졌다.

갑자기 방의 왼쪽 문이 열리더니 가냘픈 절름발이 쟈니 박사의 모습이 나타났다. 예의 새와 같은 눈초리로 주위를 둘러보고는 급히 세면기 쪽으로 절름거리면서 다가갔다. 입고 있던 가운을 벗어 버리자 간호사가 새로 소독한 가운을 능숙하게 갈아입혔다. 박사가 세면기 위에 허리를 굽히고 푸르스름한 염화제2수은으로 정성들여 두 손을 씻고 있는 동안에 또 한 명의 간호사가 새 흰 모자를 그의 머리에 씌우고 반백의 머리를 꼼꼼히 그 안에다 집어넣었다.

쟈니 박사는 얼굴도 들지 않고 느닷없이 "환자" 하고 말했다. 두 명의 조수 간호사가 재빨리 대기실로 통하는 문을 열었다.

"환자를, 플래이스 양"

그중 한 명이 말했다.

두 사람은 대기실로 사라졌다가 곧 길고 하얀 고무 바퀴가 달린 환자 운반차를 밀며 나타났다. 그 위에 시트에 덮인 조용한 몸이 누워 있었다. 환자의 얼굴은 위를 본 채 뒤로 젖혀져 있었다. 기분 나쁠 만큼 창백한 얼굴이었다. 시트가 목 둘레에 집어넣어져 있었다. 환자는 눈을 감고 있었다. 세 번째 사람이 대기실에서 수술실로 들어왔다. 다른 간호사였다. 그녀는 한쪽 구석에 조용히 서서 기다리고 있었다.

환자는 운반차에서 들어올려져 수술대 위에 눕혀졌다. 운반차는 세 번째 간호사의 손에 의해 곧 대기실로 옮겨졌다. 그녀는 문을 조심스럽게 닫고 모습을 감추었다. 가운을 입고 마스크를 쓴 사나이가 수술대 바로 옆자리를 차지하고서 여러 가지 기우며 도구를 얹은 작은 대(臺)를 만지작거리고 있었다.

"마취계야" 하고 민첸이 속삭였다. "도른 부인이 수술 도중 혼수상태에서 깨어날 경우 곧 조처할 수 있도록 해야 되거든."

두 명의 조수 외과의사가 반대쪽에서 수술대로 다가갔다. 환자에게서 시트를 벗기고 이상한 모양의 옷으로 곧바로 갈아입혔다. 쟈니 박사는 이미 장갑을 끼고 가운을 갈아입고 모자를 쓰고 한쪽에 오래 기다렸다는 듯이 서 있었는데, 보조 간호사가 박사의 입과 코에 마스크를 해주고 있었다.

민첸은 눈에 묘한 긴장의 빛을 띠고 의자에서 몸을 앞으로 굽혀 내밀 듯이 했다.

그의 눈길은 환자의 몸에 못박혀 있었다. 그는 이상하게 긴장된 말투로 엘러리에게 중얼거리듯 말하고 있었다.

"뭔가 이상하군, 엘러리. 뭔가 이상해."

엘러리는 돌아보지도 않고 대답했다.

"경직 말인가? 나도 느끼고 있었네. 당뇨병 환자는……."

"큰일났는데!"

민첸은 목이 멘 듯이 말했다.

조수인 두 명의 외과의사가 수술대 위로 몸을 굽히고 있었다. 한 사람이 환자의 한쪽 팔을 들어올렸다가 손을 떼어 밑으로 떨어뜨렸다. 팔이 뻣뻣해져서 구부러지지도 않았다. 또 한 사람은 눈까풀을 뒤집어 눈알을 들여다보았다. 그리고 나서 두 사람은 서로 얼굴을 마주보았다.

한 사람이 몸을 똑바로 펴고 무거운 것을 떠맡기듯이 말했다.

"쟈니 박사님."

박사는 얼른 돌아보며 눈을 크게 떴다.

"왜 그러나?"

박사는 간호사를 밀어 내고 절름거리면서 급히 앞으로 나왔다. 재빨리 수술대 곁으로 오자 움직이지 않는 몸 위에 허리를 굽혔다. 그리고 옷을 낚아채듯이 벗기고는 노부인의 목에 손을 댔다. 엘러리는 박사의 등이 전기라도 통한 것처럼 굳어지는 것을 보았다.

쟈니 박사는 얼굴도 들지 않은 채 두 개의 명사를 빨리 말했다.

"아드레날린, 산소 호흡기."

마치 마술에라도 걸린 것처럼 두 명의 조수, 두 명의 간호사, 두 명의 보조 간호사가 곧 활동을 시작했다. 박사의 말이 채 사라지기도 전에 크고 길쭉한 원통이 날라져 오고, 몇 명이 수술대 둘레에서 바쁘게 움직이기 시작했다. 한 간호사가 쟈니 박사에게 작고 번쩍번쩍거리는 것을 내밀었다. 박사는 환자의 입을 억지로 벌리고 그것을 입 앞에 들이대고 있었다. 그리고는 열심히 그 거죽을 조사했다. 금속제의 거울이었다. 박사는 입 속으로 저주의 말을 한 마디 내뱉고는 거울을 곁에다 내동댕이쳤다. 그리고 한 팔을 내밀어 한 간호사가 준비해 가지고 있던 피하 주사기를 집어들었다. 노부인의 윗몸을 벗기고는 바늘을 심장 바로 위쯤에다 푹 찔렀다. 산소 흡입기는 이미 움직이기 시작하여 부인의 폐에 산소를 들여보내고 있었다.

입회인석에는 간호사와 실습생들, 더닝 박사와 그의 딸, 필립 모어 하우스, 민첸 박사, 엘러리 등이 좌석 가장자리로 몸을 내밀고 꼼짝도 하지 않고 앉아 있었다. 대수술실 안에는 산소 흡입기가 헐떡이는 소리 말고는 아무 소리도 들리지 않았다.

엘러리는 기계적으로 회중시계를 보았다. 15분이 지나 꼭 11시 5분이었다. 쟈니 박사는 그때까지도 환자 위에 덮어누르는 듯한 자세로 몸을 굽히고 있더니 벌떡 몸을 일으켜 홱 돌아보면서 급히 집게손가락을 구부려 민첸 박사에게로 신호를 보냈다. 의무 감독은 한 마디도 하지 않고 자리에서 일어나 뒤쪽 문으로 계단을 뛰어올라가 모습을 감추었다.

이윽고 그는 곧 서쪽 복도의 수술실 입구에서 뛰어들어와 수술대로 달려갔다. 쟈니는 뒤로 물러서서 잠자코 노부인의 경직된 부분을 손가락으로 가리켰다. 민첸의 얼굴이 새파랗게 질렸다. 쟈니와 마찬가지로 뒤로 물러서더니 돌아보았다. 그리고 이번에는 민첸이 손가락을 굽혀 엘러리에게 신호를 보냈다. 엘러리는 민첸이 나간 뒤로 마치 돌처럼 앉아 있었다.

엘러리는 일어섰다. 눈썹이 치켜올라갔다. 입술이 소리도 없이 한 마디 말을 지껄였다. 민첸은 그 뜻을 알 수 있었다.

민첸 박사는 고개를 끄덕여 보였다.

그 말은 "살인?"이었다.

교살 STRANGULATION

살아 있는 육체에 가해진 포학의 준비를 지켜보고 있는 동안에 느꼈던 메스꺼운 기분을 엘러리는 이미 느끼지 않았다. 서쪽 복도를 통해서 문을 열고 수술실로 들어갔을 때 의사는 간호사들이 아직도 노부인의 몸을 주무르고 있었으나 생명은 이미 꺼져 버렸음을 엘러리는 확신했다. 살아 있던 몸이 죽은 것이다. 더구나 폭력에 의한 죽음. 이 폭력에 의한 죽음은 수수께끼를 푸는 소설의 작가이며, 비공식적인 범죄 수사관이고, 뉴욕 경찰 총경의 아들인 그에게 있어서는 일상다반사와 같은 일이었다.

그다지 당황하는 빛도 없이 엘러리는 소용돌이치는 활동의 중심으로 다가갔다. 쟈니가 눈을 들고 미간을 찌푸렸다.

"들어오면 안 됩니다, 퀸 씨."

그러나 쟈니 박사는 다시 수술대로 돌아서서 엘러리에 대해서는 벌써 잊어버리고 말았다. 민첸이 말을 거들었다.

"쟈니 박사."

"뭔가?"

민첸이 열심히 말했다.

"퀸은 사실상 경찰의 한 사람이오, 박사. 퀸 총경의 아들이지요. 지금까지도 많은 수수께끼의 살인 사건을 해결하는 일에 협력했습니다. 아마 엘러리는……."

"오오!" 쟈니는 불쾌한 듯한 빛이 서린 작은 눈으로 엘러리를 흘끗 보았다. "그렇다면 이야기가 다르지. 맡기겠소, 퀸 씨. 좋도록 해주시오. 나는 바빠서……."

엘러리는 곧 입회인석 쪽으로 얼굴을 돌렸다. 모두들 다 일어서 있었다. 더닝 박사와 그의 딸은 이미 바쁜 걸음으로 뒤쪽 출입구를 향해 계단을 올라가고 있었다.

"잠깐 기다리십시오." 엘러리의 목소리가 대수술실 안에 수정처럼 밝게 울려퍼졌다. "미안합니다만, 어느 분이나 다 입회인석에 그대로 있어 주십시오. 한 사람도 빠짐없이 말입니다. 경찰이 와서 나가도 좋다는 허락이 내릴 때까지."

"무슨 소리요? 경찰이라니, 무엇 때문에?"

더닝 박사가 긴장으로 창백해진 얼굴을 돌렸다. 딸이 그의 팔에 한 손을 얹었다.

엘러리는 목소리를 그다지 높이지 않고 말했다.

"도른 부인이 살해되었습니다, 박사님."

더닝 박사는 소리도 내지 못하고 딸의 팔을 잡았다. 두 사람은 어름어름 입회인석의 앞쪽으로 내려왔다. 누구 하나 입을 여는 사람이 없었다.

엘러리는 민첸 쪽으로 돌아서서 낮은 목소리로 다그치듯이 말했다.

"곧 수배해 주게, 존……."

"자네 말이라면 무엇이든지……."

"병원의 모든 문을 지금 곧 잠그고 감시를 붙여 주게. 될 수 있으면 누구든 머리가 잘 도는 사람을 시켜 이 30분 안에 건물에서 나간 사람을 조사하게 해주게. 환자나, 직원 누구든지 다. 중대한 일일세. 그리고 경찰본부의 아버지에게 전화를 걸어 주게. 또한 관할서에 연락해서 사건을 신고해야 하네. 알았나?"

민첸이 급히 서둘러서 나갔다.

엘러리는 앞으로 나와서 약간 옆으로 비켜섰다. 그리고 의사들이 노부인을 치료하는 손에 익은 능숙한 동작을 지켜보았다. 생명을 돌이킬 가망이 전혀 없다는 것은 한눈에 알 수 있었다. 이 병원의 창설자, 대부호, 수없이 많은 자선 사업의 후원자, 사회의 지도자. 운명의 조종자는 인간의 구원의 손이 미치지 못하는 저 멀리에 있었다. 엘러리는 고개를 떨구고 있는 쟈니에게 조용히 물었다.

"희망이 있습니까?"

"전혀 없소. 이런 일을 해봐야 도무지 쓸데없는 짓이오. 죽어 버렸소. 30분이나 전에 죽었지요. 이 방으로 운반되어 왔을 때는 이미 사후 경직이 시작되고 있었소."

박사의 마스크 아래에서 나오는 목소리는 마치 '토기장이의 밭*[1]'의 시체 이야기라도 하는 것같이 비정했다.

"사인이 뭡니까?"

쟈니 박사는 몸을 똑바로 했다. 그리고 얼굴에서 마스크를 잡아떼었다. 그러나 그는 엘러리의 질문에 곧 대답하려고 하지는 않고 두 명의 조수에게 신호하여 의미있게 고개를 저어 보였다. 의사들은 말없이 산소 흡입기를 치웠다. 돌처럼 표정이 굳어진 한 간호사가 시트를 들어올려 늙은 살덩이를 덮었다……

엘러리는 쟈니 박사가 자기 쪽으로 돌아섰을 때 깜짝 놀란 표정을 가까스로 억눌렀다. 외과의사의 입술이 떨리고 있었다. 얼굴은 잿빛이었다.

"부인은 교살당했습니다. 하느님!" 박사가 나직이 말했다.

박사는 얼굴을 돌리고 가운 밑으로 떨리는 손을 쑤셔넣어 담배를 꺼냈다. 엘러리는 시체 위로 몸을 굽혔다. 노부인의 목 둘레에 깊고 가느다란 피가 맺힌 줄이 있었다. 곁에 놓인 작은 테이블 위에 피에 물든, 어디서나 볼 수 있는 액자용 짧은 철사가 있었다. 엘러리는 손은 대지 않고 그 철사를 조사하여 매듭을 만들 듯이 두 군데에서 꺾여 있는 것을 알았다.

에비게일 도른의 피부는 죽은 잿빛으로 조금 푸르스름한 기운이 돌았으며 이상하게 부어 있었다. 입술을 꽉 다물고 눈이 푹 꺼져 있었다. 시체는 경직하여 부자연스럽고…….

복도의 문이 열리고 민첸이 나타났다.

"모두 수배했네." 그는 목쉰 소리로 말했다. "병원의 서무 주임 제임스 파라다이스에게 출입자를 조사해 놓으라고 시켰으니 곧 보고가 들어올 걸세. 자네 부친께도 전화해 놓았네. 곧 경관을 데리고 오시겠다더군. 관할서에서도 몇 사람 오게 되어 있고……."

감색 제복을 입은 한 사나이가 천천히 수술실로 들어와서 주위를 둘러보다가 엘러리를 발견했다.

"여어, 퀸 씨, 방금 경찰서로 급보가 있었는데, 벌써 일을 시작하십니까?"

사나이는 뚝배기가 깨지는 듯한 목소리로 말했다.

"그렇소, 당신도 입회해 주지 않겠소?"

엘러리는 대수술실 안을 한 번 휘둘러보았다. 입회인석에 있는 사람들 중에 움직인 사람은 아무도 없었다. 더닝 박사는 무언가 생각에 잠겨 있었다. 그의 딸은 풀이 죽어 병자 같았다. 수술실에서는 쟈니 박사가 저쪽 벽께로 걸어가서 벽 쪽을 향한 채 우뚝 서서 담배를 피우고 있었다. 간호사며 조수들은 우왕좌왕하고 있었다.

"여기서 나가세." 엘러리가 느닷없이 민첸에게 말했다. "어디로 가면 좋겠나?"

민첸은 대기실을 가리키며 뭐라고 말을 하려 했다.

"저어……."

엘러리가 다짜고짜 상대의 말을 가로채어 말했다.

"밖에 있는 도른 부인의 가족들에게 무슨 일이 일어났는지 알려도 좋으냐는 말이겠지?"

"그렇네."

"아니, 아직은 안 되네. 시간은 충분히 있으니까."

엘러리와 민첸은 문으로 다가갔다. 엘러리가 문의 손잡이를 잡고 돌아다보았다.

"쟈니 박사님."

외과의사는 천천히 돌아다보며 비틀거리는 다리를 한 걸음 내딛다가 멈춰섰다.

"뭐요?" 목소리가 무뚝뚝하고 무감동했다.

"이 방을 떠나지 않았으면 좋겠습니다. 말씀드리고 싶은 게 있습니다, 이제 곧."

쟈니 박사는 눈을 크게 뜨고 뭐라고 말하려는 것 같았다. 그러나 다시 입을 다물고 홱 몸을 돌려 절름거리면서 벽께로 되돌아갔다.

심문 EXAMINATION

대수술실의 대기실은 작은 칸막이 방으로 나누어져 막혀 있는 한구석을 빼고는 대체로 네모반듯했다. 칸막이 방과 벽을 같이한 다른 한 구획이 있고, 그 문에 글씨가 씌어 있었다——'대수술실 전용 엘리베이터'.

그밖에 에나멜과 유리가 빛나는 흔한 정리장 몇 개와 세면기, 환자 운반차, 그리고 흰 칠을 한 금속제 의자 등이 있었다.

민첸은 수술실에서 나오다가 멈춰서서 의자를 몇 개 가져오라고 일렀다. 간호사들이 의자를 날라오자 문이 닫혔다.

엘러리는 아직 방 한가운데 선 채 이 살풍경한 광경을 둘러보고 있었다.

"단서가 많다고는 도저히 말할 수 없군, 민첸." 엘러리는 찌푸리면서 말했다. "생각건대 이건 수술실로 날라져 오기 전에 도른 부인이 있었던 방이겠지?"

"맞았네." 민첸은 우울한 듯이 대답했다. "10시 15분쯤 이 방에 모셔 왔을 걸세. 그땐 분명히 살아 있었지. 자네가 알고 싶은 게 그 일이라면."

"부인이 이 방에 실려왔을 때 살아 있었느냐 아니냐는 문제 밖이네" 엘러리는 중얼거리듯이 말했다. "아직 두서너 가지 해결해야 될 기본적인 문제가 있어. 그건 그렇고, 자넨 어떤 이유로 부인이 살아 있었다고 확신하나? 부인은 혼수 상태였지 않나. 여기로 실려오기 전에 당했다고 생각할 수 있을 텐데."

"그 점에 대해서는 쟈니에게 무언가 생각이 있을 거야." 민첸이 어물거리면서 말했다. "수술실에서 모두들 산소와 아드레날린 처치를 하고 있는 동안에 꽤 철저하게 조사하고 있었으니까."

"쟈니 박사를 이리로 불러오세."

민첸은 "쟈니 박사" 하고 나직이 불렀다.

엘러리는 외과의사의 발소리가 절름거리면서 천천히 다가오더니 조금 망설이다가 갑자기 힘이 더해지는 것을 들었다. 박사는 대기실에 발을 들여놓자 싸움이라도 걸 듯이 엘러리를 노려보았다.

"무슨 일이오?"

엘러리는 고개를 숙였다.

"앉으십시오, 박사님. 서로 편하게 합시다……."

두 사람은 앉았다. 민첸은 수술실로 통하는 문 앞을 왔다갔다하고 있었다.

엘러리는 오른쪽 손바닥으로 무릎을 어루만지면서 찬찬히 구두 끝을 바라보고 있었다. 그러다가 갑자기 눈을 들었다.

"박사님, 나는 일의 발단——즉 처음부터 시작하는 게 서로를 위해 가장 좋다고 생각합니다. 아무쪼록 오늘 아침에 도른 부인의 신상에 일어난 사건을 처음부터 끝까지 저에게 이야기해 주시지 않겠습니까? 자세한 이야기를 듣고 싶군요. 물론 지장이 없으시다면."

외과의사는 흐응 하고 코 끝을 울렸다.

"이거 참, 당신은 지금 나에게 사건 경과를 이야기하라는 거요? 난 바쁘오. 여러 가지 수배를 해야 되고, 환자도 봐야 하고."

"하지만 박사님." 엘러리는 미소지었다. "당신도 잘 아시겠지만, 살인 사건의 조사에서는 범인을 체포하는 일보다 더 중요한 것이 없습니다. 아마도 당신은 성서를 별로 읽지 않는 모양이로군요. 하긴 과학자로서 성서를 읽는 사람은 아주 드물지요. '남은 조각을 거두고 버리는 것이 없도록 모으라*². 나는 그 남은 조각을 모으려는 겁니다. 당신도 그 몇 개를 가지고 계시리라고 믿습니다. 어떻습니까, 박사님?"

쟈니는 엘러리의 유쾌한 듯한 입술을 가만히 바라보고 있었다. 그리고 옆눈으로 재빠르고 날카로운 눈길을 민첸에게 던졌다.

"하는 수 없군. 대체 뭘 묻고 싶은 거요?"

"주문은 그다지 많지 않습니다. 무엇이든 전부 이야기해 주십시오."

쟈니 박사는 다리를 포개고 확실한 손짓으로 담배에 불을 붙였다.

"오늘 아침 8시 15분쯤, 나는 외과 병동의 제1회 회진 중 부름을 받고 3층 바깥 계단 아래에 가 보았소. 마침 도른 부인이 쓰러져 막 부축하여 일으킨 참이었소. 계단 꼭대기에서 떨어져 그 아랫바닥에 부딪칠 때 복부에 심한 충격을 받은 결과 담낭이 파열돼 있었소.

부인은 계단을 내려오려고 하다가 당뇨병 환자에게 흔히 있는 현기증을 일으킨 것이오. 의식을 잃어버려 근육 운동을 조정할 수 없었다는 것을 응급진단 결과 알게 되었소."

"흐음." 엘러리는 중얼거렸다. "그래서 당신은 곧장 부인을 그 자리에서 옮겼겠지요?"

"물론이지요." 외과의사는 고함치듯이 말했다. "3층 특별실로 옮겨 곧 옷을 벗기고 침대에 뉘었소. 심한 파열이었소. 곧바로 외과 처치를 하는 것이 절대 필요했소. 그러나 당뇨병이라는 고약한 병이 있어, 혈당량을 내리기 위해서 위험하긴 하나 중요한 인슐린과 글루코오스 처치를 하지 않을 수 없었소. 혼수 상태였던 것이 다행이었지요. 불행 중 다행이라고나 할까요. 마취를 하면 더욱 위험도가 높아지거든요. 그래서 우리는 정맥 주사로 혈당량을 정상으로 끌어내리는 처치를 취하고, 내가 'A' 수술실의 위급 환자를 처리하고 났을 때 벌써 환자는 이 대기실에서 수술을 기다리고 있었소."

엘러리가 얼른 말했다.

"박사님, 당신은 도른 부인이 대기실로 실려왔을 때 살아 있었다고 단정합니까?"

외과의사의 턱이 긴장되었다.

"나는 아무것도 단정하지 않았소, 퀸 씨. 나 자신이 확인하지 않았으니까. 환자는 내가 'A' 수술실에서 수술을 하고 있는 동안 동료인 레슬리 박사가 돌보고 있었소. 레슬리 박사에게 물어 보시오. 하지만 우리가 목에서 철사를 발견했을 때의 시체 상태로 판단해 보건대 부인은 죽은 지 20분 이상 경과하지 않았다고 말할 수는 있소. 어쩌면 그보다 몇 분 안됐을지도 모르지요."

"그래요……레슬리 박사라고 하셨지요?" 엘러리는 고무 깔린 바닥을 생각에 잠긴 듯이 바라보고 있었다. "존, 미안하지만 손이 비어 있다면 레슬리 박사를 불러 주지 않겠나? 쟈니 박사님, 괜찮겠지요?"

"좋소, 물론. 물론이지요." 쟈니는 살찐 하얀 손을 아무렇게나 흔들어 보였다.

민첸은 대수술을 나가더니 곧 레슬리 외과의사를 데리고 돌아왔다. 쟈니 박사를 거들고 있던 사나이 중의 한 사람이었다.

"레슬리 박사이십니까?"

"아더 레슬리, 그렇습니다."

외과의사는 말했다.

그는 의자에 앉아 시무룩한 얼굴로 담배를 피우는 쟈니에게 고개를 끄덕여 보였다.

"대체 이건 뭡니까? 심문인가요?"

"네, 그런 거지요……." 엘러리는 몸을 앞으로 내밀었다. "레슬리 박사님, 당신은 쟈니 박사님이 다른 수술을 하러 간 뒤부터 도른 부인이 수술실로 실려올 때까지 죽 부인과 같이 있었나요?"

"천만에요." 레슬리가 의아한 듯이 민첸을 보았다. "내가 지금 살인 혐의를 받고 있는 건가, 존?……아니오, 난 부인과 죽 같이 있지는 않았소. 부인은 플래이스 양한테 돌보아 달라고 하고 이 대기실에서 나갔습니다."

"네, 그렇습니까? 하지만 부인이 이 대기실로 실려오기 전까지는 잠시도 떠나지 않고 곁에 계셨겠지요?"

"그렇다면 말이 됩니다. 그렇습니다."

엘러리는 손가락 끝으로 가볍게 무릎을 두드리고 있었다.

"레슬리 박사님, 당신이 이 방에서 나가셨을 때 도른 부인이 살아 있었다고 맹세할 수 있습니까?"

외과의사의 눈썹이 장난스럽게 치켜올라갔다.

"내 선서가 얼마나 가치가 있는지는 모르지만 그렇소. 살아 있었소. 방을 나가기 전에 진찰했었거든요. 심장이 분명히 뛰고 있었소. 부인은 살아 있었습니다."

"아, 네. 이제 겨우 사정을 좀 알겠습니다." 엘러리는 중얼거렸다. "시간이 분명히 한정되었고, 쟈니 박사님이 측정한 사망 시간도 뒷받침되었군요. 여쭤어 볼 것은 그뿐입니다, 레슬리 박사님."

레슬리는 미소를 짓고 발길을 돌리려고 했다.

"아 참, 그건 그렇고, 박사님." 엘러리는 우울한 듯이 말했다. "환자가 이 방으로 실려온 것은 정확하게 몇 시였지요?"

"좀더 어려운 질문을 해주시지요. 10시 20분, 3층의 부인 병실에서 곧장 저기 엘리베이터까지 운반차로 싣고 와서——레슬리는 방 너머로 '대수술실 전용 엘리베이터' 라고 씌어진 문을 가리켰다——

—엘리베이터에서 직접 이 방으로 운반되었지요. 저 엘리베이터는 대수술실에서 수술하는 환자의 출입에만 쓰이고 있습니다. 좀더 보고를 자세하게 하자면 플래이스 양과 클레이튼 양이 나와 함께 내려왔지요. 그 뒤 나는 플래이스 양에게 환자를 돌보도록 시키고 나 자신은 수술 준비를 갖추기 위해 수술실로 갔습니다. 클레이튼 양은 다른 볼일이 있어 방에서 나갔고요. 플래이스 양은 쟈니 박사님의 조수입니다."

"그 간호사는 이미 몇 년 동안이나 도른 부인과 마찬가지로 쟈니 박사를 거들고 있다네." 민첸이 말을 거들었다.

"이제 끝입니까?"

레슬리가 물었다.

"그런 것 같습니다. 미안하지만 플래이스 양과 클레이튼 양에게 이쪽으로 와 달라고 말해 주시지 않겠습니까?"

"알겠습니다."

레슬리는 유쾌한 듯이 휘파람을 불며 나갔다.

쟈니가 몸을 움직거리고 있었다.

"여보시오, 퀸 씨, 나에겐 이제 볼일이 없을 텐데, 여기서 나가게 해주시오."

엘러리는 일어서서 두 팔의 근육을 폈다오므렸다 하고 있었다.

"미안합니다만 박사님, 아직 당신에게 볼일이 남아 있습니다. 네, 들어오시오."

민첸이 흰 제복을 입은 두 젊은 여자를 맞아들였다.

엘러리는 정중하게 고개를 숙이고 그 한 사람 한 사람을 번갈아 보았다.

"플래이스 양, 클레이튼 양이지요?"

한 간호사——키가 크고 장난기 어린 볼우물이 있는 금발의 여자

——가 곧 대답했다.

"네, 제가 클레이튼이에요. 이쪽은 플래이스 양. 정말 무서운 일이에요. 우린……."

"정말입니다."

엘러리는 뒤로 물러서며 의자 두 개를 가리켰다. 쟈니는 일어서지 않았다. 화가 났는지 왼발을 가만히 내려다본 채 앉아 있었다.

"앉으십시오……그런데 클레이튼 양, 당신과 플래이스 양은 아까 레슬리 박사와 함께 도른 부인을 운반차에 싣고 3층에서 이곳으로 내려왔지요?"

"네, 그리고 레슬리 박사님은 수술실에 들어가시고 나는 G병동으로 돌아가야 했어요. 저쪽 3층이지요. 그래서 플래이스 양이 여기 남았습니다."

키 큰 간호사가 대답했다.

"그렇습니까, 플래이스 양?"

"네."

두 번째 간호사는 보통 키에 밤색 머리칼, 싱싱한 장밋빛 피부와 맑은 눈을 지니고 있었다.

"매우 좋습니다." 엘러리는 명랑하게 말했다. "플래이스 양, 당신이 도른 부인과 단둘이서 이 방에 있는 동안 어떤 일이 있었는지 모두 기억하고 있습니까?"

"네, 모두 기억하고 있어요."

엘러리는 방 안의 사람들을 얼른 둘러보았다. 쟈니는 아직도 무서운 얼굴을 하고 앉아 있었다. 그 얼굴의 표정으로 미루어 뭔가를 묵묵히 생각하고 있는 것 같았다. 민첸은 문에 기대서서 열심히 듣고 있었다. 클레이튼은 매혹된 듯한 표정을 그대로 드러내 놓은 채 엘러리를 지켜보고 있었다. 플래이스는 두 손을 무릎 위에서 맞잡고 조용히 앉아 있었다. 엘러리가 앞으로 구부정하게 몸을 내밀며 말했다.

"플래이스 양, 레슬리 박사와 클레이튼 양이 나간 뒤 이 방에 누가 들어왔습니까?"

그 말투에 깃든 이상한 진지함이 상대방 간호사를 당황하게 만든 것 같았다. 플래이스는 머뭇거렸다.

"저어…… 쟈니 박사님 말고는 아무도…….."

"뭐라고?"

쟈니 박사가 고함을 질렀다.

그는 자리에서 벌떡 뛰어 일어났다. 그 무서운 기세에 클레이튼은 자기도 모르게 숨이 막힐 것 같아 외마디 소리를 질렀다.

"이봐 루실, 미쳤어? 지금 거기 앉아서, 바로 내 앞에서 내가 수술 전에 이 방에 들어왔었다고 말하는 거야?"

"하지만 쟈니 박사님." 여자는 기어들어가는 목소리로 말했다. 그녀의 얼굴이 새파랗게 질렸다. "전……저는 박사님을 보았는걸요."

외과의사가 간호사를 똑바로 노려보았다. 원숭이처럼 긴 두 팔이 무릎 근처에서 우스운 모습으로 흔들거리고 있었다. 엘러리는 쟈니를 보고, 플래이스를 보고, 그리고 나서 그 목소리는 부드러웠으나 조금 떨리고 있었다.

"당신은 가도 좋습니다, 클레이튼 양."

"네, 그렇지만……."

아름다운 간호사는 눈을 크게 뜨며 말했다.

"걱정 말고 나가시오."

클레이튼은 마지못해 방을 나가며 민첸이 그 문을 닫으려 했을 때 어깨 너머로 서운한 듯 흘끗 뒤돌아보았다.

"그런데," 엘러리는 코안경을 벗더니 정성들여 원을 그리며 안경을 닦기 시작했다. "이야기에 약간 차질이 생겼군요. 박사님, 당신은 수술 전에는 이 방에 들어오지 않았다고 하셨는데……."
쟈니의 눈이 번들거렸다.
"물론이오. 이런 어처구니없는 이야기가 어디 있소. 글쎄, 10시 반쯤 복도에서 당신은 나와 이야기하고 있잖았소. 그전의 20분 동안은 수술을 하고 있었고, 그리고 내가 현관 경비 컵브와 함께 대합실 쪽으로 가는 것을 틀림없이 보았지요? 그런데 어떻게 내가 이 방에 올 수 있었겠소? 루실, 당신은 틀림없이 잘못 보았을 거야."
"잠깐 기다려 주십시오, 박사님." 엘러리가 입을 열었다. "플래이스 양, 박사님이 몇 시에 들어왔지요? 기억납니까?"
간호사의 손가락이 빳빳하게 풀 먹인 흰 옷을 신경질적으로 집어올렸다.
"정확하게는 기억 못하겠지만……10시 반쯤……아마 좀더 늦었을지도 몰라요. 박사님, 저는……."
"그래, 어떻게 쟈니 박사인 줄 알았지요, 플래이스 양?"
간호사는 신경질적으로 웃었다.
"아무튼 저는 그렇게 생각했어요. 박사님이라고 생각했어요. 당연히 쟈니 박사님일 거라고 생각했지요……."
"오오, 당연히 그리리라고 생각했다구요."
엘러리가 말했다. 그리고 재빠르게 한 걸음 앞으로 나왔다.
"그럼, 당신은 박사님의 얼굴은 못 보았군요? 만일 얼굴을 보았다면 물론 당신은 확실히 박사라는 걸 알았겠지만."
"그렇고말고." 쟈니가 말했다. "루실, 당신은 이미 오래 전부터 날 알고 있지. 그런데 어째서 그런 말을 하는지 도무지 모르겠군……."
박사는 분개하면서도 한편으로는 어처구니가 없는 모양이었다. 민첸은 멍하니 그 자리의 광경을 바라보고 있었다.
"하지만 박사님은……아니, 그 사람은 수술복을 입고 모자를 쓰고 마스크를 하고 있었어요." 간호원은 머뭇거리면서 말했다. "그래서 나에겐 눈만 보였을 뿐이에요.……하지만……그렇게 보였어요. 다리를 절고 키도 비슷했어요……그래서 난 당연히 박사님이라고 생각했지요. 어째서인지는 잘 설명할 수 없지만……."

쟈니는 간호사를 노려보고 있었다.

"제기랄! 누가 나로 둔갑하고 들어온 모양이군!" 박사가 소리쳤다. "맞았어. 내 흉내쯤은 누구나 낼 수 있지. 저는 다리, 마스크……퀸 씨, 대체 누가……누가…….""

위장 IMPERSONATION

엘러리는 몸집이 자그마한 외과의사의 떨리는 팔에 달래듯이 한 손을 얹었다.

"침착하십시오, 박사님. 자, 부디 앉으시지요. 이제 곧 일의 진상을 알게 될 겁니다……네, 들어오십시오."

문을 노크하는 소리가 들렸던 것이다. 문이 열리고 평상복 차림의 거인 같은 사나이가 들어왔다. 엄청나게 큰 어깨에 밝은 눈과 우락부락하고 튼튼한 얼굴을 하고 있었다.

"벨리 부장." 엘러리가 크게 소리쳤다. "아버지가 벌써 오셨소?"

새로 들어온 사나이는 짙은 눈썹 아래로 쟈니와 민첸과 간호사를 한 번씩 둘러보았다.

"아니, 퀸 씨, 지금 오시는 중입니다. 관할서와 지구 본부에서 형사들이 와 있습니다. 이 안으로 들어가게 해 달라고 하는군요. 당신은 들어오게 하고 싶지 않겠지만."

큰 사나이는 의미깊게 엘러리의 주위 사람들을 흘끗 보았다.

"맞았소, 벨리 부장." 엘러리는 급히 말했다. "그 사람들은 밖에서 무엇이든 일을 시키십시오. 내가 좋다고 할 때까지 여기에는 아무도 들어와서는 안 됩니다. 아버지가 오시거든 곧 알려 주십시오."

"알았소."

큰 사나이는 소리없이 조용히 나가 역시 소리없이 조용히 문을 닫았다.

엘러리는 다시 간호사에게 말을 걸었다.

"그런데 플레이스 양, 당신의 생명이 걸려 있다고 생각하고 정확하게 이야기해 주시오. 레슬리 박사와 클레이튼 양이 당신과 도른 부인 두 사람만 남겨 둔 채 나간 뒤부터 부인이 옆의 수술실로 운반되어 갈 때까지 여기서 어떤 일이 있었는지 모두 이야기해 주시오."

간호사는 입술을 축이면서 겁에 질린 신경질적인 눈길을 쟈니에게로 흘끗 던졌다. 박사는 의자에 축 늘어진 채 앉아 흐릿한 눈으로 간호사를 지켜보고 있었다.

"그……그것은……." 간호사는 어색하게 웃었다. "정말 간단한 이야기에요, 정말로. 레슬리 박사님과 클레이튼 양은 도른 부인을 3층 병실에서 이곳으로 옮기고 곧장 나갔습니다. 전 아무일도 할 게 없었어요. 레슬리 박사님은 다시 한 번 환자를 보셨었는데 모든 게 다 괜찮은 것 같았어요. 마취하지 않았다는 건 당신도 물론 알고 계시겠지요?"

엘러리는 고개를 끄덕였다.

"그러니까 마취계가 저와 함께 있을 필요도 없고, 제가 환자의 맥을 자꾸 살펴볼 필요도 없었어요. 환자는 혼수상태인데다 수술은 언제든지 할 수 있도록 준비가 되어 있었으니까요……."

"알고 있습니다. 알고 있어요." 엘러리가 초조해 하면서 말했다. "그건 모두 알고 있습니다, 플레이스 양. 제발 방에 들어왔다는 사람에 대해서……."
간호사는 얼굴을 붉혔다.
"알았어요……그 사람은 내가……내가 쟈니 박사님으로 생각한 그 사람은 레슬리 박사님과 클레이튼 양이 나가고 나서 15분쯤 뒤 대기실로 들어왔어요. 그 사람은……."
"어느 문으로 들어왔지요?"
엘러리가 물었다.
"저 문이이에요." 간호사는 마취실로 통하는 문을 가리켰다.
엘러리는 재빨리 민첸 박사 쪽을 돌아보았다.
"죤, 오늘 아침 마취실에 누가 있었지? 쓰고 있었나?"
민첸은 멍청히 있었다. 플래이스가 대신 대답했다.
"저쪽에서는 어떤 환자에게 마취를 시키고 있었어요, 퀸 씨. 오버먼 양과 바이어스 선생님이 계셨다고 생각해요……."
"흐음……."
"수술복을 입고 다리를 절며 들어온 그 사람은 문을 닫았습니다."
"급히 닫았소?"
"네, 곧 뒤쪽 문을 닫고 도른 부인이 누워 있는 운반차로 다가갔어요. 환자를 들여다보고 나서 얼굴을 들더니 정신나간 사람처럼 손을 씻는 흉내를 해보였지요."
"아무 말 없이 말이오?"
"네, 그렇습니다. 말은 한 마디도 하지 않았어요. 다만 두 손을 비볐을 뿐이에요. 물론 나는 곧바로 무엇을 해 달라는 것인지 알았지요. 눈에 익은 몸짓이었거든요. 그래요, 쟈니 박사님의 몸짓이었어요. 손을 소독하고 싶다는 뜻이지요. 수술 전에 환자를 마지막으로 진찰한 것인 줄 생각했어요. 그래서 나는 저쪽 소독실로 갔어요."
플래이스는 방의 북동쪽 구석에 있는 칸막이 방을 가리켰다.

"……그리고 염화제2수은과 알코올 준비를 했습니다. 그리고……." 엘러리는 만족스러워 보였다.

"얼마 동안이나 소독실에 있었다고 생각합니까?"

간호원은 망설이고 있었다.

"글쎄요, 3분쯤 되었을까요? 분명히 기억하고 있지는 않습니다만……대기실로 되돌아와 소독약을 저기 세면대 위에 놓았지요. 쟈니 박사님은 아니, 누군지 모를 그 사람은 급히 손을 씻었어요."

"여느 때보다 더 급하게 말이오?"

"네, 그렇게 생각되는군요, 퀸 씨."

간호사는 팔꿈치를 무릎 위에 짚고 가만히 자기를 지켜보는 쟈니 박사에게서 얼굴을 돌린 채 대답했다.

"그리고 그 사람은 제가 준비하고 있던 외과용 타월로 손을 닦고는 세면기를 치우라고 손짓했어요. 제가 세면기를 소독실에 도로 갖다 놓으려고 갔을 때 그 사람이 운반차 옆으로 되돌아가서 다시 환자 위로 몸을 굽혀 들여다보고 있는 것 같이 보였어요. 제가 방으로 돌아왔을 때는 마침 그 사람이 몸을 펴고 시트를 본디대로 고쳐 놓고 있는 중이었어요."

"매우 분명하군요, 플래이스 양." 엘러리가 말했다. "또 두서너 가지 질문하게 해주십시오. 그 사람이 소독할 때 곁에 서 있으면서 당신은 그 손에 주의하지 않았습니까?"

간호사는 미간을 찌푸렸다.

"글쎄요……특별히 어떻다고는……전 그다지 의심하지 않았고, 아주 당연한 일로서 모든 것을 받아들이고 있었으니까요."

"그 사람의 손에 주의하지 않은 건 유감이로군요." 엘러리가 중얼거렸다. "나는 손의 특징이 매우 중요하다고 생각합니다, 플래이스 양. 그럼, 두 번째에는 얼마 동안이나 자리를 비웠지요? 소독실에 물건을 갖다 놓으려고 갔을 때 말입니다."

"1분도 안 걸렸을 거예요. 염화제2수은과 알코올을 버리고 세면기를 씻고 곧 나왔으니까요."

"그 사나이는 당신이 돌아오고 나서 얼마쯤이나 있다가 나갔지요?"

"곧바로 나갔어요."

"들어올 때와 같은 문으로 나갔습니까, 마취실 문으로?"

"네."

"그렇습니까……." 엘러리는 생각에 잠긴 것같이 코안경으로 턱을 가볍게 치면서 방 안을 한참 동안 걸어다니고 있었다. "플래이스 양, 당신 이야기로는 전혀 대화가 없었다고 하니 매우 놀랍습니다. 그 수수께끼 손님은 당신이 말하는 바와 같은 일을 하는 동안 전혀 한 마디도 하지 않았습니까? 한 마디쯤은 했을 텐데……."

간호사는 약간 허를 찔린 듯했다. 그녀의 맑은 눈이 가만히 허공을 지켜보고 있었다.

"하지만 퀸 씨. 그 사람은 여기 있는 동안 내내 정말 한 번도 입을 열지 않았어요."

"놀랐는데요." 엘러리가 쌀쌀맞게 말했다. "빈틈이 없어, 모든 게 다……그러면 플래이스 양, 당신도 아무 말 하지 않았습니까? 그 사람이 방에 들어왔을 때 인사를 하지 않았습니까?"

"네, 인사하지 않았어요." 간호사는 얼른 말했다. "하지만 처음에 소독실에 갔을 때 제가 말을 건넸지요."

"뭐라고 했지요, 정확하게?"

"뭐, 별말은 아니에요, 퀸 씨. 저는 쟈니 박사님을 아주 잘 알고 있거든요. 가끔 화를 잘 내시지요." 미소의 그림자가 그녀의 입술 언저리에 감돌았다. 그러나 그것은 외과의사가 화난 듯이 코를 울리자 재빨리 사라지고 말았다. "전……. 저는 이렇게 말했어요. '곧 준비가 됩니다, 쟈니 박사님'이라구요."

"분명히 '쟈니 박사님'이라고 불렀소?" 엘러리는 놀리듯이 외과의사 쪽을 바라보았다. "실로 나무랄 데 없는 둔갑이로군요, 박사님."

"그렇소, 분명히."

박사가 중얼거리듯이 말했다.

엘러리는 다시 간호원 쪽으로 돌아섰다.

"플래이스 양, 또 그밖에 뭐 생각나는 게 없소? 그 사람이 방 안에 있는 동안 있었던 일을 하나도 빼지 않고 이야기해 주신 거지요?"

간호사는 골똘히 생각하고 있는 것 같았다.

"글쎄요……제 기억에 틀림이 없다면 또 다른 일이 있었어요. 그러나 별로 중요한 일은 아니에요, 퀸 씨."

플레이스는 엘러리를 올려다보면서 변명이라도 하듯이 말했다.

"무엇이 중요하고 무엇이 안 중요한지, 그 점에 대해서는 나 스스로 판단할 문제입니다, 플래이스 양."

엘러리는 미소지었다.

"그게 대체 뭡니까?"

"그게 말예요, 처음에 소독실에 들어갔을 때 대기실 문이 열리는 소리가 나고 잠시 동안 망설이는 것 같더니 곧 남자 목소리가 '아아, 실례했습니다' 하는 소리가 들리고, 다시 문이 닫혀 버렸어요. 적어도 저는 문 소리를 한 번 더 들었습니다."

"어느 문이지요?"

엘러리가 물었다.

"유감이지만 잘 모르겠어요. 누구든 그런 소리의 방향 같은 건 잘 모르잖아요. 아무튼 저는 모르겠어요. 게다가 물론 제가 본 것도 아니고……."

"그러면 플래이스 양, 그 소리가 귀에 익은 목소리는 아니었던가요?"

플래이스는 신경질적으로 무릎 위에서 손가락을 마주잡아 비틀고 있었다.

"당신 기대에 따를 수 있을 것 같지가 않군요, 퀸 씨. 들은 적이 있는 것 같기는 했지만, 별 관심없이 들어서……누군지 짐작도 못하겠어요."

외과의사는 지긋지긋한 것처럼 자리에서 일어나 못 참겠다는 듯이 민첸을 보았다.

"이건 정말 시시하고 쓸모없는 짓이로군." 그는 신음하듯이 말했다. "말할 수 없이 질이 나쁜 누명일세, 존. 자네는 설마 내가 이번 일에 관계있다고 믿진 않을 테지?"

민첸은 가운의 깃 밑에 손가락을 쑤셔넣고 내저었다.

"쟈니 박사, 난……. 난 도저히 믿을 수 없소. 어떻게 생각해야 좋을지 모르겠군요."

간호사가 얼른 일어서서 외과의사 곁으로 다가가더니 호소하듯이 한 손을 박사의 팔에 얹었다.

"쟈니 박사님…… 저는…… 저는 선생님께 누를 끼칠 마음은 조금도 없었어요. ……물론 선생님이 아니었어요. ……퀸 씨는 알고 계실 거에요……."

"이런 일이!" 엘러리는 소리내어 웃었다. "한 폭의 그림 같군요. 자, 자, 이 문제에서 연극은 그만둡시다. 제발 앉아 주십시오, 박사님. 그리고 당신도, 플래이스 양."

두 사람은 약간 굳어져서 다시 앉았다.

"저어……뭐라고 합니까, 이를테면 사기꾼이라고 부르기로 합시다. 그 사기꾼이 이 방에 있는 동안 당신은 뭔가 이상하다거나 수상쩍다고 느끼지 않았습니까?"

"글쎄요, 그땐……아무것도 이상하지 않았어요. 물론 지금 돌이켜 보니 말을 하지 않은 점이나 소독 문제 같은 게 좀 이상하다고 생각됩니다만."

"그래, 우리에게 귀중한 그 사기꾼이 나가고 난 뒤에는 어떤 일이 있었습니까?"

"별로 아무 일도 없었어요. 저는 박사님이 환자에게 무슨 이상이 없는가 진찰한 거라고만 생각했어요. 그러니까 저는 단지 의자에 앉아 기다리고 있었지요. 그밖에는 아무도 들어오지 않았고 수술실 사람들이 와서 환자를 싣고 갈 때까지 정말 아무 일도 일어나지 않았어요. 그리고 나서 저는 여러분 뒤를 따라 수술실로 들어갔습니다."

"그동안 한 번도 도른 부인을 보지 않았습니까?"

"네, 곁에 가서 부인의 맥도 짚지 않았고 조사도 하지 않았어요. 만일 당신의 질문이 그런 뜻이라면 말이에요, 퀸 씨."

간호사는 한숨을 쉬었다. "물론 가끔 환자를 쳐다보기는 했지만 혼수상태라는 것을 알고 있었고…… 얼굴이 매우 창백해서…… 그리고 또 박사님이 진찰을 하셨기 때문에…… 그래서…… 아시겠지만……."

"압니다, 잘 압니다."

엘러리는 무게있게 말했다.

"그리고 환자에게 뜻밖의 일이 일어나거나 이상한 일이 없는 한 안정시키라는 명령을 받았기 때문에……."

"그렇겠지요, 물론. 또 한 가지 묻겠습니다, 플래이스 양. 그 사기꾼은 어느 쪽 다리에 무게를 주고 있었는지 모르겠습니까? 다리를 절고 있었다고 했지요?"
 간호사는 힘없이 의자에 몸을 기대었다.
 "왼발이 나쁜 것 같았어요. 몸의 무게를 모두 오른발에 싣고 있었어요. 꼭 쟈니 박사님처럼. 하지만 그건······."
 "그렇습니다." 엘러리는 말했다. "하지만 그건 완전한 위장을 꾀할 정도의 인간이라면 누구든 그만한 주의는 했겠지요······이것으로 끝입니다. 플래이스 양. 많은 참고가 되었습니다. 이제 수술실로 가셔도 됩니다."
 간호사는 낮은 목소리로 "고맙습니다"라고 말하고는 쟈니를 가만히 바라보았다. 그리고 민첸 박사에게 미소를 지어 보이고 나서 대수술실로 통하는 문을 빠져나갔다.
 민첸이 살며시 문을 닫은 다음 잠깐 동안 침묵이 흘렀다. 의무 감독관은 헛기침을 하고 머뭇거리다가 간호사가 앉았던 의자에 앉았다. 엘러리는 한 발을 다른 의자에 걸치고 무릎에 팔꿈치를 짚고 몸을 앞으로 구부린 채 안경을 만지작거리고 있었다. 쟈니는 머뭇머뭇하다가 담배를 꺼냈으나, 하얀 손 끝에 힘을 주어 그것을 구겨 버리고 말았다. 그리고 갑자기 자리에서 벌떡 일어섰다.
 "여보시오, 퀸 씨." 쟈니는 고함치듯이 말했다. "대체 이런 일이 어디 있소! 내가 이 방에 없었다는 건 당신도 아주 잘 알고 있을 거요. 누가 뭐라고 하든 나에 대해서나 병원 일에 대해 잘 알고 있는 살인 악당임에 틀림없어. 누구든 내가 절름발이라는 걸 알고 있지. 누구든 내가 이 병원 안에 있는 시간의 4분의 3은 수술복을 입고 있다는 걸 알고 있소. 임신한 여자와 마찬가지로 뻔한 사실이오. 제기랄."
 "그렇습니다. 당신이 호인이라는 것을 노린 게 분명합니다, 박사님." 엘러리는 쟈니의 눈치를 살피면서 부드럽게 말했다. "하지만 당신은 아무래도 이 사건에서 빠져나갈 수가 없게 되었습니다. 그 사나이는 머리가 좋은 놈입니다."

"그 점은 나도 인정하오." 외과의사는 불쾌한 듯이 말했다. "어쨌든 플레이스 양을 감쪽같이 속였으니까. 그녀는 벌써 몇 년 동안이나 나와 함께 일을 하고 있는데. 아마도 마취실에 있던 다른 두 사람도 속였을 거요. 그런데 퀸 씨, 당신은 날 어쩔 셈이지요?"

민첸은 안절부절못하고 있었다.

엘러리의 눈썹이 약간 치켜올라갔다.

"어떻게 하겠느냐고요?" 그는 싱긋 웃었다. "저의 본직은 변증법이랍니다, 박사님. 소크라테스의 아류지요. 저는 질문을 합니다……그래서 당신에게도 묻겠습니다만……당신은 진실을 말해 주시리라 믿습니다. 박사님, 당신은 이 연극이 연출되고 있는 동안 어디 계셨습니까? 무엇을 하고 있었습니까?"

쟈니는 몸을 똑바로 일으키고 크게 코웃음을 쳤다.

"당신이 알고 있지 않소, 내가 어디에 있었는가. 당신은 내가 컵브와 이야기하는 소리를 곁에서 듣고 있었소. 그 사나이와 함께 면회인을 만나러 가는 것도 보고 있었소. 그러니 퀸 씨, 이런 어린애 장난은 그만둡시다."

"저는 오늘 아침 이상하게도 어린애 같답니다, 박사님……그 면회인과는 얼마 동안이나 이야기했습니까? 그리고 어디서 이야기하셨지요? 이런 문제가 조금 마음에 걸리는군요, 박사님……."

"다행히 나는 당신들과 헤어질 때 시계를 보았소. 당신도 기억하고 있겠지만 10시 29분이었소. 내 시계는 언제나 정확하지요……그래야 되니까……컵브와 같이 대합실에서 손님과 만나 내 방으로 데리고 갔소. 내 방은 저 복도의 맞은편 엘리베이터 바로 옆에 있소. 그뿐이오."

제1부 두 개의 구두 이야기

쟈니는 부루퉁한 얼굴로 말했다.

"박사님, 당신은 그 면회인과 방에서 얼마 동안이나 있었지요?"

"10시 40분까지 있었소. 수술 예정 시간이 가까웠으므로 면회를 빨리 마쳐야 했소. 또 준비도 해야 했고, 수술복을 갈아입어야 하고, 소독도 해야 하고……그래서 면회인이 돌아가자 곧장 수술실로 갔지요."

"서쪽 복도로 들어오셨지요, 내가 본 바로는." 엘러리는 중얼거리듯이 말했다. "다시 한 번 묻겠습니다만, 면회인을 정면 현관까지 바래다 드렸습니까? 나가는 것을 직접 보셨습니까?"

"물론이오. 여보시오, 퀸 씨. 당신은 나를 마치 죄인처럼 심문하고 있소!" 외과의사는 침착성을 잃기 시작했다.

또다시 자그맣고 정열적인 외과의사는 분노로 불타올랐다. 목소리가 높아지고 울퉁불퉁한 목덜미에 납빛 정맥이 두드러졌다.

엘러리는 상냥한 미소를 띠고 쟈니에게로 다가갔다.

"그런데 박사님, 그 면회인이란 누굽니까? 다른 것에 대해서 모두 솔직하게 말씀해 주셨으니까 이것도 솔직히 대답해 주시겠지요?"

"나는……"

쟈니의 분노가 차츰 그 얼굴에서 사라졌다. 그리고 몹시 창백해졌다. 느닷없이 그는 똑바로 일어서더니 발꿈치를 딱 맞추고 혀 끝으로 입술을 축였다.

대수술실의 문을 급하게 노크하는 소리가 대기실에 뇌성처럼 울려 퍼졌다. 엘러리는 재빨리 휙 돌아보았다.

"들어오시오."

문이 열리자 짙은 잿빛 양복을 입은 흰 머리, 흰 수염의 몸집 작고 마른 사나이가 방 안에 있는 사람들에게 미소를 보내고 있었다. 그 뒤에는 힘이 세어 보이는 한 무리의 사나이들이 서 있었다.

"어서 오십시오, 아버지."

엘러리는 황급히 앞으로 다가갔다. 두 사람의 손이 꼭 쥐어지고 서로 가만히 얼굴을 마주보았다. 엘러리는 고개를 조금 저었다.

"아버지는 가장 극적인 순간에 오셨습니다. 이것은 이제까지 아버지가 관계하신 사건 중에서도 가장 흥미진진하고 어려운 사건입니다. 자, 들어오십시오."

엘러리는 옆으로 비켜섰다. 리처드 퀸 총경은 경쾌한 발걸음으로 안으로 들어와 뒤에선 사람들에게 따라오라고 손짓했다. 그리고는 날카롭고 모든 것을 꿰뚫어보는 듯한 눈길로 방을 한 바퀴 둘러보았다. 그리고 민첸에게 상냥하게 고개를 끄덕여 보이고, 다시 앞으로 가벼운 걸음으로 나아갔다.

"들어 오게, 모두들, 안으로." 총경은 부드럽게 말했다. "해야 할 일이 있다, 엘러리, 일을 시작하고 있었느냐? 해결은 아직 안 났겠지? 토머스, 들어와서 그 문을 닫아 주게. 그런데 이 신사들은? 아아, 의사 선생님인가? 훌륭한 직업이지……여보게, 리치. 이 방에서는 아무것도 발견되지 않을걸. 아마 그 가엾은 노부인은 살해당했을 때 여기 누워 있었나 보군. 너무했어, 정말 너무했어."

총경은 주위를 둘러보고 계속 지껄이며 날카롭고 작은 눈이 무엇 하나 놓치지 않았다. 형사들은 방 이쪽 저쪽에 흩어져 있었다. 한 형사는 신기한 듯이 운반차를 조사하며 고무 바닥 위를 1, 2인치 밀어 보았다.

"관할서의 형사들입니까?"

엘러리가 얼굴을 찡그리면서 물었다.

"리치의 친구들은 무슨 일에든 고개를 들이밀려고 하거든." 노인은 소리 죽여 웃었다. "신경쓰지 않아도 돼. 저쪽 구석으로 가서 우선 이야기를 들어 보기로 하자. 얼마나 지독한 사태인지. 아마도 수수께끼 같은 모양이지?"

"맞았어요." 엘러리는 우울한 듯이 미소지으며 대답했다.

총경과 엘러리는 살며시 자리를 떠나 두 사람만이 되었다. 엘러리는 소리를 낮추어 그날 아침에 일어난 사건을 지금까지 들어 본 증언과 함께 아버지에게 대강 이야기했다. 노인은 몇 번이나 고개를 끄덕이고 있었다. 엘러리의 보고가 끝나감에 따라 총경의 얼굴은 심각해져 갔다. 그리고 마침내 고개를 저었다.

"갈수록 태산이로군." 그는 신음하듯이 말했다. "하지만 이것이 경찰관의 생활이야. 한눈에 알 수 있는 백 가지 사건 가운데 하나쯤은 반드시 대학에서 훈련을 받은 한 다스나 되는 두뇌를 필요로 하는 경우가 있지. 범죄라는 대학도 포함해서 말이야. 곧 해야할 일이 두서너 가지 있는데……."

총경은 부하들 쪽을 돌아보더니 키가 크고 튼튼한 턱을 가진 벨리 부장 곁으로 갔다.

"플라우티 선생은 뭐라고 하던가, 토머스?"

총경이 물었다. "아아, 그대로 앉아 있게, 민첸 박사. 난 혼자 돌아다닐 테니까……그래서?"

"의무 검시관은 하던 일이 있었습니다." 벨리는 묵직한 베이스 소리를 울렸다. "좀 뒤에 올 겁니다."

"아무튼 좋아. 그런데 여러분……."

총경은 벨리의 옷깃을 잡고 무슨 말을 하려고 입을 열었다. 엘러리는 총경에게는 주의를 돌리지 않았다. 그는 다만 옆눈으로 쟈니 박사를 지켜보고 있었다. 박사는 벽 곁으로 물러서서 얌전하게 구두 끝을 내려다보고 있었다.

안도의 숨을 내쉬는 태도로…….

확인 CORROBORATION

총경은 올려다볼 만큼 키가 큰 벨리의 곁으로 가서 아버지 같은 태도로 이야기하고 있었다.

"자네가 해야 할 일이 있네, 토머스." 노인은 말했다. "우선 먼저 그 파라다이스라는 사나이. 그런 이름이었지, 민첸 박사? 병원의 서무 주임 말일세, 토머스, 그 사람한테 가서 오늘 아침에 출입한 사람에 대한 보고를 들어 보게. 서무 주임은 살인이 발견되고 나서 곧 그 일을 하라는 명령을 받았을 거야. 그 결과가 어떤 것인지 보고 오게. 그런 다음 모든 출입문의 감시인을 조사해서 형사들로 대치시키게. 그리고 셋째, 가다가 바이어스 의사와 오버먼을 이리로 보내 주게. 빨리 해야 해, 토머스."

벨리가 대수술실의 문을 열자 감색 제복의 사나이가 몇 사람이나 수술실을 어슬렁거리고 있는 것이 보였다. 엘러리는 입회인석을 흘끗 보았다. 필립 모어하우스가 일어서서 뭐라고 맹렬하게 항의하고 있었다. 그는 건장한 한 경찰관에게 붙잡혀 있었다. 그 곁에는 더닝 박사와 그의 딸이 어처구니없다는 듯이 잠자코 앉아 있었다.

엘러리는 날카로운 소리로 고함을 질렀다.

"잊고 있었군요, 아버지. 그 가족들이 병원에 와 있습니다." 그리고 그는 민첸 쪽을 돌아보았다. "존, 자네가 괴로운 일을 해주어야겠네. 저쪽 대합실에 가서 그렇지, 좋은 생각이 있네. 저 젊은 변호사 모어하우스를 데리고 가게. 저기서 뭔가 옥신각신하고 있는 것 같군. 그와 함께 가서 헨드릭 도른과 핼더 도른, 플러 등 저쪽에 있는 사람들에게 알려 주게……잠깐만, 존."

엘러리는 나직한 소리로 총경과 이야기를 주고받았다. 노인은 고개를 끄덕이더니 한 형사에게 손짓을 했다.

"여보게, 리치. 자네는 뭔가 하고 싶어 근질근질한 모양이로군. 지구(地區) 형사의 솜씨를 보여 주게나." 총경은 말했다. "민첸 박사와 같이 저쪽 대합실에 가서 그쪽을 맡아 주게. 안에서 아무도 내보내선 안 돼. 민첸 박사, 자네도 아마 도와 줄 사람이 필요할 걸세. 기절하는 사람이 있다 해도 무리가 아니니까 도와 줄 간호사를 두서너 명 데리고 가는 게 좋을 거야. 내가 허락할 때까지 아무도 내보내면 안 돼, 리치."

검은 턱수염을 기른 무뚝뚝하게 보이는 리치는 입 속으로 뭔가 중얼중얼 대답하더니 민첸 박사를 따라 시무룩하게 방에서 나갔다. 열린 문 너머로 민첸이 위에 있는 모어하우스에게 손짓을 하자 그가 다투기를 그만두고 입회인석의 출입구를 향해 뛰어나가는 것이 엘러리에게 보였다.

문이 쾅 하고 닫혔다. 그러나 금방 다시 열리며 흰 가운을 입은 의사와 간호사가 들어왔다.

"아아, 바이어스 씨지요?" 총경이 큰소리로 말했다. "들어오십시오. 이렇게 빨리 와 주셔서 고맙습니다. 당신에게나 이 아름다운 아가씨에게 일의 방해가 되지는 않았는지 모르겠군요. 아닙니까? 그거 다행입니다, 바이어스 씨." 총경은 곧 다시 냉정하게 말했다. "당신은 오늘 아침, 이 옆의 마취실에 있었지요?"

"분명히 그렇습니다."

"무엇을 하고 있었지요?"

"오버먼 양의 도움을 받으며 환자에게 마취를 시키고 있었습니다. 오버먼 양은 언제나 나를 도와 주는 조수입니다."

"방에 당신과 오버먼 양, 그리고 환자 외에 또 누가 있었습니까?"

"아니오."

"그 일을 하고 계셨던 것은 몇 시쯤입니까?"

"10시 25분에서 10시 45분쯤까지 저 방을 썼습니다. 환자는 조녀스 박사로부터 충양돌기 절제 수술을 받기로 되어 있었는데, 그분이 좀 늦게 오셨습니다. 'B' 수술실이 모두 사용 중이어서 기다려야 했지요. 오늘은 매우 바빴습니다."

"흐음……." 총경은 상냥하게 미소지었다. "당신들이 마취실에 있을 때 누가 방에 들어오지 않았습니까?"

"아니오, 그러니까." 의사는 급히 덧붙였다. "병원 밖의 사람은 아무도 들어오지 않았습니다. 쟈니 박사님이 10시 반쯤, 아니면 그보다 1, 2분 뒤인지도 모르겠습니다만, 우리 옆을 지나 대기실로 들어갔다가 약 10분쯤 뒤에 다시 나오셨습니다. 10분이나 아니면 더 짧았는지도 모르겠습니다."

"자네까지!" 쟈니 박사는 독이 오른 눈길을 바이어스 의사에게 던지면서 중얼거리듯이 말했다.

"네, 뭐라고 하셨습니까?"

바이어스 의사가 머뭇거리면서 말했다.

곁에 서 있던 간호사도 무척 놀라는 것 같았다.

총경이 조금 앞으로 나서며 얼른 말했다.

"아니……그건 지금 신경쓰지 마십시오, 바이어스 씨. 쟈니 박사님은 기분이 안 좋으니까요. 조금 놀라신 것 같습니다. 당연한 일이지요, 당연하구말구요……그럼, 당신은 오늘 아침 저 방을 지나 안으로 들어갔다가 다시 나간 사람이 쟈니 박사였다고 선서하고 증언할 수 있습니까?"

의사는 머뭇거리며 침착성을 잃고 있었다.

"너무 단도직입적인 질문이군요……아니오, 선서를 하고 증언할 수는 없습니다. 요컨대," 의사는 기운을 되찾아 말했다. "나는 얼굴은 보지 못했습니다. 수술용 마스크와 가운과 그밖의 것을 착용하고 계셨으니까요. 완전히 몸을 싸고, 그렇습니다."

"이거 참!" 총경이 비평했다. "그러니까 선서는 할 수 없다, 그 말이군요? 아까는 쟈니 박사였다고 매우 확신있게 말한 것 같은데, 어째서입니까?"

"글쎄요……." 다시 바이어스 의사는 망설였다. "물론 우리의 눈에 익은 것처럼 다리를 절고 있었습니다만……."

"다리를 절고 있었다고요? 그리고……."

"그리고 또 나는 박사의 다음 수술 환자가 대기실에 있다는 것을 알고 있었으므로 무의식 중에 쟈니 박사의 존재를 얼마쯤 예기하고 있었던 모양입니다. 어쨌든 우리는 그 사건으로……도른 부인의 일 말입니다만, 매우 당황하고 있었거든요……대체로 그런 이유로 해서 나는 다만 그렇게 생각했을 뿐입니다."

"그러면 오버먼 양." 총경은 재빠르게 허를 찌르듯이 간호사 쪽으로 돌아섰다. "당신도 그 사람이 쟈니 박사라고 생각했었소?"

"네 그렇습니다." 간호사는 얼굴을 붉히면서 머뭇머뭇 말했다. "역시……바이어스 선생님과 같은 이유로……."

"흐음." 총경은 신음 소리를 내면서 방 안을 한 바퀴 돌았다.

쟈니는 눈 하나 깜박하지 않고 방바닥을 응시하고 있었다.

"그렇다면 묻겠는데요, 바이어스 씨." 총경은 말을 이었다. "당신의 환자는 쟈니 박사가 출입하는 것을 보았습니까? 그때 의식이 있었나요?"

"글쎄요……." 의사는 망설이며 대답했다. "내 생각으로는 박사님을……쟈니 박사님을 보았는지도 모르겠습니다. 아직 코온(마취용 마스크)를 대지 않았고, 마취대가 문 쪽을 보게 되어 있었으니까요. 그러나 쟈니 박사님이 두 번째로 나타나셨을 때는 에테르가 이미 작용하고 있었으니까 물론 보았을 리가 없지요."

"환자는 누구지요?"

희미한 미소가 바이어스 의사의 입가에 나타났다.

"당신이 잘 아시는 분일 겁니다, 퀸 총경님. 마이클 커대이였지요."

"누구라고? '마이크 두목' 말이오?"

놀라는 고함 소리가 방 안에 울렸다.

거기에 있던 형사들은 모두 깜짝 놀랐다. 총경의 눈이 가늘어지더니 대뜸 부하 한 사람을 돌아다보았다.

"리터, 자네는 마이클 커대이가 시카고에 갔다고 보고한 것 같은데?" 경감은 따끔하게 말했다. "분명히 자네는 기상천외의 머리를 갖고 있구먼." 그는 다시 바이어스 쪽으로 몸을 빙 돌려서 "지금 '마이크 두목'은 어디 있지요?" 하고 물었다. "어느 방이오? 그 고릴라를 만나 보고 싶은데."

"특별실에 있습니다. 3층의 238호실입니다, 총경님." 의사는 대답했다." 하지만 만나 보았자 아무 소용도 없을 겁니다. 지금 그는 이 세상과는 차단되어 있는 상태니까요. 바로 조금 전에 'B' 수술실에서 실려나온 참이거든요. 조너스 박사가 수술했습니다. 박사가 수술을 막 끝냈을 때 당신 부하가 나를 잡았지요. 마이클은 지금 자기 병실에 있지만, 앞으로 두 시간쯤은 에테르에서 깨어나지 못할걸요."

"존슨!"

총경이 불쾌한 듯 말했다.

몸집이 작고 그다지 신통해 보이지 않는 사나이가 앞으로 다가왔다.

"나중에 '마이크 두목'을 심문할 테니 메모해 두었다가 내게 일러주게. 마취가 되어 있다고? 허어, 참!"

"바이어스 선생." 엘러리의 목소리가 조용히 울렸다. "당신네들이 마취실에서 일하는 동안 혹시 이 방에서 무슨 소리를 듣지 못하셨소? 기억이 안 납니까? 그리고 당신도, 오버먼 양?"

의사와 간호사는 한동안 서로 얼굴을 마주보고 있었다. 바이어스 의사는 솔직한 눈으로 엘러리를 보았다.

"그게 이상했습니다." 의사는 말했다. "플래이스 양이 쟈니 박사님께 말을 걸어 '곧 준비가 됩니다' 라던가? 아무튼 그런 말을 하는 게 마침 들려 왔습니다. 그래서 나는 오버먼 양을 보고 '노인장──쟈니 박사님을 말합니다만──이 오늘은 몹시 기분좋지 않은 게로군, 대답도 하지 않으니 말이야'라고 말한 기억이 납니다."

"그래요? 그러면 당신들은 쟈니 박사님이 이 방에 계시는 동안 내내 무슨 말을 하거나 묻는 소리를 한 마디도 듣지 못했단 말입니까?"

엘러리가 물었다.

"한 마디도 듣지 못했소."

바이어스 의사가 말했다.

오버먼도 동의하듯 고개를 끄덕였다.

"당신들은 여기 문이 열렸다가 다시 닫히면서 '아아, 실례했습니다' 하는 소리를 기억하고 있습니까?"

"기억나지 않는데요."

"당신은, 오버먼 양?"

"저도 기억이 안 나요."

엘러리는 총경의 귀에다 대고 뭔가 속삭였다. 총경은 입을 꽉 다물고 고개를 끄덕이더니 튼튼한 체격의 스웨덴 사람 같은 형사에게 의젓하게 손짓했다.

"헤스!"

이름을 불린 사나이가 느릿느릿 총경의 곁으로 다가왔다.

"지금 곧 해주게. 수술실에 가서 의사와 실습생들 중에 누구 10시 반에서 10시 45분까지 사이에 이 방을 들여다본 사람이 있는가 없는가 물어 봐 주게. 만일 있거든 이리로 데리고 와."

헤스가 방에서 나가자 총경은 바이어스 의사와 간호원을 보내 주었다. 쟈니 박사는 두 사람이 나가는 것을 우울하게 지켜보고 있었다. 엘러리는 아버지와 이야기를 나누고 있었는데 이윽고 다시 문이 열리더니 다른 사람들과 마찬가지로 병원의 흰 가운을 입은 젊고 머리가 검은 샘족 계통의 사나이가 모습을 나타냈다. 헤스가 그 사나이를 방 안으로 몰아넣었다.

"골드 의사입니다. 이 사람이 들여다보았답니다." 헤스가 짤막하게 말했다.

"그렇습니다." 젊은 의사는 곧 자그마한 몸집의 총경을 향해 말했다. "저 문으로 머리를 들이밀었습니다." 그는 서쪽 복도로 통하는 문을 가리켰다. "10시 35분쯤이었다고 생각됩니다만, 어떤 진단에 대해 여쭤어 보려고 더닝 박사를 찾고 있었지요. 물론 더닝 박사가 아니라는 건 금방 알았습니다. 문을 열자 곧 알았지요. 그래서 안에 들어갈 것도 없이 사과하고 나왔습니다."

엘러리가 몸을 앞으로 내밀었다.

"골드 씨, 문을 얼마만큼이나 열었습니까?"

"글쎄요, 1피트쯤 되었을까요. 머리가 겨우 들어갈 정도였습니다. 왜 그러시지요?"

"글쎄요." 엘러리는 미소지었다. "물어 봐서 안 될 것도 없겠지요. 어쨌든 당신이 보신 건 누구였습니까?"

"의사였습니다. 누군지는 모르겠습니다만……."

"어떻게 더닝 박사가 아니라는 걸 알았지요?"

"더닝 박사는 키가 크고 말랐는데, 그 사람은 어느 쪽인가 하면 키가 작고 땅딸막했습니다. 어깨 모양도 달랐구요. 그러나 누군지는 모르겠습니다. 어쨌든 더닝 박사는 아니었습니다."
엘러리는 열심히 코안경을 닦고 있었다.
"그 의사는 어떤 자세로 서 있었지요? 문을 열었을 때 본 대로 말씀해 주십시오."
"등을 내 쪽으로 돌리고 운반차 위에 약간 허리를 굽히고 있었습니다. 그 몸에 가리어 운반차 위의 사람은 보이지 않았습니다."
"손은?"
"안 보였습니다."
"방에는 그 사람 혼자뿐이었습니까?"
"내가 본 건 그 사람뿐입니다. 물론 운반차 위에는 환자가 있었겠지만, 그밖에 누가 있었는지 그건 모르겠습니다."
총경이 부드럽게 참견을 했다.
"당신은 '아아, 실례했습니다'라고 말했다지요?"
"그렇습니다."
"그래, 상대방은 뭐라고 대답하던가요?"
"아무 대답도 하지 않았습니다. 돌아보지도 않았지요. 내가 말을 걸었을 때 어쩐지 어깨를 흠칫하는 듯했지만……어쨌든 나는 뒤로 물러서서 문을 닫고 갔습니다. 그동안 10초도 안 걸렸을 겁니다."
엘러리는 골드 의사에게 다가가서 그 어깨를 가볍게 두들겼다.
"또 한 가지 묻겠는데, 그 사나이가……쟈니 박사였을는지도 모른다는 생각은 들지 않았소?"
젊은 의사는 내키지 않는 투로 말했다.
"아아, 그랬을지도 모르겠군요. 그러나 내가 본 바로는 그 비슷한 사람은 그밖에도 10여 명이 넘습니다. 무슨 잘못이 있었나요, 박사님?"

젊은 의사는 머리를 뒤로 돌려 외과의사를 바라보았으나, 박사는 아무 대답도 하지 않았다.

"그럼, 저는 가 보겠습니다, 이것으로 이야기가 끝났다면……."

총경은 쾌활하게 손을 흔들어 가도록 했다.

"컵브를 데리고 오게. 현관 경비 말이야."

헤스가 어슬렁어슬렁 나갔다.

"이런 제기랄!"

쟈니 박사가 나직이 말했다.

아무도 그 말에 주의를 기울이지 않았다.

문이 열리고 헤스와 혈색이 좋은 얼굴의 현관 경비가 들어왔다. 컵브는 모자를 비스듬히 쓰고 경찰관들에게 친밀함을 나타내듯 상냥하게 주위를 둘러보았다.

총경은 쓸데없는 말은 하지 않았다.

"컵브, 내 말이 틀렸으면 곧 말하게……자네는 퀸 씨와 민첸 박사가 복도에서 쟈니 박사와 서서 이야기하고 있는데 박사 곁으로 왔네. 그리고 박사를 만나고 싶다는 남자가 와 있다고 말했지. 박사는 처음에는 만나기를 거절했으나 자네가 명함을 주자——명함에는 '스완슨'이라는 이름이 씌어 있었네——생각을 고쳐서 자네와 함께 복도를 지나 대합실 쪽으로 갔네. 그리고 어떻게 되었지?"

"쟈니 박사님은 '여어!' 하고 그 사나이에게 말씀하셨습니다." 컵브는 가벼운 말투로 대답했다. "그리고 두 분은 대합실을 나와서 오른쪽으로 돌아가셨습니다. 아시는 바와 같이 박사님의 방은 그쪽 방향에 있으니까요. 두 분은 박사님의 방으로 들어가셨습니다. 그리고 문을 닫으셨습니다. 박사님이 닫으셨지요. 그래서 나는 현관의 내 자리로 돌아와서 죽 그대로 거기 있는데, 민첸 박사님이 오셔서……."

"잠깐 기다리게, 잠깐만." 총경이 성급하게 말했다. "자네가 자기

자리에서 잠시도 떠나지 않은 건 확실하겠지? 그러면……."
 총경이 쟈니 박사를 흘끗 보았다. 박사는 구석 자리에서 등을 꼬부리고 있었는데 갑자기 깜짝 놀라며 긴장했다.
 "만일 쟈니 박사나 그 면회인이 박사의 방에서 나와 다른 곳으로——이를테면 수술실에 가려고 하면 자네 눈에 띄지 않고도 빠져나갈 수 있을까?"
 현관 경비는 머리를 긁었다.
 "물론 그럴 수는 있겠지요. 나는 늘 안쪽으로만 얼굴을 돌리고 있는 게 아니니까요. 때로는 문을 열고 한길을 바라볼 때도 있거든요."
 "오늘 아침에도 한길을 바라보았나?"
 "그렇습니다, 분명히 바라보았습니다."
 엘러리가 끼어들었다.
 "자네는 민첸 박사가 와서 문을 잠그도록 시켰다고 했는데, 그것은 쟈니 박사님의 면회인——그 스완슨이라는 사나이——이 건물을 나가고 나서 얼마쯤 지난 뒤였나? 아니, 그보다 먼저 그 면회인은 건물에서 나갔는가?"
 "네, 물론입니다." 컵브는 대범하게 싱글싱글 웃어 보였다. "나에게 25센트짜리 은화를 주기까지 했지요. 아니, 주려고 했다는 뜻입니다. 하지만 나는 받지 않았습니다. 규칙 위반이니까요……네, 그분은 민첸 박사님이 나에게 명령하기 10분쯤 전에 나갔다고 생각됩니다. 그는 현관을 지나 한길로 나갔습니다."
 "그밖에 누구?" 엘러리는 계속했다. "스완슨이 나가고 나서 자네가 문을 잠글 때까지 정면 현관에서 나간 사람은 없나?"
 "한 사람도 없었습니다."
 엘러리는 쟈니 박사 곁으로 다가갔다. 박사는 곧 몸을 꼿꼿이 했으나, 눈은 허공을 바라보고 있었다.

"작은 문제입니다만, 박사님." 엘러리는 조용하게 입을 열었다. "아직 물어 볼 틈이 없었던 일이 있습니다. 기억하고 계시겠지요? 총경님이 이 방에 들어왔을 때 당신은 마침 면회인이 누구였나 말하려 하고 있었지요······."

여기까지 말했을 때 문이 열리면서 벨리 부장이 두 형사를 데리고 뛰어들어왔으므로 엘러리는 입을 꽉 다물고 말을 끊었다.

"이거 참!" 엘러리는 희미한 미소를 띠면서 말했다. "아무래도 또 중대한 질문을 미루어야 되겠군요······뒤로 미룹시다, 박사님. 벨리 부장이 무슨 정보를 가지고 안전부절못하는 것 같군요."

"무슨 일인가, 토머스?"

총경이 물었다.

"10시 51분 이후에는 쟈니 박사님의 면회인 외에 병원을 나간 사람이 아무도 없습니다. 스완슨에 대해서는 아까 현관 경비가 밖에서 말해 주었습니다." 벨리는 빈 양철 깡통 같은 소리를 내었다. "그때쯤 건물에 들어온 사람의 리스트를 입수하여 일일이 조사해 보았습니다만, 모두 별문제가 없는 것 같습니다. 그리고 모두 병원 안에 있으라고 금족령을 내렸습니다. 한 사람도 못 나가게 하고 있습니다."

총경은 상냥하게 웃는 얼굴을 지었다.

"잘했네, 부장. 잘했어. 자, 엘러리." 총경은 아들 쪽을 보며 말했다. "토머스, 자네 덕분에 엘러리도 운이 좋았군. 범인은 아직 이 건물 안에 있네. 달아날 수는 없어."

"아마 달아나려고 생각지도 않을 겁니다." 엘러리는 쌀쌀하게 말했다. "전 그 점에 대해 별로 낙관적이지 않습니다······ 그리고 아버님."

"뭐지?"

쟈니 박사는 눈을 이상하게 빛내면서 쳐다보았다.

"아까부터 나에게는 눈앞에서 어른거리면서 떠나지 않는 한 가지 생각이 있습니다." 엘러리는 생각에 잠기면서 말했다. "어떨까요, 이 야기를 진행시키는 편의상, 그리고……." 엘러리는 외과의사 쪽을 향해 고개를 끄덕여 보였다. "쟈니 박사님을 위해서도 바라는 바입니다만, 이 범행을 해치운 신사는 박사님이 아니라 비열하고 대담하기 짝이 없는 사기꾼이라고 가정하기로 합시다."

"이제야 당신도 제대로 이야기하게 되었군."

박사는 못마땅한 듯이 말했다.

"그리고 그 가정을 다시 진전시켜서……." 엘러리는 발 끝에다 몸을 지탱하여 흔들흔들하면서 천장을 바라보고 말을 이었다. "우리가 찾고 있는 재빠른 범인은 자기 자신과 입고 있었던 옷의 거리를 될 수 있는 한 멀리 떼어놓고 싶다는, 교활하지만 아주 정당한 이유에서 비유적으로 말하면 그 피비린내나는 가운을 벗어서 어디다 숨겼다고 추정하기로 합시다. 그런데 우리는 범인이 아직 이 건물을 나가지 않았다는 것을 알고 있습니다. 그렇다면 병원 안을 철저하게 수사하면……."

"리터!" 총경이 외쳤다. "자네도 엘러리가 하는 말을 듣고 있었 겠지? 존슨과 헤스를 데리고 곧 수사에 착수해 주게."

"나는 이런 엄숙한 순간에," 엘러리는 싱글벙글 웃었다. "문학을 비유로서 끄집어 낸다는 것은 대단한 악취미라고 생각합니다만……. 이 점에 있어서는 롱펠로우가 나를 앞지르고 있는 것 같습니다. 기억 나십니까, 아버지? '예견하는 모든 것을 찾아내기까지는……'이라는 말을. 나는 자네가 찾아내기를 진심으로 바라겠네, 리터. 오직 쟈니 박사님의 마음을 편하게 해 드리기 위해서만이라도……."

암시 IMPLICATION

"그럼 다시……." 엘러리는 세 명의 형사 뒤에서 문이 닫히자 쟈니 박사에게 공손히 절을 하면서 말했다. "아까의 지혜의 샘으로 이야기를 되돌립시다, 박사님. 분명히 말해서 면회인이 누구였습니까?"

퀸 총경은 의자 쪽으로 향해 갔다. 지금의 이 엄숙한 순간이 깨뜨려지는 것을 두려워하는 것처럼 살금살금 방을 가로질러 갔다. 엘러리는 완전히 정지한 채 서 있었다. 방 안을 천천히 돌아다니고 있는 실제적이고 아무 상상력도 가지고 있지 못한 사람들까지도 엘러리의 대수롭지 않은 듯한 질문에서 뭔가 극적인 것을 느꼈다.

쟈니 박사는 곧 대답하지 않았다. 입을 꽉 다물고 미간을 찌푸린 채 박사만이 아는 뭔가 심원한 문제를 마음 속으로 검토해 보고 있는 것 같았다. 이윽고 그가 입을 열고 있었을 때도 그는 눈썹 하나 까닥하지 않았다.

박사의 말은 간단했다.

"퀸 씨, 당신은 별것도 아닌 하찮은 일로 수선을 떨고 있소. 면회인은 내 친구였소."

"당신 친구로서 스완슨이라는 성이었지요?"

"그렇소. 마침 재정적으로 곤란을 받아 개인적으로 돈을 빌리러 온 거요."

"아주 일리 있는 말입니다, 아주." 엘러리는 중얼거리듯 말했다.

"돈이 필요해서 당신에게 부탁하여 얼마쯤 빌리러 왔다……아무것도 이상할 게 없다고 말씀하시는 거겠지요……." 엘러리는 또 미소 지었다. "물론 빌려 드렸겠지요?"

외과의사의 몸이 굳어졌다.

"그렇소. 내 수표로 50달러."

엘러리는 쾌활하게 아무런 악의도 담지 않고 웃었다.

"뭐, 부담이 될 것까지도 없다, 그거지요, 박사님? 당신은 부자이니까 그 정도의 돈 쯤은 별것도 아니겠지요. 그런데 그 친구의 이름은 뭡니까?"

엘러리는 자기 질문이 아주 당연한 듯이 대수롭지 않게 말을 끊었다. 퀸 총경은 눈을 쟈니 박사에게 못박은 채 주머니를 뒤져 갈색의 낡은 코담뱃갑을 꺼냈다. 그리고 담뱃갑을 콧구멍으로 가져가려던 손이 허공에서 머물렀다. 기다리고 있는 듯이…….

쟈니의 대답은 쌀쌀맞았다.

"그건 말하고 싶지 않소."

퀸 총경의 손이 여행을 계속하여 그 사명을 마치고 도로 돌아갔다. 그는 담배 냄새를 맡고는 일어서서 냉정한 얼굴에 조금 의아스러운 표정을 띠며 앞으로 나섰다.

그러나 엘러리가 선수를 쳤다. 그는 아무 억양 없는 밋밋한 투로 말했다.

"그게 바로 내가 알고 싶었던 겁니다, 박사님. 스완슨이라는 그 사나이는 아마 당신에게 있어서 이처럼 꿋꿋하게 두둔할 만한 값어치가 있는 소중한 사람인 모양이지요. 물론 오래된 친구겠지요?"

"아니, 그렇지 않소." 박사는 서둘러 말했다.

"그렇지 않다구요?" 엘러리의 눈썹이 치켜올라갔다. "그건 당신의 태도와 전혀 일치되지 않는군요, 쟈니 박사님……." 엘러리는 몸집이 작은 외과의사 쪽으로 걸어가서 내려다보았다. "또 한 가지 질문에 대해 대답해 주십시오, 박사님. 그러면 더 이상 아무것도 묻지 않겠습니다……."

"당신은 또 무슨 꿍꿍이 속셈인지, 나로선 모르겠구려."

쟈니 박사는 한 걸음 뒤로 물러서면서 중얼거리듯이 말했다.

"그건 어쨌든," 엘러리는 부드럽게 말했다. "대답이나 해주시오……그 스완슨이라는 사나이가 각별한 친구가 아니라면, 당신은 무엇 때문에 오늘 아침 귀중한 15분을 그 사나이에게 내주었습니까? 당신의 은인이 몹시 중태에 빠져 의식을 잃고 당신의 더할 데 없이 숙련된 손과 메스를 애타게 기다리고 있었는데……잘 생각하신 다음에 대답해 주시기 바랍니다."

엘러리는 박사가 분명히 눈에 차츰 저항의 빛을 더하며 냉정하게 "나는 당신들의 수사에 참고가 될 만한 일은 아무것도 모르오"라고 말하는 것을 한 귀로 흘려 버리고 몸을 홱 돌렸다.

그리고 그는 아버지가 일어난 의자 곁으로 천천히 다가가서 앉더니 마치 '다음은 아버지 차례입니다'라고나 하는 듯 손을 흔들어 보였다.

노인의 미소가 어쩐지 부드러워진 것 같았다. 그는 박사 앞을 왔다갔다하고 있었다. 외과 주임의 분노를 품은 작은 눈이 그 뒤를 뒤쫓고 있었다.

"말할 필요도 없는 일입니다만……." 총경은 정중하게 입을 열었다. "우리는 이 문제에 대한 당신의 태도를 받아들일 수가 없습니다. 물론 잘 알고 계시리라고 생각합니다만……." 그것은 도전이었다.

"당신은 숨김없이 진실된 대답을 해주시는 영광을 나에게 베풀어 주시리라고 생각합니다."

박사는 아무 말도 하지 않았다.

"좋습니다. 그럼, 시작할까요……당신과 스완슨이 당신 방에서 같이 계신 15분 동안에 대체 무슨 일이 있었습니까?"

"나는 굳이 고집을 피우려는 건 아니오," 박사는 놀랄 만큼 태도를 바꾸어 말했다. 몹시 피로한 듯이 몸을 기대려고 의자 등을 찾았다.

"아까도 말씀드렸듯이 스완슨은 돈이 급히 필요한데 다른 데서는 구할 만한 곳이 없어 50달러의 돈을 빌리기 위해 나를 찾아왔던 거요. 나는 처음에는 거절했습니다. 그러자 스완슨은 사정을 설명하기 시작했지요. 듣고 보니 참으로 딱한 사정이라 나는 그 요구를 승낙한 겁니다. 그래서 수표를 주고 한동안 상대방의 문제에 대해 의논했습니다. 그리고 그는 돌아간 거요. 그뿐입니다."

"매우 논리가 잘 맞는 이야기입니다." 총경은 정중하게 대답했다. "그러나 당신이 말씀하시는 대로 모든 게 그렇게 결백하다면 어째서 그 사나이의 이름과 주소를 우리에게 알리려고 하지 않는 거지요? 당신도 아시리라 믿습니다만, 우리로서는 절차상 꼭 해 두어야 할 일정한 조사가 있고, 또한 당신 자신의 증언을 확인하기 위해서도 당신 친구의 증언이 필요합니다. 그러므로 우리에게 없는 정보를 제공해 주십시오. 그것으로 완전히 정리가 됩니다."

박사는 부스스한 머리를 무거운 듯이 저었다.

"유감입니다만, 총경님. 아마 이것만은 설명해야 되겠지만, 내 친구는 불행한 사나이로 어떤 상황(狀況)의 희생자입니다. 몹시 다감한 성질이며, 훌륭한 교육을 받고 자란 사람이지요. 특히 이번에 나쁜 평판이라도 나는 날이면 그 사나이에게는 충격이 클 겁니다. 게다가 그가 도른 부인의 살인 사건과 아무런 관련도 있을 수 없다는 건 뻔한 일입니다."

박사의 목소리가 조금 높고 날카로워졌다. "대체 당신은 어째서 이렇게 캐묻는 거지요?"

엘러리는 생각에 잠긴 채하며 코안경의 렌즈를 닦고 있었으나 쟈니 박사로부터 잠시도 눈을 떼지 않았다.

"아마 스완슨의 인상을 설명해 달라고 해도 헛일이겠지요?" 총경이 물었다.

미소가 그 얼굴에서 사라졌다.

박사는 굳게 입을 다물고 있었다.

"그럼, 좋습니다." 노인은 차갑게 딱 잘라 말했다. "당신의 증언을 뒷받침해 줄 스완슨의 증언이 없는 한, 당신의 입장이 곧 위험에 빠지리라는 것은 알고 계시겠지요, 쟈니 박사?"

"아무것도 할 말이 없습니다."

"나는 한 번 더 당신에게 기회를 주겠습니다." 총경의 목소리는 이제 차가운 분노를 띠어 엄숙했다. 입술이 약간 떨리고 있었다. "스완슨의 명함을 주시오."

숨막힐 듯한 짤막한 침묵이 있었다.

"뭐라고요?"

박사는 신음했다.

"명함, 명함 말입니다." 총경이 못 참겠다는 듯이 외쳤다. "스완슨의 이름을 박은 명함 말이오. 당신이 복도에서 민첸 박사와 엘러리와 이야기하고 있을 때 현관 경비가 당신에게 건네 준 그 명함 말이오. 어디 있지요?"

박사는 풀이 죽은 눈을 노인 쪽으로 들었다.

"갖고 있지 않습니다."

"어디 있지요?"

쟈니는 묘석처럼 가만히 있었다.

총경은 방구석에 멍하니 서서 천장을 노려보고 있는 벨리를 홱 돌아보았다.

"신체검사를 해보게, 토머스."

외과의사가 순간 놀란 듯이 벽 쪽으로 뒷걸음질쳐서 쫓기는 짐승처럼 주위를 노려보았다. 엘러리는 의자에서 반쯤 엉덩이를 들다가 다시 주저앉았다. 그동안 벨리는 몸집이 작은 외과의사를 한쪽 구석에 밀어붙이고 무표정한 얼굴로 말했다.

"순순히 내놓든가 아니면 내가 뒤져 내든지, 어느 쪽으로 하겠소?"

"뭐라고!" 박사는 분노로 새파랗게 질려서 신음하듯이 말했다.

"손만 대 봐…… 그러면 난……."

박사의 몸에서 힘이 쑥 빠지며 목소리는 쉬어서 사라지고 말았다.

벨리는 외과의사의 가냘픈 몸을 커다란 팔로 감아 마치 어린애라도 다루듯 쉽사리 끌어안았다. 외과의사는 한 번 미친 듯이 몸부림쳤을 뿐, 그 뒤로는 저항하지 않았다. 분노의 빛은 이미 얼굴에서 사라지고, 눈에서도 없어지고 말았다.

"아무것도 없습니다." 벨리는 본디 서 있던 구석으로 물러섰다.

퀸 총경은 찬탄을 금치 못하겠다는 듯이 작은 사나이를 물끄러미 지켜보고 있었다. 그리고 얼굴을 돌리지도 않은 채 말했다. 거의 내뱉는 듯한 말투였다.

"쟈니 박사의 방을 수색해 보게, 토머스."

벨리는 형사 하나를 데리고 방에서 천천히 나갔다.

엘러리는 눈썹을 찌푸리고 있었다. 이윽고 그는 늘씬한 몸을 의자에서 일으켰다. 나직한 목소리로 총경에게 무엇인가 이야기를 했다. 노인은 의심스러운 듯이 고개를 저었다.

"쟈니 박사님."

엘러리가 낮은 목소리로 말했다.

외과의사는 풀이 죽어 벽에 기대서서 바닥을 내려다보고 있었다. 얼굴은 핏기가 올라 거무스름하고 호흡이 거칠었다.

"쟈니 박사님, 이렇게 되어 유감입니다. 당신의 태도로 우리는 그렇게밖에 할 도리가 없었던 겁니다……우리는 당신의 입장을 이해하려고 많이 노력하고 있습니다. 당신이 그렇게까지 갸륵하게 두둔하고 있는 스완슨이, 만일 당신이 그 사람에 대해 가지고 계시는 만큼의 우정을 당신에 대해 갖고 있는 좋은 친구라면 자진해서 출두하여 당신의 이야기를 뒷받침해 줄 거라고는 생각지 않으십니까? 그것이 스완슨에게 있어 아무리 괴로운 일일지라도 말 입니다……그렇게 생각지 않으십니까?"

"유감스럽지만……."

박사가 거의 쉰 듯한 목소리로 말했으므로 엘러리는 그 말을 알아듣기 위해 얼른 머리를 앞으로 내밀었다.

박사의 태도에서 저항적인 것이 사라지고 없었다. 완전히 없어져 버린 것 같았다.

"그렇습니까?" 엘러리는 무겁게 말했다. "그러면 또 한 가지 묻겠습니다. 억지로 대답하실 필요는 없습니다, 쟈니 박사님. 당신들이 방에 들어가고 나서 작별 인사를 했던 당신이 말하신 시간까지, 당신이든 스완슨이든 잠깐이라도 방을 나온 일은 없었습니까?"

"없소."

박사는 얼굴을 들어 엘러리의 눈을 똑바로 쳐다보았다.

"고맙습니다."

엘러리는 되돌아와서 다시 자리에 앉았다. 그리고 담배를 꺼내어 불을 붙이고 생각에 잠긴 듯이 연기를 뿜어 내고 있었다.

퀸 총경은 무뚝뚝하게 명령을 내려 한 형사를 내보냈다. 형사는 곧 아이작 컵브를 데리고 돌아왔다. 현관 경비는 불그레한 얼굴을 빛내면서 자신만만한 태도로 들어왔다.

"컵브," 총경은 아무런 예고도 없이 대뜸 묻기 시작했다. "자네는 아까 쟈니 박사님의 면회인이 병원에 들어올 때와 나갈 때 두 번 다 보았다고 했는데, 어떤 인상이었는지 말해 보게."

"알겠습니다." 현관 경비는 싱글벙글 웃고 있었다. "저는 사람의 얼굴을 절대로 잊어 버리지 않습니다……그렇고말고요, 총경님. 그 사람은 보통 키에 적당한 몸집이었지요. 머리는 거의 금발이고 수염은 깨끗이 깎았으며 검은 새 옷을 입고 있었습니다. 그리고 역시 검은 색 외투를 입고 있었구요."

"그래, 자네는 어떻게 생각했나?" 엘러리가 여유를 주지 않고 물었다. "그 남자는 돈이 좀 있는 사람 같던가? 그러니까 입고 있는 옷으로 보아서……"

"천만에요." 현관 경비는 힘주어 말하고 세게 고개를 저었다. "아주 고생에 찌들어 있는 것 같았습니다. 글쎄요, 나이는 한 서른 너덧쯤 되었을까요? 그렇게 보였습니다."

"자네는 여기에 몇 년이나 근무하고 있나?"

엘러리가 물었다.

"10년 가까이 됩니다."

총경이 냉정하게 말했다.

"그럼 자네는 그 스완슨이라는 사나이를 전에 본 적이 있나?"

현관 경비는 얼른 대답하지 않았다.

"글쎄요……" 이윽고 그는 말했다. "어디선가 본 듯도 하지만……잘 모르겠는데요."

"흐음……" 총경은 담배를 한줌 쥐었다. "그런데," 총경은 담배 냄새가 콧구멍으로 배어드는 것을 들이마시며 "그 남자의 이름이 무엇이었나? 기억하고 있겠지?" 날카롭게 덧붙이고는 담뱃갑의 뚜껑을 찰각 닫아 주머니에 집어넣었다. "쟈니 박사님에게 명함을 가져다 주었으니까."

현관 경비는 당황한 것 같았다.

"하지만 전……전 모릅니다, 보지 않았으니까요…… 그냥 쟈니 박사님께 드렸습니다."

"그렇다면," 엘러리가 귀찮은 듯이 참견했다. "참으로 이상하지 않나. 자네는 팁을 받지 않는데다 호기심도 없다는 건가? 좀 놀라운데."

"그럼, 자네는," 총경이 위협하듯 말했다. "그 사람이 준 명함을 가지고 긴 복도를 건너 쟈니 박사를 찾으러 갔다, 그러나 명함은 한 번도 들여다보지 않았다, 그 말인가?"

"저는……안……안 보았습니다, 총경님."

컵브는 완전히 겁에 질려 있었다.

"바보같이!" 총경은 중얼거리면서 홱 등을 돌렸다. "이 자는 아주 저능이야. 그럼, 나가봐!"

컵브는 잠자코 슬금슬금 나가 버렸다. 벨리 부장은 컵브가 심문받고 있는 동안 가만히 방에 들어와 있다가 조용히 앞으로 나섰다.

"어떻게 되었나, 토머스?"

총경의 말투로 미루어 그는 분명 부장의 보고에 희망을 걸고 있지는 않은 것 같았다. 그는 부루퉁한 얼굴로 벨리를 쳐다보았다.

엘러리는 쟈니 박사를 흘끗 훔쳐보았다. 그는 전혀 무관심한 듯 생각에 잠겨 있었다.

"방에도 없었습니다."

"그래?" 총경은 천천히 쟈니 박사에게로 다가가서 "명함을 어떻게 했지요? 대답하시오!" 하고 고함을 질렀다.

"태워 버렸소."

쟈니는 풀이 죽어 대답했다.

"잘하셨군요."

총경은 불쾌한 듯이 말했다.

"토머스!"

"네."

"곧 시작해 주게. 오늘 밤까지 그 스완슨이라는 사나이를 본부로 연행해 와. 보통 키에 보통 몸집. 초라해 보이는 35살쯤 된 생활이 어려운 사나이야. 서둘러!"

"벨리 부장."

엘러리가 한숨을 쉬며 말했다.

부장은 문으로 가다가 멈춰섰다.

"잠깐 기다리시오……." 그리고 엘러리는 쟈니 박사를 돌아보며 덧붙였다. "박사님, 당신의 수표책을 보여 주실 수 없을까요?"

쟈니는 움찔 몸을 떨었다. 또다시 눈에 분노가 타올랐다. 그러나 입을 열었을 때는 지금까지처럼 피로에 지친 목소리였다.

"좋소."

박사는 바지 뒷주머니에서 둘로 접은 수표책을 꺼내어 아무 말 없이 엘러리에게 건네 주었다. 엘러리는 재빨리 표지를 넘겼다. 왼쪽이 비망록란으로 되어 있었다. 그 맨 끝장의 비고란에 '현금불'이라고 씌어 있으나 수취인의 이름은 없었다.

"오오!"

엘러리는 미소지으며 수표책을 박사에게 돌려 주었다. 박사는 눈썹 하나 까딱하지 않고 그것을 주머니에다 도로 넣었다.

"벨리 부장, 그 수표를 찾아 주시오. 당신은 우선 네덜란드 은행에 가서 수표 교환소에 들르시오. 수표 번호는 1186, 50달러의 현금 지불, 날짜는 오늘로 쟈니 박사의 개인 계좌에서 발행한 것이오. 어쨌든 스완슨의 필적이 손에 들어올 거요."

"또 한 가지." 엘러리의 목소리가 벨처럼 울려퍼졌다. "쟈니 박사님의 방을 조사했을 때 당신은 박사의 개인용 주소록을 뒤져 스완슨의 이름을 찾아보았소?"

차가운 미소가 벨리의 입술을 스쳤다.

"물론 알아보았지요. 그러나 그런 이름은 아무 데도 없었습니다.

박사의 책상 유리판에 있던 개인용 전화번호 메모에도 없었습니다. 그뿐입니까?"

"그뿐이오."

"자, 자" 하며 총경이 박사 곁으로 천천히 걸어갔다. "서 있을 필요는 없습니다, 박사님." 총경은 얼마쯤 친절한 말투가 되어 있었다. "왜 앉지 않습니까……."

외과의사는 깜짝 놀란 듯이 멍하니 총경을 쳐다보았다.

"어쨌든 우리는 아직 당분간 여기 있을 테니까요." 총경은 우울하게 말을 이었다.

박사는 의자에 깊숙이 앉았다. 침묵이 계속되었다. 이윽고 서쪽 복도의 문을 똑똑 두드리는 소리가 나자 한 형사가 방을 가로질러 문을 열러 갔다.

리터 형사가 겨드랑이 밑에 형태가 없이 크고 하얀 뭉치를 안고 대기실로 뛰어들어왔다. 그 뒤에서 리터보다는 조금 침착한 태도로 존슨과 헤스가 들어왔으나 둘 다 싱글벙글 웃고 있었다.

퀸 총경이 허둥지둥 앞으로 걸어나왔다. 엘러리도 일어서서 흥분하여 다가갔다. 쟈니 박사는 깊이 고개를 숙이고 자고 있는 것 같았다.

"이건 뭔가?"

총경이 소리치며 뭉치를 빼앗았다.

"옷입니다, 총경님!" 리터가 큰 목소리로 떠들었다. "살인한 놈의 옷을 발견했습니다."

퀸 총경은 에비게일 도른의 생명 없는 몸이 실려 나간 운반대 위에 옷뭉치를 펼쳤다.

"겨우 단서 비슷한 것이 잡혔군." 그는 중얼거리며 눈에 기쁨의 빛을 띠고 엘러리 쪽을 재빨리 흘끗 보았다.

엘러리는 운반대 위에 몸을 굽혀 기다란 손가락 끝으로 뭉치를 만지작거리고 있었다.

"연료가 많으면 불은 더욱 잘 탄다"고 중얼거리고 나서 그는 박사가 앉아 있는 의자 쪽을 몰래 엿보았다.

박사도 지금은 운반대 위의 것이 무엇인지 보려고 목을 빼고 긴장하며 앉아 있었다.

"뭘 중얼거리고 있지?"

총경이 바쁘게 옷가지를 뒤적이면서 말했다.

"불탄 찌꺼기지요."

엘러리는 수수께끼 같은 말을 했다.

표시 MANIFESTATION

모두들 운반대 둘레에 모여 목을 빼고 퀸 총경이 옷뭉치를 풀어 물건을 하나하나 갈라놓는 것을 지켜보고 있었다.

쟈니 박사가 참을 수 없다는 듯한 몸짓을 했다. 반쯤 엉덩이를 들었으나 다시 마음을 고쳐먹고 의자에 주저앉았다가는 또 엉덩이를 들었다. 그러다가 결국 호기심에 지고 만 모양인지 운반차 곁으로 다가가서 두 형사의 어깨 너머로 들여다보았다.

"흐음, 수술복이로군." 총경의 눈가에 주름이 잡혔다. "이건 당신 거요?"

쟈니 박사가 중얼거리듯 말했다.

"그런 걸 내가 어떻게 알겠소."

말은 그렇게 하면서도 그는 두 형사 사이를 비집고 들어가 가운을 만져 보았다.

엘러리가 속삭이듯 말했다.

"당신 몸에 맞을까요?"

그러자 총경이 수술복을 쟈니 박사 앞에서 들어올렸다. 외과의사의 발목까지 왔다.

"내 것이 아니오."

쟈니는 분명히 말했다.

"너무 길군."

수술복은 마구 구겨져 있었으나 더럽지는 않았다. 분명히 갓 세탁한 것이었다.

"새것은 아닌데," 엘러리가 말했다. "보세요, 가장자리가 닳았군요."

"세탁소의 표는……."

총경은 대뜸 손가락 끝으로 가운을 뒤집어서 칼라 안쪽을 보았다. 두 개의 구멍이 뚫여져 있어 세탁소의 표를 잡아떼었음을 알 수 있었다.

노인은 수술복을 옆으로 내던졌다.

그리고는 위쪽 모서리에 끈이 달린 턱받이같이 생긴 작은 린네르 물건을 집어들었다. 긴 가운과 마찬가지로 이것도 구겨져 있었으나 더럽지는 않았다. 분명히 한 번 쓴 흔적을 남기고 있었다.

외과의사의 마스크였다.

"누구의 것이라고도 말할 수 있소."

쟈니 박사가 변명하듯 자진해서 말했다.

다음 물건은 외과의사가 쓰는 모자였다. 겉으로 보기에는 별다른 점이 없었다. 새것도 아니고 때도 묻지 않았으나 구겨져 있었다. 엘러리는 아버지의 손에서 모자를 빼앗아 뒤집어 보았다. 그리고는 코안경을 신중하게 고쳐 쓰고 모자를 눈 가까이로 가져가서 손 끝으로 가장자리의 아주 작은 골까지 찬찬히 조사했다. 그리고 나서 약간 어깨를 으쓱해 보이고는 모자를 운반차 위에 도로 놓았다.

"범인으로서는 정말 행운이로군."

"그렇다면…… 머리칼이 묻어 있지 않다는 거요?"

박사가 급히 물었다.

"네, 그렇습니다, 박사님. 당신은 매우 머리가 예민하군요……."

엘러리는 앞쪽으로 몸을 굽혀서 총경이 주워올린 네 번째 물건을 조사하려고 했다. 노인은 그 물건을 불빛 가까이로 들어올렸다. 빳빳하게 풀을 먹인 흰 즈크 바지였다.

"이건 또 뭐야!" 총경은 외치면서 바지를 운반대 위에 집어던지고는 바짓가랑이 부분이 되는 곳을 둘째손가락으로 똑바로 세워 가리켰다. 바지의 양쪽 다리가 모두, 좀 헐렁한 무릎 위 2인치쯤 되는 곳에 커다란 주름이 잡혀 있었다.

엘러리는 매우 기쁜 듯했다. 조끼 주머니에서 연필을 꺼내어 그것으로 뚜렷이 잡힌 주름의 하나를 살그머니 들어올렸다. 연필이 무엇인가에 걸렸다. 모두들 들여다보았더니 몇 줄의 시침실이 있고, 가랑이께에서 주름이 끝나 있었다. 시침실은 물론 흰 것으로 거칠게 바느질이 되어 있었다. 바지 뒤쪽에도 같은 시침실이 보였다.

"우리의 즉석 양복장이께서는," 엘러리는 중얼거렸다. "분명히 임시 변통으로 이렇게 꿰맸군요. 보십시오." 엘러리는 유쾌한 듯이 말을 이었다. "잠시만 견디면 되게끔 꿰매어져 있어요."

"토머스!"

총경이 재빨리 둘레를 둘러보았다.

벨리는 운반차의 반대쪽 끝에 멍하니 서 있었다.

"이 목면실의 출처를 밝힐 수 있겠나?"

"도저히 안 될 겁니다."

"그래도 한 번 조사해 봐 주게."

벨리는 작은 칼을 꺼내어 바지의 오른쪽 주름에서 2인치쯤 실을 잘라냈다. 그리고 범인의 머리칼이라도 되는 것처럼 소중하게 투명하고 얇은 종이 봉투에 집어넣었다.

"박사님, 이것을 당신 몸에 대보시오." 총경은 무뚝뚝하게 말했다. "아니, 입어 보지 않아도 좋소. 위로 대보기만 하시오."

쟈니 박사는 아무 말 없이 바지를 집어들어 자기 앞으로 가져가 허리에 대었다. 바짓가랑이가 정확하게 발 끝까지 처졌다.

"그리고 주름을 편다면……." 엘러리는 생각에 잠긴 듯이 큰소리로 말했다. "주름을 약 4인치씩 잡았으니까……박사님 당신 키가 얼마지요?"

"5피트 5."

외과의사는 바지를 총경에게 도로 던지며 말했다.

엘러리는 어깨를 움츠렸다.

"이건 아무런 의미도 없어. 하지만 이 바지의 임자는 키가 5피트 9인치 아니면 그 비슷한 정도겠군. 그러나," 엘러리는 차갑게 미소지었다. "그런 건 단서가 될 것 같지가 않아. 시내에 몇백 개나 있는 어느 병원에서 훔쳐낸 것일지도 모르고, 몇천 명이나 되는 외과의사 가운데 누구에게서 훔친 건지도 모르니까. 게다가……."

엘러리는 갑자기 말을 끊었다. 퀸 총경이 가운, 마스크, 모자, 바지를 한옆으로 밀어내자 이번에는 한 켤레의 캔버스 구두가 점잖게 나타났다. 뒤축이 낮은 옥스퍼드 형이었다. 노인의 손이 얼른 앞으로 내밀어졌다.

"잠깐!" 엘러리가 날카롭게 외쳤다. "우선 만지기 전에, 아버지……."

엘러리는 생각에 잠겨 말없이 구두를 바라보고 있더니 갑자기 입을 열었다.

"리터 형사!"

형사는 갑자기 불린 터라 대답이 나오지 않아 입만 우물우물하고 있었다.

"여기로 갖고 오기 전에 구두에 손을 대었소?"

"아니오, 뭉치를 발견하고는 그대로 가져왔습니다. 한가운데쯤에 구두가 들어 있다는 건 만져 보고 알았습니다."

엘러리는 다시 허리를 굽혀서 은색 연필을 사용하여 이번에는 오른쪽 구두의 하얀 끈 끝을 건드렸다.

"이크, 이거 굉장한데" 하고 말하면서 그는 몸을 폈다. "겨우 단서를 잡았습니다."

엘러리는 아버지의 귓가에 대고 무언가 속삭였다.

노인은 의심스러운 듯이 고개를 끄덕였다.

세 번째 끈 구멍에서 끈이 반 인치쯤 되는 반창고로 붙여져 있었다. 그 거죽은 아주 깨끗했다. 반창고의 한가운데가 이상하도록 쏙 들어간 것이 총경의 눈에 띄었다. 총경은 의아한 듯이 엘러리를 쳐다보았다.

"끈이 끊어졌구나. 쿠키 내기를 해도 좋아." 총경은 중얼거렸다. "거기 들어간 곳은 끊어진 양끝을 붙인 곳이야. 잘 맞지 않았던 모양이지."

"그것이 문제의 핵심을 찌른 말이라고는 거짓으로라도 말할 수가 없는데요." 엘러리는 혼잣말처럼 말했다. "반창고입니다, 반창고. 이건 매우 재미있는 거지요."

쟈니 박사가 눈을 크게 떴다.

"시시한 소리 그만두시오." 그는 높고 뚜렷한 목소리로 말했다.

"아무것도 재미있을 건 없소. 나는 현상 해석엔 선수지……누군가가 끊어진 신 끈을 고치는 데 반창고를 썼을 뿐이오. 내가 관심을 갖는 건 신의 크기뿐이지요. 누가 보아도 내가 신고 있는 것보다 작다고 여길 거요."

"그렇겠지요. 아니, 만지지 마십시오."

엘러리는 쟈니 박사가 한쪽 구두를 집어들려고 하자 고함을 질렀다.

외과의사는 어깨를 흠칫하고 계면쩍은 듯 주위를 둘러보았다. 그리고는 무거운 걸음으로 방 저쪽 구석으로 돌아서서 자리에 앉아 참을성있게 기다리고 있었다.

엘러리는 반창고의 작은 모서리를 뒤집어서 둘째손가락으로 안쪽을 건드려 보았다.

"자아, 박사님." 엘러리가 불렀다. "당신과 당신의 익숙한 솜씨며 전문 지식에 일단 사과를 하고, 지금은 당신 대신 어디 외과 수술을 해봅시다. 벨리 부장, 펜나이프를 좀 빌려 주시오."

엘러리는 반창고의 양쪽 끝을 찾아서 잡았다. 한쪽 끝이 이상하게 들쑥날쑥했다. 모서리를 잡아당기자 반창고는 쉽게 벗겨졌다.

"아직 축축하군." 매우 자랑스러운 듯한 목소리로 말했다. "이제 분명해졌소, 분명해졌어요. 아시겠습니까, 아버지?" 엘러리는 급히 뒷말을 이으면서 벨리에게 신호를 보냈다. "봉투를 주시오. 이것은 틀림없이 굉장히 당황한 가운데 붙인 것입니다, 아버지. 한쪽 끝이 한쪽 곁에 잘 붙지 않았거든요. 아무튼 이 반창고는 상당히 강력한 단서가 될 겁니다."

엘러리는 반창고 조각을 다른 얇은 종이 봉투에 넣어 얼른 윗옷의 가슴 주머니에 집어 넣었다.

그리고 다시 한 번 운반대 위로 몸을 굽히고 구두끈의 위쪽 끊어진 한쪽 끝을 잡아당겼다──끈은 아직도 구두에 달려 있었다──그는 신중하게 주의하면서 4분의 1인치도 낭비되지 않도록 아껴서 끊어진 양끝을 잡아매었다. 그렇게 하려면 흰 끈의 다른 한 끝이 맨 위 구멍에서 겨우 1인치쯤만 드리워지도록 남겨 놓고 끊어진 곳을 잡아당겨야 했다.

"아무것도 아닙니다, 아버지." 엘러리는 총경을 돌아보며 미소지었다. "끊어진 두 끝을 매려다가 나머지 끈의 길이가 모자랐을 뿐이지요. 그래서 반창고가 나온 겁니다. 우리는 어느 이름없는 인사일지는 모르지만, 하느님께서 지정하신 그 구두끈 제조업자에게 감사해야겠는데요."

"하지만 엘러리," 총경이 항의했다. "그게 대체 어떻게 되었다는 거냐? 그렇게 좋아할 만한 이유는 없다고 생각되는데."

"글쎄요, 나를 믿어 주십시오. 가끔 지레짐작을 잘하지만, 그래도 지금처럼 정연한 일은 그리 흔하지 않거든요." 엘러리는 유쾌해 하고 있었다. "좋습니다, 아버지, 알고 싶으시다면 말씀드리지요. 만일 아버지의 구두끈이 어떤 특별한 경우, 그러니까 특별히 난처한 경우 끊어졌다고 합시다. 그래서 양쪽을 매려고 해도 끈이 짧아 맬 수가 없다고 합시다. 그럼, 아버지는 어떻게 하시겠습니까?"

"오오!" 총경은 반백의 콧수염을 비틀었다. "글쎄, 범인이 한 것처럼 뭔가 다른 것으로 임시변통을 하겠지. 하지만 그렇다 하더라도……."

"그것으로 충분합니다." 엘러리는 설교하듯이 말했다. "나의 흥미가 무럭무럭 솟아나려면……."

피고트 형사가 분명히 모두들의 주의를 끌 목적으로 헛기침을 했다. 총경은 귀찮다는 듯이 돌아보았다.

"뭔가, 피고트?"

피고트는 얼굴을 붉혔다.

"조금 생각난 것이 있어서요." 형사는 수줍은 듯이 말했다. "그 구두의 안창은 어디로 갔을까요?"

엘러리는 자신도 모르게 싱긋 웃었다. 피고트가 자존심을 상한 듯 엘러리를 바라보았다. 엘러리는 코안경을 벗어서 닦기 시작했다.

"피고트 형사, 당신은 월급을 상당히 올려받을 가치가 있소."

"뭐, 뭐라고!" 총경은 어쩐지 마음에 거슬리는 것 같았다. "날 놀리려는 거냐, 엘러리?"

엘러리는 진지한 얼굴을 했다.

"자, 그러면 구두끈은 제쳐 두고——나에게 말하라고 한다면 '없어진 안창의 놀라운 수수께끼'라고나 할까요——이것이 이번 수사에 있어 뗄래야 뗄 수 없는 깊은 관계를 맺을 겁니다 그런데 과연, 어디로 갔을까요? 구두를 조사했을 때 나는 이미 그것을 발견했지요, 이것을."

엘러리는 재빠르게 구두를 집어들더니 끈 사이로 손가락 하나를 구두의 앞쪽 깊숙이 집어넣어 구두 끝 근처를 더듬고 있었다. 그리고 뭔가를 긁어 내는 것같이 애를 쓰더니 곧 숨어 있던 구두의 안창을 끄집어 냈다.

"이렇게 여기 숨어 있었답니다. 안창이 구두 끝 위쪽의 가죽에 딱 붙여져서 납작해졌다는 건 의미있는 일이지요……더할 나위 없이 믿음직스럽고 제법 쓸 만한 이론의 도움이 없었다면……."

엘레리는 왼쪽 구두 끝을 더듬었다. 이 안창도 역시 구두 끝 위쪽 가죽에 들러붙어 숨어 있었다.

"이거 이상하군." 퀸 총경은 중얼거렸다. "리터, 자네가 그 구두에 장난질하지 않았다는 것은 분명하겠지?"

"존슨에게 물어 보십시오."

리터는 한심스러운 듯이 말했다.

엘러리는 날카로운 눈을 총경에게서 리터에게로 옮겼다. 무엇인가 의미있는 날카로운 눈길이었다. 이윽고 그는 운반대에서 떨어져나와 머리를 숙이고 생각에 잠겼다.

"그 구두는 신중하게 다루어야 합니다." 그는 건성으로 말하고는 대기실을 왔다갔다하며 성큼성큼 돌아다니고 있더니 이윽고 멈춰섰다. "쟈니 박사님!"

외과의사는 눈을 감고 있었다.

"뭐요?"

"당신 구두의 크기는?"

박사는 본능적으로 자기 캔버스 구두를 흘긋 내려다보았다. 분명히 운반대 위에 있는 구두와 똑같았다.

"고맙게도……." 박사는 우울한 듯이 말하며 깜짝 상자의 인형처럼 벌떡 일어섰다. "아직도 당신은 나를 의심하고 있는 거요?" 그는 얼굴을 엘러리의 얼굴에 들이대고 정면으로 눈을 노려보며 비웃듯이 말했다. "글쎄, 어떨는지요, 퀸 씨. 이번만은 당신의 짐작이 틀렸소, 나는 6·5를 신으니까요."

"그렇다면 이 구두가 작은 편이로군요." 엘러리는 생각에 잠겼다. "이 구두는 크기가 겨우 6이거든요."

"크기는 6이지," 총경이 입을 열었다. "하지만……."

"좀 조용히 해주세요, 아버지." 엘러리는 미소지었다. "박사님, 범인이 이 구두를 신었다는 사실을 알고 내가 얼마나 만족해 하고 있는지 당신은 모를 겁니다. 이건 범인의 구두입니다……그러나 내가 만족스럽게 생각하건 말건 당신과는 아무 상관도 없는 일이겠지요…… 리터 형사, 어디서 이 구두를 찾았소?"

"남쪽 복도와 동쪽 복도 모서리 전화실 바닥에 굴러다니고 있었습니다."

"그래요?" 엘러리는 입을 꽉 다문 채 오랫동안 눈썹을 찌푸리고 있었다. "쟈니 박사님, 당신은 내가 구두에서 떼어낸 반창고 토막을 보았지요? 그건 여기서 쓰고 있는 것과 같은 물건인가요?"

"그렇소, 그게 대체 어쨌다는 거요. 시내의 거의 어느 병원에서나

이와 똑같은 것을 쓰고 있소."

"나는 그 정도 가지고는 낙심하지 않습니다."

엘러리가 말했다. "이 이상 더 바란다는 건 너무 염치없는 일이겠지요……박사님, 물론 이 물건들은 모두 당신 것이 아니겠지요?"

쟈니 박사는 두 손을 벌려 보였다.

"오오, 아무리 훌륭하고 선한 생각을 가졌다 하더라도 나는 '예스'로도 '노'로도 대답할 수가 없소. 보기에는 내 것이 아닌 것 같소. 그러나 내 로커를 조사해 보지 않고서는 확실한 것을 말할 수는 없소."

"모자나 마스크는 당신 것일지도 모르겠군요. 어떻습니까?"

"누구의 것이라고든지 할 수 있소." 박사는 꼭 졸라매었던 자기 가운의 목 끈을 잡아 풀었다. "당신이 본 바와 같이 그 가운은 내게 너무 길어요. 게다가 바지는…… 서투르기 짝이 없는 변장용에 지나지 않소. 그리고 구두는 분명히 내 것이 아니오."

"나로서는 그렇게 딱 잘라 말할 수 없는데요." 총경이 도전하듯 말했다. "적어도 당신 것이 아니라는 증거가 아무것도 없으니까요."

"아닙니다, 아버지. 그 증거가 있습니다." 엘러리는 아주 부드러운 목소리로 말했다. "이걸 보십시오."

엘러리는 양쪽 구두를 뒤집어서 뒤축을 가리켰다. 검은 고무 바닥이 있는데, 언뜻 보기에도 오래 신어서 뒤축이 닳아 납작하게 되어 있었다. 오른쪽 구두는 뒤축의 오른쪽이 많이 닳아 있었다. 그리고 왼쪽은 마찬가지로 왼쪽이 닳아 있었다. 같이 나란히 놓고 엘러리는 뒤축을 가리켰다.

"잘 보세요, 아버지." 엘러리는 피로한 듯이 말했다. "두 쪽의 뒤축이 모두 거의 비슷하게 닳아 있지요……."

총경의 시선이 바닥을 따라 외과의사의 자그마한 왼쪽 발 쪽으로 더듬어 갔다. 쟈니 박사의 몸무게는 오른발 쪽에 실려 있었다.
"쟈니 박사님의 말씀이," 엘러리는 말을 이었다. "전적으로 옳습니다. 이 구두는 박사님의 것이 아닙니다."

질문 INTERROGATION

존 민첸 박사의 규율 바른 정신은 에비게일 도른이 죽어 법석이 일어난 아침 나절 내내 큰 타격을 받았다. 병원의 질서는 완전히 허물어지고 말았다. 실습생들은 복도 여기저기에 모여서서 거리낌없이 규칙을 어기고 담배를 피우면서 전문적인 말을 늘어놓는 등 정신없이 서로 살인 사건에 대해 이야기하고 있었다. 간호사들 역시 이 비극에 의해 모든 규칙이 정지된 것처럼 느끼고 있는 것 같았다. 자기들끼리 소리를 내어 웃어대고 재잘거리는 바람에 끝내는 고참 간호사가 참다 못해 담당 병동과 각자의 방으로 쫓아 버려야 했다.

본관 1층은 형사들로 가득했다. 민첸은 엄숙한 얼굴로 복도의 여기저기에 모여서 웅성거리는 사람들 틈을 비집고 나아가 대기실로 통하는 문에까지 이르렀다. 노크를 하자 씹는 담배를 우물거리고 있던 형사 하나가 문을 열어 주었다.

박사는 재빨리 그 자리의 광경을 한 바퀴 둘러보았다. 쟈니는 창백하고 굳은 얼굴로 막다른 골목에 몰린 것처럼 방 한가운데 우뚝 서 있었다. 퀸 총경은 그 매끈한 노안(老眼)에 초조와 곤혹의 주름을 잡고 쟈니 박사와 마주 서 있었다. 엘러리 퀸은 운반대 위로 몸을 구부리고 흰 캔버스 구두를 만지작거리고 있었다.

민첸 박사는 헛기침을 했다. 총경이 뒤꿈치로 빙 돌아서서 방을 가로질러 운반대 곁으로 갔다. 희미한 핏기가 쟈니 박사의 볼에 떠올랐다. 민첸은 속이 텅 빈 자루처럼 의자에 주저앉았다.

엘러리가 미소지었다.

"왜 그러나, 존?"

"방해해서 미안하네." 민첸 박사는 신경질이 되어 있었다. "하지만 대합실의 분위기가 조금 험악해져서 내 생각으로는……."

"도른 양 말인가?"

엘러리가 급히 물었다.

"그렇다네. 금방이라도 기절할 것 같단 말이야. 정말 집에 돌려보내야겠네. 어떻게 안 될까?."

엘러리는 총경과 낮은 목소리로 이야기를 나누었다. 총경은 걱정스러운 듯했다.

"민첸 박사, 자네 의견으로는 정말로 도른 양이……." 총경은 여기서 갑자기 생각을 바꾸었다. "도른 양과 가장 가까운 친척은 누군가?"

"도른 씨, 헨드릭 도른 씨입니다. 도른 양의 숙부인데 에비게일 도른 부인의 단 하나뿐인 형제입니다. 나로서는 부인을 한 사람 딸려 보냈으면 좋겠다고 생각하는데…… 플러 부인이 좋을 것 같군요……."

"도른 부인의 의논 상대였다는 여자 말이지?" 엘러리는 천천히 말했다. "아니, 그건 안 돼. 아직 한참 동안은……존, 도른 양과 더닝 양은 친한 사이가 아닌가?"

"글쎄, 상당히 친한 셈이지."

"그렇다면 좀 문제인데" 하며 엘러리는 손톱을 깨물었다.

민첸은 그 '문제'의 정확한 성질을 알 수 없다는 듯이 상대를 쳐다보고 있었다.

퀸 총경이 조바심이 나서 끼어들었다.

"그러니까……도른 양이 도저히 이 병원에 남아 있을 수 없다는 말이지? 그렇게 기분이 안 좋다면——가엾기도 하지——집에 돌려보내는 게 좋겠군. 지금 곧 돌려보내자꾸나, 엘러리. 그리고 나중 일은 나중에 생각하지."

"좋습니다." 그러나 엘러리의 어두운 얼굴은 밝아지지 않았다. 그는 건성으로 민첸의 어깨를 두들겼다. "더닝 양을 도른 양과 도른 씨에게 딸려보내게. 하지만 가기 전에 그래, 그게 좋겠군. 존슨, 도른 씨와 더닝 양을 잠깐 이리로 데리고 와 주게. 오래 붙잡아 두지는 않을 테니까. 존, 도른 양에게는 간호사를 붙여 놓았겠지?"

"물론이지. 그리고 저 모어하우스 청년도 곁에 붙어 있다네."

"그럼, 샐라 플러는?"

엘러리가 물었다.

"거기 함께 있네."

"존슨, 말이 나왔으니 말인데, 샐라 플러를 수술실의 입회인석으로 데리고 올라가서 내가 부를 때까지 거기 있으라고 해주게."

차림새가 단정치 못한 형사가 급히 방을 나갔다.

흰 가운을 입은 한 실습생이 복도의 문 옆에 있는 감시인의 곁을 빠져나와 머뭇머뭇 주위를 둘러보며 쟈니 박사에게로 다가갔다.

"이봐!" 총경이 소리쳤다. "어딜 가나, 젊은이?"

벨리가 딱할 정도로 풀이 죽은 실습생 곁으로 성큼 다가갔다. 외과 주임이 일어섰다.

"아니, 괜찮습니다." 쟈니 박사는 피로한 듯한 목소리로 나직이 말했다. "무슨 일인가, 피어슨?"

젊은 사나이는 침을 꿀꺽 삼켰다.

"호손 박사님이 급성편도염의 진찰 때문에 박사님을 찾고 계십니다. 곧 시작해야 한다던데요……."

쟈니는 앞이마를 한 손으로 탁 쳤다.

"이런!" 박사는 자신도 모르게 큰소리를 질렀다. "깜박 잊고 있었군. 아주 까맣게 잊어 버리고 있었어. 여보시오, 퀸 씨, 날 보내 줘야겠소. 중대한 문제요. 드문 병이오. 루드비히 앙기나라는 굉장히 사망률이 높은 병으로서……."

퀸 총경이 엘러리 쪽을 돌아보았다. 엘러리는 곧 고개를 끄덕였다.
"우리에게는 분명히 의료의 기적적인 절차를 늦출 특권이 없지요, 박사님. 당신이 해야 할 일은 해야 합니다. 그럼, 또 나중에……."
쟈니 박사는 젊은 실습생을 앞으로 몰아내면서 이미 문 가까이까지 가 있었다. 문 앞에 멈춰서자 손잡이에 손을 대고 누렇게 된 이를 드러내며 이상하게 원기를 되찾은 듯한 웃음을 띠고 뒤돌아보았다.
"죽은 사람 덕분에 여기 끌려와서 반 죽은 사람 덕분에 풀려나는 셈이로군……실례하오."
"그렇게 기뻐하지 마시오, 박사." 총경이 그대로 선 채 말했다.
"당신은 어떤 사정이 있어도 시내에서 떠나서는 안됩니다."
외과의사는 달려들 듯이 말하면서 방으로 다시 돌아왔다. "그건 아무래도 무리인데요. 이번 주일에는 시카고에서 의학 회의가 있소. 그래서 나는 내일 출발할 작정이었소. 에비게일 부인 역시 아마도 내가 결석하는 걸 바라지는 않을 거요."
노인은 딱 잘라 같은 말을 되풀이했다. "나는 당신이 시내에서 떠나서는 안 된다고 말하고 있는 거요. 알겠습니까? 회의가 있든 없든 상관없소. 그렇지 않으면……."
"오오, 그건 곤란한데요!" 외과의사는 커다랗게 외치고 방에서 달려나가 뒤로 문을 쾅 닫았다.
벨리가 건장한 모습의 리터 형사를 잡아당기듯 뒤따르게 하여 서너 발자국 방 옆으로 튀어나가며 "저 남자를 미행해!" 하고 외쳤다.
"놓치면 안 돼. 놓치면 엉덩이를 두들겨맞을 줄 알아!"

리터는 싱긋 웃으며 복도로 성큼 나가서 쟈니의 뒤를 쫓아 모습을 감추었다.

엘러리가 재미있다는 듯이 말했다.

"우리의 외과의사 친구는 자기 창조자를 방문하는 게 몹시 좋은 모양이지만, 저 사나이의 직업적인 불가지론과는 도무지 이치가 맞지 않는 것 같군……."

이때 존슨이 대수술실로 통하는 문을 열고 옆으로 비켜서면서 에디스 더닝과 허리 둘레가 엄청나게 굵은 작달막한 사나이를 안으로 들여보냈다.

퀸 총경이 앞으로 나섰다.

"더닝 양이지요? 도른 씨지요? 자, 들어오십시오. 오래 붙들지는 않겠습니다."

아름다운 금발이 흐트러지고 눈가가 빨갛게 된 냉정해 뵈는 에디스 더닝은 문턱에서 멈춰섰다.

"서둘러 주세요." 그녀는 날카로운 금속성 목소리로 말했다. "헬더의 기분이 몹시 좋지 않아요. 집으로 데려가야겠어요."

헨드릭 도른은 다리를 질질 끌면서 방 안으로 두어 발자국 들어왔다. 총경은 상냥하게 지켜보고 있었으나 약간 놀라는 눈치였다. 도른의 배는 지방살이 몇 겹이나 겹쳐서 크게 튀어나와, 걷는다기보다는 오히려 앞으로 밀고 오는 듯한 느낌이었다. 한 발자국 뗄 때마다 젤라틴 같은 아랫배가 천천히 박자를 맞추어 흔들리고 있었다. 얼굴은 달덩이처럼 번들번들 빛나고 유들유들했다. 여기저기 작은 핑크 빛 반점이 있고, 그것이 코 끝에서 한데 뭉쳐 커다랗고 붉은 구형(球形)을 이루고 있었다. 머리는 완전히 벗겨져서 건강해 보이지 않는 흰 정수리에 방 안의 불빛이 반사하고 있었다.

"그렇습니다." 그는 말했다. 그 목소리도 겉모습 못지않게 아주 특징이 있었다. 몹시 새되고, 게다가 무엇을 긁는 것같이 묘하게 쉰 목소리였다. "그렇습니다." 그는 또다시 새된 소리를 질렀다. "핼더는 쉬게 할 필요가 있습니다. 이런 법이 어디 있습니까! 우리는 아무것도 모릅니다."

"잠깐 기다려 주십시오. 아주 잠깐 동안만 기다리시면 됩니다." 총경이 달래듯 말했다. "자, 안으로 들어오시지요. 문을 닫아야만 하니까요. 앉으시오, 자, 부디 앉으십시오."

에디스 더닝의 가늘게 뜬 눈이 총경의 얼굴에서 잠시도 떠나지 않았다. 기계처럼 굳어진 채 존슨이 내민 의자에 앉아 두 손을 어색하게 맞잡아 무릎 위에 얹었다. 헨드릭 도른은 다른 의자에 비틀거리며 다가가서 신음하면서 쓰러지듯 주저앉았다. 커다란 엉덩이가 너부죽하게 의자 양쪽으로 축 처졌다.

총경은 코담배를 잔뜩 집어올려 재빨리 코를 킁킁거렸다.

"그런데," 총경이 정중하게 입을 열었다. "꼭 한 가지만 물어 보고 나서 곧 돌아가시게 하겠습니다……누군가 누님을 살해할 만한 동기를 가졌을지도 모른다고 짐작이 가는 사람이 없습니까, 도른 씨?"

뚱보 사나이는 비단 손수건으로 얼굴을 닦았다. 작고 검은 눈을 총경의 얼굴에서 바닥으로 옮겼다가 다시 그를 쳐다보았다.

"나는……아니, 우리로서는 정말 무서운 일입니다. 그런 걸 누가 알겠습니까. 에비는 별난 여자였지요. 아주 별난 여자였어요……."

"그러나 당신은 누님의 사생활에 대해 뭔가 알고 있었을 겁니다. 이를테면 적이라든가 그런……아무튼 어디서부터 수사의 손을 대어야 좋을지, 당신 의견을 말해 주실 수 없습니까?" 퀸 총경의 말투가 날카로워졌다.

도른은 무거운 듯이 팔을 성급하게 움직이면서 얼굴을 계속 닦았다. 그는 돼지 같은 작은 눈을 쉴새없이 이리저리 굴리고 있었다. 뭔가 마음 속에서 이것저것 헤아리며 생각하고 있는 것 같았다.

이윽고 "그렇습니다" 하고 그는 힘없이 말했다. "대강은 알고 있었습니다……하지만 여기서는 말할 수가 없습니다." 도른은 의자에서 몸을 일으켰다. "여기서는 안 됩니다."

"오오! 그럼, 당신은 뭔가 알고 계시는군요?" 총경이 상냥하게 말했다. "그거 재미있군요, 확실히. 지금 곧 들어 봅시다. 도른 씨. 이야기해 주십시오. 그렇지 않으면 돌아가게 해 드릴 수가 없습니다."

뚱보 사나이 옆에 앉아 있던 에디스 더닝이 참을 수 없다는 듯이 몸부림을 쳤다.

"제발 부탁입니다. 여기서 내보내 주세요……."

문의 손잡이가 난폭하게 찰각거리더니 그것은 이내 발로 차여 부서질 듯한 기세로 홱 열렸다. 모두들 일제히 돌아보자 모어하우스가 키 큰 젊은 여자를 부축하여 비틀거리면서 들어오고 있었다. 여자는 눈을 감고 머리가 앞으로 푹 숙여져서 약간 흔들거리고 있었다. 간호사가 한쪽에서 꼭 붙잡고 있었다.

젊은 변호사의 얼굴이 분노로 새빨개져 있었다. 눈은 불길을 뿜고 있었다. 총경과 엘러리가 여자를 대기실로 부축해 가려고 앞으로 나갔다.

"아니, 이런!" 총경이 당황한 목소리로 중얼거렸다. "도른 양이지요? 우리는 지금 막……."

"그렇소, 당신네들이 지금 막——이제 그만두시오." 모어하우스는 소리를 질렀다. "이쯤하면 됐소, 이게 대체 뭐요! 스페인의 이단자 심문이오? 나는 도른 양을 집으로 데려가도록 허가해 주기를 요구하겠소. 모욕이오, 범죄 행위요. 자, 거기 좀 비켜요! 이봐, 당신!"

 변호사는 엘러리를 난폭하게 옆으로 밀어젖히고 의식 잃은 여자를 반쯤 들어올리듯이 하여 의자에 앉혔다. 모어하우스는 막대기처럼 뻣뻣한 다리로 서서 여자 위에 몸을 굽히고 얼굴에 바람을 일으키면서 뭐라고 중얼중얼 지껄이고 있었다. 간호사는 변호사를 아무렇게나 밀어내고 여자의 코에다 작은 약병을 갖다댔다. 에디스 더닝도 일어나서 핼더 위로 몸을 굽히고 그녀의 볼을 가볍게 두드렸다.
 "핼더!" 에디스는 화난 듯이 불렀다. "핼더! 바보같이……정신 차려!"
 여자의 눈이 깜박이면서 뜨여졌다. 약병을 보고 깜짝 놀라 얼굴을 떼었다. 그녀는 공허한 눈으로 에디스 더닝을 바라보다가 고개를 조금 돌려 모어하우스를 보았다.
 "오오, 필! 필!"
 그 이상은 말을 하지 못했다. 목소리가 흐느낌으로 흐려져 버렸다. 팔을 더듬듯이 모어하우스 쪽으로 뻗고는 울기 시작했다. 간호사와 에디스 더닝이 뒤로 물러섰다. 모어하우스의 얼굴이 마술에라도 걸린 것처럼 부드러워졌다. 그는 핼더 위로 몸을 굽히고 빠른 말투로 뭔가 속삭이듯 이야기했다.
 총경이 코를 울렸다. 헨드릭 도른은 아직 의자 앞에 선 채 핼더가 응급 처치를 받고 있는 동안 흘끗 한 번 보았을 뿐이었는데도 그 커다란 몸 전체를 덜덜 떨고 있었다.
 "돌아가게 해주시오!" 그가 새된 소리를 질렀다. "핼더는……."
 엘러리가 재빨리 그 곁으로 다가갔다.
 "도른 씨, 당신이 하려던 이야기가 뭡니까? 누군가 원한을 품은 사람을 알고 있습니까? 복수하고 싶어하던 사람을?"
 도른은 몸을 흔들었다.

"그런 이야기는 하고 싶지 않습니다. 내 목숨이 위험해요. 나는……."

"오오!" 총경이 중얼거리면서 엘러리 옆으로 다가왔다. "비밀 이야기요? 누구에게 협박이라도 당했소, 도른 씨?"

"여기서는 이야기할 수 없소. 오늘 오후…… 우리 집에서라면…… 그러나 지금은…… 안 되오"라고 말하는 도른의 입술이 떨리고 있었다.

엘러리와 퀸 총경은 서로 눈짓을 했다. 그리고 엘러리는 자리를 비켰다. 총경은 동의하듯이 도른에게 미소를 보이며 말했다.

"좋습니다. 오늘 오후 당신 집에서……꼭 계시기 바랍니다. 토머스!"

몸집이 큰 부장이 돌아보았다.

"도른 씨, 도른 양, 더닝 양에게 누구를 붙여 주게. 뒤를 돌봐 드리기 위해서야."

"내가 같이 가겠소." 갑자기 모어하우스가 홱 돌아보며 소리쳤다. "여기저기 몰래 냄새맡고 다니는 쓸모없는 형사 따위는 한 명도 필요없소……더닝 양, 핼더를 꼭 붙들어 줘요."

"안 됩니다, 당신은 가면 안 됩니다, 모어하우스 씨." 총경은 매우 부드러운 목소리로 말했다. "당신은 좀 남아 있어야겠소, 볼일이 있으니까."

모어하우스는 총경을 노려보았다. 두 사람의 시선이 불꽃을 튀겼다. 이윽고 변호사는 자기를 에워싸고 있는 험상궂은 얼굴들을 빙 둘러보았다. 그는 어깨를 한 번 으쓱하고는 흐느껴 우는 여자를 부축하여 일으켜 세우더니 복도로 나가는 문까지 같이 걸어갔다. 핼더의 손은 헨드릭 도른과 에디스 더닝이 형사 한 명을 뒤따르게 하고 문 있는 데로 갈 때까지 변호사의 팔에 매달려 있었다. 두 사람의 손이 살며시 굳게 잡혀지고 나서야 핼더는 어깨를 쭉 폈다. 혼자 뒤에 남겨진 모어하우스는 문 앞에 서서 작은 무리가 천천히 복도를 걸어가는 것을 지켜보고 있었다.

모어하우스가 문을 닫고 사람들이 있는 쪽을 돌아보았을 때 방에는 침묵만이 흐르고 있었다.

"자!" 변호사는 불쾌한 듯이 말했다. "나는 남았습니다. 나에게 볼일이 있다고 하셨는데, 뭡니까? 제발 너무 시간을 끌어 오래 걸리지 않도록 해주시오."

총경의 지시로 남아 있던 몇 명의 형사들이 대기실에서 나가자 모두들 의자에 앉았다. 벨리는 그 거대한 등을 복도의 문에 기대고 팔짱을 꼈다.

"모어하우스 씨."

총경은 천천히 의자에 앉아 작은 손을 무릎 위에서 깍지꼈다. 엘러리는 담배에 불을 붙여 깊이 들이마셨다. 그리고 빨갛게 타는 끝을 가만히 바라보고 있었다.

"모어하우스 씨, 당신은 오랜 동안 도른 부인의 고문 변호사로 있었지요?"

"벌써 몇 년째요." 모어하우스는 한숨을 내쉬었다. "그전에는 아버지가 부인의 일을 취급하고 있었지요. 말하자면 대대로 내려오는 단골인 셈입니다, 그 부인은."

"그러면 법률상의 사무와 마찬가지로 부인의 사생활에 대해서도 알고 있겠군요?"

"깊숙이까지."

"도른 부인과 동생 헨드릭 씨의 관계는 어땠습니까? 잘 지냈었나요? 그 사나이에 대해서 아는 것을 모두 이야기해 주시오."

모어하우스는 기분 상한 듯이 얼굴을 찌푸렸다.

"당신은 앞으로 진절머리가 나도록 듣게 될 거요, 아마……물론 내가 지금 이야기하는 것 가운데 어떤 것은 순수하게 개인적인 의견으로 들어 주셔야 하겠지만……그러나 나는 그 집안의 친구로서 여러 가지로 많은 것을 보고 들었기 때문에……."

"계속하시오."

"도른 씨는 18캐럿짜리 식객입니다. 한평생 일이라고는 손톱만큼도 해본 적이 없지요. 아마 그래서 그렇게 모양없이 살이 쪘을 겁니다……그 사람은 남의 피를 빨아먹으며 살고 있는 거머리일 뿐만 아니라, 먹여 살리는 데 엄청나게 돈이 많이 드는 작자지요. 나는 계산서를 몇 개 본 적이 있어 잘 알고 있소. 게다가 그는 온갖 종류의 놀잇감을 갖고 있습니다. 노름, 여자……세상에 흔히 있는 일이지만요."

"여자라고요?" 엘러리가 눈을 감고 꿈꾸듯 미소지었다. "도저히 믿을 수 없는데요."

"당신은 어떤 종류의 여자를 몰라서 그럽니다." 모어 하우스는 밉살스럽다는 듯이 대답했다.

"그는 브로드웨이의 숱한 여자들에게 있어선 뚱뚱하게 살이 찐 봉이었단 말이오. 아마 그 사람 자신도 헤아릴 수 없이 많은 여자를 다 기억하고 있진 못할 거요. 신문에는 별로 안 났지만, 노부인께서 그 뒤치다꺼리를 하느라고……당신들은 도른 부인이 그에게 쥐어 주는 연 2만 5천 달러의 돈으로 제법 재미나게 살 수 있을 거라고 생각하겠지요? 그런데 헨드릭 씨는 그렇게 안 됩니다. 늘 쩔쩔매었지요."

"자신이 마음대로 할 수 있는 재산은 없소?"

총경이 물었다.

"동전 한 푼 없습니다. 도른 부인은 그 막대한 재산을 단 1센트까지도 자기 재주 하나로 모았지만요. 그 집안은 본디 세상사람들이 생각하고 있는 만큼 부자가 아니었습니다. 그런데 노부인이 돈을 버는 데는 천재였습니다……재미있는 여자지요. 헨드릭이라는 사람은 집안의 망신거립니다."

"소송이라도 생겼소? 떳떳지 못한 거래라든가, 무슨 사기 사건이라든가?" 노총경이 물었다. "아마도 그 사람의 수많은 이사벨*3중의 누군가에게 입막음으로 얼마쯤 주어야 했던 모양이로군."

모어하우스는 망설였다.

"글쎄요……나로서는 뭐라고 말할 수가 없군요."

총경이 미소를 지었다.

"흐음……그런데 헨드릭 씨와 도른 부인의 사이는?"

"그럭저럭 괜찮았지요. 노부인은 남의 손에 놀아날 여자가 아닙니다. 주위에서 무슨 일이 일어나고 있는지 잘 알고 있었지요. 그래서 교묘하게 뒤치다꺼리를 하고 있었던 겁니다. 집안의 명예도 있었고, 도른이라는 이름을 가진 사람에 대해 세상에서 이러쿵저러쿵하는 것을 용서하지 못했기 때문입니다. 그러나 가끔 참다못해서 다투는 경우도 있었지요……."

"도른 부인과 따님의 사이는 어땠소?"

"오오, 그야말로 더할 나위 없는 애정 깊은 사이였습니다." 모어하우스는 얼른 대답했다. "핼더는 노부인의 자랑이자 기쁨이었지요. 부인의 물건이 핼더가 말해서 그녀의 것이 되지 않은 건 하나도 없었습니다. 하지만 핼더는 언제나 취미가 아주 보수적이라…… 세계에서 손꼽히는 부호의 외동딸로서의 위치에 전혀 어울리지 않는 생활을 하고 있었답니다. 조용하고 얌전하고, 당신도 보았지요? 그녀는……
……."

"그 점은 의심할 여지가 없소." 총경이 얼른 말했다. "그래, 도른 양은 숙부에 대한 세상의 소문을 알고 있었소?"

"알고 있었을 겁니다. 하지만 그 일이 몹시 자존심을 상하게 한다든지 하는 날은 한 번도 입 밖에 낸 적이 없습니다. 이를테면……." 모어하우스는 말을 끊었다. "나한테도 말입니다."

"실례지만 그 아가씨는 몇 살입니까?" 엘러리가 물었다.

"핼더 말입니까? 19살인가 20살입니다."

엘러리는 민첸 박사 쪽으로 머리를 돌렸다. 박사는 방 저쪽 구석에 조용히 앉아 자초지종을 지켜보고 있었으나 참견은 하지 않았다.

"존."

의사는 흠칫했다.

"이번에는 내 차례인가?"

그는 쓴웃음을 지으면서 말했다.

"천만에, 나는 자네들 의사들이 노상 이야깃거리로 삼고 있는, 별로 신기하지도 않은 산부인과적 현상의 하나에 부딪친 것 같아서, 그걸 자네한테 물어 보려는 걸세. 자네는 오늘 아침 부인이 교살되기 전에 노부인은 70이 넘었다고 말하지 않았나?"

"그랬지, 그게 어쨌다는 건가? 무슨 뜻인가? 산부인과라면 여성의 병과 관계가 있지만, 그 노부인은 절대로……."

엘러리는 무심히 손가락을 딱딱 꺾었다.

"그야 그렇지. 하지만 어느 한도의 나이를 지난 뒤의 임신은 병리적 근거가 있을지도 모르거든……도른 부인은……." 엘러리는 계속 말했다. "단지 한 가지 점에서만이 아니라 여러 가지 점에서 실로 놀랄 만한 여자였나 보구먼……그건 그렇고, 죽은 도른 씨는 어떤가? 그러니까 에비게일 도른의 남편 말인데, 그는 언제 죽음의 문턱 안으로 뛰어들었나? 난 도무지 사교계 기사를 쓰는 기자 나리들과 인연이 없어서 말이야."

"15년쯤 전에 돌아가셨소"

모어하우스가 끼어들었다. 그리고 얼른 덧붙였다.

"그런데 퀸 씨, 당신은 무엇 때문에 그런 속된 농담을 하는 거지요?"

"아니, 친애하는 모어하우스 씨." 엘러리는 미소지었다. "아무래도 좀 이상하지 않소? 어머니와 딸의 나이가 이렇게 놀랄 만큼 차이가 있으니 말이오. 내가 약간 눈썹을 찌푸렸다고 해서 나무랄 수는 없을 것 같은데요?"

모어하우스는 당혹한 것 같았다. 총경이 곧 사이에 끼어들었다.

"엘러리, 그런 것을 문제삼아 봐야 아무 소용 없다. 나는 밖의 입회인석에서 기다리고 있는 그 플러라는 여자에 대해 묻고 싶은데, 도른 집안에서의 그 여자의 정식 지위는 뭐요? 그 점이 아무래도 분명치 않아서……."

"부인의 의논 상대지요. 벌써 그럭저럭 4분의 1세기쯤이나 부인과 함께 살고 있습니다. 그녀도 이상한 성격의 소유자지요. 변덕쟁이고 으스대며 종교쟁이인데……나는 온 집안 사람들이 모두 그녀를 싫어하고 있다고 믿어 의심치 않습니다. 이것은 하인들 이야기입니다만……샐라와 부인의 사이는 그렇게 오랜 동안 같이 살아 왔다고는 도저히 믿을 수가 없을 정도라고 합니다. 두 사람은 늘 싸우기만 하고 있었으니까요."

"싸움이라고요?" 총경이 소리를 질렀다. "무슨 일로……."

모어하우스는 어깨를 흠칫했다.

"그 이유에 대해서는 아무도 모르는 것 같습니다. 다만 서로 옥신각신하는 거라고 생각합니다. 부인은 가끔 화가 난 나머지 나에게 '저 여자를 내쫓아야지' 하고 말했으나 실제로는 어째서인지 한 번도 그런 일이 없었습니다. 말하자면 입버릇이었나 봅니다."

"그래, 고용인들은?"

"여느 사람들이지요. 블리스틀이라는 집사와 가정부가 한 사람, 그리고 하녀들이 있습니다만…… 당신들이 흥미를 가질 만한 사람은 하나도 없습니다. 장담하지요."

"우리는 이제 그럭저럭……." 엘러리가 다리를 포개고 한숨을 쉬면서 중얼거리듯 말했다. "드디어 온갖 살인 사건의 수사에서 가장 까다로운 단계에 접어들었나 봅니다. 그래서 물어 봐야겠는데, 그것은——신이여, 보호해 주소서——유언 문제입니다. 모어하우스 씨, 어디 한 번 모범적인 유언 문답의 모델을 보여 주실까요?"

"기대에 어긋나는," 하고 모어하우스는 응수했다. "여느 경우보다도 더욱 지루한 것일지도 모릅니다. 불길한 것도 수수께끼 같은 것도 없습니다. 어디까지나 절대적으로 공명정대하고 정연하지요. 아프리카에서 오랜 동안 행방불명되어 있는 친척에 대한 유증(遺贈)이니 하는 잠꼬대 같은 건 전혀 없습니다.

재산의 대부분은 핼더에게로 갑니다. 그리고 헨드릭 씨에게 극히 윤택한 신탁 기금이 주어지도록 정해져 있지요. 그것은 저 배불뚝이 작자에게는 과분할 정도의 액수입니다. 아마도 그가 뉴욕에 나오는 술의 연간 보급량을 모조리 마셔 버리려고 계획하지 않는 한 죽을 때까지 돈에 궁한 일은 없을 겁니다.

샐라에게도 상당한 유산이 돌아갑니다. 샐라 플러에게는 상당한 현금과 평생의 수입이 보증되고, 그 여자로서는 다 쓸 수 없을 정도지요. 고용인들에게도 물론 듬뿍 유산의 분배가 돌아갑니다. 그리고 병원을 위해서는 앞으로 몇 년 동안이라도 존속이 보장될 만큼 엄청난 거액의 기금이 준비되어 있습니다. 그렇지 않아도 병원은 이미 그런대로 수지가 맞는 사업이 되어 있지만요."

"정연해서 별문제가 없는 것 같군."

총경이 중얼거렸다.

"그렇습니다. 제가 말한 대로지요." 모어하우스는 의자에서 머뭇거리고 있었다. "우선 병원에 대한 이야기부터 해치웁시다. 여러분, 놀랄는지도 모릅니다, 쟈니 박사님은 유언장에 두 번이나 이름이 나와 있습니다."

"뭐라고요?" 총경이 갑자기 자세를 고쳐 앉았다. "그건 또 왜?"

"분명히 두 개로 분리되어 있습니다. 한쪽은 개인 몫입니다. 박사님은 처음으로 수염을 깎았을 때부터 줄곧 부인의 피보호자였거든요. 또 한쪽은 쟈니 박사님과 니젤이 공동으로 하고 있는 어떤 연구를 계속시키기 위한 유지 기금으로 되어 있습니다."

"여보시오, 모어하우스 씨." 총경이 입을 열었다. "그 니젤이라는 사람이 대체 누구지요? 나는 그런 이름은 지금 처음 듣는데."

민첸 박사가 의자를 앞으로 끌어당겼다.

"그 사람에 대해서라면 내가 이야기할 수 있습니다, 총경님. 모리츠 니젤이라는 과학자로서──오스트리아 사람으로 알고 있는데──쟈니 박사와 함께 어떤 혁명적인 연구에 종사하고 있습니다. 어떤 금속 관계의 일입니다. 2층에 쟈니가 특별 실험실을 만들어서 그 사람에게 제공하고 있지요. 거기서 밤낮없이 연구를 계속하고 있습니다. 그 사람은 두더지와 똑같습니다."

"정확하게 말해 어떤 종류의 연구인가, 존?"

엘러리가 물었다.

민첸은 당혹을 느끼는 모양이었다.

"아무도 모르는 것 같네, 쟈니와 니젤 외에는. 두 사람 다 그 일에 대해서는 꿀 먹은 벙어리거든. 그래서 실험실이 온 병원 안의 농담거리가 되어 있지. 두 사람 말고 그 네모난 벽 안에 들어간 사람은 아무도 없어. 문에는 큼직한 안전 자물쇠가 채워져 있으며 벽은 매우 두껍고 창문이 하나도 없어. 안쪽 문의 열쇠는 두 개 있을 뿐인데, 거기까지 가려면 바깥쪽 문과의 연결을 알고 있어야 돼. 열쇠는 물론 니젤과 쟈니가 가지고 있지. 쟈니는 누구에게도 실험실에 들어가는 것을 허락하지 않아."

"비밀의 비밀이로군." 엘러리는 중얼거렸다. "이건 아예 중세기 같지 않나."

총경이 모어하우스 쪽으로 얼굴을 내밀었다.

"당신은 그 일에 대해 좀더 알고 있는 게 없소?"

"그 일 자체에 대해서는 아무도 모릅니다. 그러나 내가 알고 있는 어떤 사건이 당신의 흥미를 끌리라고 생각합니다. 바로 얼마 전에 일어난 일입니다만……."

"잠깐 기다리시오." 총경은 벨리를 손짓하여 불렀다. "누구든 보내어 니젤을 데리고 오게. 이야기해 보고 싶으니까. 여기서 부를 때까지 수술실에서 기다리게 해 둬……."

벨리는 복도에 있던 누군가에게 이야기했다.

"그럼, 모어하우스 씨, 당신이 방금 말하려던 것은……."

모어하우스는 무뚝뚝하게 대답했다.

"당신의 흥미를 끌 거라고 말했지요. 그건 말입니다……부인은 오랜 세월 동안에 걸쳐 길러진 관대한 마음과 총명한 머리를 가지고 있었으나, 역시 여자였습니다. 몹시 변덕이 심했단 말입니다, 총경님……그래서 나는 그다지 놀라지도 않았습니다만, 2주일쯤 전에 나에게 새 유언장을 만들라고 했습니다."

"이건 아주 놀라운 일인데." 엘러리가 신음하듯이 말했다. "이 사건은 하나에서 열까지 전문적인 학문으로 칠해져 있군. 처음에는 해부학, 그 다음에는 야금학, 이번에는 법률학이라……."

"처음 유언장에 잘못이 있었던 것은 아닙니다." 모어하우스는 얼른 말을 이었다. "다만 어떤 유증에 대해 마음이 변했을 뿐입니다……."

"쟈니 박사의 몫이겠지……."

엘러리가 말했다.

모어하우스가 깜짝 놀란 듯이 눈을 크게 뜨고 엘러리를 바라보았다.

"맞았습니다. 박사의 몫에 대한 것이었지요. 하지만 쟈니 박사님에 대한 부인의 개인적인 유증이 아니라 박사님과 니젤의 공동 연구 유지 기금 쪽의 규정에 대한 것이었지요. 그 조항을 모두 지워 버리고 싶다는 거였습니다. 구태여 새 유언장을 만들 필요는 없었지만 처음 유언장을 만든 지가 2년이나 되었기 때문에 고용인들에 대한 추가 유증과 두세 가지 자선 사업에 대한 기부 같은 것을 써넣기로 했지요."

엘러리는 자세를 똑바로 고쳐 앉았다.

"그래서 새 유언장을 만들었소?"

"물론이지요. 말씀하신 대로 우선 바꾸었지요. 그러나 아직 서명은 하지 않았습니다." 모어하우스는 찌푸린 얼굴로 말했다. "그런데 이번에 쓰러진 사건이 일어나고 곧이어 살인이 일어난 겁니다. 이렇게 해서 저 세상을 가실 줄 미리 알았다면……그러나 물론 누구도 이렇게 되리라고는 예상하지 못했으니까요. 사실 나는 어제 유언장에 부인의 서명을 받으려고 생각하고 있었지요. 지금은 이미 때가 늦었지만. 따라서 처음의 유언장이 계속 쓰이게 됩니다."

"그 유언장은 조사해 볼 필요가 있겠는걸." 총경이 말했다. "유언장이란 살인 사건에서는 언제나 골칫거리거든……그래, 그 할머니는 쟈니 박사의 금속 연구에 상당한 돈을 쏟아넣었소?"

"문자 그대로 쏟아넣었지요." 모어하우스가 곧 대답했다. "부인이 쟈니 박사의 비밀 실험을 위해 그에게 준 만큼의 돈만 있으면 우리 모두가 편안히 살 수 있을 거라고 생각될 정도입니다."

"당신은," 엘러리가 거들었다. "그 연구가 어떤 성질의 것인지, 쟈니 박사와 니젤 말고는 아무도 모른다고 했지요? 도른 부인도 몰랐소? 돈벌이에 대해서는 그렇게 약삭빠르다고 소문난 부인이, 자세한 것도 모르고 사업에 자금을 댄다는 건 있을 수 없는 일 같은데요?"

"아무리 견고한 건물이라도 한두 가지 흠이 있는 법이지요." 모어하우스는 뽐내며 말했다. "부인의 약점은 쟈니 박사였답니다. 부인은 박사가 하자는 대로 했습니다. 그는 별로 호감이 가지 않는 사람이지만 좋은 점은 인정해야겠지요. 그래서 말해 두지만, 내가 알고 있는 한 박사는 부인의 그러한 점을 이용하는 짓은 한 번도 하지 않았습니다. 그러나 아무튼 부인이 박사의 연구에 대해 상세한 과학적인 점을 잘 모르고 있었던 건 확실합니다. 뭔지는 모르지만 어쨌든 박사는 그 일에 이미 2년 반이나 걸리고 있지요."

"흐음……." 엘러리는 싱긋 웃었다. "드라크마(은화)를 도넛과 바꿀 만큼 그 노부인도 약하진 않았던 모양이군. 당신이 생각하고 있는 것처럼 말이오. 두 번째 유언에서 연구 기금을 깎으려고 한 것은 두 사람의 일이 너무 길었기 때문이 아닐까요?"

모어하우스는 눈썹을 치켜올렸다.

"훌륭하십니다, 퀸 씨. 바로 요점을 찔렀어요. 그 두 사람은 처음엔 6개월에 일을 완성하겠다고 약속했었지요. 그런데 질질 끌어 다섯 배나 시간이 걸린 거요. 부인은 그래도 역시 쟈니 박사에게는 전과 다름없이 열성을 기울이고 있었지만, 이렇게 말하더군요. 지금 그 말을 그대로 옮겨 보지요. '나는 이제 그런 시시한 실험에 돈을 내는 데 질렸어. 요즘 돈이 좀 궁해서……'라고 말입니다."

총경이 갑자기 일어섰다.

"고맙소, 모어하우스 씨. 이제 더 이상 물어 볼 것은 없는 것 같군요. 돌아가셔도 좋습니다."

모어하우스는 붙잡혀 있던 죄수가 뜻밖에도 풀려난 것처럼 갑자기 의자에서 벌떡 일어났다.

"고맙소, 곧 도른 저택으로 가보겠습니다." 그는 어깨 너머로 외쳤다. 그러나 문께에서 멈춰서더니 소년 같은 웃는 얼굴로 말했다. "총경님, 시내에서 나가면 안 된다는 말 따위는 하실 필요 없습니다. 그런 건 너무도 잘 알고 있으니까요."

이윽고 젊은 변호사는 나가 버렸다.

민첸 박사가 엘러리에게 뭔가 속삭이고 나서 총경에게 고개를 숙여 보인 뒤 살며시 방에서 나갔다.

갑자기 복도 쪽이 시끄러워졌으므로 벨리가 얼른 돌아보았다. 그는 문을 열더니 커다란 머리를 내저었다.

"DA(지방검사)입니다"

부장은 놀란 듯이 소리쳤다.

총경이 잰걸음으로 방을 가로질러 다가갔다. 엘러리는 일어서서 코안경을 만지작거리고 있었다……

세 사나이가 방으로 들어왔다.

지방검사 헨리 샘프슨은 단단하고 몹시 건장해 보이는 몸집의 아주 젊은 사나이였다. 그 옆에 있는 빨강머리의 깡마르고 성미가 깐깐해 보이는 중년의 사나이는 지방검사관보인 티모시 클로닝이었다. 두 사람의 뒤에서 챙이 처진 소프트 모자를 쓰고 날카로운 눈을 두리번거리면서 잎담배를 피워문 한 노인이 어슬렁어슬렁 따라왔다. 모자가 이마 위로 밀어올려져서 더부룩한 흰 머리칼이 눈 위로 늘어져 있었다.
 벨리는 그 백발의 사나이가 성큼 문턱을 넘으려 하자 윗옷 소매를 잡았다.
 "이봐요, 피트 씨!" 부장이 소리쳤다. "어딜 가시오! 어떻게 들어왔소?"
 "오, 헨리 부장, 침착하게나." 백발의 사나이는 부장의 억센 주먹을 뿌리쳤다. "나는 지방검사의 초대에 의해 미국 신문계를 대표하여 왔다는 걸 당신은 모르겠소? 아니 이거 놓으라니까……여어, 총경님, 이번 사건은 어떻습니까? 엘러리 퀸 씨, 오랜만이군요. 당신이 와 있는 걸 보니 큰 사건임이 틀림없군요. 비열하기 짝이 없는 범인은 아직 짐작이 안 갑니까?"
 "조용히 하오, 피트!" 샘프슨이 말했다. "퀸 씨, 어떻습니까? 말하지 않아도 아시겠지만, 우리는 몹시 당했답니다."
 지방검사는 자리에 앉아 모자를 운반차 위에 내던지고 신기한 듯이 방 안을 둘러보았다.
 빨강머리의 사나이는 엘러리와 총경과 반갑게 악수를 나누었다. 신문기자는 천천히 빈 의자 곁으로 가더니 만족스런 한숨을 후유 내쉬고는 털썩 주저앉았다.
 "굉장히 복잡하군요." 총경은 조용히 말했다. "아직 단서가 없소. 도른 부인은 의식을 잃고 수술을 기다리는 동안에 교살당했소. 누군가가 담당 외과의사로 변장하고 해치운 모양이오. 그 사기꾼이 누군지 아무도 짐작조차 못하고 있는 형편이오. 그래서 우린 지금 벽에 부딪친 셈이오. 아무튼 골치 아픈 사건이오."
 "이 사건은 도저히 숨기고 넘어갈 수 없을 것 같습니다, 퀸 씨." 지방검사가 매우 난처하다는 듯이 미간을 찌푸리고 말했다. "누가 한 짓인지는 모르지만, 고르고 골라서 하필이면 뉴욕 시에서 가장 유명한 인물에게 눈독을 들이다니! 밖에서는 기자 나리들이 야단법석입니다. 그들을 안으로 들여보내지 않기 위해 관할서의 경관을 절반이나 동원해야 했지요. 피트 허퍼는 어차피 특권적 인물이니까 하는 수 없지만. 게다가 30분쯤 전에 지사한테서 전화가 걸려 왔어요. 뭐라고 했는지는 당신도 알겠지요? 이 사건은 아주 중대합니다. 배후 사정은 어떻습니까? 개인적인 원한이오, 아니면 미치광이가 한 짓이오, 아니면 돈 때문이오?"

"그건 바로 내가 알고 싶은 일이오……."

총경은 한숨을 쉬었다. "신문에 정식 발표를 해야 되겠지요. 그런데 난처한 건 아무것도 할 말이 없다는 거요. 이봐요, 피트 씨." 총경은 백발의 사나이 쪽을 돌아보고 밉살스럽다는 듯이 말을 이었다. "당신은 여기 있는 걸 묵인받았소. 그러므로 당신 쪽에서 이쪽의 신뢰를 조금이라도 배신하면 용서하지 않겠소. 다른 기자들의 손에 들어가지 않는 기사는 단 한 줄도 써서는 안 되오. 그렇지 않겠다면 이 자리에 있도록 내버려 두지 않겠소. 알겠소?"

"말하지 않아도 잘 알고 있습니다, 총경님."

기자는 싱긋 웃으며 말했다.

"그럼, 우선 현재까지의 상황을 대충 설명하지요."

총경은 그날 아침의 사건, 발견, 혼란 상태를 몹시 서두르며 낮은 목소리로 지방검사에게 설명했다. 그 보고가 끝나자 총경은 펜과 잉크를 가져오게 해서 지방검사와 함께 짧은 시간 동안에 병원 밖에서 웅성거리고 있는 신문기자들에게 줄 발표문을 만들었다. 한 간호사가 불려와서 타이프로 복사를 만들어 거기다 샘프슨이 서명하자 벨리가 부하 한 사람을 시켜 기자들에게 나누어 주도록 했다.

퀸 총경은 대수술실 쪽으로 가서 누군가의 이름을 불렀다. 그러자 곧 키가 크고 딱딱한 몸집의 루시어스 더닝 박사가 문턱을 넘어섰다.

의사의 얼굴은 발갛게 상기되어 있었으며 눈은 흐릿하고 얼굴의 주름진 곳이 꿈틀꿈틀 경련하고 있었다.

"이제야 내 차례가 된 모양이로군." 더닝 박사는 내뱉듯이 말했다. 그리고 반백의 머리를 쑥 내밀고 찌르는 듯한 눈으로 모두들을 도전하듯 노려보았다. "당신들은 나를 늙어 빠진 할망구나 20대 애송이처럼 밖에 앉혀 놓고 당신들 좋을 대로 기다리게 해도 괜찮은 인간으로 생각한 모양인데, 그렇다면 단단히 말해 두겠소." 박사는 총경 쪽으로 성큼성큼 다가가서 비쩍 마른 주먹을 노인의 머리 위에서 휘둘렀다. "이런 심한 모욕을 주었으니 곧 후회하게 될 거요!"

"그렇습니까, 더닝 박사님?" 총경은 순순히 말하며 의사의 휘두르는 팔 밑으로 빠져나가다 문에 부딪쳤다.

"흥분하지 마십시오, 더닝 박사님." 샘프슨 지방검사가 법정에서와 같이 엄격하고 날카로운 태도로 입을 열었다. "이 사건의 수사에는 뉴욕에서 가장 유능한 사람들이 참여하고 있습니다. 아무것도 숨길 게 없으시다면 조금도 걱정할 필요가 없습니다. 그리고," 지방검사는 냉정하게 덧붙였다. "불평이 있으시거든 나에게 말씀해 주십시오, 나는 뉴욕 지방검사입니다."

더닝은 두 손을 흰 윗옷 주머니에 쑤셔넣었다.

"나는 당신이 합중국의 대통령이라 해도 아무 상관 없소." 그는 비웃듯이 말했다. "당신네들은 내 일을 방해하고 있소. 나에게는 지금 곧 치료해 주어야 할 위궤양 환자가 기다리고 있소. 그런데 밖에 있는 당신 부하들이 수술실에서 나오려고 하는 나를 다섯 번이나 방해했소. 이건 범죄 행위요. 나는 그 환자를 진찰해야 하오."

"아무튼 앉으십시오, 박사님." 엘러리가 달래는 듯한 미소를 띠며 말했다. 단지 두서너 가지 물어볼 것이 있을 뿐이니까 그것만 끝나면 당신은 위궤양 환자에게로 갈 수 있습니다……."

더닝은 성난 수코양이처럼 눈을 부릅뜨고서 한참 동안 입속말을 우물거리고 있더니 곧 입을 꽉 다물고 그 길쭉한 몸을 의자에 내던졌다.

"묻고 싶은 게 있거든 오늘부터 내일까지라도 물어 보시오." 박사는 비쩍 마른 가슴 위에 팔짱을 끼고 심술사납게 말했다. "하지만 시간 낭비일 거요. 나는 아무것도 모르니까, 당신들의 참고가 될 만한 건 아무것도 끌어낼 수 없을 거요."

"그야 뭐 견해의 차이겠지요."

"자, 그럼." 총경이 거들었다. "그렇게 말꼬리를 잡는 건 그만두고 이제부터 당신의 이야기를 들어 봅시다, 더닝 박사. 나는 오늘 아침에 당신이 무엇을 했는지 모조리 들어 보고 싶습니다."

"그뿐인가요?" 더닝은 얄미운 듯이 중얼거렸다. 혀가 살짝 나와 신경질적으로 입술을 축였다. "나는 9시에 병원에 도착했소. 그리고 10시쯤까지 내 방에서 환자를 보았소. 10시부터 수술 시간까지 방에서 병증 기록을 훑어보고 있었소. 조사해야 할 병력과 처방할 게 몇 가지 있었지요. 10시 45분 조금 전에 북쪽 복도를 지나 대수술실 뒤로 가서 입회인석으로 올라갔지요. 거기서 딸을 만나고, 그리고……."

"그 정도면 됐습니다. 10시 이후, 다른 손님은?"

"없었소." 더닝은 잠깐 말을 끊고 숨을 돌렸다. "즉 플러 부인 말고는 말이오. 도른 부인의 의논 상대인 부인이지요. 도른 부인의 용태를 들으러 잠깐 왔었소."

"그런데 당신은 어느 정도 도른 부인을 알고 계셨습니까?" 엘러리가 두 손을 무릎 위에 포개면서 말했다.

"특별히…… 친하지는 않았소." 더닝은 대답했다. "물론 나는 이 병원이 생기고 나서부터 죽 여기에서 근무하고 있고, 공적인 자격으로 도른 부인을 알게 되었지요. 그리고 민첸 박사와 쟈니, 그리고 그 밖의 사람들과 같이 이 병원의 이사로 있소……"

샘프슨 지방검사는 의사에게 둘째 손가락을 똑바로 내밀었다.

"우리 서로 솔직하게 이야기하기로 합시다. 당신도 아시다시피 도른 부인의 지위는 말하자면 세계적이었소. 그리고 부인이 살해당한 사실이 세상에 알려지면 어떤 소동이 벌어질 것인지 당신도 아실 겁니다. 무엇보다도 증권 시장에 큰 반향이 일어날 것은 뻔한 일입니다.

그래서 이 사건이 될 수 있는 한 빨리 해결되어 잊혀져 버리면 그만큼 여러 사람에게 좋겠지요……그런데 당신은 이 사건 전체를 어떻게 생각하십니까?"

더닝 박사는 천천히 일어서서 방 안을 왔다갔다하기 시작했다. 걸으면서 그는 손가락의 관절을 딱딱 울렸다. 엘러리는 의자에 몸을 웅크리고 있었다.

"당신이 아까 말씀하시려던 것은……"

엘러리는 거의 불쾌한 듯한 말투로 중얼거렸다.

"뭐 말이오?" 더닝은 어리둥절한 모양이었다. "아니, 나는 전혀 아무것도 모르오. 도무지 수수께끼 같아서……"

"수수께끼라는 말이 나왔으니 말이지만, 이 사건은 어디까지나 밑도 끝도 없는 놀라운 수수께끼입니다." 엘러리가 되받았다. 그리고 묘하게 불쾌한 듯이 더닝 방사를 바라보았다. "그럼, 이것으로 끝냅시다, 더닝 박사."

더닝은 그 이상 한 마디도 하지 않고 방에서 성큼성큼 나갔다.

엘러리는 벌떡 일어서서 그 근처를 서성거리기 시작했다.

"아니꼬운데." 그는 내뱉듯이 말했다. "지금까지는 모두 헛수고였소. 그밖에 누구를 기다리게 했더라? 니젤과 샐라 플러였지. 마저 끝내 버립시다. 달리 또 할 일이 있으니까요……."
 피트 허퍼가 마음껏 다리를 길게 뻗으며 소리 죽여 웃었다.
 "표제는," 하고 그는 말했다. "'명탐정, 위경련을 일으키다――혈액 순환 불순으로 냉정을 잃다……'"
 "여보시오!" 벨리가 고함을 질렀다. "입 다물어요!"
 엘러리는 미소를 지었다.
 "당신 말대로요, 피트 씨. 정말 내 머리가 그렇게 된 것 같소…… 자, 아버지, 다음 희생자를 끌어냅시다."
 그러나 다음 희생자는 다시 더 계속 참고 기다려야 할 운명이었다. 왜냐하면 서쪽 복도에서 심한 말다툼 소리가 드문드문 들려 오다가, 이윽고 문이 열리더니 리치 경위와 세 명의 정복 경관에게 떠밀려 괴상한 모습의 사나이가 세 사람 들어왔기 때문이다.
 "무슨 일인가?" 총경이 벌떡 일어나며 물었다. "조 게코, 꼬마 윌리, 스내퍼가 아닌가! 리치, 대체 어디서 이 녀석들을 주워 왔나?"
 경관은 포로들을 방 안으로 밀어넣었다. 게코는 비쩍 마른 다 죽어가는 듯한 인상의 사나이로, 타는 듯한 눈에 부자연스러울 정도로 두툼한 코를 가지고 있었다. 스내퍼는 그와 정반대의 타입으로 몸집이 작고 얼굴이 해말쑥하며 장밋빛 볼과 촉촉히 젖은 입술을 가지고 있었다. 꼬마 윌리는 세 사람 가운데 가장 음흉한 얼굴 모습이었다. 벗어진 삼각형의 머리는 온통 기분나쁜 갈색 반점이 있는 피부로 덮였고 살이 디룩디룩 찐 탄력없는 거대한 몸집을 하고 있었으나, 신경질적인 동작과 침착하지 못한 눈이 그 볼품있는 몸집 속에 끝없는 힘이 숨어 있다는 것을 나타내 주었다. 얼빠진 백치처럼 보이기도 했으나, 그 바보 같은 모습 속에서 뭔가 몸서리쳐지는 무서운 것이 엿보였다.
 "폼페이우스, 줄리어스, 크랏수스*4" 하고 엘러리가 클로닝에게 속삭였다. "아니면 마르쿠스 안토니우스와 옥타비아누스와 레피두스의 제2차 삼두인가? 전에 어디서 봤더라?"

"아마 대질심문 때였겠지요"

클로닝이 싱긋 웃었다.

총경은 찌푸린 얼굴로 포로들 앞에 버티고 섰다.

"이봐, 조!" 그는 위협적으로 말했다. "이번엔 무슨 일을 꾸미고 있었나? 병원을 털려던 것인가? 리치, 이놈들을 어디서 찾았나?"

리치는 자기 솜씨에 만족한 것 같았다.

"2층의 328호 특별실 앞에서 서성거리고 있었습니다."

"'마이크 두목'의 방이로군." 총경이 소리쳤다. "그럼, 이번엔 너희들은 마이크 두목의 간호놀이를 하려던 셈인가? 네놈들은 아이키브롬 패거리들과 어울려 다니고 있는 줄 알았는데. 바꿔 치웠나? 바른 대로 말해 봐! 무슨 수작들이야?"

세 악당은 불안한 듯이 서로 얼굴을 마주보고 있었다. 꼬마 윌리가 쿡 하고 쉰 목소리로 웃었다. 조 게코는 눈을 힐끔 치뜨며 몸을 굳히고 뒤로 물러섰다. 대답한 것은 장밋빛 볼에 미소를 띤 스내퍼였다.

"제기랄! 총경님, 이번엔 좀 봐 주십시오." 그 뽐내는 듯한 입에 발린 목소리에는 그다지 수상한 점이 없었다. "우리를 두들겨 봤자 먼지 하나 안 나올 겁니다. 두목의 시중을 들었을 뿐이니까요. 글쎄, 병원 양반들이 두목의 창자인지 뭔지를 끄집어 냈다지 뭡니까."

"알았어, 알았어." 총경은 상냥하게 말했다. "그럼, 두목님의 손을 잡고 자장가라도 불러 주었단 말인가?"

"그런 말씀 마십시오, 두목은 진짜 병자란 말씀입니다." 스내퍼가 아주 진지하게 말했다. "우리는 위층 두목의 방 근처를 어슬렁거리고 있었지요, 당신들도 잘 알고 있지 않습니까. 두목이 거기 누워 있는데, 두목을 좋아하지 않는 자들이 잔뜩 있어서요……."

퀸 총경이 대뜸 리치에게 고함을 쳤다.

"이 녀석들의 신체검사는 했나?"

꼬마 윌리가 그 커다란 몸을 발작적으로 도사리며 문 쪽으로 다가가기 시작했다.

"이봐, 그만둬!"

게코가 소리를 버럭 지르며 그 큰 사나이의 팔을 잡았다.

경관이 우르르 뛰어가서 그들을 에워쌌다. 벨리는 재미있는 듯한 얼굴로 미소짓고 있었다.

"조그만 장난감이 세 자루 있습니다, 총경님."

리치가 만족스러운 듯이 말했다.

총경은 유쾌하게 웃었다.

"드디어 잡혔군. 옛날 옛날 설리반 법에 의해서 말이야. 스내퍼, 자네에게는 두 손 들었어……그럼, 됐네. 리치, 이놈들은 자네 고기야. 끌고 가서 불법 총기 은닉죄로 처넣어 버려. 잠깐, 스내퍼, 너희들은 언제쯤 여기에 왔지?"

"우리는 아침부터 내내 여기에 있었습니다, 총경님. 그냥 지키고 있었을 뿐인데, 제기랄……."

"그것 봐, 내가 뭐랬어, 스내퍼……."

게코가 소리쳤다.

"너희들은 오늘 아침 여기서 도른 부인이 살해당한 데 대해 아무것도 모르겠지?"

"살해되었다고요?"

악당들은 우뚝 멈춰섰다. 꼬마 윌리의 입이 떨리기 시작했다. 정말 볼만했다. 금방이라도 울음을 터뜨릴 것 같았다. 그들의 눈은 문 쪽을 곁눈질로 노려보고 손이 경련하듯 떨리고 있었다. 아무도 입을 여는 사람은 없었다.

"이제 됐어." 총경은 대수롭지 않게 말했다. "끌고 가, 리치!"

리치 경위는 제복 경관과 비틀거리는 악당 세 명을 앞장세우고 기운차게 나갔다. 벨리는 눈에 약간 실망의 빛을 떠올리며 그 뒤에서 문을 닫았다.

"그건 그렇고……." 엘러리는 피로한 듯이 말했다. "우리는 시간을 너무 오래 질질 끄는 것 같군요. 쌜라 플러를 만나 볼 일이 남아 있어요. 그 여자는 벌써 세 시간 동안이나 저기서 기다리고 있지요. 심문이 끝나면 입원할 필요가 있을지도 모르겠는걸요. 나는 배를 좀 채울 필요가 있는데 아버지, 어떻습니까? 샌드위치와 커피를 좀 사오게 하는 것이. 배가 고파서 못 참겠는데요……."

총경은 콧수염을 비틀었다.

"시간에 대해서 깜박 잊고 있었군……검사님, 당신은 어떻소, 점심은?"

"네, 나도 찬성합니다." 피트 허퍼가 갑자기 끼어들었다. "이런 일이란 배가 고픈 법이지요. 계산은 시(市)에서 부담하겠죠?"

"좋소, 피트." 총경이 맞장구를 쳤다. "당신 주장이 마음에 드는군. 계산이야 시에서 하든 어떻든 당신이 심부름을 해주어야겠소. 다음 구역에 가게가 있을 것이오."

허퍼가 나가자 벨리는 온통 검은 옷으로 몸을 감싼 중년 여인을 불러들였다. 여자는 굳은 표정에 몹시 험악한 눈초리를 하고 있었으므로 샘프슨 지방검사가 나직한 목소리로 클로닝에게 주의를 주었으며, 벨리는 자기도 모르게 여자 쪽으로 더욱 몸을 가까이 가져갔다.

엘러리는 그녀가 들어왔을 때 흘끗 한 번 보았을 뿐이었다. 열린 문을 통해 몇 명의 실습생이 수술대 주위에 모여 있는 것이 보였다. 수술대 위에는 완전히 시트로 덮인 에비게일 도른의 시체가 아직 누워 있었다.

엘러리는 아버지에게 신호를 하고 수술실로 들어갔다.

지금은 수술실도 침착을 되찾고 있었다. 그러나 방 안이 이상하게 혼란되고 어수선한 인상을 주었다. 간호사와 실습생들이 이리저리 왔다갔다하며 염치없이 명랑한 목소리로 이야기를 주고받았다. 옆에 조용히 지키고 서 있는 감색 제복의 경관과 사복 형사들에게는 조금도 아랑곳하지 않았다. 그리고 저마다 떠드는 이야기 소리의 밑바닥에는 어딘지 모르게 히스테리컬한 음색이 희미하게 깃들어 있는가 하면 갑자기 대화 중에 엉뚱하게도 새된 울림이 튀어나왔으며, 그 바로 뒤에는 숨막힐 듯한 침묵이 흘렀다.

수술대 주위에 모여 있는 사람들을 빼고는 아무도 시트로 덮인 죽은 여자의 몸에 눈길을 주는 이가 없었다.

엘러리는 수술대로 다가갔다. 그가 나타남으로써 약간 조용해진 가운데 엘러리는 젊은 의사들에게 간단히 뭔가 주의를 주었다. 그들은 고개를 끄덕여 알았다는 시늉을 했다. 엘러리는 곧 대기실로 되돌아와서 살며시 문을 닫았다.

샐라 플러는 방 한가운데에 시무룩하게 서 있었다. 파란 정맥이 두드러진 가느다란 두 손으로 겨드랑이를 누르고 있었다. 그리고 돌처럼 굳게 입을 다물고서 총경을 응시하고 있었다.

엘러리는 아버지 곁으로 다가갔다. 그리고는 "플러 부인" 하고 갑자기 말했다.

여자의 마노 같은 담청색 눈이 엘러리 쪽으로 옮겨졌다. 씁쓰레한 미소로 입가가 일그러져 있었다.

"어머나, 또 다른 분이군요."

그녀는 말했다.

지방검사가 입 속으로 저주의 말을 내뱉었다. 이 여자의 둘레에는 뭔가 기분 나쁜 분위기가 떠돌고 있었다. 목소리는 그 얼굴과 마찬가지로 엄하고 차갑고 딱딱했다.

"대체 당신들은 나에게 무슨 볼일이 있지요?"

"자아, 앉으십시오."

총경이 딱딱하게 말했다.

그는 의자를 여자에게로 밀어 주었다. 그녀는 망설이고 있었으나 코를 한 번 울리고는 막대기처럼 의자에 앉았다.

"플러 부인." 총경은 곧 질문을 시작했다. "당신은 도른 부인과 25년 동안 같이 살았다지요?"

"올 5월로 21년이에요."

"그런데도 당신과 부인 사이는 그다지 좋지 않았다지요?"

엘러리는 여자의 두드러지게 튀어나온 목의 후두부가 입을 열 때마다 올라갔다 내려갔다 하는 것을 보고 조금 놀랐다.

"그렇습니다."

여자는 차갑게 말했다.

"무엇 때문이었습니까?"

"에비는 인색하고 신앙이 없었어요. 진짜 욕심쟁이였지요. 게다가 폭군이구요. 저 심술쟁이 여자의 자비심이란 남을 들볶는 거였어요. 세상에 대해서는 미덕의 화신 같았지만, 친척이나 고용인들에게는 마치 악마가 살아난 것 같았어요. 그런데도 오늘까지 용케……."

이 놀라운 진술을 하는 그녀의 말투는 너무도 사무적이고 태연했다. 퀸 총경과 엘러리는 얼굴을 마주보았다. 벨리는 신음 소리를 내고 형사들은 뜻있게 서로 고개를 끄덕여 보였다. 총경은 단념하고 자리에 앉았다. 나머지는 엘러리에게 맡겼다.

엘러리는 상냥하게 미소를 지었다.

"플러 부인, 당신은 하느님을 믿습니까?"

상대는 엘러리 쪽으로 눈을 들었다.

"여호와는 나의 목자이십니다.[*5]"

"좋습니다." 엘러리는 말했다. "그러나 좀더 묵시록적이 아닌 대답을 해주셨으면 고맙겠는데요. 당신은 늘 신의 진실을 이야기합니까?"

"나는 길이요, 생명이요, 진리입니다."

"훌륭한 마음가짐입니다. 좋습니다, 그러면 플러 부인, 도른 부인을 죽인 것은 누굽니까?"

"그런 걸 내가 어떻게 알아요?"

엘러리의 눈이 빛났다.

"그 대답으로서는 범인을 체포할 수가 없겠군요. 당신은 범인을 알고 있습니까, 모릅니까?"

"전혀 모릅니다."

"고맙소." 엘러리는 너무도 유쾌한 나머지 입술이 떨렸다. "그러면 당신은 에비게일 도른 부인과 늘 싸움을 했습니까, 어땠습니까?"

검은 옷의 여자는 까딱도 하지 않고 얼굴빛 하나 변하지 않았다.

"늘 싸웠습니다."

"어째서지요?"

"방금 말씀드린 대로 그 여자는 악마였으니까요."

"하지만 우리가 들은 바로는 도른 부인은 선량한 사람이었다고 알고 있는데요. 그런데 당신은 그녀를 마치 고르곤(그리스 신화에 나오는 괴물)처럼 생각케 하려 들고 있군요. 인색하고 폭군이었다고 하니 말입니다. 무엇 때문이지요? 가정 안의 문제 때문인가요, 사소한 개인적 감정인가요? 아니면 중대한 문제 때문입니까? 부디 분명하게 대답해 주십시오."

"우리는 서로 맞지가 않았어요."

"묻는 말에 대답하시오."

"우리는 서로 깊이 미워하고 있었어요."

여자는 손가락을 힘주어 맞잡았다.

"네, 그래요?" 총경이 의자에서 벌떡 일어났다. "이제야 겨우 알아듣겠군. 20세기의 말투가 되어서. 서로 얼굴조차 보기 싫어했단 말씀이지요? 살쾡이처럼 서로 할퀴면서." 총경은 여자에게 손가락을 들이댔다. "그럼, 무엇 때문에 21년 동안이나 같이 살았소?"

여자의 목소리가 열을 띠기 시작했다.

"자비심은 모든 것을 견디게 합니다……나는 얻어먹는 처지이고, 에비는 고독한 여왕이었습니다. 사물이란 어느새 습관이 되고 말지요. 우리는 한핏줄과 같은 강한 인연으로 맺어져 있었어요."

엘러리는 납득이 안 간다는 듯이 눈썹을 모으고 여자를 바라보았다. 퀸 총경의 얼굴이 무표정하게 되었다. 그는 어깨를 으쓱하고는 지방검사 쪽을 보았는데, 그 눈이 입으로 말하는 것보다 더 웅변적으로 한 단어를 말하고 있었다. 벨리가 입술로 그 말의 입 모양을 만들어 보였다.

"바——보."

침묵 속에서 문이 열리더니 몇 명의 실습생이 에비게일 도른의 시체가 얹혀져 있는 수술대를 날라왔다. 총경의 엄한 시선을 받으며 엘러리는 뒤로 물러서서 샐러 플러의 얼굴을 지켜보고 있었다.

기묘한 변화가 여자에게 나타났다. 그녀는 일어나서 한 손으로 살이 없는 좁은 가슴을 움켜잡았다. 두 개의 밝은 핑크빛 반점이 마법처럼 볼에 나타났다. 그리고 목 부분까지 드러난 무참한 여주인의 죽은 얼굴을 가만히, 마치 신기한 것이라도 보듯이 바라보는 것이었다.

한 젊은 의사가 푸르스름하게 부은 시체의 얼굴을 설명하면서 가리켰다.

"안됐습니다만, 이건 치아노제(시체가 푸른 보랏빛으로 되는 것) 현상입니다. 굉장히 보기 흉합니다만, 당신 말대로 나는……."

"알겠소."

엘러리는 손을 세게 흔들어 실습생을 내보낸 다음 샐라 플러의 동작을 가만히 지켜보았다. 그녀는 천천히 수술대로 다가가더니 시체의 굳어진 몸의 선을 들여다보았다. 시선이 시체의 온 몸을 둘러보고 얼굴까지 오자 무서운 승리의 표정을 띠며 딱 머물렀다.

"죄있는 영혼은 죽어야 합니다!" 여자는 외쳤다. "영광이 절정에 이르렀을 때 파괴자는 온다!" 그 목소리는 절규에 가까우리만큼 높아졌다. "나는 에비에게 경고했지요, 경고를. 에비, 죄의 보속(補贖)은……."

엘러리는 일부러 말투를 꾸며서 기도문을 외웠다.

"나는 보속을 내리는 주임을 알리니……."

차갑고 덮쳐누르는 듯한 목소리가 들리자 여자는 홱 돌아보았다. 검은 눈이 불을 뿜고 있었다.

"죄를 비웃는 자는 어리석은 사람입니다!" 하고 그녀는 외쳤다. 그리고는 목소리가 낮아졌다. "볼 건 다 보았어요." 그녀는 약간 침착해져서 흥분을 누른 말투로 덧붙였다. 이제까지의 격한 말은 이미 잊어 버린 것 같았다. 깊은 숨을 쉬고 마른 가슴을 폈다. "이제 돌아가도 좋겠지요?"

"아니, 돌아갈 수 없소." 총경이 곧 잘라 말했다. "앉아요, 플러 부인, 아직 한참 동안 여기 있어야겠어요."

여자는 귀머거리 같았다. 정신나간 듯한 표정이 험상궂은 얼굴에 떠올랐다.

"오오!" 총경이 소리쳤다. "제발 연극은 집어치우고 지상으로 내려오시오. 자……."

총경은 방을 가로질러 달려가서 난폭하게 여자의 팔을 잡고 흔들었다. 그러나 여자의 먼 곳을 바라보는 듯한 온화한 표정은 사라지지 않았다.
"여기는 교회가 아니오, 그만두시오!"
여자는 총경이 끌고 가는 대로 의자까지 갔으나, 마치 넋이 나간 듯 총경도 그 부하들도 도무지 안중에 없는 모양이었다. 그리고 두 번 다시 죽은 여자는 보려고도 하지 않았다. 생각에 잠긴 듯이 그녀를 지켜보고 있던 엘러리가 실습생들에게 손짓을 했다.
실습생들은 분명히 안도의 숨을 내쉬면서 서둘러 수술대를 대기실 오른쪽에 있는 엘리베이터로 밀고 가서 문을 열고 안으로 자취를 감추었다. 엘러리는 쇠창살 상자 저쪽의 동쪽 복도로 통하는 듯한 또 하나의 문을 보았다. 문이 닫히자 얇은 샤프트 벽을 통해 엘리베이터 움직이는 소리가 들려 왔다. 엘리베이터는 서서히 지하의 시체 안치소로 내려갔다.
총경이 엘러리에게 살짝 속삭였다.
"엘러리, 저 여자에게서는 아무것도 알아 내지 못할 것 같아. 저 여자는 미치광이야. 내 생각으로는 저 여자에 대해서라면 다른 사람들한테 듣는 편이 나을 것 같은데, 넌 어떻게 생각하느냐?"
엘러리는 어색하게 의자에 앉아 눈을 엉뚱한 곳으로 돌리고 있는 여자를 흘끗 보았다.
엘러리는 내키지 않는 듯이 말했다. "다른 것은 그만두고라도 저 여자는 훌륭한 정신 병리학 연구 자료가 될 겁니다. 어쨌든 한 번 시험해 봐서 그 반응을 보겠습니다……플러 부인."
여자의 공허한 눈이 멍청하게 이쪽을 돌아보았다.
"누구든 도른 부인을 죽이고 싶다고 생각한 사람은 없을까요?"
여자는 몸을 떨었다. 눈에서 안개가 걷히기 시작하고 있었다.

"난, 나는 몰라요."

"당신은 오늘 아침 어디에 있었지요?"

"처음에는 집에 있었습니다. 그런데 누가 전화를 해왔어요. 사고가 있었다고 하더군요…… 신의 복수입니다."

또다시 얼굴에 불길이 붙었다. 그러나 다시 입을 열었을 때는 완전히 침착해져서 평정한 말투였다. "핼더와 나는 함께 이곳으로 왔습니다. 그리고 수술을 기다리고 있었지요."

"그동안 죽 도른 양과 함께 있었소?"

"네, 아니오."

"어느 쪽입니까?"

"아니오. 나는 복도 맞은편의 대합실에 핼더를 남겨 두었어요. 신경이 곤두서 있어서 서성거리고 있었어요. 아무도 뭐라고 하지 않더군요. 실컷 돌아다니고 나서……" 교활한 표정이 여자의 눈에 떠올랐다. "핼더한테로 돌아갔지요."

"그래, 아무와도 이야기하지 않았소?"

여자는 천천히 엘러리를 쳐다보았다.

"나는 에비의 용태를 물어 보고 싶었어요. 그래서 의사 선생님을 찾았어요. 쟈니 박사님이든, 더닝 박사님이든, 젊은 민첸 박사님이든, 아무나. 그런데 더닝 박사님만 방에 계셨어요. 그가 아무 걱정 없다고 하시기에 나는 물러나왔습니다."

"조사해 봐야겠군."

엘러리는 여자의 앞을 큰 걸음으로 왔다갔다하기 시작했다.

뭔가 마음 속에서 생각을 가다듬고 있는 것 같았다. 샐라 플러는 멍청히 앉아서 기다리고 있었다.

엘러리가 다시 입을 열었을 때 그 목소리에는 위협하는 듯한 말투가 깃들어 있었다. 그는 여자 쪽으로 홱 돌아섰다.

"당신은 왜 어제 저녁에 쟈니 박사로부터 전화로 인슐린 주사를 놓으라는 연락이 왔다는 것을 도른 양에게 전하지 않았지요!"
"어제는 내가 병이 나 있었어요. 거의 하루 종일 누워 있었지요. 전언(傳言)이 있었고, 분명히 내가 들었습니다만, 헬더가 돌아왔을 때는 이미 잠들고 말아서……."
"그럼, 왜 아침에라도 그 말을 하지 않았지요?"
"잊고 있었어요."
엘러리는 여자 위로 몸을 굽히고 그 눈을 가만히 바라보았다.
"당신은 알고 있습니까, 플러 부인? 당신이 불행하게도 그것을 잊어 버렸기 때문에 도른 부인이 죽었으며, 따라서 당신에게는 도덕적 책임이 있다는 사실을 말이오."
"왜, 어째서지요?"
"당신이 도른 양에게 쟈니 박사의 말을 전했더라면 그녀는 부인에게 인슐린 주사를 놓았을 겁니다. 그러면 도른 부인은 오늘 아침 쓰러지지 않았을 것이고, 따라서 수술대에 얹혀서 살인범의 뜻대로 되었을 리도 없지요. 어떻습니까?"
여자의 시선은 꿈쩍도 하지 않았다.
"어쨌든 주님의 뜻은……."
엘러리는 몸을 똑바로 곧추세우며 낮은 목소리로 말했다.
"당신은 성서를 비유로 끌어내는 게 아주 능숙하군요……플러 부인, 도른 부인은 왜 당신을 무서워하고 있었소?"
그녀는 흠칫 놀라 숨을 죽였다. 그리고는 미소지었다. 비뚤어진 미소였다. 이윽고 입술을 꽉 다물고는 의자 등받이에 기대어 축 늘어졌다. 그 억세 보이는 눈에 뭔가 기분 나쁜 것이 있었다. 또한 그 눈에는 여전히 험하고 얼음처럼 싸늘한 어딘지 모르게 이 세상 것 같지 않은 뭔가가 깃들어 있었다. 엘러리는 말했다.

"돌아가도 좋습니다."

샐라 플러는 일어서더니 불안스러운 동작으로 옷매무시를 고치고 나서 다른 사람들은 쳐다보지도 않은 채 한 마디도 없이 방에서 나갔다. 총경의 눈짓으로 헤스 형사가 그 뒤를 따랐다. 총경은 잠시 동안 신경질적으로 방을 서성거렸다. 엘러리는 본디 앉아 있던 자리에 서서 생각에 잠겼다.

검은 턱수염을 기르고 경쾌한 중산모를 쓴 사나이가 벨리 옆을 지나쳐서 불쑥 대기실로 들어왔다. 불이 꺼진 고약한 냄새가 나는 잎담배를 물고 있었다. 검은 왕진 가방을 운반차 위에 집어던지고 몸을 흔들거리며 걷다가 우뚝 서더니 얼굴을 잔뜩 찌푸리고 있는 사람들을 놀려 주듯이 둘러보았다.

"아아, 여러분!" 이윽고 사나이는 피우던 잎담배를 타일 바닥에 뱉으면서 말했다. "내가 온 것도 모르나? 장례식은 어디요?"

엘러리는 형식적으로 고개를 숙였다.

"시체는 이미 안치소에 있소." 노총경은 말했다. "막 지하실로 운반해 간 참이오."

"그럼, 그리로 가야겠군." 플라우티는 엘리베이터의 문쪽으로 성큼성큼 걸어갔다. "여기요?" 벨리가 단추를 누르자 엘리베이터 올라오는 소리가 들렸다.

"그런데 총경님." 플라우티는 문을 열면서 말했다. "이번에는 의무 검사관께서 직접 오실지도 모릅니다. 조수로는 믿을 수가 없는 모양이지." 플라우티는 소리를 내어 웃었다. "그러고 보니 에비 할머니도 드디어 저승으로 가셨군. 하지만 그 할머니가 처음도 아니고 끝도 아니야. 기운을 내시오, 모두들!"

검시관(檢屍官)은 엘리베이터 안으로 자취를 감추고 상자는 다시 삐걱거리는 소리를 내며 아래층으로 내려갔다.

제1부 두 개의 구두 이야기 141

샘프슨이 일어서서 멋들어지게 기지개를 켰다.

"아 아!" 하고 하품을 하더니 그 고상한 머리를 긁어대었다. "완전히 녹아웃이로군요, 퀸 총경."

총경은 귀찮은 듯이 고개를 끄덕였다.

"그 미치광이 여자 때문에 일이 더 복잡해졌군……." 샘프슨은 날카로운 눈으로 엘러리를 보았다. "당신에게 뭔가 생각이 있소?"

"조금."

엘러리는 특별히 큰 옆주머니에서 담배를 한 개비 꺼내어 손 끝으로 소중한 듯이 만지작거리고 있었다. 이윽고 그는 눈을 들었다.

"그럭저럭 두서너 가지 점에 대한 전망이 섰는데, 매우 재미있는 점은……." 엘러리는 얼굴을 활짝 펴며 말했다. "내 의식의 저 깊숙한 밑바닥에서 희미한 한 줄기 빛이 비쳐온 것이오. 그러나 완전히 만족할 만한 해결에 이르려면 아직도 멀었소. 그 옷이……."

"두서너 가지 명백한 사실을 빼고는……." 지방검사가 말을 꺼냈다.

"아니, '명백한' 정도가 아닙니다." 엘러리가 무겁게 말했다. "예를 들어 그 구두 말인데 그 구두는 아주 의미심장한 것입니다."

빨강머리 티모시 클로닝이 흐흥 하고 코웃음을 쳤다.

"그래서 당신은 그 구두에서 무엇을 알아냈소? 난 바보인지 도무지 짐작도 못하겠는데!"

"그러니까," 지방검사는 시험삼아 말해 보았다. "그 옷의 본주인은 쟈니 박사보다 키가 넉넉잡아 몇 인치쯤 크다는……."

"그건 당신이 오기 전에 엘러리가 이미 말했지요. 우리는 그것으로 크게 도움이 되었소." 총경이 대수롭지 않다는 듯이 말했다. "곧 옷도둑을 수배해야겠지만, 마치 건초더미 속에서 바늘을 찾는 거나 같다는 점을 미리 말해 두겠소. 토머스, 자네가 해주겠나?" 총경은 몸집이 커다란 사나이 쪽을 돌아보며 말했다. "우선 이 병원부터 시작하게. 여기서 뜻밖의 소득이 있을지도 모르니까."

 벨리는 존슨과 프린트 두 사람과 함께 일의 절차를 상의한 뒤 두 형사를 내보냈다.

 "그다지 희망은 없지만," 부장은 무뚝뚝하게 말했다. "그러나 무슨 단서가 있다면 저 두 사람이 찾아낼 겁니다."

 엘러리는 깊이 담배 연기를 빨아들였다.

 "그 여자……." 엘러리는 중얼거리듯이 말했다. "그 종교광에게 주의해야 합니다. 뭔가 균형이 잡혀 있지 않아요. 그 여자와 죽은 부인 사이에는 아주 깊은 증오심이 있었소. 동기가 무엇일까? 그 원인은?" 엘러리는 어깨를 옴츠렸다. "그 여자는 아주 재미가 있어요. 그 여자가 믿는 여호와가 우리를 도와 준다면, 적당한 때가 오면 우리는 아마도 '셀라*6'하고 외치게 될 거요."

 "저 쟈니라는 사나이는," 샘프슨이 턱을 어루만지면서 말했다.

 "좀더 자세히 조사하지 않으면 안될 겁니다, 퀸 씨."

 지방검사가 무슨 말을 하려고 했는지, 그 말은 허퍼가 대기실로 들어오는 바람에 날아가 버리고 말았다. 신문기자는 복도의 문을 발로 걷어차서 열고 커다란 종이 봉지를 두 팔에 안고 의기양양해서 들어왔다.

 "백발의 사나이가 군량을 갖고 돌아왔도다!" 허퍼는 소리쳤다.

 "자, 어서 집어 넣으시오, 여러분. 엘러리, 당신도, 이 거인 양반, 당신의 모이 주머니를 채울 만한 것이 있을지 모르겠군. 이건 커피, 이건 맛있는 햄과 피클, 그리고 크림 치즈, 다음엔 무엇이 있는지 기대하시라……."

 모두들 말없이 샌드위치를 먹고 커피를 마셨다. 허퍼는 모두를 날카로운 눈으로 바라보고 있었으나 더 이상 말하지 않았다. 엘리베이

제1부 두 개의 구두 이야기 143

터의 문이 다시 열리고 우울한 얼굴을 한 플라우티가 나타났을 때에야 비로소 모두들 지껄이기 시작했다.

"어떻소?" 샘프슨이 햄 샌드위치를 베어물다 말고 물었다.

"교살입니다, 역시."

플라우티는 왕진 가방을 집어던지고는 염치도 없이 운반대 위의 샌드위치 더미에 손을 내밀었다. 그는 잇소리를 딱딱 내며 빵을 베어물고는 한숨을 내쉬었다. 그리고는 입을 우물거리며 중얼거렸다.

"아주 간단하게 해치웠더군요. 철사를 한 번 꽉 비틀었든데 가엾게도 할머니는 그걸로 그만 저승으로 가신 거지요. 촛불처럼 훅 불어서 꺼 버린 거요……저 쟈니라는 양반은 상당한 외과의사입니다." 플라우티는 총경 쪽을 심술궂게 곁눈으로 훔쳐보았다. "수술의 기회를 잃어 미안하게 됐지만, 어쨌든 심한 담낭 파열에다 당뇨병도 있는 모양인데……그러니까 처음에 예상했던 대로입니다. 해부할 필요도 거의 없고, 피하주사 자국이 팔 전체에 있었어요. 섬유 같은 근육이라 오늘 아침의 정맥 주사는 아주 어려운 작업이었을 거요."

의무 검사관보는 줄곧 지껄여댔다. 계속 이야기들이 쏟아져나왔다. 엘러리가 배를 채우고 있는 곁에서 활발하게 추정과 억측이 소용돌이치고 있었다. 엘러리는 의자를 벽에다 기대 놓고 천장을 쳐다보며 열심히 활발하게 마른 턱을 움직여대고 있었다.

총경은 손수건으로 점잖게 입을 닦은 뒤 "그런데," 하고 신음하듯이 말했다. "이젠 그 니젤인가 하는 사나이가 남아 있을 뿐, 별일없는 것 같군. 밖에서 기다리고 있을 텐데, 다른 사람과 마찬가지로 진력을 내고 있겠지. 넌 다 됐니, 엘러리?"

엘러리는 멍청하게 손을 내저었다. 그러다가 갑자기 눈을 가늘게 뜨고 의자 다리를 탁하고 땅으로 떨어뜨렸다.

"참, 그렇지!" 하고 그는 말했다. 그리고는 소리를 내어 웃었다.

"그런 것을 빠뜨리다니, 나도 바보로군."

다른 사람들은 어리둥절하여 서로 얼굴을 마주보았다. 엘러리는 힘차게 일어섰다.

"그럼 우리들의 친구인 그 오스트리아 과학자를 만나 보기로 합시다. 그 수수께끼의 파라세르사스*7선생은 뜻밖에도 재미있을지 모르니까. 아무튼 연금술사란 나에게 있어 언제나 매력 만점입니다. 그리고 희미한 소리가 들린다. 광야에서 부르짖는 사람의 소리가……."

엘러리는 미소지었다. "족장(族長) 이사야와 루가와 요한. 이 세 사람의 축복받은 권위를 인용한다면……."

엘러리는 대수술실의 문으로 달려가 소리쳤다.

"니젤, 니젤 박사님 계십니까?"

실험 EXPERIMENTATION

플라우티 의사는 무릎 위에 흩어진 빵부스러기를 털어 내고 일어서서 둘째손가락을 커다란 입 안에 집어넣어 샌드위치 찌꺼기를 꼼꼼히 찾아내어 보란 듯이 탁 뱉어냈다. 그리고 나서 검은 가방을 집어들었다.

"나는 이만 가봐야겠소, 그럼……."

복도의 문을 빠져나가자 그는 되지도 않는 휘파람을 불면서 주머니 속의 잎담배를 찾았다.

엘러리 퀸은 대기실 안으로 한 걸음 물러서서 대수술실에서 들어오는 모리츠 니젤을 딱딱하게 맞았다.

입 밖에 내지는 않았지만 퀸 총경이 순간적으로 내린 판단에 의하면, 모리츠 니젤은 그가 '괴짜'라는 한 마디로 처리해 버리는 그런 부류에 속하는 사람이었다. 이 과학자의 특징을 하나하나 따지자면 별로 놀랄 만한 것은 없었다. 그러나 그것들이 한 개인에게 뒤범벅이 되어 나타나 있는 것을 보는 경우엔 기괴한 인상을 주게 되는 것이다. 니젤의 키가 작고 얼굴빛이 거무스름하며 꾀죄죄한 모습은 중부 유럽 사람 같은 인상을 주었다. 그는 닳아빠지고 더부룩하며 볼품없는 턱수염을 기르고 있었다. 눈은 여자처럼 차분하게 깊고 온화했다. 이러한 특징은 아주 흔한 것이어서 신기할 것도 없다. 그러나 어떤 자연의 연금술사에 의해 그러한 특징들이 한데 뒤섞여서 모리츠 니젤을, 퀸 부자가 에비게일 도른 살해 사건 수사 도중 만난 가장 특이한 성격의 인물로 만들고 있었다.

니젤의 손가락은 표백이 되었으며 화학 약품의 얼룩과 화상으로 군데군데 갈색 반점이 있었다. 왼쪽 둘째손가락 끝은 거의 뭉개진 것 같이 되어 허물이 벗겨져 있었다. 작업복은 화학 약품의 홍수를 헤엄쳐 나온 것처럼 글자 그대로 얼룩투성이였으며 여기저기 옷감까지 부식되어 구멍이 나 있었다. 흰 즈크 바지 가랑이에서 캔버스 구두 끝까지 약품이 튀어 있었다.

엘러리는 반쯤 감은 눈으로 박사를 바라보며 신중히 문을 닫고 의자를 가리켰다.

"앉으시지요, 니젤 박사님."

과학자는 완전히 침묵을 지킨 채 시키는 대로 했다. 그의 몸 주변에서는 자아 몰입의 영기(靈氣) 같은 것이 뿜어져 나와 그 자리의 공기와 도저히 어울리지 않았다. 그는 퀸 총경, 지방검사, 클로닝, 벨리의 차가운 응시에 조금도 아랑곳하지 않았다. 모두들 이 박사의 초연한 태도의 원인이 어디에 있는가를 곧바로 이해한 것은 놀라운 일이었다. 박사는 무서워하고 있는 것도 회피하려는 것도 아니고, 다만 그 주위 환경에 대해 완전히 벙어리이자 귀머거리였던 것이다.

니젤은 자기 자신의 세계 속에 앉아 있었다. 높고 원대한 별세계를 향한 사이비 과학 모험담에서 빠져나온 기묘한 인물이었다.

  엘러리는 니젤 앞에 우뚝 버티고 서서 눈길을 고정시키고 뚫어지게 그를 쳐다보았다. 긴장된 시간이 한동안 계속된 뒤 과학자는 엘러리의 응시의 힘을 느꼈는지 눈을 들고 제정신으로 돌아갔다.

  "실례했습니다." 사나이는 무뚝뚝하지만 정확한 영어로 말했다. 그 악센트에는 외국인 같은 사투리가 거의 없었다. "물론 나에게 뭔가 묻고 싶으시겠지요? 바로 조금 전에 밖에서 도른 부인이 교살당했다는 말을 들었습니다."

  엘러리는 긴장을 풀고 자리에 앉았다.

  "그렇게 늦게 말입니까, 니젤 박사님? 도른 부인이 죽은 지 벌써 몇 시간이나 지났는데요."

  니젤은 건성으로 목 뒤를 가볍게 두들겼다.

  "말하자면 나는 여기서는 세상을 등진 사람이니까요. 실험실은 별천지입니다. 과학 정신은……."

  "글쎄요." 엘러리는 누그러진 태도로 말하며 다리를 포개었다. "나는 언제나 과학은 허무주의의 한 형태라고 주장하고 있습니다만……박사님, 당신은 이번 사건에서 그다지 충격을 받지 않은 것 같군요?"

  니젤의 온화한 눈에 묘한 놀라움의 빛이 가득찼다.

  "그렇지 않소!" 니젤 박사는 항의했다. "과학자에게 있어 죽음이란 거의 감동의 원인이 되지 않습니다. 나는 물론 죽음에 대해 흥미를 가지고 있지만 감상적이 될 정도는 아닙니다. 다시 말해서" 박사는 어깨를 으쓱하고 입 언저리에 묘한 웃음을 떠올렸다. "우리는 세상 일반의 죽음에 대한 태도로부터 초월해 있는 거지요. 그렇습니다. '세상을 떠난 영혼이여, 평안하소서'니 하는 따위의 모든 것으로부터 말이오. 나는 그보다는 스페인의 아이러니컬한 속담을 인용하고 싶군요. '죽어서 무덤에 들어가면 어떤 여자라도 선량해지고 존경받는다'라는 것을."

엘러리의 눈썹이 갑자기 사냥개의 꼬리가 수평으로 빳빳하게 튀어오른 것처럼 치켜올라갔다. 돋구어진 흥미와 무엇인가를 기대하는 빛이 그 눈에 얼른 번졌다.

엘러리는 격식을 차리지 않고 말했다.

"당신의 해박한 지식에는 경의를 표합니다, 니젤 박사님. 당신도 알고 계시는군요. '죽음'이라는 '마부'가 싫다고 하는 새로운 손님을 마차에 태울 때는 가끔 마차의 균형을 잡기 위해 다른 사람을 내려놓는 경우가 있다는 것을……지금 내가 말하고 있는 것은 물론 사후 유증이라는 습속(習俗)에 대한 겁니다만, 에비게일 도른 부인의 처음 유언장에 좀 흥미있는 게 있더군요…….

당신의 인용에 또 한 가지 사족을 붙여도 좋습니까? '사자(死者)의 신을 기다리는 자는 맨발로 걷게 될 우려가 있다'라고 말입니다. 이상한 일입니다만, 이것은 덴마크의 속담이랍니다."

니젤은 매우 진지하고 유쾌한 듯한 목소리로 말했다.

"그건 프랑스에도 있었을 겁니다. 격언이란 대개 같은 근원에서 나오니까요."

엘러리는 재미있는 듯이 웃었다. 그리고 감탄한 것처럼 고개를 끄덕였다.

"그건 몰랐군요. 그런데 당신에게 물어서 확인해 두고 싶은 게 한 가지 있습니다."

"그건 그렇다치고," 총경이 소리내어 웃으며 말했다.

"알고 싶다는 것은 물론," 니젤은 더없이 눈치가 빠른 것처럼 말했다. "오늘 아침 내가 어디서 무얼 하고 있었느냐는 거겠지요?…

…."

"괜찮으시다면……."

"나는 여느 때와 마찬가지로 7시에 병원에 도착했습니다." 니젤은 온화하게 두 손을 무릎 위에서 맞잡고 설명했다. "그리고 지하의 일반용 갱의실에서 이 옷으로 갈아입고 내 실험실로 갔습니다. 실험실은 2층으로 대수술실의 북서쪽 모서리에서 복도를 사이에 두고 비스듬히 있지요. 물론 이것은 당신도 이미 알고 계시겠지만……."

엘러리는 중얼거리듯이 말했다.

"물론이지요."

"나는 실험실에 자물쇠를 채우고 그 안에 틀어박혀서 아까 당신 부하에게 불려나올 때까지 거기 있었습니다. 그리고 즉시 당신들 요구대로 수술실로 와서 거기서 비로소 아침에 도른 부인이 살해당한 사실을 알았습니다."

박사는 기분 나쁠 만큼 꼼짝하지 않은 채 이야기를 멈췄다. 그러나 엘러리의 날카로운 경계의 눈초리는 조금도 흩어지지 않았다.

니젤이 다시 말을 이었을 때 그 목소리는 침착하고 힘이 스며들어 있었다.

"아침 동안 내 일을 방해한 사람은 아무도 없었습니다. 다시 말하면 7시 조금 지나서부터 바로 조금 전까지 실험실에 들어온 사람은 아무도 없었으며 죽 나 혼자였습니다. 아무도 들어온 사람이 없다는 것——거기에 대해서는 증인도 없습니다. 쟈니 박사도 내 방에 모습을 나타내지 않았으니까요. 아마 도른 부인의 사고가 있어 그 결과 다른 일에 쫓기고 있었기 때문이겠지요. 쟈니 박사는 여느 때는 언제나 매일 아침 실험실에 얼굴을 보입니다……생각건대," 박사는 생각에 잠기듯이 하며 이야기를 끝맺었다. "이게 모두입니다."

엘러리는 여전히 찌르듯이 박사를 쳐다보고 있었다. 퀸 총경은 눈도 깜박이지 않고 두 사람을 지켜보고 있었는데, 엘러리가 모든 걸 다 알았다는 듯한 태도를 드러내 보이고 있음에도 불구하고 이제까지 본 적이 없을 만큼 마음 속으로는 갈피를 못 잡고 있다는 것을 인정하지 않을 수 없었다. 노인은 드러내 놓고 찌푸린 얼굴을 지어 보였다. 막연한, 그러나 폭풍우를 품은 분노가 끓어오르는 것을 느끼기 시작했다.

엘러리는 미소지었다.

"잘 알겠습니다, 니젤 박사님. 당신은 내가 무엇을 묻고 싶어하는지 잘 알고 계시는 것 같아서 말씀드립니다만, 어떻습니까, 내가 아무것도 묻지 않더라고 나의 다음 질문에 대답해 주실 수 있겠습니까?"

니젤은 더부룩한 수염을 깊은 생각에 잠긴 듯이 쓰다듬었다.

"그다지 어려운 문제는 아닌 것 같군요, 퀸 씨라고 하셨지요?······당신은 쟈니 박사와 나의 연구에 대해서 알고 싶은 거지요? 맞았습니까?"

"네, 맞습니다."

"그것 보시오, 과학적인 두뇌 훈련의 공덕은 헤아릴 수 없을 만큼 큰 것입니다." 니젤은 아주 기분 좋은 듯이 덧붙였다.

두 사나이는 서로 얼굴을 마주보고 매우 유쾌하게 미소지었다. 그들은 마치 오래 전부터의 친한 친구 같았다.

"좋습니다. 쟈니 박사와 난 2년 반──아니, 다음 금요일로 2년 7개월이 되지──전부터 어떤 합금을 개발하는 연구를 하고 있답니다."

엘러리는 어디까지나 아주 진지하게 대답했다.

"당신의 지적인 명찰(明察)은 아주 충분히 명확하다고 말할 수 없군요. 약간 형태를 바꾼 어법 위반의 죄를 범하면서 말한다면 말입니다……내가 지금 알고 싶은 것은, 당신이 말한 것 이상의 것입니다. 그 합금의 정확한 성질이 무엇인가, 그 실험을 위해 얼마만한 돈이 쓰였나, 이러한 것들을 알고 싶습니다. 당신의 경력, 당신과 쟈니 박사가 그 용감한 과학적 동맹을 맺게 되기까지에 이른 사정에 대해서도 알고 싶습니다. 그리고 도른 부인이 왜 당신들이 연구를 계속할 자금 원조를 취소하려고 결심했는지 그 이유도 알고 싶습니다." 엘러리는 말을 끊고 비웃는 듯이 입술을 비꼬았다. "게다가 또한 누가 도른 부인을 죽였는지도 알고 싶지만, 그것은 아마……."

"오오, 그건 헛된 질문이 아니오. 아니오, 천만에." 니젤은 약간 미소를 띠며 대답했다. "과학적 훈련이 나에게 가르쳐 주는 바에 따르면 말입니다. 모든 분석자는 문제를 해결하는 데 있어 우선 첫째로 모든 사실을 꼼꼼히 모을 것, 둘째로 철저한 인내심, 셋째로 신선하고 선입관이 없는 상상력을 구사하여 문제의 전모를 이해하는 능력을 갖추는 것이 필요합니다……그러나 이것은 당신의 질문에 대한 답이 되지는 않겠군요. 우리가 만들려는 합금의 정확한 성질을 알고 싶다고 하셨습니다만, 그러나 유감스럽게도." 박사는 정중하게 말했다.

"그것은 답변을 거부해야 할 것 같습니다. 우선 먼저 사실의 수집이라는 관점에서 볼 때, 합금의 성질은 이번 범죄 해결에 도움이 되지 않을 테니까요. 그리고 우리의 일은 쟈니 박사와 나 두 사람만의 비밀입니다……그러나 이것만은 말해도 좋소. 우리의 일이 만족할 만큼 완성된다면 지구 표면에서 강철을 대신하기에 족한 새로운 합금이 탄생할 것입니다."

지방검사와 그 조수가 잠자코 얼굴을 마주보았다. 그리고 다시 새삼스럽게 감탄하는 듯한 눈빛으로 이 수염이 더부룩한 자그마한 과학자를 찬찬히 바라보았다.

엘러리는 싱긋 웃었다.

"굳이 말해 달라고는 하지 않겠습니다. 만일 상업적으로 강철을 대신할 만큼 값싸고 뛰어난 합금을 만들어내는 데 성공한다면 당신이나 쟈니 박사는 하루 아침에 큰 부자가 되겠군요."

"그렇고말고요. 그렇기 때문에 튼튼한 실험실을 만들고, 벽을 보강하고, 안전문을 달고, 그밖에 온갖 특별 예방 수단을 강구하여 사람들의 호기심이며 도난을 방지하고 있습니다. 미리 말해 두어도 좋습니다만." 니젤은 조금 자랑스러운 듯이 말을 이었다. "우리의 제품이 완성되면, 강철보다도 훨씬 가볍고 신축성이 있으며 내구력이 있고 게다가 강도도 높으며 생산비가 훨씬 싸게 들 겁니다."

"당신은 〈현자(賢者)의 돌*8)에 발부리가 차인 건 아닙니까?" 엘러리는 매우 진지하게 중얼거리듯이 말했다.

니젤의 멍한 시선이 갑자기 날카로워졌다.

"내가 사기꾼으로 보입니까, 퀸 씨." 박사가 물었다. "쟈니 박사가 어디까지나 신뢰하며 내게 협력해 주고 있는 것이 나의 과학적 성질의 증거입니다. 말해 두지만." 박사의 목소리가 약간 높아졌다. "우리는 미래의 건축 재료를 완성하려는 겁니다. 이로써 항공 과학계에 혁명이 일어날 겁니다. 천체 물리학자를 괴롭히고 있는 문제 가운데 하나가 이것으로써 해결됩니다. 강철의 강인함을 지닌 믿을 수 없을 만큼 가벼운 금속의 건축 재료, 인간은 공간에 다리를 놓고 태양계를 정복하겠지요. 이 합금은 핀이나 만년필에서부터 마천루에 이르기까지 모든 곳에 쓰이겠지요. 그리고," 박사는 말을 끝맺었다. "이것은 이미 거의 완성 단계에 있는 것입니다."

한참 동안 침묵이 흘렀다. 박사의 말 자체는 다시 생각해 보면 어처구니없는 잠꼬대처럼 들렸다. 그러면서도 이 자그마한 사나이의 진지하고도 사무적인 태도의 어딘가에 그 가능성을 아주 깊게 인상지우는 것이 있었다.

엘러리는 다른 사람만큼 감명을 받은 것 같지는 않았다.

"나는 갈릴레이를 순교의 희생으로 몰아넣고 파스퇴르를 비웃었던 근시안적인 어리석은 무리와 같은 부류에 속하는 것은 사절입니다만, 같은 분석에 종사하는 사람으로서 여쭈어 보고 싶은데요. 즉 한 마디로 말해서……니젤 박사님, 현재까지 비용이 얼마나 들었습니까?"

"정확한 액수는 모르지만, 8만 달러를 훨씬 넘었으리라고 생각합니다. 쟈니 박사가 자금에 대한 일을 맡아 주고 있지요."

"아무것도 아닌 작은 실험에다 말이오?" 엘러리는 중얼거렸다. "그렇게 간단한……그런데 박사님, 크롬이라든가 니켈, 알루미늄, 카본, 몰리브덴――이런 광석을 화차로 주문이라도 하지 않는 한 그만큼 많은 금액이 들 리가 없는데요, 절대로. 좀더 자세히 설명해 주시지 않겠습니까, 박사님?"

니젤은 자신도 모르게 빙긋 웃었다.

"당신은 실험용 광석에 대해서 아주 문외한은 아닌 모양이군요. 당신은 바로 몰리브덴을 뽑아내는 원료인 몰리브데나이트라든가 울페나이트, 스카라이트, 몰리브다이트 등 그밖의 원광(原鑛)을 생각한 거겠지요? 그러나 말해 둡니다만, 몰리브덴은 쓰고 있지 않습니다. 흔해 빠진 각도와는 전혀 다른 면에서 문제를 다루고 있는 것이지요……그리고 비용 문제 말입니다만, 당신은 두세 가지의 중요한 항목을 빠뜨리고 있습니다. 나는 지금 실험실의 설비와 기구 구입비를 말하는 겁니다. 당신은 특수 통풍 시설, 용광로, 정련 장치――터빈이라든가 전해(電解) 장치라든가――그런 것의 값이 얼마나 하는지 짐작할 수 있습니까?"

"이거 실례했습니다. 어쨌든 전혀 문외한이라서요. 그래, 당신의 경력은?"

"독일의 뮌헨 대학, 프랑스의 소르본 대학, 미국에서는 MIT(매사추세스 공과대학) 출신입니다. 뮌헨에서는 유블릭 교수, 파리에서는 그의 형인 샤르코 교수 밑에서 특별 실험 연구를 했습니다. 그리고 미국의 시민권을 얻은 다음 야금국(冶金局)의 원기과(原基課)에 3년 있었습니다. 그 뒤 미국 대륙에서 가장 큰 제철회사 가운데 하나에서 5년 동안 근무했습니다. 그동안 꾸준히 혼자 연구를 해 오던 중 지금 하고 있는 일의 착상이 조금씩 싹텄습니다."

"쟈니 박사와는 어떤 사정으로 알게 되었습니까?"

"내가 어느 정도 신뢰하고 있던 학문상의 동료가 소개해 주었습니다. 나는 가난했지요. 따라서 실험 자금을 확보해 주고 동시에 기술면에서도 도와 줄 인물의 원조가 필요했었습니다. 그리고 무엇보다도 신뢰할 수 있는 인물이 필요했지요…… 쟈니 박사는 내 모든 요구에 딱 들어맞았습니다. 그는 매우 열성적이었지요. 그 뒤의 일은 상상에 맡기겠습니다."

엘러리는 앉음새를 조금 고쳤다.

"도른 부인은 어째서 당신의 연구에 대한 원조를 그만두려고 마음먹었을까요?"

니젤 박사의 눈 사이에 가늘고 흰 수직선이 나타났다.

"싫증이 난 거겠지요. 2주일쯤 전에 부인은 쟈니 박사와 나를 자기 집으로 불렀습니다. 우리가 처음에 약속한 6개월의 실험 기간이 2년 반으로 연장되었고, 그나마 아직 완성되지도 않았지요. 부인은 흥미가 없어졌다고 말했습니다. 부인은 너무도 부드럽게 그 말을 했으므로 우리가 뭐라고 해도 그 결정을 바꿀 수 없을 것 같았습니다. 우리는 낙심해서 부인 댁을 나왔습니다. 돈은 아직 좀 남아 있었습니다. 그래서 우리는 돈이 떨어지면 그때는 그만두기로, 그러나 그때까지는 아무 일도 없었던 것으로 하고 일을 계속해 가기로 했습니다. 그 사이에 쟈니 박사가 어디 다른 곳에서 자금을 조달하도록 노력해보자는 거였습니다."

샘프슨 지방검사가 기운차게 목을 울리면서 헛기침을 했다.

"부인이 그 말을 당신들에게 했을 때 변호사가 새 유언장을 만들었다는 것도 이야기했습니까?"

"네, 이야기했습니다."

퀸 총경은 가볍게 과학자의 무릎을 쳤다.

"당신은 그러니까 그 새 유언장이 작성되어 이미 서명도 끝나 있었던 것으로 알고 있었습니까?"

니젤은 어깨를 흠칫했다.

"그건 모르겠습니다. 그러나 서명되어 있지 않기를 간절히 바랍니다. 처음의 유언장이 아직 유효하다면 문제는 간단해지니까요."

엘러리가 조용하게 말했다.

"당신은 두 번째 유언장이 서명되어 있는지 어떤지 알고 싶지 않습니까?"

"나는 세속적인 부질없는 걱정으로 내 일이 방해되는 건 절대로 용서할 수 없습니다." 니젤은 태연히 턱수염을 쓰다듬고 있었다.

"나는 야금학자인 동시에 얼마쯤은 철학자입니다. 일은 오직 순리적으로 되어 가는 법이지요."

엘러리는 몹시 피로한 듯이 그 길다란 몸을 의자에서 쭉 뻗으며 말했다.

"당신은 정말이지 뛰어나게 선량한 분입니다, 박사님."

엘러리는 한 손으로 머리를 쓸어올리면서 니젤을 가만히 내려다보았다.

"고맙소, 퀸 씨."

"그러나 그러면서도 한편 나는 당신이 지금 꾸미고 있는 만큼 감정에 빠지지 않는 분은 아니라는 인상을 받았습니다. 이를테면 말입니다." 엘러리는 친밀한 태도로 한 손을 의자 등받이에 댄 채 자그마한 과학자 위로 몸을 굽히고 들여다보았다. "지금 당신의 과학적 두뇌에다 맥박 기록기를 장치하고 다음과 같은 발표를 들려 드린다면 당신의 맥박은 빨라질 게 분명하다고 생각합니다. 즉 '에비게일 도른 부인은 두 번째 유언장에 서명을 끝내기 전에 살해당했습니다'라고 말이오."

"당신의 추측은 전혀 맞지 않았습니다, 퀸 씨." 니젤의 하얀 이가 거무스름한 얼굴 속에서 반짝 빛났다. "나는 조금도 놀라지 않아요, 당신의 방법이며 동기가 빤히 들여다 보이거든요. 사실 도덕적으로 말해서 나는 확신합니다만, 그런 비꿈은 당신의 지성에 어울리지 않습니다……그게 전부입니까?"

엘러리는 몸을 똑바로 폈다.

"아직 또 있습니다. 당신은 쟈니 박사가 도른 부인으로부터 개인적으로 유산을 받게 되어 있다는 것을 알고 있습니까?"

"잘 알고 있습니다."

"그럼, 돌아가셔도 좋습니다."

니젤은 의자에서 일어나 과연 유럽 식의 정중함으로 엘러리에게 고개를 숙였다. 그리고 돌아서서 총경, 지방검사, 클로닝, 벨리에게 인사를 하고 태연하게 대기실에서 나갔다.

"아아!" 엘러리는 빈 의자에 주저앉으면서 신음하듯이 말했다.

"신의 은총이 엘러리 퀸에게 내리다……뜻밖에도 좋은 적수를 만난 것을 고백합니다."

"시시한 소리!" 총경은 코담배를 한줌 맡고는 화가 나는 듯이 벌떡 일어섰다. "그는 인간으로 만들어진 시험관이야!"

"보통내기가 아니야!" 샘프슨이 감탄의 소리를 질렀다.

신문기자 허퍼는 모자를 깊숙이 눌러쓰고 방 저쪽 구석의 의자에 쭈그리고 앉아 있었다. 니젤 박사를 심문하는 동안 그는 한 마디도 참견하지 않았으며 과학자의 얼굴에서 잠시도 눈을 떼지 않고 있었다.

그런데 그가 갑자기 일어나더니 방을 가로질러 앞으로 나왔다. 엘러리가 눈을 들었다. 두 사람은 말없이 얼굴을 마주보고 있었다.

"아마도 당신은……." 이윽고 허퍼가 말을 꺼냈다. "뜨거운 단서를 잡은 모양이군요, 나의 어려운 비유를 용서해 준다면……." 신문기자는 싱긋 웃었다. "인간 빙산(氷山) 위의 뜨거운 단서라……."

"나도 당신 의견에 동조하고 싶지만, 피트 씨." 엘러리는 다리를 뻗으면서 힘없이 미소를 띠었다. "당신은 분명 빙산은 대부분 9분의 8이 완전히 물 속에 숨어 있다는 사실을 간과하고 있소."

관리 ADMINSTATION

벨리 부장은 그 우락부락한 팔을 문의 기둥에 얹은 채 복도에 있어 모습이 보이지 않는 부하와 뭔가 열심히 이야기하고 있었다.

엘러리 퀸은 말하자면 정신을 빼앗겨 무감각 상태에 빠지기라도 한 것처럼 앉아서 어두운 표정을 짓고 씁쓰레하니 소득도 없는 생각에 잠겨 있었다.

퀸 총경, 지방검사, 티모스 클로닝 이 세 사람은 한곳에 이마를 모으고 몰려서서 사건의 복잡한 성격에 대해 생각나는 대로 이런저런 논쟁을 벌이고 있었다.

피트 허퍼만이 힘없이 가슴에 얼굴을 묻고 다리를 의자 가로대에 걸친 자세로 자기 일에나 세상 일에나 다 태평스러운 듯한 태도였다.

이처럼 허황하고 정지(靜止)된 광경이 한동안 계속되고 있는데 느닷없이 경찰의 사진반과 지문계(指紋係) 직원들이 소란스럽게 몰려들었다.

방 안은 삽시간에 관리들로 가득찼다.

샘프슨과 클로닝은 아무렇게나 의자에 내던져 놓았던 외투와 모자를 집어들고 한옆으로 비켜서 있었다.

사진반 주임은 입 속으로 중얼중얼 '일을 방해한' 데 대해 사과를 하고는 잡담도 하지 않고 곧 일에 착수했다.

그들은 대기실이며 마취실뿐만 아니라 대수술실에도 침입했다. 수술대 주위에 몰려서 있던 그들 중 두 사람은 대기실의 엘리베이터를 타고 지하실로 내려가 죽은 여자의 상처 사진을 몇 장이나 찍었다. 창백한 섬광과 폭발음이 어수선한 병원 아래층 곳곳에서 일어나고 있었다. 플래시 빛의 독한 냄새가 복도와 방의 강한 약품 냄새와 섞여서 코를 찔렀다.

엘러리는 프로메테우스처럼 의자라는 코카서스에 묵상의 사슬로 묶여서, 경치도 음향도 냄새도 거의 의식하지 못한 채 혼잡의 소용돌이 속에 앉아 있었다.

총경이 감색 제복의 한 경관에게 뭔가 명령하여 심부름을 보내자 그는 눈 깜짝할 사이에 붉은 빛이 도는 노랑머리를 한 고지식해 보이는 풍채의 한 젊은 사나이를 데리고 돌아왔다.

"데려왔습니다, 총경님."

"병원의 서무 주임인 제임스 파라다이스 씨지요?"

총경이 물었다.

사나이는 꿀꺽 군침을 삼키고는 고개를 끄덕였다. 물기를 머금은 꿈꾸는 듯한 눈이 눈물에 약한 듯한 느낌을 주었다. 코 끝이 부자연스러울 정도로 불룩하니 둥글었는데, 콧구멍이 찌부러져 정상적으로 둥글지가 않았다. 그는 커다랗고 붉은 귀를 가지고 있었다.

초라한 요정같이 생긴 얼굴에는 애교가 없는 것도 아니었다. 멋대로 지껄이기에는 너무 단순하고 거짓말을 하기에는 너무 겁을 먹고 있는 것 같았다.

"우리, 우리 집사람이······." 사나이는 더듬으면서 말을 시작했다.

"뭐라고 했지요?" 총경이 고함을 질렀다.

서무 주임은 가까스로 가냘픈 미소를 지었다.

"우리 집사람 샬로트가······." 그는 모기만한 소리로 말했다. "집사람은 언제나 환각을 보곤 하지요. 그런데 오늘 아침에 어젯밤 신탁(神託)이 있었다고 하지 않겠습니까. 영혼의 소리가 분명히 또렷하게 말했답니다. '오늘은 재난이 일어난다'고. 참 이상하기도 하지요. 우리는······."

"확실히 이상한데." 총경은 당혹한 듯이 말했다. "그런데 파라다이스 씨, 당신은 오늘 아침 우리에게 아주 큰 도움이 되어 주었소. 당신은 보기보다는 똑똑한 모양이지요. 아무튼 우리는 바빠서 단도직입적으로 질문할 테니까 당신도 단도직입적으로 대답해 주시오. 당신 사무실은 동쪽 복도의 막다른 곳에 있지요?"

"그렇습니다."

"오늘 아침에 죽 방에 있었소?"

"네, 아침에는 언제나 몹시 바빠서······민첸 박사님이 허둥지둥 오실 때까지 나는 책상에서 떠나지 않았습니다."

"그랬군요. 당신 책상과 의자는 방문을 향해 비스듬히 놓여 있더군요. 문은 아침 동안 죽 열어 놓고 있었소?"

"네."

"반쯤 열어 놓은 문을 통해 전화실이 보일 거요. 당신은 전화실을 보았소?"

"아니오."

제1부 두 개의 구두 이야기

"그거 유감스럽군요, 매우 유감입니다." 총경은 중얼거렸다. 그리고 분한 듯이 콧수염을 잡아뜯었다. "좋소, 그럼 10시 반에서 10시 40분까지 어떤 의사가 지나가는 걸 보지 못했소?"

파라다이스는 생각해 내려는 것처럼 둥근 콧등을 긁고 있었다.

"나는 모릅니다. 너무 바빴기 때문에……게다가 의사들은 하루 종일 복도를 왔다갔다 하니까……."

서무주임의 눈에 눈물이 잔뜩 괴어 있었다. 총경은 당혹해서 손을 들었다.

"좋소, 알았소. 울 까닭은 없지 않소?" 노인은 발꿈치를 돌렸다. "토머스, 문에 모두 감시를 붙여 놓았나? 지금까지는 아무 별다른 일이 없단 말이지. 빠져나가려고 한 사람도 없었나?"

"별다른 일은 아무것도 없습니다, 총경님. 부하들이 모두 눈을 빛내고 있습니다."

거인 부장이 쩌렁쩌렁 울리는 소리로 말했다.

그는 겁에 질려 있는 서무 주임을 노려보았다.

퀸 총경은 파라다이스에게 퉁명스럽게 손짓하며 말했다.

"말해 두지만, 당신은 눈을 크게 뜨고 있어야 하오." 총경은 아주 고압적으로 말했다. "내 부하와 협력하지 않으면 안되오. 병원은 도른 부인을 죽인 범인이 발견될 때까지 계속 엄한 경계를 받을 거요. 당신은 온 힘을 다해 협력해야 하오. 그렇게 하면 절대로 나쁠 건 없을 거요. 알았소?"

"네, 네. 하지만……." 파라다이스의 귀는 타버리지나 않을까 싶을 정도로 새빨갰다. "우, 우리 병원에서는 지금까지 살인 사건이 일어난 적이 없습니다, 총경님……그래서 당신에게, 당신 부하들에게 우리 병원의 일을 엉망으로 만들지 말도록 부탁드리고 싶은데요."

"그건 걱정할 필요없소. 그만 가도 좋소."

총경은 떨고 있는 파라다이스의 등을 탁 쳤다. 얼마쯤 동정이 깃들어 있는 듯한 몸짓이었다. 그는 서무 주임을 문 쪽으로 밀었다.
"당신에겐 이제 볼일이 없소."
서무 주임은 나가 버렸다.
"이제 곧 끝나오, 지방검사." 총경이 말했다.
참을성있게 기다리고 있던 샘프슨은 고개를 끄덕였다.
"그건 그렇고, 토머스." 노총경은 뒤를 이어 부장하에 말했다.
"자네는 여기 일의 뒤처리를 해주게. 수술실과 이 방, 그리고 옆의 마취실에 감시를 붙여 주게나. 아무도 안에 넣어선 안돼. 절대로 아무도. 그리고 마취실에서 복도에 걸쳐 범인의 발자취를 캐내는 일을 해주게. 범인을 본 사람은 없는가, 있거든 그 사람을 찾아내게. 범인은 어느 쪽으로 갔든 아마 내내 절름발이 흉내를 내고 있었을 테니까. 또한 모든 사람——간호사, 의사, 실습생, 외래자 등 모든 사람의 이름과 주소를 조사하게. 또 한 가지……."
샘프슨이 급히 말을 거들었다.
"경력은 어떻습니까, 퀸 씨?"
"그렇지. 여보게, 토머스, 부하를 동원해서 모두들의 개인 경력도 조사해 주게. 지금까지 우리가 조사한 사람은 한 명도 빼지 말고 모두 조사해 두는 게 좋겠지. 니젤, 쟈니, 샐라 플러, 그리고 의사와 간호사들. 자네가 기록한 사람은 모두 다 말이야. 무슨 이상한 일이라도 생기지 않는 한 길다란 보고서를 내는 수고는 하지 않아도 되네. 나로서 흥미로운 것은 이미 들은 증언과 일치되지 않거나 증언에서 빠진 사실뿐이니까."
"알았습니다. 감시를 붙이고 범인의 탈출 경로, 이름과 주소, 경력——알겠습니다." 벨리는 대답하면서 수첩에 써넣었다. "그런데 총경님, '마이크 두목'은 아직도 마취에서 깨어나지 않았습니다. 아직 몇 시간은 이야기할 수 없을 겁니다. 부하를 몇 명 위에다 배치해 놓았습니다."

"좋아, 좋아. 곧 착수해 주게, 토머스."

총경은 재빨리 대수술실을 나가 형사와 경관들에게 척척 지시를 내리고 곧 돌아왔다.

"모두 끝났소, 검사." 총경은 외투를 집어들면서 말했다. "사람들은 그대로 풀어 주는 거요."

지방검사는 한숨을 쉬고 모자를 귀 위에까지 끌어내렸다. 허퍼와 클로닝은 문 쪽으로 걷기 시작했다.

"괜찮을 거요, 우선 여기서 할 수 있는 일은 다 했으니까. 나머지는……자, 엘, 우리도 일어나자."

아버지의 목소리가 엘러리의 명상의 안개 속에 어렴풋이 침투해 들어왔다. 조금 전 몇 분 동안의 북새통 속에서 엘러리는 한 번도 눈을 뜨지 않고 찌푸린 눈썹도 펴지 않았다. 이제야 겨우 얼굴을 들고 돌아갈 채비를 한 총경과 샘프슨, 클로닝, 허퍼를 보았다.

"오오! ……잡동사니들은 모두 태워 버렸습니까?"

엘러리는 마음껏 기지개를 켰다. 주름살이 얼굴에서 사라졌다.

"자, 가자, 엘. 이제부터 도른 저택에 가서 해치우는 거야." 노인은 성급하게 말했다. "꾸물거리지 말고, 아직 할 일이 많아."

"외투를 어디다 두었더라……그렇지, 내 것은 민첸 박사의 방에 놓아두었는데, 누가……."

엘러리는 벌떡 일어섰다. 한 경관이 심부름을 갔다.

엘러리는 묵직한 얼스터가 등에 얹혀질 때까지 입을 열지 않았다.

그는 지팡이를 겨드랑이에 끼고 길다란 손 끝으로 꼼꼼히 모자의 챙을 접어 꺾고 있었다.

"어떻게 생각하십니까?" 모두가 대기실을 나오고 그 뒤에서 제복 경관이 문에 등을 기대는 것을 지켜보고 있을 때, 엘러리가 중얼거리듯이 말했다. "에비게일 도른 부인은 해드리안 황제*9를 닮은 모양이오. 그 황제의 묘석에 뭐라고 씌어 있는지 아십니까?"

모두들 마차실을 빠져나오자 또 다른 경관이 문의 감시를 맡았다.

"'많은 의사가 나를 망쳤다……'"

총경이 걸음을 멈췄다.

"엘러리, 너는 설마."

엘러리의 지팡이가 조그만 원을 그리며 소리 높이 대리석 바닥을 쳤다.

그는 조용히 말했다. "아니, 이건 고발이 아닙니다. 묘비명입니다."

모정 ADORATION

"필."

"미안해, 핼더. 한 시간쯤 전에 병원에서 이리 왔는데, 당신은 자고 있다고 블리스틀이 말하더군. 에디스가 같이 있다는 것을 알고 있었고, 헨드릭도……나는 당신을 방해하고 싶지 않았어. 게다가 다시 돌아가야 했어. 사무실에 일이 있어서, 아주 급한 일이어서 말이야……하지만 지금 이렇게 되돌아왔어, 핼더."

"난 몹시 피곤해요."

"알고 있어, 알고 있어. 어떻게 말하면 좋을까 핼더, 나는……."

"필, 부탁이에요."

"난 뭐라고 해야 좋을지, 무슨 말을 해야 할지 모르겠어. '좋아한다' 이렇게 말하면 될까? 좋아해, 당신에 대한 내 마음은 알겠지? 하지만 세상이——신문이——어떻게 말할는지, 당신은 알고 있겠지? 만일 우리가……."
"필, 그게 나하고 무슨 상관이 있다고 그러시는 거지요?"
"사람들은 내가 에비게일 도른의 돈과 결혼한다고 하겠지."
"난 지금 결혼 이야기는 하고 싶지 않아요. 오오, 당신은 어떻게 지금 그런 걸 '생각할' 수가 있을까요……."
"하지만 핼더, 내가 좋아하는 핼더, 당신을 울리다니, 난 짐승이야……."

분규 COMPLICATION

경찰차는 포도의 가장자리 돌에 바싹 대어 도른 저택의 묵직한 철문 앞에서 섰다. 저택과 부지는 제5 애버뉴에 면하여 60번 거리 일대의 두 길 사이에 있는 앞 구역 전부를 차지하고 있었다. 비바람에 부대끼고 이끼가 낀 높은 돌담이 건물과 정원을 낡은 화강암의 외투처럼 둘러싸고 있었다. 담은 잔디밭 안쪽에 서 있는 건물의 아래층을 완전히 가리어 안 보이게 하고 있었다.

주위 한길에서 울리는 자동차의 소음만 안 들린다면 대리석의 정원 장식이며 돌벤치며 꼬불꼬불한 산책길이 있는 옛 성관이나 대정원 속에 있는 느낌이 들 것이다.

길을 사이에 두고 맞은편에 센트럴 파크가 가로놓여 있었다. 제5 애버뉴의 위쪽에는 메트로폴리탄 박물관의 흰 돔과 위엄있는 벽이 어렴풋이 빛나고 있었다. 수정처럼 맑게 갠 하늘에 솟은 공원 나무들의 헐벗은 가지 너머로 센트럴 파크의 서쪽 길에 있는 집들과 작은 탑과 상자를 쌓아올린 것 같은 벽면이 장난감처럼 작고 귀엽게 바라보였다.

퀸 총경, 샘프슨 지방검사, 엘러리 퀸은 담배를 피우고 있는 세 명의 형사를 경찰차에 남긴 채 그다지 서두르는 기색도 없이 문을 지나 돌을 깐 가파른 언덕길을 천천히 올라갔다. 그 막다른 곳에 골새김이 있는 둥근 대리석 기둥에 받쳐진 고풍스러운 양식의 주랑(柱廊) 현관이 있었다.

키가 크고 마른 제복 차림의 노인이 바깥 문을 열었다. 퀸 총경이 노인을 한쪽으로 밀어내듯이 하며 안으로 들어가자 널찍하고 둥근 천장의 방이 있었다.

"도른 씨를 만나고 싶소." 총경은 고함치듯이 말했다. "수고스럽게 물어 볼 필요는 없소."

집사는 항의하려고 입을 열려다 조금 망설이는 듯했다.

"누구시라고 말씀드리면 좋을는지요……."

"퀸 총경, 퀸 씨, 샘프슨 지방검사."

"네, 알겠습니다……이쪽으로 들어오십시오, 여러분."

세 사람은 집사를 따라 호화로운 방과 벽걸이로 장식된 복도를 몇 개나 지나갔다. 집사는 양쪽으로 여닫게 되어 있는 문 앞에 멈춰서서 그것을 밀어 열었다.

"그럼, 다른 손님과 함께 여기서 기다려 주십시오."

집사는 절을 하고 천천히 방금 들어왔던 쪽으로 되돌아갔다.

"다른 손님?" 총경이 중얼거렸다. "누굴까? 허퍼 아닌가!"

어두컴컴한 갈색의 방 너머로 저쪽 구석을 보았더니 피이트 허퍼가 안락의자 위에 자리잡고 앉아 빙긋이 웃으며 세 사람을 쳐다보고 있었다.

"난 또 누구라고." 총경이 말했다. "당신은 신문사로 돌아간다고 한 것 같은데, 선수를 칠 작정이었소?"

"전장에서 흔히 있는 일 아닙니까, 총경님." 늙은 신문기자는 유쾌한 듯이 손을 흔들었다. "한량이신 헨드릭 도른 씨를 만나려고 했는데, 잘 안됐습니다. 그래서 당신들을 기다리고 있던 참이지요. 어쨌든 앉으십시오, 여러분."

엘러리는 깊은 생각에 잠긴 듯이 서성거리면서 책장을 살펴보고 있었다. 벽면은 전부 바닥에서 높은 천장까지 책이 가득차 있었다. 몇천 권이나 되었다. 엘러리는 경건한 표정으로 그 표제 중 어느 것에 눈길을 떨어뜨리고 있었다. 그러다가 경건한 표정이 사라져 버리고 독특한 미소를 얼굴에 떠올리며 책장에서 책을 한 권 뽑았다. 금박 글자가 새겨진 송아지 가죽으로 사치스럽게 장정한 묵직한 책이었다. 시험삼아 페이지를 넘겨 보았다. 페이지가 한 철(綴)마다 무더기로 넘어갔다.

"이런!" 하고 그는 싸늘하게 비꼬았다. "여기서도 또 부자의 숨은 죄악과 부딪친 모양인데요. 아버지도 어머니도 없는 가엾은 책들입니다."

"무슨 소리요?" 엘러리의 행동을 호기심에 찬 눈길로 쫓고 있던 샘프슨이 물었다.

"이것은 굉장한 호화판 볼테르로, 특별히 인쇄하고 특별히 만들어 특별히 장정한 모양입니다. 그러나 아직 특별히 읽지는 않았군요. 가엾은 아르웨(볼테르의 姓)! 페이지도 자르지 않았군요. 여기 있는 책의 98퍼센트가 사서는 손도 대지 않은 채 그대로 두었다는 건 내기를 해도 좋습니다."

총경은 안락의자에 털썩 주저앉아서 신음하듯이 말했다.

"나는 빨리 그 뚱뚱한 바보가……."

뚱뚱한 바보는 마술처럼 총경의 소망을 이루어 주었다. 얼굴에 멍청하니 신경질적인 미소를 띠고 뚱뚱한 살덩이를 실룩이며 양쪽으로 열린 문 사이에서 갑자기 나타냈던 것이다.

"어서 오십시오!" 그는 새된 소리를 냈다. "잘 오셨습니다, 여러분. 부디 편히 앉으시지요."

그는 돌고래처럼 넘어질 듯이 앞으로 걸어나왔다.

지방검사는 천천히 권하는 대로 자리에 앉아 정나미가 떨어지는 듯이 찌푸린 얼굴로 에비게일 도른의 동생을 바라보고 있었다. 엘러리는 주인에게는 조금도 주의를 기울이지 않고 여전히 방 안을 서성거리면서 책을 살펴보고 있었다.

헨드릭 도른은 큰 소파에 쓰러지듯이 주저앉아 살찐 두 손을 마주잡았다. 방 저쪽 구석에 허퍼가 편안히 몸을 펴고 앉아 있는 모습을 발견하자 미소가 사라져 버렸다.

"저 사람은 신문기자지요?" 그는 새된 목소리로 높이 소리질렀다. "난 신문기자 앞에서는 절대로 이야기하지 않습니다, 총경님. 주제넘게스리!"

"당신이야말로 주제넘은 소리를 하는구료," 허퍼가 말했다. 그리고 달래듯이 덧붙였다. "너무 그렇게 화내지 마시오, 도른 씨. 나는 신문기자로서 여기 온 게 아니오, 그렇지요, 샘프슨 씨? 도른 씨, 지방검사에게 물어 보시오, 나는 다만 사건 해결을 돕고 있는 거요, 친구로서……."

"허퍼 씨는 괜찮습니다, 도른 씨." 지방검사가 따끔하게 말했다. "이 사람 앞에서는 내 앞에서나 마찬가지로 어려워하지 말고 이야기해도 좋습니다.[2]"

"하지만……." 도른은 신문기자를 곁눈으로 흘겨보았다. "하지도 않은 말을 쓰는 건 아니겠지요?"

"누구, 내가 말입니까?" 허퍼는 화가 난 모양이었다. "여보십시오, 도른 씨, 그건 나에 대한 모욕이오, 나는 본디 대합조개처럼 입이 여문 사람이오."

총경이 끼어들었다. "당신은 아까 병원에서 할 이야기가 있다고 하셨지요? 당신의 말투로는 그 이야기를 한 마디라도 하는 날에는 생명이 위험한 듯싶었는데, 어디 이야기를 해보시오."

도른은 아무래도 편안치 않은 의자에서 고생한 끝에 가까스로 그럭저럭 엉덩이를 붙였다. 그리고 눈을 내리뜬 채 조심스럽게 말했다.

"우선 먼저 여러분이 약속해 주어야 할 일이 있습니다. 절대로 비밀을 지켜 주십시오." 도른은 목소리를 낮추었다.

그는 마치 음모라도 피하듯 재빨리 모두를 빙 둘러보았다.

퀸 총경은 눈을 감았다. 그리고 언제나 몸에서 떼놓지 않고 가지고 다니는 낡은 갈색 코담뱃갑 속으로 손가락을 집어넣었다. 그런대로 기분이 괜찮아진 모양이었다.

"조건을 붙이겠다는 거요?" 그는 중얼거리듯이 말했다. "경찰과 협정을 맺자는 거로군. 그건 안되오, 도른 씨." 총경은 눈을 뜨고 똑바로 곧추앉았다. "우선 이야기를 들읍시다. 아무런 조건 없이 말이오."

도른은 대머리를 교활하게 흔들었다.

"아니, 그건 안됩니다." 그는 가느다란 가성(假聲)을 내어 말했다. "협박해도 소용없습니다, 총경님. 약속해 주시면 이야기합니다. 그렇지 않으면, 거절하겠습니다."

"그 이유를 말할까요?" 총경이 느닷없이 말했다. "당신은 분명히 자기 생명을 걱정하고 있소. 어떻습니까, 도른 씨? 만일 당신이 보호를 필요로 한다면 우리가 그걸 보증해 주기로 하지요."

"경관을 붙여 주겠습니까? 형사를?" 도른은 열심히 물었다.

"당신의 안전을 위해 필요하다면 그렇게 하지요."

"그럼, 좋습니다." 도른은 몸을 앞으로 숙여서 낮고 빠른 말투로 이야기하기 시작했다. "나에게는 빚이 있습니다, 어떤 흡혈귀한테. 벌써 몇 년 동안이나 그 사나이에게 돈을 빚지고 있습니다."

"도른 씨." 퀸 총경이 가로막았다. "거기에 대해서는 약간 설명이 필요할 것 같은데요. 당신은 훌륭한 고정 수입이 있다고 알고 있습니다만……"

뚱보는 과장되게 손을 흔들어 총경의 견해를 물리쳤다.

"아니, 아무것도 없습니다. 아무것도 없어요. 노름을 하고 경마도 하고 해서……나는――당신네들이 말하는――스포츠맨입니다. 그런데 운이 나빠요, 아주 나빠요. 그래, 그 사나이가 돈을 빌려주는 겁니다. 그러나 나중엔 '돈을 갚아 달라'고 하지요. 난 갚을 능력이 없습니다. 그래서 사정을 이야기하면 또 빌려 주고, 나는 차용 증서를 씁니다. 그것이 쌓이고 쌓여서 얼마나 되었는지……아주 엄청난 것이 되었습니다만……11만 달러가 되었지요."

샘프슨이 휙 휘파람을 불었다. 허퍼의 눈이 불타고 있었다. 총경의 표정은 엄해졌다.

"담보로는 무엇을 제공했지요?" 총경이 물었다. "말하자면 도른 씨, 당신은 혼자 독립해서는 부자도 아무것도 아니라는 것을 세상은 잘 알고 있으니까요."

도른은 눈을 가늘게 떴다.

"담보 말입니까? 일등 담보지요." 도른은 디룩디룩 살이 찐 얼굴 가득히 웃었다. "누님의 재산입니다."

"그렇다면," 샘프슨이 물었다. "도른 부인이 당신의 차용 증서에 이서(裏書)를 해서 지불을 책임졌습니까?"

"아니, 아닙니다." 도른이 침을 꿀꺽 삼키는 소리가 들렸다. "하지만 에비게일 도른의 동생으로서 내가 큰 재산을 물려받는다는 건 알고 있었습니다. 누님은 내 빚에 대해 조금도 몰랐습니다."

"그거 재미있군요." 총경은 말했다. "그러니까 그 샤일록은 도른 부인이 죽으면 그 대부분의 재산이 당신 손에 들어온다는 걸 알고 돈을 빌려 주었군요. 아주 교묘한 약속인데요, 도른 씨."

도른의 입술은 축 늘어진 채 젖어 있었다. 겁을 먹은 듯했다.

"좋습니다. 그럼." 총경은 목소리를 높였다. "당신 이야기의 중요한 요점이란 무엇입니까? 어디 들어 봅시다."

"요점은 말입니다……." 몸을 앞으로 내밀자 도른의 볼이 앞으로 축 처졌다. "그렇게 되어 몇 년이 지나도 에비가 안 죽으니까 당연히 나는 빚을 갚을 수가 없었습니다. 그러자 그 사나이는 누님을 죽여야 한다고 했습니다."

도른이 갑자기 말을 끊었다. 총경과 샘프슨은 얼굴을 마주보았다. 엘러리는 작은 책을 펴려고 하다가 손을 멈추고 똑바로 도른을 응시했다.

"그럼, 이야기란 그거였소?" 퀸 총경이 중얼거렸다. "그 고리대금업자는 누굽니까? 은행가입니까, 브로커입니까?"

도른은 창백해졌다. 돼지 같은 눈으로 불안한 듯이 방 구석구석까지 살펴보고 있었다. 그는 정말로 공포에 질려 있는 것이 분명했다. 다시 이야기를 시작했을 때는 무거운 속삭임 소리가 되어 있었다.

"마이클 커대이……."

"'마이크 두목'이라고?" 총경과 샘프슨이 동시에 외쳤다.

노인은 의자에서 튀어 일어나 두껍고 묵직한 융단 위를 잰걸음으로 왔다갔다했다.

"'마이크 두목'이라니. 뜻밖인데, 게다가 그놈은 병원에 있었잖나……."

"커대이에게는," 엘러리가 냉정하게 말했다. "완벽한 알리바이가 있습니다, 아버지. 에비게일 도른 부인이 목을 졸리는 순간, 그 사나이는 의사 한 사람과 간호사 두 사람의 손으로 잠재워져 있었어요."

엘러리는 다시 책장 쪽으로 되돌아갔다.

"분명히 그 녀석에겐 알리바이가 있소." 허퍼가 갑자기 쿡 하고 웃었다. "그놈은 뱀장어니까요. 요리조리 빠져나가는."

"그러나 그 세 명의 팔힘깨나 쓰는 부하 가운데 하나일지도 모릅니다." 지방검사가 기운이 나서 한 마디 했다.

총경은 아무 말도 하지 않았다. 납득이 안 가는 모양이었다.

"나는 그렇게 생각하지 않소." 그는 입 속으로 말했다. "범죄 수법이 교묘하고 너무 재치가 있거든. 꼬마 윌리나 스내퍼나 조 게코의 손이 한 짓은 아니오."

"그야 그렇지요. 하지만 커대이가 머리를 써서 지시하면……." 샘프슨은 자기의 주장을 고집했다.

"진정들 하십시오." 엘러리가 한쪽 구석에서 말했다. "여러분, 그렇게 서두를 필요는 없습니다. 파블리우스 시루스 노인이[10] '한 번의 결정으로 끝나는 일은 잘 숙고하여 정해야 한다'고 말한 것은 훌륭한 말입니다. 다시 시작할 생각으로 과오를 저지르는 일은 금물이거든요."

뚱보 사나이는 자기가 불러일으킨 파란을 아주 재미있어 하는 것 같았다. 눈가에 잔주름을 잔뜩 잡고 경계하듯이 시선을 고정시킨 채 억지 웃음을 웃고 있었다.

"처음에 커대이는 내가 해야 한다고 했습니다. 하지만……." 그는 기특하게도 계속 말했다. "그런 짓은 고약한 주장이었습니다. 자기와 같은 피를 나눈 형제를 어떻게…… 그러자 그 사나이는 웃으면서 그럼, 자기가 할지도 모른다고 말했습니다. 나는 '설마 진심이 아니겠지, 마이크?' 하고 말했습니다. 그러자 그는 '그런 건 당신이 상관할 바 아니오. 당신은 입만 다물고 있으면 돼, 알겠소?' 하는 거였습니다. 내가 더 이상 무슨 말을 할 수 있겠습니까. 그놈은 나를 죽일지도 모르는걸……."

"그 이야기를 한 게 언제쯤이오?" 퀸이 물었다.
"지난해 9월입니다."
"그 뒤 커대이가 그 말을 또 꺼낸 적이 있었소?"
"아니오."
"그와 마지막으로 만난 건 언제지요?"
"3주일쯤 전……아니, 그보다 더 됐습니다." 도른은 보기 흉하게 땀을 흘리고 있었다. 작은 눈이 침착성을 잃고 얼굴에서 얼굴로 방황하고 있었다. "오늘 아침 누님이 죽었다, 살해되었다는 소식을 들었을 때 나는 커대이 외엔 아무것도 생각할 수가 없었습니다……아시겠어요? 이제 난 그에게 빚을 갚아야 한다, 즉 갚을 수 있게 된 셈입니다. 그것이 그놈의 목적이었습니다."
샘프슨은 당혹한 듯이 머리를 저었다.
"커대이의 변호사한테 걸리면 당신 이야기 같은 건 단번에 부서지고 말 거요, 도른 씨. 그가 협박한 데 대해 누군가 증인이 있습니까? 없지요? 그렇다면 '마이크 두목'을 잡을 방법은 도저히 없을 겁니다. 물론 그 녀석의 세 부하는 이미 잡아 두고 있지만, 결정적인 증거가 없는 한 언제까지나 잡아 둘 수는 없지요."
"놈들은 오늘 당장에라도 그 세 사람을 석방시키려고 발버둥칠 걸." 총경이 씁쓸하게 말했다. "하지만 그 부하들은 우리 손으로 잡아 두겠소. 그건 약속하지요, 검사……그렇지만 아무래도 그놈들이 범인 같지는 않아. 쟈니 박사로 둔갑할 수 있을 만큼 작은 건 셋 가운데 스내퍼뿐인데, 게다가……."
"내가 지금 말한 것은," 도른은 진지하게 목소리를 높여 말했다.
"누님을 위해서입니다." 도른의 눈썹이 흐려졌다. "복수를 해야 합니다. 살인자는 벌을 받아야 합니다."
뚱보 사나이는 살이 찐 수탉처럼 거드름을 피우고 고쳐 앉았다.

허퍼는 담배 얼룩이 진 두 손의 손가락을 서로 맞추어 가볍게 두들겨 무언의 박수를 보내고 있었다. 엘러리는 그 동작을 보고 미소지었다.

"내가 보는 바로는 도른 씨, 커대이나 그 패거리들을 두려워할 필요는 조금도 없는 것 같소."

"그렇게 생각하십니까?"

"확신합니다. 당신은 커대이에게 있어서 죽는 것보다 살아 있는 편이 훨씬 가치가 있소. 당신이 만약 죽기라도 하는 날이면 기회가 없어지고 말거든요. 커대이는 차용 증서를 써먹을 수가 없게 되지요. 그에게 있어 최선의 방법은, 당신을 가만히 놓아 두고 유산 문제를 정리 시킨 다음 당신을 협박하여 빌려 준 돈을 받는 거요."

"생각건대 당신은 정규 이자를 지불하고 있었겠지요?" 총경이 비웃듯이 물었다.

도른은 신음했다.

"15퍼센트입니다……." 침묵이 흐르고, 도른은 얼굴의 땀을 닦았다. "기가 막히지요."

살찐 볼이 우스꽝스럽게 부들부들 떨렸다.

"고리대금이군……." 총경은 생각에 잠겨 있었다. "당신 이야기는 비밀로 해 두겠소, 도른 씨, 약속해도 좋습니다. 그리고 커대이에 대해서는 모든 보호 조치를 강구하겠소."

"고맙습니다, 정말 고맙습니다."

"그럼, 다음으로 오늘 아침의 당신 자신 행동에 대해 이야기를 들어 볼까요?" 총경이 넌지시 말을 꺼냈다.

"내 행동이라니요?" 도른은 깜짝 놀라 눈이 휘둥그래졌다. "설마 당신은……네, 그렇지요. 형식적인 문제겠지요. 나는 전화로 누님이 층계에서 떨어졌다는 소식을 받았습니다. 병원에서 걸려 온 거였지요, 나는 아직 잠자리에 있었습니다. 핼더와 샐라가 나보다 먼저 갔습니다. 내가 병원에 도착한 것은 10시쯤이었다고 생각됩니다. 나는 곧 쟈니 박사님을 찾았지요. 그런데 보이지 않아서 수술 5분쯤 전에 대합실로 갔더니 핼더와 변호사 모어하우스 씨가 있더군요."

"그냥 병원 안을 서성거리며 돌아다니기만 했소?"

총경은 까다로워 보이는 얼굴로 콧수염을 잡아뜯고 있었다.

엘러리가 그들 사이로 끼어들어와서 미소를 지으며 헨드릭 도른을 내려다보았다.

"도른 부인은," 하고 그는 말했다. "미망인이었지요? 그런데 어째서 '도른 부인'이라고 불렀지요? '도른'이란 친정 성이 아닙니까? 아니면 같은 성의 먼 친척과 결혼하기라도 했나요?"

"그건 말입니다, 퀸 씨." 뚱보는 얼른 가로막았다. "에비는 찰스 반 데어 둔크라는 사나이와 결혼했는데, 남편이 죽은 뒤 옛날 성으로 되돌아가서 위엄을 더하기 위해 '부인'이라고 붙인 거요. 누님은 '도른'이라는 성을 아주 자랑스럽게 여기고 있었거든요."

"맞았어, 틀림없어." 허퍼가 귀찮은 듯이 말했다. "오늘 아침 병원으로 달려가기 전에 나는 급히 보존용으로 오려 놓은 신문 기사를 들여다보았지요."

"아니, 조금도 의심하는 건 아니오." 엘러리는 열심히 안경을 닦고 있었다. "다만 호기심에서 물어 보았을 뿐이오. 그런데 도른 씨, 마이클 커대이에 대한 채무 말입니다만 당신은 카드와 경마 이야기를 했지요? 그러나 좀더 크고, 좀더 자극적인 노름 쪽은 어떻습니까? 분명히 말하자면 여자 문제인데……."

"이거 참!" 도른의 얼굴에 땀이 구슬처럼 솟아나와서 다시 번들번들 빛나고 있었다. "어째서 그런……."

"얼버무리지 마시오." 엘러리가 날카롭게 물었다. "내 질문에 대답해 주시오, 도른 씨, 그밖에 또 당신이 아직 빚을 지고 있는 여자가 있습니까, 없습니까? 나는 훌륭한 신사로서, 이런 질문을 하는 이유를 일부러 회피하고 있다는 사실을 잊지 마시오."

도른은 번들번들한 입술을 핥았다.

"아니오. 그런 건 모두 갚아 버렸습니다."

"고맙소."

총경은 아들을 가만히 바라보고 있었다. 엘러리가 약간 고갯짓을 했다. 총경은 일어서서 더없이 태연한 태도로 도른의 크고 부드러운 팔에 한 손을 올려놓았다.

"우선 이것으로 됐습니다, 도른 씨. 고맙소. 커대이의 일은 걱정하지 마시오."

도른은 얼굴을 닦으면서 가까스로 일어섰다.

"그건 그렇고, 헬더 양을 잠깐 뵈었으면 합니다. 가시는 길에 당신이 좀 전해 주시겠습니까?"

"알았습니다. 그럼, 실례합니다."

도른은 비틀거리며 재빨리 방에서 나갔다.

그들은 서로 얼굴을 마주보았다. 퀸 총경은 책상 위에 놓여 있는 전화로 경찰본부를 불러 내었다. 총경이 본부에 남아 있는 대리역(代理役)과 이야기하고 있는 동안, 엘러리는 낮은 목소리로 다른 사람들과 잡담하고 있었다.

"살아 있는 로데스의 거상(巨像)*[11]이라고도 할 만한 우리의 친구 도른은 방금 한 고백을 통해 스스로의 야비한 본성을 드러냈다고 생각되지 않습니까?"

"그러니까 커대이가 에비게일 도른 부인 살해로 유죄가 되면, 그는……" 하며 샘프슨은 미간을 찌푸렸다.

"바로 그겁니다." 엘러리가 말했다. "저 뚱뚱보 매머드는 빚을 갚지 않아도 되는 거지요. 아마 커대이에게 혐의가 두어지기를 몹시 바라고 있을 게 틀림없습니다."

 마침 그때 핼더 도른이 모어하우스의 팔에 기대어 서재로 들어왔다.

 모어하우스가 옆에서 찌푸린 얼굴로 경계의 눈을 빛내면서 두리번거리고 있는 동안 핼더 도른은 이 두껍고 낡은 로코코 식 벽에 둘러싸인 저택 안에서 심한 반목이 자라고 있었음을 고백했다. 그러나 그처럼 고백을 한 것은 총경과 지방검사가 합세하여 질문의 공격을 퍼부어 더 이상 변명하거나 감출 수가 없게 되고 난 뒤였다.

 모어하우스는 분노로 빨개진 얼굴을 잔뜩 찌푸린 채 여자의 뒤에 서 있었다.

 에비게일 도른과 샐라 플러, 이 두 노부인은 꽉 잠긴 방 안에서 생선장수 여자처럼 다투어 서로 욕지거리를 퍼붓곤 했으나 무엇 때문에 그렇게 다투는지는 아무도 몰랐다. 적어도 핼더로서는 몰랐다. 아직 젊은 때부터 아집에 사로잡혀 나이보다 훨씬 빨리 시들어 버린 이 두 독신녀는 같은 집에 살면서도 몇 주일이나 말 한 마디 하지 않고 지낼 때도 있었다. 몇 달 동안이나 필요한 일 말고는——그것도 한두 마디 정도였는데——전혀 말을 하지 않고 지냈다. 몇 년 동안이나 부드러운 말 한 마디 주고받는 일이 없었다. 그러면서도 그 몇 주일, 몇 달, 몇 년이 지나가고 나서 보면 샐라 플러는 여전히 에비게일 도른에게 고용되어 있었다.

 "도른 부인은 샐라 플러의 해고를 문제삼은 적이 있습니까?"
 핼더는 기계적으로 고개를 저었다.
 "어머니는 가끔 화가 나시면 샐라에게 정나미가 떨어졌다고 말씀하셨지만, 우리는 모두 그게 말뿐이라는 걸 잘 알고 있었어요……나는 곧잘 어머니에게 어째서 샐라와 그토록 사이가 안 좋으냐고 물었지요. 그러면 어머니는 의아한 얼굴로 그건 나의 지레짐작이라고 하시는 거였어요. 어머니 정도의 지위에 있는 여자는 아무리 훌륭한 고용인이라도 너무 가까이 할 수 없다는 거에요. 그러나 그건 어머니답지 않은 변명이었습니다."

"그것은 이미 내가 말하지 않았소!" 모어하우스가 옆에서 참견했다. "어째서 당신들은 핼더를 못 살게 구는 거요!"

총경과 지방검사는 변호사를 거들떠보지도 않았다. 결국 핼더는 가정적인 분쟁이었으며 그 이상으로 심각한 무엇일 리는 없다고 단언했다. 아니면 무엇 때문에……

총경은 갑자기 그 문제를 끝맺었다.

아침의 행동에 대해 질문을 받자 핼더는 병원의 대기실에서 샐라플러가 진술한 것을 뒷받침했다.

"그러니까," 총경은 다그쳤다. "플러 부인은 당신을 대기실에 남겨 놓고 어디론가 가버렸으며, 그녀가 나가고 나서 곧 모어하우스 씨가 당신한테 왔다는 거로군요?……모어하우스 씨는 그 뒤 수술에 입회하기 위해 나갈 때까지 죽 당신과 함께 있었습니까?"

핼더는 생각하는 듯이 입술을 다물고 있었다.

"네, 그렇습니다. 단지 10분 정도밖에 안되었다고 생각하는데, 그 시간을 빼고는 말예요. 나는 필립에게 쟈니 박사님을 찾아서 어머니의 용태를 물어 봐 달라고 부탁했지요. 샐라는 나간 채 돌아오지 않았어요. 필립은 한참 뒤 박사를 못 찾았다고 하며 돌아왔어요. 그렇지요, 필? 나는, 나는 그다지 똑똑하게는 기억 못합니다만 저어……"

모어하우스가 얼른 말했다.

"그렇습니다, 틀림없이 그렇습니다."

"그러면 아가씨, 몇 시쯤," 총경이 다정스럽게 물었다. "모어하우스 씨가 돌아왔습니까?"

"글쎄요, 기억이 안 나는군요. 몇 시쯤이었지요, 필?"

모어하우스는 입술을 깨물었다.

"글쎄, 10시 49분쯤이었을 거요. 나는 그 뒤 곧 다시 당신을 남겨두고 수술실의 입회인석으로 갔으니까, 그리고 나서 수술이 곧 시작된 셈이니까."

"흐음……." 총경은 일어섰다. "잘 알았습니다."

엘러리가 조용하게 말했다.

"더닝 양은 댁에 계십니까, 아가씨? 이야기하고 싶은데요."

"그녀는 이미 돌아갔어요." 핼더는 피로한 듯이 눈을 감았다. 보드라운 입이 바싹 마르고 열이 있는 것 같았다. "그녀는 정말 친절하게 해주며, 나를 여기까지 데려다 주었답니다. 하지만 곧 병원으로 돌아가야 했어요. 그곳의 사회 봉사부에서 일하고 있으니까요."

"그건 그렇고," 지방검사가 미소지으며 말했다. "당신은 물론 경찰에 가능한 한의 협력을 해주실 것으로 믿습니다만……도른 부인의 개인적인 서류를 조사할 필요가 있을 것 같습니다. 어쩌면 단서가 잡힐지도 모르니까요."

핼더는 고개를 끄덕였다. 공포의 경련이 창백한 얼굴을 일그러뜨렸다.

"네, 하지만 나는 도저히, 내 생각으로는 아무것도……."

모어하우스는 화나는 듯이 말했다.

"당신네들에게 필요한 것은 이 집에 아무것도 없소. 부인의 사무상의 서류는 물론 그 밖의 것들도 모두 내가 가지고 있습니다. 무엇 때문에 당신들은 그렇게까지……."

갑자기 모어하우스는 핼더를 찬찬히 보았다. 핼더도 젊은 변호사를 쳐다보았다.

두 사람은 함께 재빨리 방을 나갔다.

집사 노인이 불려왔다. 집사는 판자처럼 무표정한 얼굴을 하고 있었으며, 보기 드물게 밝은 작은 눈을 가지고 있었다.
"당신 이름은 블리스틀이라고 했지요?"
총경이 상냥하게 물었다.
"그렇습니다, 해리 블리스틀입니다."
"우리는 당신이 빠짐없이 솔직하게 이야기해 주리라 기대하고 있소, 알겠지요?"
집사는 눈을 깜박였다.
"네, 알고 있습니다."
"그럼, 좋소." 총경은 블리스틀의 단정한 제복을 둘째손가락으로 박자를 맞추어 가볍게 툭툭 쳤다. "도른 부인과 샐라 플러는 가끔 싸움을 했다지요?"
"전 글쎄요, 그건……."
"'하지 않았다'는 말이오?"
"그러니까……하기는 했습니다."
"무엇 때문에?"
당혹한 표정이 집사의 눈에 떠올랐다.
"저는 모릅니다. 두 분께서는 늘 말다툼을 하고 계셨습니다. 가끔 우리의 귀에도 들려 왔습니다. 하지만 우리로서는 그 이유를 알 수 없지요. 다만 두 분은 서로 마음이 맞지 않았을 뿐입니다."
"그래, 아랫사람들은 아무도 무엇 때문에 싸웠는지 몰랐다는 게 확실하오?"
"그렇습니다, 네. 두 분 다 언제나 조심하셔서 하인들 앞에서는 싸우지 않도록 마음쓰신 것으로 생각됩니다. 싸움은 언제나 도른 부인의 방이나 플러 부인의 방에서 하셨습니다."
"당신은 이 집에 온 지 몇 년이나 되었소?"
"12년입니다."
"됐소."
블리스틀은 절을 하고 침착하게 서재를 나갔다.
모두들 엉덩이를 들었다.
"플러라는 여자를 다시 한 번 조사하는 게 어떻습니까, 퀸 총경님." 허퍼가 말했다. "다그쳐 볼 필요가 있는 것으로 생각되는데요."
엘러리가 고개를 저었다.
"그 여자는 가만히 놓아 둡시다. 뭐, 달아날 것도 아니니까요. 피트 씨, 당신한테 기가 막히는군요. 악당이라든가 보통 시민을 상대로 하는 것과는 이야기가 다르오. 그 여자는 정신병자요."
그들은 도른 저택을 나왔다.

엘러리는 상쾌하고 차가운 1월의 공기를 깊이 들이마셨다. 그는 허퍼와 나란히 걷고 있었다. 총경과 샘프슨은 두 사람보다 앞장서서 성급한 발걸음으로 공원의 제5 애버뉴 문쪽으로 걸어가고 있었다.
"당신은 어떻게 생각하십니까, 피트 씨?"
신문기자는 싱긋 웃었다.
"기가 막히는군요, 전체적인 구성이" 하고 그는 말했다. "어느 것이 줄거리인지 짐작도 못하겠소. 누구나 다 조작을 할 기회를 가지고 있었고, 대부분이 동기를 갖고 있으니까요."
"그뿐이오?"
"내가 총경이라면," 허퍼는 길에 깔린 자갈을 차면서 말을 이었다. "월 거리 쪽을 조금 파헤쳐 보겠는데. 에비 할멈은 많은 록펠러 봉오리를 파산시켰으니까. 오늘 아침 병원에 있었던 사람들 가운데 재정상의 동기로 말미암아 복수를 꾀한 자가 있을는지도 모르지요……."

엘러리는 미소지었다.

"이 사건은 결코 신출내기의 짓이 아닙니다, 피트 씨. 그 일은 아버지가 이미 손을 써 놓았지요……내가 두세 가지 점을 용의의 테두리에서 벌써 빼놓았다면 당신도 아마 흥미가 있겠지요?"

"용의의 테두리에서 제외했다고요?" 허퍼가 문득 멈춰섰다. "어디, 그걸 나에게 조금만 가르쳐 주시오. 무슨 일인지, 저 플러와 도른 부인의 관계요?"

엘러리는 고개를 저었다. 미소가 사라지고 얼굴이 흐려졌다.

"거기에는 뭔가 이상한 것이 숨어 있소. 성격이 거친 두 할머니는 나폴레옹의 '자기 속옷은 남몰래 빨아라' 하는 충고를 잘 지키고 있는 거요. 부자연스러운 일이지만, 피트 씨."

"뭔가 깊은 사연이 담긴 비밀이라도 있는 것 같소?"

"분명히 그렇습니다. 플러라는 여자가 그 비밀의 한쪽을 쥐고 있으리라는 것도, 그 비밀이 수치스러운 일이라는 것도 뻔하오. 제기랄! 그것이 내 머리를 썩이고 있소."

네 사나이는 경찰차에 올라탔다. 차는 타고 있던 세 명의 형사를 보도에 내려놓고서 달려가 버렸다. 형사들은 도른 저택의 문을 지나서 산책길을 어슬렁어슬렁 걸어갔다.

마침 그때 필립 모어하우스가 정면 현관에서 모습을 나타내어 이상하게 경계하는 듯한 눈길로 주위를 둘러보고 있었다. 그는 사복한 세 형사가 다가오는 것을 보자 그 자리에 우뚝 멈춰섰다.

이윽고 그는 외투 단추를 턱 아래까지 단정하게 채우고 돌층계를 달려내려갔다. 형사들과 스치고 지나가면서 뭔가 인사말을 중얼거리고는 급히 문 쪽으로 나갔다. 형사들은 그의 뒷모습을 어처구니없는 듯한 얼굴로 바라보고 있었다.

 모어하우스는 포도로 나오자 잠깐 망설이고 있었으나 이윽고 결심한 듯이 활발하게 왼쪽으로 방향을 돌려 번화가 쪽으로 걸어갔다. 뒤도 돌아보지 않았다.

 세 형사는 주랑 현관 앞에서 서로 흩어졌다. 한 사람은 되돌아서서 모어하우스를 미행했다. 두 번째 사나이는 저택 안채 곁의 관목숲 속으로 자취를 감추었다. 세 번째 사나이는 돌층계를 뛰어올라가 현관문을 천둥이 치듯 두들기고 있었다.

소외 ALIENATION

 샘프슨 지방검사는 급한 듯이 서둘렀다. 사무실에 얼굴을 내밀어야 할 시간이 꽤 지나 있었다. 허퍼는 웨스트사이드에서 차를 내려 전화부스로 달려갔다. 경찰차는 오후도 반이 지난 혼잡 속을 요란하게 경적을 울리며 달려나갔다.

 흔들리는 차 안에서 퀸 총경은 시무룩한 얼굴로 센트럴 거리의 커다란 석조 건물에 도착한 뒤 점검해야 할 일들을 이것저것 손꼽아 세어 보고 있었다.——쟈니를 만나러 왔던 방문객의 수사, 사기꾼이 입었던 옷을 조사하여 임자를 알아내는 일, 교살에 사용된 액자용 철사를 판 철물점이나 백화점을 찾아낼 것, 도무지 캄캄하기만 하고 단서들이 뒤얽힌 속에서 실마리를 풀어 깨끗한 옷감으로 짜낼 것.

 "이것저것 모두 절망이야." 노총경은 엔진의 윙윙거림과 경적의 절규를 떨쳐내듯이 외쳤다.

 차는 네덜란드 기념 병원 앞의 길가에 잠시 멈춰서서 엘러리를 보도에 내려 주었다. 그리고는 다시 속력을 올려 번화가의 혼잡 속으로 자취를 감추었다.

엘러리 퀸은 병원의 돌층계를 그 날로 두 번째 올라갔다. 그리하여 다시 혼자가 되었다.

아이작 컵브가 현관의 자기 자리에 앉아 한 경관과 이야기를 하고 있었다. 엘러리는 정면 엘리베이터 앞에서 민첸 박사를 만났다.

엘러리 퀸은 남쪽 복도를 흘끗 둘러보았다. 마취실 입구에 한 시간 전에 세워 둔 형사가 아직도 서 있었다. 제복의 경관들이 대합실 안에 자리잡고 앉아 잡담을 하고 있었다. 세 사나이가 커다란 사진기를 메고 복도 오른쪽에서 엘러리가 있는 쪽으로 뚜벅뚜벅 걸어왔다.

엘러리와 민첸 박사는 왼쪽으로 걸어가서 동쪽 복도로 꼬부라졌다. 둘둘 뭉쳐진 옷가지가 발견된 전화실 앞을 지나쳤다. 전화실은 테이프가 붙어 사용이 금지되어 있었다. 거기서 몇 피트 북쪽 복도 쪽으로 향해 걸어가자 왼쪽에 닫혀진 문이 있었다.

엘러리는 멈춰섰다.

"저건 대기실 엘리베이터의 바깥쪽 문이 아닌가, 존?"

"맞았네. 거기엔 문이 두 개 있지." 민첸은 귀찮은 듯이 대답했다. "저 엘리베이터는 이 복도에서든 대기실에서든 양쪽에서 다 탈 수 있다네. 복도 쪽의 문은 2층 병실에서 수술하러 가는 환자를 위한 거지. 남쪽 복도를 빙 돌아서 나르는 수고를 덜기 위해서 말일세."

"잘돼 있군." 엘러리가 말했다. "이 병원의 모든 것이 그렇지만, 존, 우리의 선량한 부장님께선 이 문에도 봉인을 해 놓았군."

곧 민첸의 방으로 들어가자 엘러리가 대뜸 말했다.

"쟈니 박사와 다른 직원과의 관계에 대해 좀 이야기해 주지 않겠나? 나는 이곳의 다른 사람들이 그를 어떻게 생각하고 있는지 알고 싶네."

"쟈니 박사 말인가? 그 사람은 물론 사귀기 쉬운 사람은 아니야, 물론. 그러나 지위가 높고, 외과 부문에 있어서의 명성도 있느니만큼 정당한 존경을 받고 있네. 그만한 지위와 명성이 있고 보면 문제가 다르겠지, 엘러리.”

"그러면 쟈니 박사에겐 병원 안에서의 적이 없는 셈이로군?” 엘러리는 물었다.

"적이라고? 그런 건 없을 걸세. 내가 알지 못하는 개인적인 저류가 흐른다면 모르지만.” 민첸은 생각에 잠기듯이 입을 다물었다.

"지금 생각났는데, 그 사람과 서로 좀 못마땅해 하는 인물이 한 사람 있긴 있었네만······.”

"정말인가? 그게 누구지?”

"펜니 박사라네. 산부인과 전(前)주임이지······.”

"왜 '전'자가 붙나? 펜니는 그만두었나, 사임했나?”

"아니, 그게 아닐세. 얼마 전에 기구 개편이 있었는데, 펜니 박사는 부주임으로 격하되었다네. 쟈니가 적어도 명목상의 산부인과 책임자가 된 거지.”

"그건 무엇 때문이지?”

민첸은 얼굴을 찌푸렸다.

"펜니 박사에게 과실은 없네. 다만 고인(故人)이 쟈니 박사에게 가졌던 또 하나의 애정 표시일 뿐이지.”

엘러리의 얼굴에 그늘이 스쳐 갔다.

"그래서 서로 못마땅해 하고 있었군. 그러니까 자그마한 직업적 갈등의 문제로구먼.”

"아니, 작은 일이 아닐세, 엘러리. 자네는 펜니 박사를 모르니까 그렇지. 알고 있다면 그렇게 말하지는 않을 걸세. 라틴계 사람인데 성미가 억세고 복수심이 강한 사람이라네. 그 여자는 틀림없이······.”

"뭐라구?”

민첸이 놀라 얼굴을 번쩍 들었다.

"그 여자는 복수심이 강한 사람이라고 말했네. 그게 어쨌단 말인가?"

엘러리는 거드름을 피우면서 담배에 불을 붙였다.

"그렇지, 내가 좀 돈 모양이로군. 자네가 말한 건……아니, 그 펜니 박사를 한 번 만나 보고 싶은데, 존."

"문제없지." 민첸은 전화를 걸었다. "펜니 박사입니까? 존 민첸인데, 바로 찾아서 기쁩니다. 보통 때는 찾는 데 무척 힘이 들거든요……제 방으로 잠깐 와 주실 수 없을까요? 아니, 아무것도 아닙니다. 그다지 중요한 일은 아닙니다. 소개하고 싶은 사람이 있어서요. 그리고 한두 가지 여쭈어 보고 싶은 일이 있어서……그렇습니다, 네."

노크 소리가 날 때까지 엘러리는 발 끝을 내려다보고 있었다. 두 사람은 일어섰다.

민첸이 또렷한 목소리로 "들어오십시오" 하고 말했다.

문이 열리더니 키가 자그마하고 튼튼해 보이며 흰 가운을 입은 동작이 신경질적인 부인이 들어왔다.

"펜니 박사님, 엘러리 퀸 씨를 소개합니다. 퀸 씨는 도른 부인 살해 사건의 수사를 돕고 있습니다."

"네, 그러세요?"

그녀의 목소리는 크고 목구멍에서부터 울려나와 굵직하니 거의 남자 같았다. 그녀는 머뭇거리는 기색도 없이 두 사람의 의자 곁으로 걸어오더니 곧 앉았다.

펜니 박사는 몹시 남의 눈을 끄는 타입이었다. 피부는 올리브 빛이었으며, 윗입술 위에 솜털이 거무스름하게 나 있었다. 날카롭고 검은 눈이 반듯하게 생긴 얼굴 속에서 반짝이고 있었다.

칠흑같이 검은 머리는 한쪽 옆으로 굵은 흰 가리마가 머리 한가운데로 한 가닥 지나 선명하게 갈라져 있었다. 나이는 분명치 않아서 35살쯤으로도 보였고 50살로도 보였다.

"들은 바에 따르면 박사님은 이미 오랫동안 네덜란드 기념 병원에서 근무하고 계신다지요?" 엘러리는 매우 정중한 목소리로 말했다.

"그렇습니다. 담배 한 대 주시겠습니까?"

그녀는 유쾌한 듯 말했다.

엘러리는 금박 케이스를 꺼내어 진지한 얼굴로 담배에 성냥불을 붙여 주었다. 박사는 깊이 빨아들이면서 편한 태도로 호기심을 드러낸 채 엘러리를 바라보았다.

엘러리는 말을 시작했다. "사실은 도른 부인 살해 사건 수사에서 완전히 벽에 부딪치고 말았습니다. 전혀 오리무중입니다. 그래서 누구할 것 없이 덮어놓고 묻고 다니는 셈인데……당신은 도른 부인과 어느 정도 가까웠습니까?"

"그건 무슨 뜻이지요?" 펜니 박사의 검은 눈이 번쩍 빛났다. "나를 살인범으로 의심하고 계시는 건가요?"

"그럴 리가 있습니까!"

"그럼, 들어 보세요, 엘러리 퀸 씨." 박사는 붉은 입술을 꼭 다물었다. "나는 도른 부인을 잘 모릅니다. 그분이 살해된 데 대해서도 전혀 모릅니다. 만일 당신이 내가 저지른 일이라고 생각하신다면, 그건 헛수고일 뿐이에요. 이 정도로 말씀드리면 만족하시겠습니까?"

"어째서 내가 그런 걸……." 엘러리는 원망스러운 듯이 중얼거렸다. 그의 눈은 가느다랗게 뜨여져 있었다. "게다가 나는 그렇게 껑충 뛰어 결론을 내리지는 않습니다. 도른 부인을 어느 정도 알고 계셨느냐고 물은 이유는 이렇습니다. 즉 만일 당신이 부인을 잘 알고 계시다면, 혹시 부인의 적으로 생각되는 인물의 이름을 일러 주실지도 모른다고 생각했기 때문이지요. 어떻습니까, 그런 이름을 말씀해 주실 수 있으시겠습니까?"

"유감입니다만, 알 수 없습니다."

"펜니 박사님, 나는 아주 솔직하고 싶습니다." 엘러리는 눈을 감고 머리를 의자 등에 기대었다. "여쭈어 보겠습니다만……." 엘러리는 갑자기 몸을 일으켜서 조용히 여자를 바라보며 말했다. "당신은 목격자가 있는 앞에서 도른 부인을 협박하는 말을 한 적이 있습니까, 없습니까?"

펜니 박사는 깜짝 놀라 커다란 눈을 더욱 크게 뜨고 엘러리를 쳐다보았다. 그 놀란 표정이 곧 분노의 표정으로 바뀌었다. 민첸은 엘러리에게 항의하듯 한 손을 들었다. 그리고 여자에게 뭔가 변명하듯이 입을 우물거리고 있었다. 그리고 어처구니가 없다는 듯이 엘러리를 바라보았다.

"어떻습니까? 그것도 이 병원 안에서 말입니다." 엘러리는 딱딱하고 엄했다.

"당치도 않은 말이에요." 박사는 경멸하듯이 머리카락을 뒤로 쓸어올리며 우습지도 않다는 듯이 웃었다. "그런 엉터리 같은 말을 누가 하던가요? 내가 그 할머니를 협박할 수 있을까요? 거의 모른다고 해도 좋을 만한 사이인데요. 부인에 대해서건 다른 누구에 대해서건, 나는 이러니저러니 말한 적이 한 번도 없습니다. 다만 저어, 나는……."

박사는 갑자기 당혹한 듯이 입을 다물고 민첸 박사를 흘끗 보았다.

"다만……뭡니까?" 엘러리가 얼른 그 말을 받았다.

이제까지의 엄한 태도가 사라지고 그녀는 미소를 짓고 있었다.

"그러니까 저어 나는 언젠가 쟈니 박사님에 대해서 헐뜯는 말을 한 적이 있습니다." 박사는 어색하게 설명했다. "하지만 그건 협박이 아니었습니다. 그리고 결코 도른 부인에 대한 것도 아니었구요. 어쨌든 나는 잘 모르겠습니다만……."

"잘 알겠습니다." 엘러리는 밝은 얼굴이 되었다. "상대방은 쟈니 박사이지 도른 부인이 아니었군요. 그렇습니까? 잘 알았습니다, 펜니 박사님. 그래, 쟈니 박사에 대해서는 무엇이 마음에 들지 않으셨습니까?"

"개인적으로 특별히 유감이 있었던 건 아니에요. 당신도 들어서 알고 있겠지만."

박사는 다시 민첸 박사를 흘끗 보았다. 민첸은 얼굴을 붉히면서 펜니의 눈을 피했다.

"나는 도른 부인의 지시로 산부인과 주임의 지위에서 물러나게 됐던 겁니다. 물론 나는 불쾌했습니다. 지금도 불쾌해요. 그래서 나는 쟈니 박사의 선전이 책임자인 노부인의 귀에 들어간 것으로 생각했습니다. 그래서 한때 화가 치밀어올라 점잖지 못한 말을 한 것 같습니다. 그것은 민첸 박사님과 다른 두서너 사람이 들은 거지요. 그러나 그런 것이 어째서 사건과……."

"아주 자연스러운 일입니다, 아주 자연스러운 일이지요." 엘러리는 동정하듯 말했다. "나는 잘 이해할 수 있습니다."

펜니 박사는 코웃음을 쳤다.

"그런데 박사님, 시시한 형식적인 문제입니다만……당신이 오늘 아침 병원에서 하신 행동을 대충 이야기해 주시지 않겠습니까?"

박사는 차갑게 대답했다. "당신은 정말 솔직하게 말씀하시는군요. 난 아무것도 숨길 일이 없습니다. 오늘 아침 일찍 산모가 있었는데, 8시에 수술을 해야 했습니다. 흥미가 있으시다면 쌍둥이였다는 걸 말씀드리지요. 제왕 절개로 하나는 죽었습니다만. 어머니 쪽도 아마 곧 죽게 될 거에요……나는 아침 식사를 하고 난 뒤 여느 때와 마찬가지로 산부인과 병동의 회진을 했습니다. 어차피 쟈니 박사는……." 펜니는 비꼬는 투로 말했다. "그런 일상 일은 전혀 모르는 체하니까요, 직함은 거의 명목뿐입니다. 나는 35명쯤 되는 환자와, 여러 명의 울부짖는 갓난아기들을 보고 다녔습니다. 오전에는 거의 그 일에 매달렸지요."

"그러면 알리바이를 내세울 만큼 한곳에 오래 있지는 않으셨군요."

"알리바이를 내세울 필요가 있었다면 나 스스로 애썼겠지요." 박사는 그 자리에서 보복을 했다.

"무슨 일로," 엘러리는 중얼거리듯 말했다. "정오 때까지 다른 일로 건물에서 나간 적은 없습니까?"

"네, 없어요."

"정말 매우 참고가 되었습니다, 박사님……당신은 혹시 이번의 고약한 사건에 대해서 뭔가 이치에 닿는 해석을 가지고 계시지는 않습니까?"

"그렇지 못한데요."

"정말로 그렇습니까?"

"나는 될 수 있으면 이야기를 하는 쪽입니다."

"나도 그렇게 생각하고 있겠습니다." 엘러리는 일어섰다. "감사합니다."

민첸 박사도 계면쩍은 듯이 몸을 일으켰다. 두 사람은 펜니 박사의 뒤에서 문이 소리내어 닫힐 때까지 말없이 서 있었다. 민첸은 다시 회전의자에 털썩 앉아 흰 이를 조금 드러내어 보이며 말했다.

"대단한 여자지?"

"그렇군." 엘러리는 새로 담배에 불을 붙였다. "그건 그렇고, 존, 에디스 더닝이 지금 병원에 있는지 어떤지 모르겠나? 오늘 아침 핼더 도른을 집에 데리고 간 뒤 아직 만나지 못했는데."

"곧 알아보지." 민첸은 여기저기 바쁘게 전화를 걸었다. "없는데, 조금 전에 봉사부의 일로 나갔다는군."

"뭐, 지금 곧 해야 할 일은 아닐세." 엘러리는 크게 숨을 들이쉬었다. "재미있는 여자야……." 그는 담배 연기를 동그랗게 뿜어내면서 말했다. "생각해 보게, 존. 에우리피데스는 '나는 학문있는 여자를 혐오한다'고 말했는데, 그건 조금도 틀린 말이 아닐세. 그리고 그 그리스 인의 견해는 바이런의 유명한 말과 그다지 거리가 멀지 않다고 생각해……."

"대체 자네는 어느 여자를 말하는 건가, 더닝 양인가, 아니면 펜니 박사인가?" 민첸이 부루퉁한 얼굴로 말했다.

"어느 쪽이면 어떤가" 엘러리는 한숨을 쉬면서 외투를 집어들었다.

눈속임 MYSTIFICATION

퀸 총경과 그의 아들의 특이한 관계는——아버지와 아들 사이라기보다 오히려 친구 관계로서——식사 때 아주 잘 나타났다. 아침이건 저녁이건, 배를 채우고 있는 시간은 농담이며 추억담이며 생기있고 쾌활한 이야기 시간이었다. 어린 쥬너가 시중을 들고, 난로불이 딱딱 소리를 내며 타고, 서87번 거리의 골짜기에 바람이 윙윙거리고, 유리창이 덜컹거리고……'겨울 저녁 퀸 집안의 단란함'은 경찰본부의 여러 국(局)은 물론 과(課)에서 이야깃거리가 되고 있을 정도로 유명한 것이었다. [4]

그러나 에비게일 도른이 최후의 심판을 향해 떠난 1월의 저녁에는 이 전통이 완전히 깨뜨려져 버리고 말았다.

웃음도 없고, 평화도 안식도 없었다. 엘러리는 완전히 생각에 잠겨서 우울하게 앉아 있었다. 반쯤 남은 커피 잔 위에서는 담배가 헛되이 연기를 뿜어 올리고 있었다. 총경은 난로 앞의 커다란 팔걸이의자에 등을 기댄 채 웅크리고 앉아 덜덜 떨며 숨만 거칠게 쉬고 있었다. 낡은 실내복을 겹쳐 입었는데도 여전히 이를 딱딱 마주치고 있었다. 눈치있게 사람의 기분을 금방 알아차리는 쥬너는, 사람으로 생각되지 않을 만큼 완전히 입을 다문 채 소리 하나 내지 않고 저녁 식사를 하고 난 접시를 치우고 있었다.

최초의 본격적 수사는 무참하게도 실패로 끝났다. 수수께끼의 인물 스완슨은 아직도 고삐가 풀린 채였다. 벨리 부장의 부하들이 각 구의 전화번호부에 실려 있는 모든 스완슨을 이잡듯 뒤져 보았으나 조그마한 단서조차 잡지 못했다. 경찰본부는 온통 야단법석이었다. 총경은 갑자기 들이닥친 코의 카타르성 비염 때문에 방에 갇히고 말았다. 여기저기 병원과 그밖의 시설을 뒤지고 다니던 형사들로부터 들어온 최초의 보고에 의하면 전화실에서 발견된 외과의사용 옷가지의 출처에 대해 아무런 단서도 없다는 것이었다. 액자용 철사를 판 가게의 탐색도 절망적인 것 같았다. 철사를 화학적으로 분석해 보았으나 아무것도 나오지 않았다. 에비게일 도른의 재계에서의 경쟁 상대를 면밀히 조사했으나 지금으로서는 성과가 없었다. 살해된 여자의 개인적인 서류는 초등학생의 일기장처럼 천진무구한 것으로 생각되었다. 그리고 문제를 더욱 까다롭게 만든 것은, 샘프슨 지방검사로부터 전화가 걸려 와 두 번에 걸친 시장과의 긴급 회의 상황과 오버니(州廳 소재지)의 지사로부터 또다시 장거리 전화가 걸려 왔다고 전해 온 것이었다. 시와 주의 당국자들은 경찰의 활동을 재촉하고, 불안한 나머지 비난의 소리를 지르고 있었다. 신문기자들은 경찰본부에 몰려와서 엄중히 경계되고 있는 범죄 현장을 포위하고 있었다.

이런 사태였으므로 고립무원(孤立無援)으로 의자에 주저앉아 있는 총경은 소용없는 분노로 반쯤 히스테리컬하게 되어 있었다. 엘러리는 완고하게 입을 다문 채 사색의 바다에 빠져 있었다.

전화 벨 소리가 요란하게 울리자 쥬너가 부엌에서 뛰어나왔다.

"퀸 총경님께 온 겁니다."

노인은 오한에 떨면서 마른 입술을 축이며 급히 방을 가로질렀다.

"여보세요. 누구? 오오, 토머스 부장인가, 그래서……." 총경의 목소리가 날카로워지고 열을 띠었다. "뭐, 뭐라고? 그거 놀랍군. 끊지 말고 잠깐 기다려 주게."

엘러리를 돌아보는 노인의 얼굴은 양피지처럼 상아빛이 되어 있었다.

"이렇게도 운이 나쁠 수가 있나. 엘러리, 결국 쟈니 박사가 미행하던 리터를 떨쳐 버리고 달아났다는구나."

엘러리는 흠칫하여 일어섰다.

"얼빠진 녀석!" 그는 중얼거렸다. "좀더 자세한 사정을 물어 보세요, 아버지."

"여보세요." 퀸 총경은 숨을 몰아쉬며 분한 듯이 수화기에다 대고 소리쳤다. "토머스, 리터에게 말해 둬……나중에 천천히 설명을 듣겠다고. 잘못하면 파출소로 되돌려 보내겠다고 말해 둬……스완슨에 대해서는 아직 아무것도 새로운 게 없나?……그래, 자네도 밤새도록 일해야 할 거야……뭐라고? 잘했군. 헤스가……오늘 오후 우리가 거기 도착했을 때 저택 뒤에 숨어 있었지……알았네, 토머스, 리터는 쟈니 박사의 집에 가서 지키고 있으라고 해……."

노인이 자기 의자로 비틀거리며 돌아와서 불에다 손을 쬐자 엘러리가 물었다.

"대체 어떻게 된 겁니까?"

"이야기는 이러 해. 쟈니 박사는 메디슨 애버뉴의 텔레이튼 호텔에 살고 있지. 리터가 하루 종일 미행하고 있었어. 내내 버티며 집을 감시하고 있었지. 5시 반이 되자 박사가 황급히 나와 문간에서 곧 택시를 타고 북쪽을 향해 달리기 시작했다는 거야. 리터는 운이 나빴지, 그 녀석의 명예를 위해 말해 두지만. 그는 한참 동안 택시를 못 잡았어. 너무 급작스러운 일이라 어리둥절한 거지.

겨우 택시를 잡고 뒤를 쫓아 간신히 상대를 찾을 수는 있었지만, 다시 혼잡 속에서 놓치고 말았다는구나. 42번 거리 근처에서 또 한 번 찾았을 때는 마침 박사가 그랜드 센트럴 정거장에서 택시에서 뛰어내려 요금을 치른 뒤 역 안으로 자취를 감추려는 참이었다는 거야. 그것이 박사를 마지막으로 본 것인데, 정말 운이 나빴던 거야."

엘러리는 뭔가 생각에 잠겨 있는 모양이었다.

"계획적으로 지시를 위반했군요. 시내에서 달아나다니, 물론 그 이유는 단 하나······."

"그렇고말고, 스완슨에게 경고하러 간 거야." 노인은 이젠 완전히 기분이 상해 있었다. "리터가 정거장 근처에서 혼잡에 휘말려 차에서 내려 역 구내로 들어갔을 때 쟈니 박사는 이미 보이지 않았지. 그래서 곧 경관들을 긁어모아 나가는 열차를 일일이 감시시켰으나 아무런 소득도 없었다는 거야. 건초더미에서 바늘을 찾아내는 격이지."

"그렇군요." 엘러리는 눈썹을 찌푸리고 중얼거리듯이 말했다. "쟈니 박사가 스완슨에게 경고하러 갔다면 이 도시의 어느 교외에 살고 있다는 것이 확실해진 셈입니다."

"수배는 이미 해 놓았어. 토머스가 교외 방면에 한 반(班)을 배치해 놓았지······." 총경의 눈이 순간 밝아졌다. "하지만 한 줄기 광명은 있어. 그래, 그 미치광이 플러가 무슨 짓을 했는지 아니?"

"샐라 플러 말입니까?" 그 이름은 저도 모르게 엘러리의 입에서 튀어나온 것이었다. "무슨 일이 있었지요?"

"한 시간쯤 전에 도른의 저택에서 빠져나왔다는구나. 헤스가 하루 종일 그 여자를 감시하고 있었지. 뒤따라갔더니 그게 더닝 박사의 집이더란다. 너는 이것을 어떻게 생각하니?"

엘러리는 정색한 얼굴로 아버지를 응시했다.

"더닝 박사라구요?" 그는 천천히 말했다. "그거 재미있는데요. 그밖에 헤스가 무슨 말을 해왔습니까?"

"그밖에는 별다른 게 없다. 그 사실만으로도 충분해. 그 여자는 더닝 박사의 집에 30분쯤 있었대. 나오자 택시를 타고 곧장 도른 저택으로 돌아왔대. 헤스는 전화로 보고를 해왔는데, 아직 거기서 또 한 사람과 일에 착수하고 있단다."

"샐라 플러와 루시어스 더닝 박사……." 엘러리는 중얼거렸다. 그는 테이블에 앉아서 난로불을 바라보며 테이블보 위를 자꾸 톡톡 두들기고 있었다. "샐라 플러와 루시어스 더닝……이건 그럴 듯한 짝인데……." 엘러리는 갑자기 아버지에게 미소를 지어보였다.

"여자 예언자와 의사, 전혀 어울리지 않는 짝입니다."

"아무튼 이상해." 총경이 말했다. 그는 맨 위에 걸쳐 입은 실내복을 더욱 몸에 딱 붙게 여몄다. "내일 아침에 곧 조사해 보기로 하자."

"그렇고말고요." 엘러리는 만족스러운 듯이 말했다. "슬라브의 속담에 '아침에는 저녁보다 현명하다'라는 게 있지요. 글쎄 과연 어떨지 한 번 시험해 보십시다."

노인은 아무 말도 하지 않았다. 엘러리의 얼굴에서는 유쾌한 듯한 표정이 나타났을 때와 마찬가지로 갑자기 사라졌다. 그는 재빨리 일어서더니 침실로 들어가 버렸다.

압축 CONDENSATION

결국 온 세계에 파급된 신문계의 폭발은 에비게일 도른 살해 사건이 일어난 그 다음날 첫 광란의 절정에 이르렀다.

화요일 아침, 미국의 모든 아침 신문들은 눈이 번쩍 뜨이는 커다란 표제와 수다스러운 제1면 기사들로 가득차 있었으나, 그 내용은 가엾을 만큼 빈약하여 한줌 정도의 사실밖에 보도하고 있지 못했다. 특히 뉴욕의 신문은 손에 들어오는 자료의 부족을 보충하기 위해 에비게일 도른의 경이적인 생애와 세상에 떠들썩한 주요 재정 거래와 막대한 수에 이르는 자선 행위, 그리고 먼 옛날에 고인이 된 찰스 반 데이 둔크와의 로맨스 등의 기사에 지면을 바치고 있었다. 어떤 신문사는 급히 '에비게일 도른의 생애'라고 이름붙인 연재를 특집기사로 싣기 시작했다.

저녁 신문에서는 이미 사설(社說)의 천둥 같은 울림이 들리기 시작했다. 거의 노골적인 공격의 화살이 경찰장관, 퀸 총경, 경찰 전체에게로 향해지고, 어느 신문에서는——분명히 정치적인 동기에서이지만——시장에게 논란이 가해졌다. '귀중한 24시간이 이미 돌아오지 않는 유구한 과거의 것이 되었다'고 어느 기사에서는 개탄하고 있었다. '그러면서도 아직 극악무도한 살인범의 정체를 파악하기 위한 약간의 사실도, 한 조각의 단서도 잡지 못하고 있다. 흉악한 범인의 피로 물든 손은 어제 위대한 한 여성의 위대한 영혼을 아직 길고 긴 여생이 다하기 전에 저 세상으로 보내 버리고 말았다'고 썼다.

또 어떤 신문은 '지금까지 몇 년에 걸쳐 그토록 범죄 수사에 빛나는 성공을 거두어 온 무서운 퀸 총경도 이 사건, 총경에게 있어 가장 중요한 이 임무의 수행에는 드디어 실패하는 것일까?'라고 반문하고 있었다. 또 어떤 사설에서는 '세계에서도 가장 위대한 뉴욕 시 경찰은 오래 전부터 이 극히 도덕적인 공동체의 도덕적 규정에 대해 더없이 부적격하다고 비난받아 왔으나, 지금이야말로 이처럼 비웃는 세상에 대해서 경찰 스스로가 얼마나 부적격한가를 입증하는 다시없이 좋은 기회가 주어졌다'고 서슴없이 써대는 것이었다.

온 뉴욕 시 전체에서 경찰에 대해 논란하지도 않고 헐뜯지도 않는 신문은 묘하게도 단 하나, 피트 허퍼가 보도 임무를 맡고 있는 신문뿐이었다.

그러나 세상이 떠드는 게으른 잠에서 당국을 분발시키는 데에는 구태여 신랄한 신문의 비평이나 비난이 필요하지는 않았다. 정계와 사교계는 그 밑바닥부터 뒤흔들려서, 그 진동이 경찰본부의 예민한 지진계에 날카롭게 기록되어졌다. 사회 모든 계층의 시민들이 하루빨리 정의가 행해지게끔 전보며 전화, 개인적 요청을 시장에게 퍼붓고 있었다. 월 거리는 경제적 불안을 만나 불가피한 시세 하락과 더해 가는 공황의 파도를 막아낼 수가 없어 기를 쓰고 있었다. 연방 정부에서도 이 사건에 비상한 관심을 보였다. 거대한 재산을 가진 에비게일 도른이 살고 있었던 주의 한 상원의원은 의회 단상에서 불 같은 열변을 토했다.

시청은 열띤 회의가 잇달아 열리는 회의의 소용돌이였다. 센트럴 거리에는 거대한 벌집처럼 윙윙거리는 소리가 하늘을 찌르고 있었다. 그러나 퀸 총경은 어디에도 보이지 않았다. 벨리 부장은 신문기자와의 인터뷰를 단호하게 거절했다. 수수께끼와 의혹의 공기 속에서 자라난 온갖 소문이 마술처럼 온 시내를 휩쓸고 다녔으며, 이름은 알 수 없으나 당국의 입김을 짊어진 거대한 세력을 지닌 재계 인사가 죽은 부인과의 경제적 투쟁에서 무참하게 패배하여 그 복수를 위해 손을 써서 에비게일 도른을 교살했다는 소문이 정말인 것처럼 속삭여지고 있었다. 이러한 소문이 얼마나 근거없는 것인가는 뻔한 일인데도 전해지는 과정에서는 아무런 방해도 받지 않았다. 그리하여 두 시간이면 당국의 귀에까지 들어오는 형편이었다……

화요일 오후 늦게 한무리의 어마어마한 사람들이 시장 사무실의 가장 깊숙한 방에서 비밀리에 회합을 가졌다. 자욱한 담배 연기 속에서 회의의 테이블을 둘러싸고 앉은 사람들은 시장, 경찰장관, 샘프슨 지방검사와 그 조수, 맨해턴 구청장, 그리고 대여섯 명의 비서들이었다. 퀸 총경의 결석이 곧 눈에 띄었다.

모든 사람의 얼굴에는 시무룩한 빛이 감돌고 서로 상대방의 눈치를 살피고 있었다. 그들이 상상할 수 있는 모든 각도에서 사건에 대한 토의를 계속하는 동안, 바깥의 각 방에서는 미치광이처럼 떠들썩하게 지껄여대는 신문기자들이 잔뜩 몰려와 회견을 취재하려고 웅성거리고 있었다. 시장은 두툼한 보고서 다발을 손에 들고 있었다. 모두 퀸 총경의 서명이 있었으며, 화요일 아침까지 사건 수사에서 긁어모아진 온갖 사실과 심문 내용과 발견된 증거에 대한 아주 상세한 보고서였다. 관계 인물은 한 사람 한 사람 저울에 달리고 비판이 가해졌다. 구청장은 마이켈 커데이라는 약삭빠른 아일랜드 인의 손이 이 살인 사건의 어디엔가 뻗쳐 있으며, 아마도 에비게일 도른의 수수께끼에 싸인 적에게 고용되었을지도 모른다는 것을 알게 되어 만족스럽다는 뜻을 밝혔다. 쟈니 박사의 완고한 침묵과 스완슨의 수사에 대해 논쟁이 벌어졌으나 아무런 결론도 나오지 않았다.

회의는 아마도 실패로 끝날 것 같았다. 새로운 사실은 아무것도 발견되지 않았다. 이제부터 어떤 수단으로 나갈 것인지 그 실마리조차 잡히지 않았다. 경찰본부로 연결된 직통 전화가 장관 바로 옆에서 끊임없이 울리고 있었으나 얼마 안되는 단서들마저 수사가 진행됨에 따라 차례차례 못 쓰게 되어 가는 보고뿐이었다.

이렇게 절박한 바로 그 순간에 시장의 개인 비서가 경찰장관 앞으로 온 밀봉한 묵직한 봉투를 들고 방으로 들어왔다.

장관은 봉한 것을 뜯어 몇 장인가 겹쳐진 타이프한 페이지의 맨 위 한 장을 열심히 읽어 보았다.

"퀸 총경으로부터 온 보고서입니다." 장관은 낮은 목소리로 말했다.

"나중에 완전한 보고서를 보내오겠다고 하는군요. 그런데……." 하며 장관은 눈으로 읽었다. 갑자기 장관은 서류 옆에 있던 속기사에게 그것을 건네 주었다. "제이크, 이걸 큰소리로 읽어 주게."

서기는 분명하고 딱딱한 목소리로 빠르게 읽기 시작했다.

마이클 커대이에 대한 보고.

화요일 오전 10시 15분, 도른 사건 관련 유무에 대한 커대이의 심문이 의사에 의해 허락되었다. 심문은 커대이가 맹장염 수술을 위해 어제 입원한 네덜란드 기념 병원 328호실에서 행해졌다. 그는 쇠약해졌으며, 수술 뒤의 고통을 호소하고 있었다.

커대이는 살인에 대해서는 전혀 관계한 바 없다고 확언하고 있다. 우선 처음에는 커대이가 충양 돌기염 수술 준비를 위해 마취를 하려고 마취실에 누워 있을 때, 마스크를 하고 가운을 입은 어떤 인물이 지나갔다고 하는 바이어스 의사와 간호사 클레이튼 오버먼 양의 증언을 확인하기 위한 심문을 행했다. 커대이는 흰 가운을 입고 수술 모자와 수술복을 착용한 인물이 남쪽 복도에서 들어와 앞에 말한 바와 같이 급한 걸음으로 마취실을 지나가는 것을 보았다고 확언했다. 그 뒤 마취되어 혼수 상태가 되었으므로 그가 나가는 것은 보지 못했다고 한다.

그 인물이 누구였는지는 알아볼 수가 없었다. 기억에 의하면 다리를 절고 있었으나 그 점도 확실치는 않다. 그러나 이것은 그다지 중요한 일이 아니다. 바이어스 의사와 간호원 오버먼의 증언으로 그것은 충분히 확인되고 있기 때문이다.

또한 헨드릭 도른에 대해서도 신중한 심문이 행해졌다. 자신이 감시당하고 있다는 도른의 주장에 따라 그에게 약속한 대로 보호를 해주었는데, 그동안 수상한 행동이 있어 도른 저택의 그의 방을 수사해 보았으나 커대이와의 거래를 암시하는 메모가 있을 뿐 범죄를 의심케 하는 것은 아무것도 발견되지 않았다. 커대이는 도른과의 거래 이야기를 완전히 승인한 것으로 해석된다. 거래에 대해 심문한 결과 커대이는 할증부(割增附) 6퍼센트의 이율로 거액의 돈을 도른에게 융통해 주고 도른이 유산의 자기 몫을 입수하였을 때 갚아 주기로 되어 있음을 인정했다. 커대이는 이 일은 공명정대하며 어떠한 의미에 있어서도 범죄 행위가 될 수 없으므로 두려워할 필요도 숨길 필요도 없다고 큰소리쳤다.

퀸 총경의 질문——"마이크, 자네는 빌려 준 돈을 빨리 받기 위해 도른 부인의 임종을 약간 앞당기고 싶은 유혹에 사로잡힌 적이 없나?"

커대이의 대답——"총경님, 그건 너무한데요. 내가 그런 짓을 하지 않는다는 것은 잘 알고 계시지 않습니까?"

다시 더 다그치자 커대이는 헨드릭 도른에게 지불 독촉한 것을 인정하고 도른이 누나의 죽음에 대해 스스로 이야기한 것보다 더 많은 것을 알고 있다고 해도 놀랄 일은 못된다고 말했다.

퀸 총경의 질문——"꼬마 윌리, 스내퍼, 조 게코는 어떤가? 깨끗이 털어놓지, 마이크."

커대이의 대답——"당신은 그 녀석들을 유치장에 집어넣었잖습니까! 그놈들은 이번 살인과 아무 상관도 없습니다, 총경님. 그들은 나를 지켜 주기 위해 여기 있었을 뿐입니다. 그 녀석들을 두들겨 봤댔자 아무것도 안 나올 거요."
 퀸 총경의 질문——"그런데 자네는 지금 도른의 건강을 걱정하고 있지 않나, 마이크, 어떤가?"
 커대이의 대답——"그 사람은 갓난아기와 마찬가지로 안전합니다. 내가 11만 달러를 날리고 싶어한다고 생각하십니까? 천만에요."
 결론——커대이에게는 완전한 알리바이가 있다. 범죄는 그가 마취된 동안에 행해졌다. 조 게코, 스내퍼, 꼬마 윌리에 대해서는 그들이 살인 당시 병원에 실제로 있었다는 것 외에 유죄를 뒷받침할 만한 증거가 전혀 없다. 따라서 이 방면에서는 전연 문제가 되지 않았다.

서기는 보고서를 정중하게 책상 위에 놓고 다른 보고서를 집어들더니 헛기침을 했다.
 "아무것도 없나!" 장관은 낮은 목소리로 중얼거렸다. "저 커대이라는 녀석은 뱀장어처럼 걷잡을 수 없는 자랍니다, 시장님. 하지만 무슨 일이 있으면 퀸 총경이 반드시 털어놓게 만들 겁니다."
 "자, 그럼……." 시장이 입을 열었다. "이러쿵저러쿵해 봐야 아무 소용 없소. 다음 보고는 누구에 관한 건가?"
 서기는 읽어 내려갔다.

 루시어스 더닝 박사에 대한 보고.
 루시어스 더닝 박사를 오전 11시 5분 네덜란드 기념 병원 박사의 사무실에서 심문했다. 월요일 저녁때 샐라 플러와 비밀리에 만난 일을 다그침. 당황하는 모양이었으며, 샐라 플러가 방문한 이유와 그 회담의 내용에 대해 이야기하기를 거부했다. 방문은 순전히 개인적인 문제이며, 범죄와는 아무 관계가 없다고 주장했다.

간청도, 체포한다는 위협도 효과가 없었다. 어떠한 굴욕도 참겠으나, 과격한 수단이 취해지는 경우에는 명예 훼손과 불법 체포죄로 고소하겠다고 잘라 말했다. 더닝을 체포할 증거도 이유도 없음. 따라서 이 일은 당분간 보류하기로 했다. 샐라 플러와 어느 정도 친한 사이냐고 질문했으나 만족스럽지 못한 대답밖엔 얻지 못했다.

"깊이 아는 사이는 아니오"라고 말했을 뿐, 그 이상의 설명은 거부했다.

사건의 조치——부하를 시켜서 더닝 가정의 다른 사람들을 심문하도록 했다. 더닝 부인은 플러가 월요일 저녁때 자기 집에 들어오는 것을 보았으나, 흔히 있는 의료 상담을 위한 방문으로 여겼다고 한다. 부인은 고인과의 단순한 사교상의 접촉을 통해 플러를 조금 알고 있는 정도였다. 에디스 더닝은 샐라 플러가 집에 있던 30분 동안 집에 없었다. 하녀의 증언에 의하면 플러는 이 30분 동안 더닝 박사와 함께 특별 진찰실에 틀어박혀 있었다고 한다. 플러는 AA7(도른)에서 말한 바와 같이 더닝 박사의 집을 나와 도른 저택으로 돌아왔다.

결론——플러와 더닝의 회담 내용을 알아내기 위해서는 법적 압력을 가하는 방법 외에 취할 길이 없다. 회담의 내용을 비밀로 하고 있는 것 말고는 이 회담이 사건과 관계있음을 의심할 이유가 아무것도 없다. 플러와 더닝 두 사람은 감시 중임. 다시 새로운 발전이 있으면 추가 보고하겠음.

"또 아무 소득도 없나!" 시장이 약오르는 듯 말했다. "장관, 지금까지 보여 준 것보다 더 나은 솜씨를 보여 줄 수 없다면 당신 부에다 안됐다는 말을 하는 수밖에 없겠구먼. 대체 이 퀸이라는 사나이는 이 사건을 다룰 수 있을 만큼 유능한가요?"

구청장은 찌푸린 얼굴로 앉아 있었다. 그는 신경질 나는 듯이 말했다.

"아무튼 아무리 백전 노장이라 해도 기적을 기대할 수는 없지요. 이 사건은 여러 가지로 트집을 잡히고 있지만, 일어난 지 아직 30시간밖에 지나지 않았습니다. 그 사람은 단서가 있으면 단 하나도 놓치지 않으리라고 생각합니다."

"뿐만 아니라," 경찰장관은 정색을 하고 말을 꺼냈다. "이것은 경찰이 스파이를 써서 정보를 얻는 그런 보통 살인과는 사정이 다릅니다, 시장님. 흔해 빠진 살인과는 질적으로 전혀 다릅니다. 내 생각으로는……"

"다음은 누구지?" 시장은 안 들어도 알겠다는 듯이 두 손을 들며 말했다.

"에디스 더닝입니다." 서기는 사무적으로 서류를 넘기며 무감동하게 읽기 시작했다.

에디스 더닝에 대한 보고.

흥미있는 점은 하나도 없음. 월요일 아침의 행동에 대해서는 수술 시간 전 몇 차례에 걸쳐 병원을 드나들었기 때문에 완전한 조사를 할 수 없으나 우선 수상한 점은 없는 것 같다. 수술 시간 뒤의 행동에 대해서는 모두 확인되었음.

에디스 더닝은 이번 범죄에 대해 아무런 설명도 할 수 없었으며 가능한 동기에 대해서도 아는 바가 없었다. 이 점은 아버지인 더닝 박사도 마찬가지였다. 에디스 더닝은 핼더 도른을 잘 알고 있었으나, 아버지와 도른 부인의 관계가 분명히 냉담했던 점에 대해서는 이 두 사람의 관계가 특별히 우호적이지 못했다고밖에 설명하지 못했다.
    결론——이 선을 더 이상 추구하여도 소득은 없을 것임.

"그건 의심의 여지가 없지." 시장이 말했다. "다음 차례는 누군가? 빨리 해주기 바라네."

쟈니 박사에 대한 추가 보고.

서기는 뚜렷한 동요가 열성적인 청중들 속에서 일어났으므로 말을 끊고 한참 기다리고 있었다. 모두들 한 사람도 빼놓지 않고 의자를 테이블에 더 가까이 끌어당겼다. 서기는 타이프한 보고철을 집어들었다.

    쟈니 박사는 그를 담당하고 있던 리터 형사의 보고에 의하면 월요일 밤 9시 7분 그의 거처인 털레이튼 호텔로 택시를 타고 돌아왔다. 그 뒤 택시 운전수 모리스 코엔——합동 택시회사 소속. 감찰번호 260954[5]——의 증언에 의해 그랜드 센트럴 정거장에서 박사를 태우고 털레이튼 호텔로 직행해 왔음이 밝혀졌다. 쟈니 박사는 집에 돌아온 뒤 그날 밤은 방에서 나오지 않았다. 전화가 몇 번이나 걸려 왔으나 친구 또는 직업상 아는 사람들로부터의 것이었으며, 모두가 고인에 관해 이야기했다. 쟈니 박사 자신은 한 번도 전화를 걸지 않았다.
    오늘 아침——화요일 오전 11시 45분——스완슨에 대한 심문을 하였다. 쟈니 박사는 자제하고 경계하며 신중했다. 몹시 피로한 것 같았다. 스완슨과 그의 소재에 대해서 이야기하는 것을 재차 거부했다.

퀸 총경의 질문――"쟈니 박사, 당신은 대담하게도 어젯밤 나의 명령을 무시했더군요. 시내에서 나가면 안된다고 말했을 텐데요……어제 오후 6시, 그랜드 센트럴 역에서 당신은 무엇을 하고 있었습니까?"

쟈니 박사의 대답――"나는 시내를 나간 것이 아니오. 역에 시카고 행 차표를 취소하러 갔었지요. 어제 당신에게도 말했었지만, 나는 시카고로 가게 되어 있는데 당신이 가서는 안된다고 했잖소. 그래서 의학회의에는 출석하지 않기로 결정한 거요."

퀸 총경의 질문――"그럼, 좌석 예약을 취소했을 뿐입니까? 기차를 타고 아무 데도 가지 않았습니까?"

쟈니 박사의 대답――"방금 말한 대로요. 조사해 보면 곧 알게 되겠지요."

덧붙임――곧 그랜드 센트럴 역에 대해 조사한 결과 쟈니 박사의 차표와 좌석 예약이 박사가 증언한 거의 그 시간에 취소되었음이 밝혀졌다. 취소한 남자의 인상은 확인할 수 없었다. 출찰계가 기억하고 있지 못했다. 그리고 다른 행선지의 차표를 사지 않았다는 증언의 진위도 확인할 수 없었다.

퀸 총경의 질문――"당신은 5시 반에 호텔을 나가서 6시쯤 정거장에 닿았소. 그리고 9시가 지날 때까지 호텔에 돌아오지 않았는데……전화로도 간단히 할 수 있는 차표 예약 취소에 설마 세 시간이나 걸렸다고는 말하지 않겠지요?"

쟈니 박사의 대답――"물론 취소는 겨우 2, 3분으로 끝났소. 나는 그랜드 센트럴 역을 나와 제5 애버뉴와 센트럴 파크를 오랜 시간 산책하고 있었소. 매우 기분이 우울했고 신선한 공기가 필요했기 때문이오. 혼자 있고 싶었던 거요."

퀸 총경의 질문──"센트럴 파크에 계셨다면 어째서 집에 돌아오는데 그랜드 센트럴 역에서 택시를 탔습니까?"

쟈니 박사의 대답──"나는 도중까지 걸어서 돌아왔습니다. 그러나 너무 피로해서 걷기가 싫어졌기 때문입니다."

퀸 총경의 질문──"그 산책 도중 당신은 당신의 증언을 뒷받침해 줄 만한 누구와 만났거나 이야기한 일이 있습니까?"

쟈니 박사의 대답──"없습니다."

엘러리 퀸 씨의 질문──"박사님, 당신은 훌륭한 지능을 갖춘 분입니다. 그렇지요?"

쟈니 박사의 대답──"그런 평판을 듣고 있소."

엘러리 퀸 씨의 질문──"당신은 평판에 충분히 어울리는 분입니다, 쟈니 박사님. 매우 어울리는 분입니다. 그래서 여쭈어 보겠는데요, 지금부터 말씀드리는 분석을 당신의 뛰어난 두뇌로서는 어떻게 생각하십니까. 즉 병원에서 아주 짧은 시간 동안 당신으로 변장한 자가 있었습니다. 당신으로 둔갑하기 위해서 그 변장자는 일시적으로 당신을 무대에서 멀리해 두는 것이 절대로 필요했겠지요. 그런데 스완슨이라고 칭하는 인물이 대연극이 시작될 예정 시간 약 5분 전에 당신을 찾아와서 에비게일 도른을 이 세상에서 해방하는 데 필요한 시간 동안 당신을 붙잡아 두었다가 변장자가 도망해 버렸을 때쯤 당신을 풀어 주었습니다.

대충 이런 분석입니다만……어떻습니까? 당신의 뛰어난 지능을 가지고 이것을 어떻게 생각하십니까?"

쟈니 박사의 대답──"순전히 우연이오. 그 이상의 아무것도 아니오. 내가 이미 말한 바와 같이 그 면회인은 이번의 사건과 아무 관계도 없소."

쟈니 박사는 스완슨의 정체를 밝히지 않는다면 중요 증인으로서 경찰에 구치되어 막대한 보석금을 지불하지 않는 한 풀려나오지 못하게 될 것이라는 명확한 경고를 받았으나 계속 침묵을 지켰다. 그러나 얼굴 표정에 괴로워하는 빛이 나타나 있었다.

결론——의문의 여지가 거의 없다. 그러나 그가 6시에서 9시까지 거리를 방황하고 있었다는 것은 거짓말이다. 어딘가 밝혀지지 않은 곳, 아마도 뉴욕에서 가까운 어딘가로 가는 기차표를 사서——정거장의 지하 매표소에서——그곳으로 가는 기차를 탄 것이 확실하다. 지금 그 시간대에 발차한 모든 열차를 조사하여 그 특정한 시간과 열차 안에 쟈니 박사가 승객으로서 타고 있는 것을 본 차장이나 승객이 없는지 알아내려고 노력하고 있다. 그 점에 관한 수확은 아직 아무것도 없다.

쟈니 박사가 허위 진술을 했다는 결정적 증거가 없는 한——열차 안에 타고 있었다는 것을 확인할 수 있다면 중요한 증거가 되지만——박사를 구치해 봐야 아무 소용도 없다. 비록 승차한 사실이 확인되어 박사를 체포한다고 하더라도 그 결과 스완슨이 나타나지 않는 한 체포는 무의미하다. 이 스완슨에 대한 문제가 쟈니의 고집과 주장에 의해 지금 평가되고 있는 이상의 중요성을 띠게 되었다고는 도저히 생각할 수 없다. 중요 증인에 대해 침묵을 지키고 있다는 점을 빼고는 우리는 쟈니 박사를 비난할 아무런 이유도 갖고 있지 않다.

서기는 조용히 보고서를 책상 위에 놓았다. 시장과 경찰 장관은 더욱 우울한 표정을 띠고 얼굴을 마주보았다. 이윽고 시장은 한숨을 쉬고 어깨를 옴츠리며 말했다.

"나도 총경의 결론에 찬성하고 싶은 사람 중 하나요. 신문은 저렇게 와글와글 떠들고 있지만 나는 당신의 부하가 당황해서 엉뚱한 실수를 하는 것보다는 신중하게 일을 진행하여 실수를 저지르지 않기를 바라오. 당신은 어떻게 생각하오, 샘프슨 검사?"
"전적으로 같은 의견입니다."
"퀸 총경의 의견대로 하겠습니다." 장관도 잘라 말했다.
서기는 타이프한 다른 서류를 집어들고 소리 높이 읽기 시작했다.

샐라 플러에 대한 추가 보고.
말할 수 없이 불만족스럽다. 월요일 밤에 더닝 박사를 방문한 목적을 밝히기를 거부. 이 여자는 반미치광이다. 대답이 불분명하며, 이야기는 성서의 인용구로 가득차 있다. 도른 저택에서 화요일 오후 2시에 심문.
결론——샐라 플러와 더닝 박사가 서로 정보를 감추기로 모의했다는 것은 의심할 여지가 없다. 그 정보는 중요한 것인지도 모른다. 그러나 어떻게 하면 그것을 입증할 수 있을는지.
이 부인은 더닝과 마찬가지로 계속 감시를 받고 있다.

"이 사람들은 기막히게 벙어리 행세를 하고 있군."
구청장이 외쳤다.
"이렇게 모두가 한결같이 고집스러운 증인은 본 적이 없소." 경찰장관은 중얼거리더니 "그밖에 또 있나, 제이크?" 하고 소리쳤다.
보고가 아직 하나 더 남아 있었다. 그것은 상당히 긴 것으로, 참석자의 주의가 곧 그 위에 못박혔다. 서기는 읽었다.

필립 모어하우스에 대한 보고.
이것은 흥미있는 진전을 보였다. DA(지방검사)의 사무실을 통해서 연락한 결과 러브킨 지방검사관보에게서 보고가 있었는데 유언 검증관이 현재까지 알려지지 않았던 불확실한 사실을 밝혀 냈다고 한다. 검증을 위해 모어하우스 변호사가 이미 등록해 놓은 에비게일 도른의 유언장 항목 가운데, 내용을 알 수 없는 어떠한 비밀스러운 서류를 유언인이 죽은 뒤 없애 버릴 것을 변호사에게 명령한 게 있었다. 유언장에 지정된 서류는 이 변호사가 보관하고 있다고 한다.

이날 오후 늦게 도른 저택을 찾아가 핼더 도른과 함께 있는 모어하우스를 곧 심문해본 결과 기괴한 사실이 밝혀졌다.

퀸 총경은 이 서류가 범죄 수사에 있어 중요한 정보를 포함하고 있을지도 모르므로 없애지 말고 경찰에 넘겨 주도록 경고했다. 모어하우스는 이 요구에 대해 서류는 이미 없애 버렸다고 냉정하게 대답했다.

퀸 총경의 질문——"언제?"

모어하우스의 대답——"어제 오후. 그것이 의뢰인이 죽은 뒤 내가 취한 첫 행동이었소."

퀸 총경은 이 서류의 내용에 대한 설명을 요구했다. 그러나 필립 모어하우스는 내용에 대해서는 모른다고 대답했다. 유언장의 지시를 글자 그대로 지켜 봉인도 뜯지 않은 채 없애 버렸다는 것이었다. 따라서 내용에 대해서는 전혀 아는 바 없다고 주장했다.

변호사는 이 문서가 오랜 세월에 걸쳐 이미 고인이 된 모어하우스 변호사의 아버지가 도른 집안의 사무를 취급하던 시대부터 이미 모어하우스 법률사무소에 보관되어 있었으며, 부친의 고객을 인계받음과 동시에 부친의 사회적 지위에 따르는 책임과 도의적 의무 역시 물려받았다고 주장했다.

당면한 상황——살인 사건이라는 이러한 상황 아래에서 경찰과 아무런 의논도 없이 이처럼 어쩌면 증거가 될 수 있을지도 모르는 문서를 없앨 권리는 없다고 힐난하자, 모어하우스는 이 행위는 자기의 합법적 권한에 속하는 것이라고 주장했다.
"그 점은 나중에 조사해 봅시다." 샘프슨이 소리쳤다.

이 심문 동안 그 자리에 입회하여 당황한 태도로 있는 핼더 도른을 없애 버린 문서에 관한 일로 심문했다. 그녀는 노부인의 늘그막에 고인의 개인적인 통신을 취급한 것을 인정했으나 없애 버린 문서의 내용은 물론 그 존재조차도 몰랐다고 잘라 말했다.
결론――본건의 법적 권리에 대해 지방검찰청이 곧 검토할 것을 권고한다. 모어하우스가 법률에의 봉사자로서 주(州)로부터 주어진 권한을 넘어선 경우 그를 기소할 수 있는지 어떤지, 그리고 기소가 불가능하다면 본건을 전부 변호사회의 재량에 맡길 수 있는지에 대해 검토해 주기 바란다. 경찰본부 안에는 두세 가지 이론도 있으나 대체적으로 이 없애 버린 문서가 이번 범죄 해결과 중요한 관계가 있는 것으로 보고 있다.

"퀸 총경이 분통을 터뜨리고 있는 모습이 눈에 보이는 것 같군."
지방검사가 약간 평정을 되찾고 말했다. "그 사람과 오랜 동안 교제해 왔지만 이렇게 약이 올라 있는 건 이번에 처음 봅니다. 이번 사건에서는 몹시 애를 먹는 게 분명합니다. 내가 그 가엾은 모어하우스가 아닌 게 다행이로군……."
시장은 피로한 듯 힘없이 자리에서 일어섰다.
"오늘은 이것으로 끝냅시다, 여러분. 우리가 할 수 있는 것은 최선을 다해 내일은 어떻게 진전돼 갈 것인가 기다리는 일뿐이오……이 보고로 퀸 총경이 온 힘을 다해 수사에 임하고 있다는 것을 알게 되어 나는 만족스럽소. 대단한 사건이라고 생각합니다. 그럼, 나는 지금부터 곧 신문기자 여러분의 편의를 도모하고 지사를 안심시키기 위해 취지 성명서를 내기로 하겠소." 그는 뉴욕 경찰 조직의 우두머리를 돌아다보며 말했다. "여기에 대해 이의가 없겠지요, 장관?"

장관은 축축하고 커다란 손수건으로 목덜미를 힘주어 닦으면서 어쩔 수 없다고 체념한 듯 고개를 끄덕이더니 풀이 죽어 방에서 나갔다.

시장이 책상 위의 단추를 누르는 것을 보고 지방검사와 그 조수들도 우울한 표정으로 말없이 장관의 뒤를 쫓았다.

(1) 빈 경찰의 고문(顧問).
(2) 신문기자와 경찰의 관계에 대해 씌어진 이야기는 많이 있으나 피트 허퍼에 대해 씌어진 이야기만큼 흥미있는 것은 없다. 허퍼가 누리고 있는 비할 데 없는 특권의 원인을 알려면 그가 이제까지 한 번도 경찰의 신뢰를 남용한 적이 없다는 사실을 이해하는 것이 중요하다. 뿐만 아니라 허퍼는 몇 번이나 독립적인 노력에 의해 경찰이 쫓고 있던 이름난 범죄자를 알아내는 역할을 해냈던 것이다. 전국적으로 수사망이 펴졌던 시카고의 잭 머피 사건, 버너비 로스의 적발 사건, '위장 살인 사건'으로서 온 세계를 떠들썩하게 했던 사건 등에서 당국의 은밀한 뜻에 따라 허퍼가 해낸 신문기자로서의 활동은 잊을 수 없을 만큼 눈부신 것이었다. (여기에 열거된 사건이 모두 작자의 '구상 중'인 사건임은 말할 것도 없다──역자)
(3) 이 인용은 엘러리 퀸이 언급하려는 것이 바이런의 어떤 말인가를 이해해야 비로소 의미를 알 수 있다. 우리는 J.J. 맥크 씨에게 그 점을 분명히 해줄 것을 요구하여, 그분이 애써 이것을 냈다. 그는 퀸의 인용이 그다지 잘 알려져 있지 않은 '나는 평퍼짐한 여자는 싫다'고 한 바이런의 말을 근거로 하고 있음을 발견했다. 의심할 여지도 없이 퀸은 펜니 박사에 대해서 한 말이다. 그녀는 퀸의 묘사로 판단하건대

'학문'은 있으나 '펑퍼짐'하기 때문이다──엮은이.

──바이런의 이 인용구는 〈돈주앙〉에 나옴──역자

(4) 추리소설은 관련을 중요시해야 한다. 서87번 거리에 있는 유명한 퀸의 집에 대해서는 이 책에 아무런 묘사도 되어 있지 않다. 거기에는 그럴 만한 이유가 있는데, 그것은 시간적으로는 이 《네덜란드 구두의 비밀》보다 나중이지만 그보다 앞서 출판된 책, 즉 《로마 모자의 비밀》 속에 자세히 설명되어 있기 때문이다──빅터 고런츠 사에서 1929년에 나온 저자의 《비망록》에서.

(5) 도른 사건의 수사가 행해지고 있던 그 무렵에는 택시에 강제적으로 특별히 감찰 번호를 달게 하는 현재의 경찰령이 공포되기 전임을 마음 속에 새겨 두기 바란다.

*1 토기장이의 밭을 사서 나그네들의 묘지로 삼았으니……마태복음 27장 7절.

*2 요한복음 6장 12절.

*3 열왕기상 16장 31절과 그밖의 곳에 나오는 아합 왕의 왕비. 사악의 화신으로 개에게 잡혀먹힘.

*4 로마의 제1차 삼두정치를 맡았던 세 사람.

*5 시편 23편 1절.

*6 내가 나의 목소리로 여호와께 부르짖으니 그 성산에서 응답하시는도다(셀라)──시편 3편 4절.

*7 스위스의 연금술사로 만능 과학자였음(1493?~1541). 엘러리 퀸의 단골 인물.

*8 예부터 이것만 있으면 연금술로 모든 금속을 금으로 바꿀 수 있다고 믿었다. '제2물질', '화금석(化金石)', 또는 '철학자의 돌'이라고도 한다.

*9 파블리우스 에리우스 하드리아누스(76~138). 로마의 황제. 오현제(五賢帝)의 하나로 이름이 높았으나, 병이 나자 폭군이 되었다고 함.

*10 기원전 1세기 무렵 안티오크에서 로마로 끌려온 노예. 자유의 몸이 되자 시인이 되어 《격언집》을 썼음.
*11 기원전 3세기쯤 로데스 항구의 입구에 세워져 있었다고 전하는 청동의 아폴로 거인상으로, 당시 세계 7대 불가사의의 하나로 꼽히고 있었다. 키는 100피트. 거액의 돈을 들여 12년 동안 건립했다고 한다. 서기 224년의 지진으로 쓰러져서 672년까지 그대로 내버려 두었으나, 오뎃사의 유대 인이 사서 해체하여 900마리의 낙타에 실어 날라갔다고 한다.

《네덜란드 구두의 비밀》의 다음 장은——이것은 엄격한 의미로 말하면 장(章)이 아니라 하나의 중간 휴식으로서, 여기서 퀸 부자는 다른 사건의 여러 가지 국면을 검토한다. 이것은 사건 해결에 대해 독자들로 하여금 개인적인 노우트를 써넣게 하기 위해서이다.

299페이지에 이르러——퀸의 종래의 소설에서 확립된 전례라——정식으로 도전이 행해졌을 때 독자는 이 중간 휴식 사이에 써넣어 두었던 노트를 참고로 하면 아마 크게 도움이 될 것으로 생각한다. ——편자

중간 휴식——퀸 부자 품평을 하다

 퀸 총경의 감기 두통은 엘러리의 갸륵한 간호로 화요일 저녁 때쯤에는 매우 좋아져 있었다. 그러나 신경이 완전히 약해져서 몹시 감상적이 되었으므로 강제 수단을 써서 간청하고 위협하여 겨우 노인을 침대에 밀어넣었다.
 엘러리는 벨리 부장과 쥬너의 도움을 받아 가까스로 노인의 옷을 벗기고 베개 사이에서 안식을 찾도록 할 수가 있었다. 그러나 안식은 도저히 찾아오지 않았다. 총경은 곧 침실과 거실 사이의 문을 크게 열어 놓아 달라고 부탁했다. 그렇게 하면 거실에 모여 있는 사람들——엘러리, 샘프슨 지방검사, 벨리 형사부장, 피트 허퍼들이 무슨 의논을 하는지 들을 수 있었기 때문이다.
 그런데 놀랍게도 창백한 얼굴의 이 노전사(老戰士)는 5분도 되기 전에 파자마에 실내복을 걸치고 슬리퍼 차림으로 어슬렁어슬렁 거실로 나와서 난로 앞에 놓인 그가 좋아하는 의자에 태연하게 자리잡고 앉았다. 그는 꿈쩍도 하지 않고 침실로 물러갈 것을 완강하게 거부했다.

"…… 이렇게 되면 여느 수단으로는 안되겠는데요, 여러분." 엘러리가 부드럽게 웃으며 말했다. "'권력의 자리에 있는 사람들에게는 하룻밤 내내 자는 것이 허락되지 않는다'고 호메로스도 말했지요. 어쨌든 호메로스는 그 방면의 권위자니까…… 아니, 아버지. 지금 아버지의 마음 속에 뭔지는 모르지만 아주 새롭고 중대한 것이 있군요. 언제나의 그 징후가 나타나 있는 걸 보니 말입니다. 대체 무엇입니까?"

노인의 눈에는 놀리는 듯한 유머가 담겨 있었으며, 반백의 눈썹이 치켜져 올라갔다.

"너는 뭐든지 알고 있잖니, 엘러리" 총경이 응수했다. 그리고 갑자기 소리내어 웃기 시작했다. "그럭저럭 이제 기분도 좋아진 것 같군……쥬너, 커피 포트를 가져 오너라."

쥬너는 빙긋이 웃으며 조그만 부엌으로 뛰어들어 갔다. 곧 커피가 끓는 향긋한 냄새가 풍겨 왔다.

"스완슨에 대해서는 아무런 단서도 없나, 토머스?"

베헤못(욥기에 나오는 거대한 짐승)은 머뭇머뭇 몸을 움직였다. 의자가 그 무게로 삐걱거렸다.

"도무지 아무것도 잡히지 않습니다. 글쎄, 그게 말입니다, 총경님. 어떻게도 손을 댈 수가 없군요. 온갖 곳으로 사람을 내보내어 교외를 모조리 뒤지고 기차는 죄다 조사하게 하고 모든 차장들을 다 심문해 봤지만 말입니다. 대체 그 스완슨이란 녀석은 어디에 있을까요?"

"그가 어제 아침 병원을 나간 뒤부터의 발자취를 캐보았소?" 샘프슨이 물었다.

"될 수 있는 한의 일은 모두 해보았소." 총경이 우울하게 말했다. "요컨대 몇백만 시민 가운데서 단 한 명의 궁상맞은 사나이를 잡아

온다는 건 쉬운 일이 아니지요. 교외를 뒤지는 쪽이 맞아들어갔으면 좋겠는데……그편이 오히려 간단하거든."

"그런데," 허퍼가 맥빠진 듯이 말했다. "당신들은 그 스완슨이라는 녀석이 단순한 가공의 인물이라고는 생각해 보지 않았습니까?"

엘러리는 머리를 젖히고 미소지었다.

"과연 신문기자는 머리가 좋단 말이야. 물론 생각해 봤지요, 머큐리(기자의 별명)씨. 선량한 우리 파드레(아버지)가 거기에 대해 뭐라고 말씀하실 거요. 그렇지요, 아버지?"

"뭐, 별로 할 말은 없지만," 총경은 피로한 듯이 말했다. "엘러리 자신도 오늘 아침 같은 말을 하긴 했는데, 그렇게 말하면서도 아마 그런 건 믿고 있지 않는 것 같았소."

엘러리는 고개를 저었다.

"난 믿지 않는다고는 말하지 않았습니다, 아버지."

"아무 쓸모 없는 인간으로 만들려고 너를 지금까지 키우지는 않았다." 노인은 불만스럽게 말했다. "어쨌든 그런 이유로 해서 현관 경비 아이작 컵브를 다시 한 번 불러다가 끝까지 다그쳐 보았지. 이제까지의 경력이며 일자리며 사생활까지 전부 캐물어 보았는데 그 사람은 완전히 믿어도 좋을 것 같더군. 왜냐하면 스완슨을 보았다고 하는 것은 쟈니 박사를 빼고는 그 사나이 하나뿐이므로, 그걸 확인해 둘 필요가 있었던 거요. 그런데……." 총경은 낙심한 듯이 말했다. "컵브의 증언에는 전혀 의심스러운 점이 없었소. 그 사나이는 주사위처럼 정직해. 스완슨은 실제로 존재하고 있소, 틀림없이."

벨리가 기침을 했다.

"말참견을 하는 것 같아 용서해 주시기 바랍니다만 나에게 한 가지 직감이 있습니다. 나는 지금까지 무척 오랫동안 일을 해 왔습니다. 미리 말씀드려 두겠습니다만, 스완슨은 나올 겁니다. 지금 우리가 전혀 생각지도 않은 곳을 노려서."

총경이 목을 내밀고 몹시 놀란 것처럼 부하를 바라보았다. 여러 가지로 너무 애써 수척해진 얼굴에 천천히 미소가 번져 갔다.

"잠깐." 총경은 부드럽게 낮은 목소리로 신음하듯이 말했다. "그러니까 생각난 게 있는데, 참 좋은 생각이야, 토머스, 잠깐 생각하게 해주게……."

모두들 말없이 기다리고 있었다. 쥬너가 문을 다리로 차서 열고 들어왔다, 손에 공손하게 쟁반을 들고, 쟁반 위에는 김이 오르는 퍼콜레이터와 몇 개의 커피 잔과 받침접시, 크림통, 설탕통이 얹혀져 있었다. 그것을 테이블 위에 놓고 다시 부엌으로 달려가서 이번에는 과자가 수북이 담긴 커다란 그릇을 들고 나타났다. 침묵은 계속되고 있었다. 그 동안에 쥬너가 커피를 따르고, 참석자들은 의자를 테이블로 끌어당겼다. 총경은 실내복에 싸여 타오르는 불길을 가만히 바라보고 있었다…….

엘러리는 긴장해서 호기심으로 눈을 빛내며 아버지를 지켜보았다.

노인이 갑자기 의자 팔걸이를 탁 치고 일어서며 외쳤다.

"어디 한 번 해보세. 반드시 잘될 거야!"

그리고 총경은 테이블 곁의 의자에 앉더니 커피를 벌컥벌컥 마시기 시작했다.

샘프슨이 걱정스러운 표정을 지었다.

"뭘 하려는 거요, 퀸 총경?" 하고 그는 물었다.

짙은 눈썹이 꿈틀했다. 노인의 눈이 들어올린 커피 잔 위에서 번쩍 빛났다.

"내일 무슨 일이 일어나지 않는다면 나는 쟈니 박사를 에비게일 도른 살인범으로서 체포하겠소."

총경은 그 뒤로 한 마디도 입을 떼지 않고 커피를 다 마시고 나더니 코담배를 듬뿍 집었다.

노인은 손님들에게 의자를 다시 불 곁으로 끌어당겨서 좀더 편안한, 난로불이 닿는 자리로 옮기라고 지시했다.

총경은 모두가 자기 마음에 들도록 주위에 모이자 이야기를 시작했다.

"미친 짓으로 생각될는지도 모르지. 그러나 나는 쟈니 박사를 체포하기에 충분한 훌륭한 상황 증거를 제출할 수 있으리라고 생각하오. 게다가 또 그 사나이를 체포하는 데는 다른 이유도 있소.

우선 내가 가진 패를 테이블 위에 펴 보이지. 그리고 내 의견을 설명하겠소······법정에서의 논쟁에 임하는 셈치고 여러분이 이것을 검토해 주기 바라오. 샘프슨 검사, 당신이 있어 주어서 크게 도움이 될 거요."

총경은 헛기침을 하고 약간 목에 걸리는 소리로 말을 이었다.

"어떤 관점에서 보면 쟈니 박사는 도덕적으로 유죄라고 생각할 수 있소. 이 사건에 관계가 있는 대부분의 사람이 모두 아주 유력한 동기를 가지고 있으나, 그 가운데서도 쟈니 박사의 동기가 가장 유력하다고 생각하오. 그것은 물론 돈이오. 아니, 잠깐만 기다리시오."

총경은 샘프슨의 입에서 항의의 소리가 튀어나오려고 하고 있는 것을 보자 여윈 손을 들어 상대를 침묵시켰다.

"잊어서는 안될 것은, 에비게일 도른의 맨 첫 유언장에 의하여 쟈니 박사가 '두 가지' 유증을 받기로 되어 있었던 점이오. 거액의 개인 몫과 그보다는 약간 적지만 또한 상당한 액수의 연구비지요.

그런데 박사의 동기는 돈뿐이 아니오. 내가 짐작한 바로는 그게 분명해. 왜냐하면 그는 돈 만을 위해 살인할 타입이 아니거든. 나는 잘 알 수 있소. 여러 가지 점에서 니젤과 아주 비슷하지. 아마 명예욕에 사로잡히지 않고는 과학자가 될 수 없는 모양이오. 세상 같은 건 안중에도 없으니까. 다만 세상이 알아 주고 인정해 주는 것만이 문제인 거요. 이를테면 그 합금에 대해 생각해 볼까. 나는 내기를 걸어도 좋지만, 쟈니 박사는 그것이 몇백만 달러짜리 값어치라는 것에는 전혀 관심이 없소. 오로지 명성, 그래, 쟈니 박사가 바라는 것은 명성뿐이오.

그러나 그 명성을 얻으려면 돈이 필요해. 성공할 때까지 연구를 계속해 갈 수 있는 돈이.

그럼, 쟈니 박사가 빠져 버린 구덩이에 대해 생각해 봅시다. 그 사나이는 자신의 저축을 완전히 다 써 버리고 없소. 단 한 가지 남은 희망은 그 할머니가 끝까지 자금면에서 뒤를 돌봐 주는 일뿐이었소. 그런데 갑자기 박사와 니젤이 눈을 떠 보니 여자의 변덕으로 연구에 대한 원조가 중단되고, 따라서 두 사람의 연구는 실패에 당면하고 있었던 셈이오."

모두들 숨을 죽이고 듣고 있었다. 엘러리는 열심히 아버지의 입술을 바라보고 있었다.

"그런데 그 결과는 어떠했는가. 내가 말하는 것은 심리적인 영향이 어떻게 나타나는가 하는 뜻이오." 노인은 얼른 뒷말을 계속했다. "쟈니 박사와 같은 타입의 인간은 어떤 반응을 보일 것인가? 쟈니와 니젤이 그렇게도 바라고 있는 명성을 얻는 데 방해자는 오직 하나, 한 사람의 괴팍하고 늙은 여자의 생명뿐이었소. 날마다 죽음과 씨름하고 있는 사나이에게 있어 당뇨병으로 이미 쓸모없게 된 한 노파의 생명 따위가 무슨 의미가 있겠소? 게다가 도른 부인은 건강은 나빠졌지만 아직도 앞으로 몇 년이나 살아서 실험의 완성을 무기한 늦출 수가 있었거든. 죽을 때까지 기다리다가는 일을 모조리 망쳐 버릴 위험이 생길지도 모르는 거요. 특히 새로운 유언이 서명되려 하고 있으며, 그렇게 되면 박사의 유산 가운데 한쪽이 없어지고 남는 것은 돈으로 만드는 데 몇 년이 걸릴지도 모르는 개인 몫뿐이오. 그러나 재빨리 행동하면 박사는 새 유언장의 서명을 막고 당좌의 자금을 확보할 수가 있으며, 게다가 새 유언이 효력을 발휘했을 때보다 더 많은 액수의 유산이 굴러들어오게 되는 거요. 이것이 쟈니 박사로 하여금 옛 은인까지도 죽이게 하는 충분하고 강력한 동기가 될 수 없겠소?"

총경은 말을 끊고 모두를 천천히 살펴보았다. 허퍼의 담배는 잊혀져 버려 입술에서 늘어져 있었다. 그의 눈에는 분명히 찬탄의 빛이 떠올라 있었다. 벨리는 지당하다는 듯이 신음 소리를 냈으며 샘프슨은 천천히 고개를 끄덕였다.

"꽤 잘 짜여져 있군요." 엘러리가 중얼거렸다. "계속해 보세요, 아버지."

"좋아." 노인은 기분이 매우 좋아져서 말했다. "이것으로 동기가 밝혀진 셈이군. 이 사건에 관계된 누구보다도 아주 강력한 동기지. 그러면 이번에는 다른 방면을 살펴봅시다.

쟈니 박사를 심리적으로 관찰해 보면 어떻게 될까? 딱 들어맞소. 박사는 도른 부인이 두둔하고 아끼고 있던 인물이며, 개인적인 친구이자 주치의이고, 가장 은혜를 입은 사람이오. 그런 사나이가 부인을 죽였다고 누가 상상이나 할 수 있겠소? 그런 사람이 은인을 교살했다고 생각하다니, 우스꽝스러운 이야기지요……박사는 확실히 머리가 좋아. 아마도 이런 심리를 자기 몸을 지키는 방패로서 처음부터 계산에 넣었을 게 틀림없소."

샘프슨이 흥분하여 말했다.

"굉장한 명찰인데요. 하지만 교묘한 법정 변호사의 입에 걸리면 멋진 봉이 되고 말걸요."

"그래서 이번에는 살인의 기회와 현장에의 출입 가능성의 관점에서 살펴보려는 거요." 총경은 계속했다. "도른 부인은 병원에서 교살되었소. 거기서 그런 살인을 계획하려면 범인은 병원의 조직이라든가 규칙 같은 것을 매우 잘 알고 있어야 할 거요. 병원의 시간표, 일상적인 일의 절차, 입지 조건, 종업원 등에 대해 쟈니 박사만큼 속속들이 잘 알 수 있는 위치에 있는 사람이 달리 또 있겠소? 아무도 없소. 박사는 병원의 사실상의 원장이었으며, 상황을 자기 계획에 딱 들어맞게 안배할 수도 있었거든. 스완슨 말이오? 그건 공범자요." 총경은 의기양양하게 말을 이었다. "박사가 어째서 그 사나이를 출두시키지 않는가? 말할 것도 없이 그 사나이를 두둔하고 있기 때문이오. 바로 그 때문이오. 아마도 박사는 우리가 이렇게도 스완슨에 대해 꼬치꼬치 파헤칠 줄은 예상하지 못했을 거요. 아마도 그는 우리가 그 자신이나 현관 경비의 말을 그대로 받아들여서 스완슨을 단순히 여느 면회인으로 여기고 살인이 행해진 시각에 우연히 박사의 시간을 빼앗아, 그 결과 뜻하지 않게 증인을 세울 필요도 없이 그에게 완전한 알리바이를 제공했다고 생각하리라고 기대하고 있었겠지요."

"아무래도 논거가 빈약한데요." 거의 알아들을 수 없을 정도로 작은 목소리가 엘러리의 의자에서 들려 왔다.

"뭐라고?" 총경은 엘러리 쪽을 돌아보며 날카롭게 말했다.

"아니, 죄송합니다, 아버지." 엘러리는 사과하는 듯한 목소리로 말했다. "부디 이야기를 계속하십시오."

퀸 총경은 미소지었다.

"아무튼 스완슨에 대해서는 나중에 언급하기로 하고, 우선 내가 보건대 박사의 계획 가운데 가장 머리가 좋다고 생각되는 점을 하나 이야기하겠소……그것은 즉 박사는 도른 부인을 죽이는 데 있어 어느 점으로 보나 '자기 자신으로 분장했을 것이 분명하다'는 점이오."
 샘프슨은 깜짝 놀라 쓰러질 지경이었고, 허퍼는 무릎을 치며 소리 높이 웃기 시작했다.
 "아마 여러분에게도 내 생각이 이해된 것 같아 기쁘군……그렇지, 저 쟈니라는 사나이는 머리가 좋은 사람이오. 아마도 그는 경찰에서는 이렇게 말하리라고 상상했을 거요. '이번 범인은 어떤 짓을 했는가? 우선 쟈니 박사와 같은 옷차림을 하고 있었다, 쟈니 박사와 똑같았다, 그처럼 다리도 절고 있었다, 쟈니 박사로 보이고 싶은 모습을 하고 있었다, 그런 단서를 남길 바보 같은 사람이 있을까? 절대로 없다. 에비게일 도른 부인의 살해범은 쟈니 박사로 분장한 자이며 쟈니 박사는 아니다'라고 말이오. 그 사람이 노린 것은 바로 그 점이오. 이건 절대로 틀림없소. 사실 우리는 그렇게 말했거든."
 벨리가 신음소리를 내었다.
 "총경님, 정말이지 무엇이든 꿰뚫어본다는 게 바로 이거로군요."
 "정말 훌륭합니다, 아버지." 엘러리가 다정하게 말했다. "정말 훌륭해요. 어서 다음에……."
 "그러니까 모든 것이 실로 논리적으로 진행되고 있지. 자기 자신으로 분장하고서도 마치 실제로 변장자가 있었던 것처럼 보이게 하기 위해 우리가 발견할 옷을 속임수로서 남겨 두었소. 사기꾼이 이미 필요없게 된 옷가지를 아무 데나 편리한 곳에 내던져 놓고 달아난 것처럼 말이오.
 그는 달아날 때의 수배를 그야말로 솜씨좋게 하고 있소. 짐작건대 그는 조심해서 열쇠를 채운 자기 방에 스완슨을 남겨 두고 자신은 방에서 나와——아마도 가짜 옷은 미리 전화실에 던져 두었겠지——일을 마친 다음 다시 방으로 돌아갔을 거요. 파이를 먹는 것처럼 간단한 일이지. 그리고 스완슨의 이야기에 이치를 맞추기 위해 실제로 수표를 떼어 준 거요. 사진은 찍어왔겠지, 토머스?"

"물론입니다." 거한은 굵직한 목소리를 내었다. "지불이 끝난 수표가 교환소에 돌아왔기에⋯⋯거기서 잡았습니다. 오늘 이후 늦게요. T. 스완슨이라고 이서가 되어 있었습니다. 수표는 앞뒤 모두 사진으로 찍어서 철저하게 조사시켰습니다."

총경이 설명했다. "그러므로 스완슨이라는 이름의 머리글자와 필적이 손에 들어온 셈이로군⋯⋯그런데 여러분, 지금까지의 나의 이야기를 어떻게 생각하시오?"

"쟈니 박사와 그렇게 꼭 닮은 인물이," 샘프슨이 신중하게 도사리면서 말했다. "대기실에 들어가 의심할 여지도 없이 살인을 저지르고 나갔다는 것을 들켰다는 사실은 움직일 수 없는 증거입니다. 그렇게 되면 쟈니 박사에게는 그 증거를 뒤엎을 방법이 하나밖에 없소⋯⋯."

"스완슨을 들고 나오는 거겠지요, 물론." 허퍼가 지루한 듯이 말했다. "하지만 묻고 싶은데 나는 오늘 밤 아무래도 머리가 잘 안 돌아가는 것 같군요. 만일 총경님 말씀대로 쟈니 박사가 도른 부인을 죽였다고 한다면, 스완슨의 주소를 숨겨서 자기에 대한 혐의를 깊게 하기보다는 오히려 알리바이를 굳히기 위해 그를 꺼내 놓는 편이 좋을 것 같은데, 그는 왜 당장 그렇게 하지 않는 것일까요?"

"그것이 당연히 나올 수 있는 의문이라는 걸 나도 인정하오." 노인은 말했다. "그 점이 이상한 거요, 도무지. 그 점은 나도 곰곰이 생각해 보았지만 내 주장의 유일한 약점이오. 그러나 쟈니 박사에 관한 것은 논거의 강약을 따지고 있을 수 없소. 중요한 것은 스완슨을 찾는 일이지. 그래서 나는 박사를 체포하면 스완슨이 나타날 거라고 생각하오. 내 생각으로는 박사는 훌륭한 먹이가 될 거요. 피트 허퍼

씨, 그래서 당신한테 부탁합니다만……. "
"부탁이요? 나한테 말입니까?" 허퍼는 당황해서 똑바로 앉았다. "설마 나에게 공을 세우게 하려는 건 아니겠지요, 총경님? 말해 보십시오. 한 마디로 말해서 나한테 뭘 시키려는 거지요?"
"당신한테 특종감을 주려는 거요, 피트 씨."
노인은 대수롭지 않게 말했다.
"그렇다면," 신문기자는 펄쩍 뛰어 일어나며 외쳤다. "당신은 쟈니 박사를 체포하겠다, 그리고 그 기사를 나에게만 쓰게 해주겠다 이겁니까?"
"그렇소. 자, 앉아요, 피트 씨. 당신을 보고 있으면 나까지 불안해지는군. 하지만 이건 뭐 애타주의는 아니오. 그 배후에는 아주 훌륭한 목적이 있지. 난 어쨌든 그 기사를 한 신문에밖에 줄 수가 없소. 뉴욕 안의 모든 신문사 사회부장을 불러서 일일이 내 계획을 설명할 수는 없으니까. 게다가 당신은 말하자면 한집안 사람이니까. 뉴욕 안에서 당신의 신문만이 이번 사건에 대해 공평한 보도를 하고 있으니까.

내 생각은 이렇소. 당신의 신문은 조간이지요. 그래서 제1면 기사로 써 주기 바라고 싶소. 큼지막하게 말이오, 피트 씨——우리 사(社)의 특종 정보에 의하면 쟈니 박사는 내일 아침 안으로 도른 부인의 살해 혐의로 체포될 거라는 내용의 것을. 지금 곧 기사로 해주시오. 그럼 오늘 밤 늦게 나오는 첫판에 댈 수 있겠지요. '나는 어디 있는지는 모르지만, 스완슨에게 그 기사를 읽게 하고 싶은 거요'."
"이거 놀랍군." 샘프슨이 부르짖었다. "그건 대담한 곡예요, 퀸 총경. 적이 미끼를 물 거라고 생각합니까?"
총경은 마른 어깨를 으쓱했다.

"그런 건 알 바 아니오. 녀석이 정말 교외의 어디에 살고 있다면, 아마 이 시에서 일하고 있겠지. 그렇다면 오늘 밤 그 기사를 못 읽더라도 내일 아침에는 눈에 띌 거요. 나도 물론 도박이라는 것은 알고 있소. 하지만 상당히 기대해 볼 만한 도박이라고 생각하오.

당신도 알겠지만, 나는 체포하기 전에 스완슨을 그물에 넣어두고 싶은 거요. 그 녀석을 잘 조사해서 그 주장을 들어 두고 싶소. 어디까지나 스완슨이 정당하다는 것을 알게 되고, 또한 그도 쟈니 박사도 문제가 없다는 게 밝혀지면 피트 씨의 신문은 즉시 기사를 취소할 수 있을 거요……그릇된 정보에 의한 것이었다든가 뭐 적당한 이유를 붙여서. 내가 뒤에 버티고 있는 이상 절대로 신문에 폐를 끼치지는 않을 거요. 아무것도 겁낼 건 없소. 적어도 한 판만은 특종을 실을 수 있을 테니까. 어느 쪽으로 굴러도 손해는 없는 거지.

스완슨이 공범이든 아니든 그 기사가 나가면 아마 반드시 우리 앞에 나타날 거요. 쟈니 박사가 유죄라면 우선 맨 먼저 필요한 것은 스완슨의 알리바이요. 그것을 스완슨은 잘 알고 있을 거요. 물론 스완슨을 취조해 보고 아무 이상이 없다면 박사를 체포할 수는 없지. 그의 알리바이는 완전한 것이 될 테니까."

허퍼는 "잠깐 실례하겠소" 하고 침실로 뛰어들어갔다.

흥분한 목소리로 자기 회사를 불러내는 것이 들렸다. 그리고 곧 외투와 모자를 집어들고 더부룩한 백발을 흩날리며 온 얼굴에 웃음을 가득 띠고 다시 침실에서 나왔다.

"모두 기다리고 있으라고 말해 두었소." 그는 말했다. "아까워서 이런 기사를 전화로 보낼 수야 있나. 그러면 나는 그만 가 보겠어요, 여러분. 총경님, 뒷일을 잘 부탁합니다. 아무튼 나는 당신의 평생 친구요."

그리고 허퍼는 바람같이 뛰어나갔다.

"넌 별로 말이 없구나, 엘러리."

총경은 미소지었다. 그리고 언제나의 그 새와 같은 모습으로 엘러리를 가만히 바라보고 있었다. 엘러리의 입술이 삐뚤어지더니 이상하게 찡그린 얼굴 모습이 되었다.

"글쎄요, 생각을 하고 있었습니다."

"뭘?"

"아버지는 사실은 쟈니 박사가 한 짓이라고 믿고 있지 않다는 걸 생각했습니다."

노인은 크게 웃었다. 샘프슨이 의아한 듯 아버지와 아들을 번갈아 쳐다보았다.

"내가 무엇을 믿는다면," 총경은 껄껄 웃었다. "그야말로 끝장이 나게. 하지만 스완슨을 꼭 찾아내고 싶다. 그 녀석을 잡기 위해서라면 어떤 일이라도 할 거야."

엘러리는 천천히 의자 등에 머리를 기대며 말했다.

"아버지가 스완슨을 찾는 것은 표적을 바로 맞힌 겁니다. 그는 톱니바퀴의 톱니입니다. 아주 중요한 톱니지요. 현재로서는 아마 사건 전체에서 가장 중요한 톱니일 겁니다."

"그럼, 묻겠는데요," 샘프슨이 미간을 모으며 말했다. "당신은 그럴 듯한 이유가 없는 한 절대로 결론 내리지 않는다는 걸 나는 잘 알고 있소. 부인을 죽인 건 쟈니 박사가 아니라고 당신이 믿고 있는 이유는 뭐지요?"

엘러리는 온화한 눈을 들었다.

"그걸 이야기하면 당신도 나와 같은 정도로 알게 되겠지요……아니, 검사님, 쟈니 박사가 한 건 아닙니다. 그러나 지금은 그 이유를 말할 수가 없다고 내가 말하면, 당신은 그대로 나를 믿어 줘야 합니다." 그는 웃으면서 말했다.

"그렇다니까. 그게 이애의 수법이라오, 검사. 완전히 준비가 되기 전에는 엘러리에게서 아무것도 끄집어 낼 수가 없지요." 총경은 한숨을 쉬었다.

엘러리는 중얼거렸다. "말씀대로 내일이면 또 여러 가지를 알 수 있게 되겠지요……우선은 우리의 물방앗간에 그다지 대단한 밀이 없군요. 그런데 그 모어하우스 말입니다만 나는 그의 모가지를 비틀어 주고 싶습니다. 그 서류를 없애다니! 어처구니없는 바보짓을 했지! 분명히 그렇게 바보같이 보이지는 않았는데. 말해 두겠습니다만, 검사님, 그 녀석은 감시할 필요가 있습니다. 당신은 그를 어떻게 할 생각이지요?"

"어떻게든 당신 말대로 하겠소." 샘프슨은 곧 대답했다. "하지만 그 사람은 평판이 꽤 좋은 것 같더군요. 좀더 기다려 보는 게 좋을 듯싶은데……."

"그 청년에게 손을 대면 아마 어느 아가씨의 심장이 터지고 말걸요. 아버지, 필립은 얼마 동안 그대로 두세요. 그 사람에 대해선 내게 생각이 있으니까." 엘러리가 말했다.

"알았다." 총경은 불만스러운 것 같았다. "그러나 그런 일은 아무래도 내 비위에 안 맞아……이를테면 그 플러라는 미친 여자 말이다. 더닝 박사와 그 여자의 배후에는 무엇이 있을까? 늘 도른 부인과 싸운 건 대체 무엇 때문일까? 모든 것이 뒤죽박죽이야……."

"그럼, 이제 그만 돌아가는 게 좋을 것 같군요. 내일은 파란만장할 것 같으니까 말이오." 샘프슨이 일어서서 기지개를 켜며 말했다.

총경이 지방검사의 팔에 손을 얹으며 가로막았다.

"잠깐만 기다리시오, 검사. 엘러리, 여느 때와 달리 오늘 밤에는 상당히 입이 무겁구나. 머리를 숙여서 부탁할 테니 어디 이 어려운 사건을 어떻게 생각하는지 한 번 이야기해 봐라."
"나는 아버지가 지금 찾고 계시는 이른바 악당의 정체를 상당히 정확하게 이야기할 수 있습니다."
"뭐라고!"
총경이 의자에서 튀어 일어섰다. 벨리는 멍하니 입을 벌리고, 샘프슨은 유령이라도 보듯이 엘러리를 바라보고 있었다.
엘러리는 미소지었다.
"사실 나는 범인에 대해 거의 모든 것을 말할 수가 있습니다. 다만 이름만 빼고."
"하지만, 그러나······." 샘프슨은 말을 우물거렸다. "그게 대체 누구요?"
엘러리의 눈이 흐려졌다.
"솔직히 말해서 아직 그걸 말할 만한 준비가 되어 있지 않습니다. 너무나 흐릿해서······."
샘프슨과 벨리와 총경 세 사람은 아연해서 서로 얼굴을 마주보았다.
"그러나, 하지만······." 총경이 내뱉듯 말했다.
엘러리는 어깨를 으쓱하고 새 담배를 꺼냈다.
"아주 간단한 문제입니다······실은 이 자료의 거의 대부분은 그 두 개의 구두에서 모은 겁니다."

제2부 서류 정리장의 위치

여러분은 통나무가 서로 엉킨 것을 구경한 적이 있습니까?……쿄렌 산맥(스칸디나비아의 중추산맥)의 높은 산중턱 대삼림을 소용돌이치며 흐르고 있는 강에 가면 볼 수 있습니다. 새로 베어 쓰러뜨려진 엄청나게 많은 통나무가 강물 위로 흘러내려갑니다. 소용돌이치는 물결 속에서 그중 한 개가 물 밑의 방해물에 걸립니다. 그러면 엄청나게 많은 통나무들이 서로 부딪치고 밀쳐대고, 결국은 움직이지 못하게 됩니다. 흘러내려가지 못하고 막혀서 서로 충돌합니다. 삽시간에 통나무는 산더미처럼 쌓여서 마술처럼 빠른 속도로 모양없는 재목의 보루를 만들어 냅니다.

그러면 벌채꾼은 서로 얽힌 원인이 된 통나무, 재목의 흐름을 막고 있는 통나무──한 마디로 말해서 어미 통나무를 찾으려고 합니다. 아하, 드디어 찾았습니다. 잡아당기고, 비틀고, 밀고──그러면 그 통나무가 툭 비져나와서 거꾸로 서는 순간 화살처럼 흘러가 버립니다. 그리고 멜란(마법)의 지팡이가 그 위에서 흔들려진 것처럼 재목의 벽이 무너져 무서운 기세로 강을 따라 흘러내려갑니다……

복잡한 범죄의 수사는, 내 친구인 젊은이 여러분, 때로는 통나무가 얽히는 것과 매우 닮은 데가 있습니다. 우리의 통나무 즉 단서는 해결을 향해 앞을 다투어 흐르고 있습니다. 갑자기 서로 얽힙니다. 눈 깜짝할 사이에 심술궂은 단서는 더욱 더 서로 얽히고 쌓여 갑니다.

그러면 벌채꾼에 해당하는 탐정은 어미 통나무를 발견합니다. 영차 영차! 이윽고 말썽꾸러기인 단서는 와르르 무너져서 금방 정연하게 줄을 지어 분명히 누구의 눈으로든지 확실히 알 수 있는 움직임에 따라 급속하게 움직이기 시작합니다. 마침내 맨 마지막에는 제재공장——해결에 도달하는 것입니다.

1930년 11월 2일 스톡홀름 경찰대학에서 행한
스웨덴 범죄학자 구스타프 야타보르이 박사의 축사에서

어디로 DESTINATION

퀸 총경은 수요일 아침 어찌 된 일인지 이른 아침부터 경찰본부의 자기 책상에 앉아 있었다. 앞에는 아침 신문이 한 부 펼쳐져 있고, 눈이 번쩍 뜰 만큼 커다란 표제로 저명한 외과의사 프랜시스 쟈니 박사가 '살인 용의'로 체포될 단계에 놓여 있다는 내용이 보도되어 있었다. 외과의사 쟈니 박사가 에비게일 도른을 교살한 혐의로 체포되려 하고 있다는 것을 알아차릴 수 있을 만큼 교묘하게 씌어 있었다.

총경은 그다지 만족스러워 보이지 않았다. 반짝이는 작은 눈에 불안한 빛을 띠고, 피트 허퍼가 쓴 기사를 몇 번이나 거듭 읽으면서 콧수염 끝을 잘근잘근 씹고 있었다. 다음 방에서는 끊일 새 없이 전화 벨이 울리고 있었으나 노총경의 책상 위에 있는 전화는 조용했다. 총경은 경찰본부 사람 외에는 표면상 '외출 중'이었던 것이다.

신문기자들은 커다란 경찰 건물 부근에서 밤을 새우며 진을 치고

있었다.——'어이, 대장, 쟈니 박사가 그 할머니 살해 혐의로 잡혀 간다는 게 정말이오?'——그러나 아무도 몰랐다. 모르는 것 같았다. 적어도 누구 한 사람도 그 이야기를 하고 싶어하지 않았다.

경찰 장관과 시장은 화요일 밤 총경으로부터 계획을 설명들었기 때문에 이 두 사람 역시 신문기자들에게 이야기하기를 거부했다. 공식 확인이 없어 다른 신문들은 허퍼의 기사에 매달렸다. 허퍼의 신문사 편집국 안에서도 책임있는 지위에 있는 사람들은 모두 이 말썽거리가 된 기사의 출처에 대해서는 전혀 아무것도 모른다고 말하고 있었다.

9시가 되자 쟈니 박사로부터 전화가 걸려 왔다는 것이 총경에게 보고되었다. 외과의사는 총경에게 연결해 달라고 했으나, 내근 경사의 책상으로 연결되었던 것이다. 그리고 총경은 회의중이어서 바꾸어 줄 수 없다고 말도 못 붙일 만큼 쌀쌀맞은 대답이 전해졌다. 박사는 화가 나서 욕지거리를 퍼부었다. 그는 면회를 요구하는 신문기자들 때문에 아침 나절 내내 괴로움을 당하여 화가 머리 끝까지 나 있었던 것이다.

"한 가지만 가르쳐 주시오." 박사는 전화로 소리쳤다. "신문의 보도가 정말이오?"

목소리의 투로 판단하건대 대신 나온 경사는 진심으로 동정하고 있는 것 같았으나, 정말로 그는 아무것도 몰랐다. 박사는 모두들 들으라는 듯이 병원의 자기 방에 틀어박혀서 아무도 만나지 않겠다고 맹세했다. 몹시 분개해 있어 목소리가 제대로 나오지 않아 잘 알아들을 수 없을 정도였다. 수화기를 탕 하고 동댕이치듯이 내려놓는 소리가 경사의 귀에 들려 왔다.

이 대화의 내용은 즉시 총경에게 보고되었고, 총경은 다만 쓴웃음을 지었을 뿐이었다. 그러나 그는 벨리 부장을 통해 네덜란드 기념 병원 안으로 신문기자들을 들어가지 못하게 하라고 명령했다.

총경은 지방검사에게 전화를 걸었다.

"스완슨에게서는 아직 아무런 연락도 없소?"

"그림자도 안 보이는데요. 하지만 아직 시간이 이르니까……전화가 걸려 오면 곧 알려 드리지요. 당신 쪽에서는 아무튼 녀석의 소재를 알아내어 이리로 출두하도록 하고 싶은 게 아니오?"

"거기에 대한 수배는 이미 다 해 놓았소."

말이 끊겼다. 그리고 한참 뒤 총경은 한층 더 신랄한 투로 말했다.

"그리고 저 건방진 모어하우스에 대해 내가 권고한 건 생각해 보았소?"

샘프슨은 헛기침을 했다.

"그런데 그게 말입니다, 퀸 총경. 나는 당신 말이라면 끝까지 해내려고 생각하고 있소. 그건 당신도 잘 알겠지요? 하지만 그 모어하우스에 대한 건 내버려 두어야 하지 않을까 생각하오."

"당신 마음이 달라졌구먼."

노인은 수화기에다 대고 고함을 질렀다.

"나는 아직 당신 편이오, 퀸 총경." 샘프슨은 말했다. "하지만 처음의 열이 식고 전체적인 상황을 잘 생각해 보니……."

"그래서 어쨌다는 거요?"

"모어하우스가 한 일은 완전히 법적 권한 내의 일이오. 도른 부인 유언장의 그 조항은 재산에 대한 것이 아니라 개인적인 위탁이오. 개인적인 위탁이라면 모어하우스는 유언장이 검증을 마치기를 기다리지 않고 문서를 없애 버려도 상관없지요. 두 가지는 전혀 별개의 문제이기 때문이오. 당신은 문서가 보존되어 있어야 한다는 이유를 제시할 수가 없소. 그렇지 않습니까?"

총경의 목소리는 몹시 낙심한 것 같았다.

"그 문서에 증거가 들어 있었다는 것을 내게 입증하라고 한다면 그건 할 수 없지."

"그러니까 안됐지만 퀸 총경, 나로서는 손을 쓸 도리가 없는 거요."

수화기를 놓자 총경은 허퍼의 신문을 소중히 책상 위에 놓고 벨을 눌러 벨리 부장을 불렀다.

"토머스, 전화실에서 발견한 그 캔버스 구두를 가져오게."

벨리는 그 거대한 머리를 긁적이더니 곧 구두를 가지고 왔다.

노인은 그것을 책상의 유리판 위에 올려놓고 찬찬히 살펴보고 있더니 미간을 모으며 벨리를 돌아보았다.

"이 신통치도 않은 구두에서 자네는 뭐 생각나는 게 있나, 토머스?"

거한은 화강암 같은 턱을 쓰다듬었다.

"내가 알 수 있는 것이라면……." 그는 한참 뒤에 말을 이었다. "끈이 끊어져서 누군지는 모르지만 이 구두를 신고 있던 자가 반창고로 끊어진 끝을 이었다는 정도입니다."

"맞았어. 그러나 거기에 어떤 의미가 있는지에 대해서는 전혀 모르겠단 말이야." 총경은 풀이 죽은 것 같았다. "엘러리는 허풍을 떨지 않아, 토머스, 이 구두에는 중요한 의미를 갖는 무엇이 있는 모양일세. 어쨌든 이대로 놓아 두는 것이 좋겠군. 그러다가 멋진 생각이 떠오를지도 모르니까."

벨리는 겉보기에 아무런 특징도 없는 흰 캔버스 구두를 앞에 놓은 채 가만히 생각에 잠겨 있는 노인을 뒤로 하고 성큼성큼 방에서 나갔다.

엘러리가 마침 침대에서 나와 세수를 끝냈을 때, 문의 벨이 울리고 쥬너가 키 큰 존 민첸 박사의 성급한 모습을 맞아들였다.

"여어, 자넨 해뜨는 걸 본 일이 있나?" 민첸이 말했다.

엘러리는 비어져 나오려는 몸에다 실내복을 단단히 여몄다.

"아직 9시 15분일세. 어젯밤에는 거의 밤새도록 궁리를 하느라고 ……."

민첸은 정색한 얼굴로 의자에 앉았다.

"병원으로 가는 도중인데, 잠깐 들렀네. 오늘 아침 신문에 나 있는 쟈니에 관한 기사가 정말인지 직접 물어 보려고……."

"어떤 기사인데?" 엘러리는 포크로 달걀을 찍으면서 시치미를 떼고 물었다. "……어떤가, 존, 자네도 같이 들겠나?"

"고맙네만 아침은 먹었네." 민첸은 정색한 얼굴로 상대를 보고 있었다. "그럼, 자네는 모른단 말인가? 오늘 아침의 신문 보도로는 쟈니 박사가 그 할머니 살해 혐의로 곧 체포될 거라던데?"

"설마!" 엘러리는 토스트를 한 조각 베어물었다. "현대의 신문이란 확실히 경탄할만하군."

민첸은 슬픈 듯이 고개를 저었다.

"그러면 오늘은 아무런 일도 없을 거라는 말인가? 하지만 정말 어처구니가 없어서 말도 안 나오는군. 쟈니 박사는 아마 미치광이처럼 화가 머리 끝까지 나 있을 걸세. 은인 살해라니……." 민첸은 똑바로 고쳐 앉았다. "그런데 나도 오명(汚名)을 한몫 얻어 걸리게 되는 건 아닐까?"

"무엇 때문에?"

"나는 말일세." 민첸은 아주 진지하게 말했다. "나는 쟈니 박사와 함께 책을, 《선천성 알레르기》에 대한 책을 쓰고 있거든. 신문은 아마 나에게 눈독을 들여서 반쯤 죽을 정도로 고약한 꼴을 보일 거야."

"난 또 뭐라구." 엘러리는 커피를 마셨다. "절대로 그런 걱정은 할 필요가 없다고 생각하네. 존, 쟈니 박사의 일은 잠시 잊는 게 좋아.

박사는 괜찮을 걸세……자네 두 사람은 언제부터 그 대논문에 착수하고 있는가?"

"그렇게 오래 되지는 않았네. 아무튼 실제로 쓰는 것은 본디 맨 끝에 가서 하는 일이니까. 문제는 병례 기록이지. 쟈니 박사는 병례를 모으는 데 이미 몇 년이나 걸렸어. 아주 귀중한 것들이지. 쟈니 박사에게 만일의 경우 무슨 일이라도 생기면 내가 그걸 인계받아야 돼. 문외한에게는 아무런 의미도 없는 것이겠지만."

"물론 그렇겠지. 그런데 쓸데없는 참견을 하는 것 같지만, 존. 그 일의 연구 자금은 쟈니 박사와 어떻게 결정하고 있는가? 균등한 부담인가?"

민첸의 얼굴이 붉어졌다.

"아무리 말을 해도 쟈니 박사가 듣지 않아서, 부끄러운 일이지만 그가 나보다 훨씬 많이 내고 있다네……쟈니 박사는 나에 대해서는 실로 공명정대해, 엘러리."

"그 말을 들으니 기쁘군." 엘러리는 일어서서 침실 쪽으로 걸어갔다. "5분만 실례하고 옷을 갈아입겠네, 존. 그리고 자네와 같이 나가세. 그럼, 잠깐만."

엘러리는 옆방으로 사라졌다. 민첸은 일어서서 거실을 어슬렁거리기 시작했다. 신기한 듯이 난로 앞에 멈춰서 난로 선반 위에 엇갈리게 걸어 놓은 두 자루의 칼을 들여다보았다. 뒤에서 부스럭부스럭 바쁜 듯한 소리가 들려 왔다. 돌아다보니 쥬너가 제법 아는 체하는 얼굴로 빙긋이 웃으며 박사를 쳐다보고 있었다.

"오오, 쥬너로군. 이 칼에는 어떤 내력이 있지?"

"퀸 총경님이 다른 사람에게서 받았지요." 쥬너는 마른 가슴을 자랑스럽게 두들겼다. "유럽 사람한테서……."

"어이, 존." 엘러리가 침실에서 소리를 질렀다. "자네는 언제부터 더닝 박사를 알고 지냈나?"

"병원에 들어온 뒤부터 계속. 왜 그러나?"

"아니, 좀 호기심이 나서 물었을 뿐일세. 그 페니 박사——고울(프랑스의 옛이름)의 아마존(여전사)이라 해도 좋을——그 여자에 대해 뭐 재미있는 이야기가 없나?"

"별로 없어. 사귀기 쉬운 사람이 아니니까, 엘러리. 될 수 있는 대로 우리들은 다른 동료와는 교섭을 갖지 않으려 하고 있다네. 어디에 남편이 있긴 한 모양이던데."

"그래, 남편의 직업은?"

"유감이지만 몰라. 만난 일도 없고, 페니 박사와 그 이야기를 한 적도 없어."

민첸에게는 엘러리가 침실에서 바쁘게 와당탕거리는 소리가 들렸다. 박사는 불안한 마음으로 다시 자리에 앉았다.

"니젤과는 잘 아나?" 엘러리의 목소리가 들렸다.

"아니……그 사람은 정말 귀신이라네. 하루 종일 실험실에 틀어박혀 있지."

"그 사나이와 도른 부인은 사이가 좋았나?"

"쟈니를 통해서 몇 번쯤 만났을 거라고 생각되지만, 니젤은 할머니를 잘 모르고 있었던 게 확실해."

"에디스 더닝은 어때? 그녀는 가르강튀아(라블레의 거인)와 친한가?"

"헨드릭 도른 말인가? 묘한 질문을 하는군, 엘러리." 민첸이 웃었다. "글쎄, 눈을 감고 그 젊고 사무적인 말괄량이 아가씨가 헨드릭 도른의 팔에 안긴 장면을 상상해 보면 안돼, 상상도 할 수 없어."

"안될까?"

"그 두 사람 사이에 관계가 있다고 자네가 생각한다면 그건 도무지 미친 짓이지."

"그런가? 자네는 독일의 명언을 알고 있군."

엘러리는 소리를 죽여 웃으면서 완전히 준비를 마치고 문 앞에 나타났다.

"'위(胃)는 모든 예술의 스승이다'라는 것을……이제 모자와 외투와 지팡이만 있으면 되네. 그러면 나갈 수 있어."

두 사람은 이런저런 부질없는 추억담을 이야기하면서 브로드웨이의 주택가를 천천히 걸어내려갔다. 엘러리는 더 이상 도른 사건에 대해 이야기하기를 피하고 있었다.

"깜박 잊고 있었군."

엘러리가 갑자기 멈춰섰다.

"책방에 가서 비인의 범죄 수법에 대한 시시한 책 한 권 가져오는 건데. 오늘 아침에 가겠다고 약속하고선 깜박 잊고 있었어. 몇 시인가?"

민첸이 손목시계를 보았다.

"꼭 10시로군."

"곧장 병원으로 가겠나, 자넨?"

"좋아, 존. 30분쯤 뒤에 병원에서 다시 만나세. 자네도 병원까지 10분이나 15분쯤 걸리겠지. 아무튼 나중에 만나세."

두 사람은 헤어져서 엘러리는 급히 옆길로 가고 민첸은 택시를 잡았다. 박사가 올라타자 차는 길모퉁이를 빙 돌아 동쪽을 향해 달려갔다.

항복 CAPITULATION

"녀석이 나타났다!"

경찰본부의 사방으로 쳐진 통신망이 그 평판 못지않게 신속함을 발휘하여 수요일 아침 9시 30분 조금 지난 시간보다도 더 대활약을 한 적은 이제까지 없었다. 바로 그 시각에 가냘프고 빈약한 뼈대에 거무스름한 옷을 입은 키 큰 사나이가 센트럴 거리로 내려가서 경찰본부 앞을 지나 행선지를 잘 모르는 듯 눈에 닿는 모든 건물의 번호를 찬찬히 조사하면서 걸어갔다. 137번지까지 오자 지방검사의 공적인 거처가 있는 10층짜리 건물을 확인하고 남의 눈을 피하듯이 검은 외투의 깃을 매만지며 노란 벽돌 건물 안으로 들어갔다.

수수께끼의 인물——자취를 감추고 있던 스완슨이었다.

'녀석이 나타났다!'는 말은 삽시간에 센트럴 거리의 온 구석구석까지 번개처럼 전해졌다. 지방검찰청 서기의 책상에서 소리 죽인 전갈이 깔끔한 갈색 석조의 고풍스러운 형사법정 건물에 전해지고, 거기서 '한숨의 다리(형사법정 건물과 시 구치소를 잇는 복도)'를 건너 동굴과 같은 시 구치소로 날아갔다. 시 구치소의 간수, 경찰본부의 형사, 반지름 4블럭의 구획 안에서 임무를 맡고 있던 교통 순경, 근처의 주식 중매인, 구경꾼들은 모두 스완슨이 두 명의 형사를 양옆에 세우고 137번지 건물 6층에서 엘리베이터를 내려 샘프슨 지방검사의 사무실로 자취를 감춘 5분 뒤에는 모두 그 뉴스를 알고 있었다.

10분 뒤인 9시 45분, 스완슨은 긴장된 얼굴들이 죽 늘어선 한가운데로 끌려나와 앉았다. 둘레에는 지방검사, 그 조수인 티모시 클로닝, 여러 명의 부하들, 초인적인 속도로 모습을 나타낸 조금 미소를 띠고 있는 퀸 총경, 무뚝뚝하게 입을 다물고 있는 벨리 부장, 숨을 죽이고 한쪽으로 비켜서 있는 경찰 장관의 얼굴이 보였다.

그때까지 새로 들어온 사나이는 꼭 한 번 입을 열었을 뿐이었다. 그 바짝 마른 몸에서 어떻게 그런 소리가 나오나 싶을 정도의 힘찬 바리톤으로 "나는 토머스 스완슨입니다"라고 말했던 것이다.

지방검사는 정중하게 고개를 숙이고 가운데 의자를 손으로 가리켰다.

스완슨은 늘어선 심문관들을 흘끗 둘러보면서 어디까지나 침착하게 앉아 있었다. 흐릿하니 푸른 눈과 검은 속눈썹, 금발 계통의 조금 붉은 빛이 도는 노랑머리. 얼굴은 깨끗이 면도되어 있었으며 한 군데도 특징이 없는 용모였다.

모두들 자리에 앉고 한 형사의 그림자가 출입문의 유리 저쪽에서 흔들리다가 이윽고 가만히 멈춰서자 지방검사가 말했다.

"스완슨 씨, 당신은 무엇 때문에 오늘 아침 여기에 왔습니까?"

스완슨은 놀란 모양이었다.

"당신 쪽에서 나를 만나기 바라고 있으리라고 생각했는데요?"

"아, 그러면 죽 신문을 눈여겨보셨군요?"

샘프슨이 재빨리 물었다.

새로 온 손님은 미소지었다.

"네, 그렇습니다……나는 모든 것을 단번에 깨끗이 해 버리려고 생각했습니다. 우선 무엇보다도 여러분은 당신들이 나를 찾고 있다고 신문이 그만큼 써대는데도 내가 자취를 감추고 있어 수상하게 생각했을 줄로 믿습니다……."

"당신이 그걸 깨달으셨다니 나는 매우 만족스럽습니다." 샘프슨은 쌀쌀맞게 상대방을 바라보고 있었다. "스완슨 씨, 당신에게서 여러 가지 설명을 들을 일이 있습니다. 당신 덕분에 우리 시는 막대한 돈을 썼습니다. 자, 변명을 들어 볼까요?"

"내가 말씀드리는 것은 사실이지 변명이 아닙니다. 나는 어찌할 바를 모르고 있었습니다. 지금도 그렇습니다. 이번 일 전체가 나에게 있어서는 말하자면 비극과도 같은 것입니다. 아시리라고 생각합니다만, 오늘까지 나타나지 않은 데 대해서는 내 나름대로의 상당한 이유가 있었기 때문입니다. 그리고 나는 쟈니 박사가 도른 부인 살해 사건에 진실로 관계가 있다고는 믿지 않았습니다. 신문 보도의 어디에도 그런 사실을 암시하는 것은 없었으니까요."

"그건 설명이 안되는데요." 샘프슨이 화를 참으며 말했다. "당신이 숨어다닌 이유를 듣고 싶소."

"알고 있습니다, 알고 있습니다." 스완슨은 눈을 떨구고 융단을 바라보면서 생각에 잠겨 있었다. "나로서는 괴로운 입장입니다. 쟈니 박사가 살인죄로 체포되려 한다는 사실만 없었다면——그가 한 짓이 아니라는 건 내가 잘 알고 있습니다만——오늘도 나는 이렇게 출두하지 않았을 것입니다. 그러나 박사가 분명히 무죄인데 당신들에게 그를 체포하게 할 수는 없었습니다."

"당신은 월요일 아침 10시 반에서 10시 40분까지 쟈니 박사의 방에 있었습니까?" 퀸 총경이 물었다.

"그렇습니다. 그의 진술은 모든 점에서 틀림이 없습니다. 나는 돈을 조금 빌려 갔습니다. 방금 말씀하신 시간 동안 우리는 죽 박사의 방에 함께 있었습니다. 둘 다 잠시도 나가지 않았지요."

"흐음……" 샘프슨은 상대를 가만히 바라보고 있었다. "그렇게 간단한 이야깁니까, 스완슨 씨? 당신 덕분에 우리는 별로 대단치도 않은 증언을 뒷받침하기 위해 온 시내를 당신을 찾아 돌아다녀야 했군요."

"그런데 쟈니 박사는 무엇 때문에 당신을 두둔하고 있지요?"
갑자기 총경이 말했다.

스완슨은 하는 수 없다는 듯이 두 손을 들어 보였다.

"숨겨 봤자 어차피 알게 되겠지요. 여러분, 툭 터놓고 말씀드리겠습니다. 나는 사실은 토머스 스완슨이 아닙니다. 토머스 쟈니입니다. 쟈니 박사의 아들이지요."

이야기가 복잡해졌다. 토머스 쟈니는 프랜시스 쟈니의 의붓아들이었다. 쟈니 박사는 아이가 없이 홀아비가 되어 뒤에 재혼했다. 두 번째 아내가 토머스의 어머니로, 쟈니 박사가 토머스의 법률상 아버지가 되었을 때 토머스는 2살이었다. 어머니는 그 8년 뒤에 세상을 떠났다.

토머스 쟈니가 이야기하는 바에 의하면, 그의 교육 목적에는 아무 문제도 있을 수 없었다. 토머스는 제2의 쟈니——외과의사가 되기로 정해져 있었다. 그리하여 그는 존스 홉킨즈 대학에 들어가게 되었다.

뉴욕 시 경찰본부가 온 힘을 기울여 이틀 동안에 걸쳐 헛된 수사를 계속하고 있던 사나이는 부끄러워하는 듯한 나직한 목소리로 자신이 얼마나 돼먹지 않고 무책임한 행동으로 의붓아버지의 신뢰를 배신했는가를 이야기했다.

"그 무렵에도 그걸 잘 알고 있었습니다." 토머스는 우물거리면서 말했다. "학교 성적은 꽤 좋은 편이었습니다. 언제나 반에서 상위권에 속해 있었지요. 그러나 나는 술을 마구 퍼마시고, 아버지가 보내 주는 넉넉한 학비를 노름으로 몽땅 날려 버리고 말았습니다."

쟈니 박사는 이러한 젊은 혈기의 과오에 너그러웠다. 그 견실한 손은 이 젊은 게으름뱅이 청년을 이끌어 예비 교육과 의학 연구의 단계를 통과하게 하여 토머스가 대학을 졸업하자 실습생으로서 네덜란드 기념 병원에 넣었다.

"그래서 아이작 컵브가 본 직이 있는 것 같다고 했군."

총경이 혼잣말을 했다.

그는 의아스러운 듯이 눈썹을 찌푸리고 열심히 듣고 있었다.

토머스 쟈니의 실습생 생활이 끝나자, 오랫동안 행실도 나무랄 데가 없었으므로 의붓아버지 밑에서 네덜란드 기념 병원의 정규 외과의 사진에 들어갔다.

스완슨은 말을 끊고 입술을 축였다. 그리고 지방검사의 머리 너머로 먼 곳을 바라보면서 말을 이었다.

"그런데 문제를 일으킨 것입니다." 그는 풀 죽은 목소리로 말했다. "5년 전의 일입니다. 바로 이맘때였지요. 나는 발을 헛디뎠습니다. 다시 술을 마시기 시작한 거지요. 그리고 어느 날 아침 아직 술기운이 있는 채 환자를 수술했습니다. 중요한 곳에서 손이 떨려 너무 깊이 칼을 넣었습니다……그리하여 환자는 수술대 위에서 죽었습니다."

아무도 입을 열지 않았다.

전외과의사는 모든 것——일도, 계획도, 젊은 날의 꿈도——이 한꺼번에 허물어지는 소리를 들었다. 그는 지금 그 무서웠던 순간을 다시 되풀이하여 생각하고 있는 것 같았다. 두려움에 질려 기력이 없어지고 병이 났다. 비극의 목격자가 세 사람 있었으나, 엄격한 직업상의 도덕률에 의해 그 무렵에는 그 이야기가 병원에서 새어나가지 않았다. 그 뒤 쟈니 박사 자신이 도른 부인에게 비극을, 자기 의붓아들의 죄상을 보고했다. 노부인은 용서하지 않았다. 젊은 외과의사는 병원에서 나갈 수 밖에 없었다.

토머스 쟈니는 사직했다. 의붓아버지의 온갖 노력에도 불구하고 소문은 어느새 서서히 퍼져서 모든 병원이 그 앞에서 문을 닫았다. 그러는 동안 자신도 모르는 사이 토머스는 의사 면허를 잃고 말았다. 토머스 쟈니 의사는 한낱 토머스 쟈니가 되어 버렸으며, 몸을 지키기 위해 그는 토머스 스완슨으로 이름을 바꿨다. 외가의 성이었다.

토머스는 뉴욕 시를 나와 뉴욕 주 포트 체스터로 옮겼다. 그리고 의붓아버지의 연줄과 넓은 교제 덕분에 몸을 숨기고 보험회사 외무사원의 일자리를 얻을 수 있었다. 술도 끊었다. 무서운 경험의 충격으로 자기의 어리석음에 문득 눈이 뜨였던 것이다. 그러나 이미 너무 늦었다. 그의 의사로서의 신분은 이미 되찾을 수도 보상받을 수도 없었다.

"그렇습니다. 나는 아무도 원망하지 않았습니다." 토머스 쟈니는 지방검찰청의 조용한 공기 속에서 애처롭게 말했다. "노부인은 자기가 옳다고 생각한 바를 행했고, 아버지도 그렇습니다. 아버지에게 있어 그 직업은 세계나 다름없습니다. 아버지가 도른 부인에 대해 가지고 있던 개인적인 영향력을 이용하여 나를 구하려고 했으면 구할 수도 있었으리라고 생각합니다. 그러나 아버지에게는 엄격한 도덕률이 있습니다. 게다가 내가 앞으로 쓸모있는 인간이 되기 위해서는 엄한 교훈이 필요하다고 생각했던 겁니다……."

쟈니 박사는 자기의 계획과 희망이 무너져 없어지는 것을 보고 끝모를 상처를 받았음에도 불구하고 발을 헛디딘 의붓자식을 결코 나무라지는 않았다. 남의 눈을 피하여 그가 새로운 생활을 시작하도록 도와 주었다. 그리고 토머스가 술을 끊고 성실한 생활을 한다면 앞으로도 두 사람의 관계는 이제까지와 조금도 변함이 없을 거라고 분명히 약속했다. 청년은 여전히 쟈니의 상속자이며, 그 말고는 달리 상속자가 없고 앞으로도 없을 거라고 다짐했던 것이다.

"아버지는 공명정대했습니다." 전외과의사는 중얼거리듯이 말했다. "진실로 공명정대했습니다. 내가 친자식이었다 해도 이 이상 올바른 취급은 기대할 수 없을 겁니다."

스완슨은 말을 끊고 길고 힘센 손가락 사이에서 모자 챙을 신경질적으로 구기고 있었다.

샘프슨이 헛기침을 했다.

"말할 것도 없이 당신 이야기에 의해서 이번 사건은 새로운 국면이 열렸군요, 스완슨 씨. 쟈니 박사가 당신의 행방을 우리에게 숨긴 이유는 이제 잘 알겠습니다. 묵은 상처를……."

"그렇습니다." 상대방은 쓸쓸하게 말했다. "그렇게 되면 5년 동안의 성실한 생활이 헛수고가 되고 말 테니까요. 일자리에서 쫓겨나게 될 테고, 또한 예전에 신뢰를 저버리고 범죄적인 과오를 저지른 고약한 외과의사라면 다른 일도 믿을 수가 없다고 하여 세상의 구경거리가 되겠지요……."

이 열에 들뜬 것 같은 며칠 동안, 사건의 결과와 병원에서 일어난 온갖 소문에 의해 두 사람은 몸과 마음이 마를 정도로 마음 아파했다고 토머스 스완슨은 덧붙였다. 쟈니 박사가 스완슨을 찾을 단서를 경찰에 넘겨 주면, 묵은 이야기가 세상에 드러날 것은 뻔했다. 두 사람은 그것을 너무도 두려워하고 있었던 것이다.

"그러나 이제 이렇게 아버지가 무서운 혐의를 받고 계시는 걸 보고는 더 이상 나의 개인적인 이해 같은 걸 생각하고 있을 수 없었습니다……내가 드린 말씀으로 이제 쟈니 박사의 혐의는 풀렸으리라고 생각합니다. 도무지 당치도 않은 오해에서 생긴 비극입니다.

일요일 아침에 내가 아버지를 방문한 것은 다만 약간의 돈을 빌리기 위해서였을 뿐입니다. 아버지는 언제나와 마찬가지로 마음이 너그러워서 50달러짜리 수표를 주셨습니다. 나는 병원에서 나오자 즉시 그것을 현금으로 바꿨습니다."

스완슨은 주위를 둘러보았다. 그 눈에 무언의 호소가 깃들어 있었다. 총경은 손때가 묻은 코담뱃갑의 거죽을 우울하게 만지작거리고 있었다. 경찰 장관은 살며시 의자에서 일어서더니 방 밖으로 빠져나갔다. 기대했던 폭탄이 불발탄이라는 것을 알게 되었으므로 더 이상 그 자리에 앉아 있을 이유가 없어진 것이다.

이야기를 계속하는 스완슨의 목소리는 이제까지처럼 침착하지가 않았다. 모두들 자기 이야기에 만족해 주었느냐고 그는 머뭇거리며 물었다. 만족했다면 자신의 진짜 이름은 신문에 발표하지 말아 주었으면 고맙겠다고 말했다. 그리고 또한 어디까지나 당국의 명령대로 하겠다며 증언이 필요하다면 기꺼이 증언대에도 서겠지만, 그 경우에도 될 수 있는 한 세상에 소문이 나지 않도록 해주었으면 고맙겠다는 것이었다. 어떤 계기로 신문기자가 자신의 전력을 알아 내어 지금은 잊혀져 버린 옛 추문이 이 세상에 알려질지도 모르기 때문이라고 그는 말했다.

"그 점에 대해서는 걱정할 필요없소, 스완슨 씨." 지방검사는 뭔가 고민하고 있는 것 같았다. "당신이 오늘 해주신 이야기로 아버님의 혐의는 물론 풀렸습니다. 이만큼 완전한 알리바이가 있는데 박사를 체포할 수는 없지요. 따라서 이야기가 드러나게 되는 일은 절대로 없을 겁니다. 어떻습니까, 퀸 총경?"

"지금으로서는," 총경은 코담배를 한줌 들이마셨다. "스완슨 씨, 당신은 월요일 아침 이후 쟈니 박사를 만났습니까?"

전외과의사는 망설이며 얼굴을 찌푸렸으나 솔직한 표정으로 쳐다보았다.

"이제 와서 숨겨 봐야 소용없겠지요. 월요일 이후 분명히 아버지와 만났습니다. 월요일 밤 몰래 포트 체스터로 와 주셨습니다. 나로서는 말하기 어려운 일입니다만……아버지는 내가 수사당할까 걱정하셨던 겁니다. 그래서 시내를 떠나 서부나 어디 다른 데로 가라고 하셨습니다. 그러나 아버지가 나의 행방을 숨기고 있어 경찰이 굉장히 화를 내고 있다는 이야기를 들으니——나는 도저히 아버지에게만 책임을 지워 놓고 나 혼자 달아날 수가 없었습니다. 요컨대 아버지나 나나 살인 사건에 관한 한은 아무것도 숨길 게 없는 것입니다. 그런데 달아난다면 죄를 인정한 걸로 해석되어도 도리가 없지요. 그래서 나는 반대했습니다. 아버지는 그냥 돌아가셨습니다. 그런데 오늘 아침 일찍 시내에 나왔다가 그 신문 기사와 부닥친 것입니다……."

"쟈니 박사는 당신이 여기 출두해서 모든 사실을 이야기한다는 걸 알고 있소?" 총경이 물었다.

"아니, 모릅니다."

"스완슨 씨." 노총경은 전외과의사를 똑바로 응시했다. "당신은 이번 범죄에 대해 뭔가 설명할 수 있습니까?"

스완슨은 고개를 저었다.

"도무지 수수께끼입니다. 게다가 나는 그 노부인을 잘 모릅니다. 그분이 여러 가지로 아버지를 도와 주던 무렵 나는 아직 어렸고, 청년 시절엔 집을 나가 학교에 가 있었으니까요. 그러나 아버지가 범인이 아닌 것만은 확실합니다. 나는……."

"잘 알겠소." 총경은 샘프슨의 책상 위에 있는 전화기를 하나 집어 들었다. "그럼, 일단 형식상 당신에 대해 확인해 보겠습니다. 잠깐 기다려 주시오." 총경은 네덜란드 기념 병원의 번호를 불렀다. "여보세요, 쟈니 박사에게 연결해 주시오."

"여기는 교환대입니다. 누구신가요, 성함을 말씀해 주십시오."

"퀸 총경이오, 경찰본부의. 빨리 대주시오."

"네, 잠깐 기다리세요."

찰칵 하는 소리가 총경의 귀에 울려 왔다. 그리고 곧 귀에 익은 침착한 남자의 목소리가 들렸다.

"여보세요, 아버지이십니까?"

"엘러리냐, 난 누구라구, 너 어디 있지?"

"쟈니 박사님의 방입니다."

"웬일로 거기에 있느냐?"

"바로 조금 전에 왔습니다. 정확하게 말하면 3분 전에. 민첸을 만나려고요. 그럼, 아버지 난, 곧."

"기다려." 노인이 고함을 질렀다. "내 이야기를 잘 들어. 뉴스가 있다. 스완슨이 오늘 아침에 나타났다. 지금 막 그의 이야기를 들은 참이지. 아주 재미있는 이야기야, 엘러리. 자세한 이야기를 너한테 해주마. 만나면 증언의 기록을 보여 주지. 스완슨은 쟈니 박사의 아들이란다……."

"뭐라구요?"

"지금 말한 대로야. 쟈니 박사는 어디 있지? 너는 하루 종일 거기에 있을 작정이냐? 잠깐 쟈니 박사를 바꿔 줘."

엘러리는 침묵하고 있었다.

"엘러리, 왜 그러느냐?" 총경이 외쳤다.

"쟈니 박사와는 이야기할 수가 없습니다, 아버지."

엘러리는 천천히 말했다.

"왜 그래. 어디 있느냐? 거기 없어?"

"설명하려고 했더니 그전에 아버지가 막아서……박사는 여기 있습니다. 지금 눈앞에." 엘러리는 침통한 목소리로 말했다. "하지만 이야기를 못하게 되었어요, 죽었습니다."

"죽어?"

"아니면 어딘가 제4차원의 세계에 있을 테지요……."

엘러리의 말투에는 그 말의 경박함과는 달리 깊고 침울한 느낌이 있었다.

"지금 10시 35분입니다. 글쎄요, 내가 여기 온 건 10시 30분쯤이었습니다……아버지, 박사는 30분 전에 살해된 겁니다."

또다시 DUPLICATION

에비게일 도른, 프랜시스 쟈니 박사…….

하나의 살인에 이어 지금은 두 개의 살인.

퀸 총경은 지방검찰청 밖에서 올라탄 육중한 경찰차가 네덜란드 기념 병원을 향해 달리고 있는 동안 내내 컴컴한 묵상의 진흙 늪 속에 가라앉아 있었다. 쟈니 박사가 살해되었다……믿을 수 없는 일이었다. 생각하기에 따라 이 두 번째 살인은 뜻밖에도 해결이 쉬울지 모른다. 실제 문제로서 첫 번째 살인 해결의 단서가 될지도 모른다. 아니면 이 두 개의 살인은 서로 아무런 연관이 없는지도 모른다. 그러나 그렇다 하더라도 경관과 형사들로 가득차 있는 건물 안에서 아무런 흔적도 단서도 남기지 않고 살인을 저지른다는 것은 우선 불가능하다. 샘프슨 지방검사와 몹시 초췌한 스완슨이 노총경의 양옆에 앉아 있었다.

경찰 장관은 사건의 새로운 발전을 급히 보고받고 관청 자동차로 그들을 바로 뒤따르고 있었다. 정말로 어찌할 바를 몰라 손톱을 깨물며 분노와 걱정으로 땀이 날 지경이었다.

미친 듯이 달리던 자동차의 행렬은 브레이크의 삐걱거리는 소리와 함께 딱 멈췄다. 자동차는 조바심으로 안달이 난 승객들을 토해 내었다. 그들은 우르르 병원 정면의 현관을 향해 뛰어올라갔다. 장관은 숨을 헐떡이면서 총경에게 말했다.

"퀸 총경, 당신 목이나 내 목이나 날아가 버릴 거요. 이 사건이 해결되지 않으면 오늘 중으로 즉각. 이런 제기랄……화가 나서 참을 수가 있나!"

한 경관이 커다란 문을 열었다.

에비게일 도른 살해로 병원이 굉장한 혼란 속에 이르러 있었다고 한다면, 지금 쟈니 박사의 살해 사건 뒤에는 완전히 기능을 잃고 말았다 해도 좋았다. 모든 의료 활동이 정지된 것 같았다. 흰 가운의 간호사 하나 의사 하나 보이지 않았다. 현관 경비 아이작 컵브조차도 자기 자리에 없었다. 그 대신 사복과 감색 제복이 복도마다 이리저리 왔다갔다하고 있었다. 특히 입구 부근은 그들의 모습으로 활기를 띠고 있었다.

엘리베이터 문은 크게 입을 벌린 채로 담당자도 없었다. 대합실은 굳게 잠겨 있었다. 사무실 문도 모두 잠겨 있었다. 잠긴 채로 안쪽에는 경관들에 의해 갇혀진 사무원들이 멍하니 앉아 있었다.

형사들이 잠겨진 하나의 문 앞에서 웅성대고 있었다. 그 문에는 '쟈니 박사'라고 씌어져 있었다.

총경, 경찰 장관, 벨리 부장, 샘프슨이 그 사람들 틈을 비집고 들어가자 갑자기 소란이 멎었다. 총경은 고요가 깔린 죽은 사나이의 방으로 들어갔다. 스완슨이 새파랗게 긴장한 얼굴로 비틀거리는 다리를 가누며 그 뒤를 따랐다. 그 뒤에 들어서 벨리가 조용히 손을 뒤로 하여 문을 닫았다.

그들의 눈은 곧 살풍경한 방의 공간 속에서 단 하나의 물체를 찾았다. 그것은 바로 눈앞에 있었다. 흐트러진 책상 위에 아무렇게나 엎드려 있는 죽은 쟈니 박사의 모습……죽음이 엄습했을 때 박사는 회전의자에 앉아 있었던 것이다. 윗몸을 힘없이 책상 위에 뉘고 반백의 머리는 구부린 왼쪽 팔에 얹은 채 오른팔을 유리판 위에 똑바로 뻗었는데, 그 손가락 사이에 아직도 펜을 쥐고 있었다.

방 왼편의 니스를 칠한 흔해 빠진 의자에 엘러리와 피트 허퍼, 민첸 박사, 병원의 서무 주임 제임스 파라다이스가 앉아 있었다. 네 사람 중 엘러리와 허퍼만이 죽은 사람과 마주보고 민첸과 파라다이스 두 사람은 반쯤 문 쪽으로 몸을 돌리고 있었다. 그리고 둘 다 눈에 띠게 떨고 있었다.

아무도 인사말을 주고받지 않았고 입을 열지도 않았다. 그들 모두가 이 뜻밖의 불가해한 파국에 당면하여 놀라움과 공포를 표현하는 적당한 말이 생각나지 않는 것 같았다. 스완슨은 힘없이 문에 기대어 서 있었다. 방구석에 있는 차갑고 불룩한 물체 쪽으로 홀린 것처럼 흘끗 눈길을 한 번 준 뒤 완고하게 외면하고 있었다. 총경, 경찰 장관, 샘프슨은 어깨를 나란히 하고 우뚝 선 채 죽음의 방을 조용히 둘러보고 있었다.

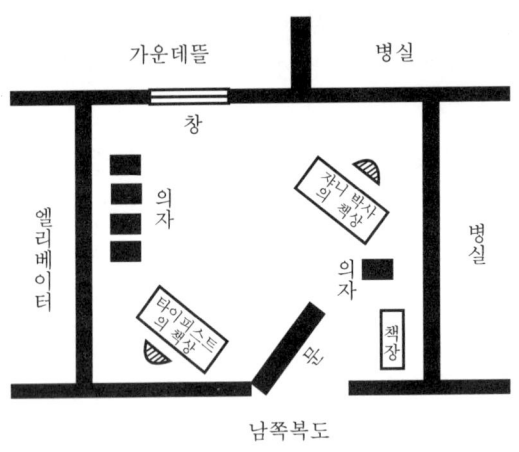

 방은 직사각형이었다. 문은 그들이 들어온 것 하나뿐이고, 창도 하나뿐이었다. 문은 남쪽 복도로 통해 있으며 정면 현관과 비스듬하게 나 있었다. 창은 방의 왼쪽 뒤에 옆으로 길고 푸른 천장이 있는 가운데 뜰 쪽으로 나 있었다. 문 왼쪽에 작은 타이피스트용 책상이 있고, 타이프라이터가 한 대가 놓여 있었다. 왼편의 벽 쪽에 의자가 네 개 있어, 거기에 엘러리와 그 친구들이 걸터앉아 있었다. 죽은 이의 커다란 책상은 오른편 안쪽 구석에 비스듬히 놓여 있어 타이피스트의 책상이 놓인 구석과 마주보고 있었다. 쟈니 박사의 시체가 앉아 있는 회전의자를 빼고는 책상 뒤에 아무것도 없었다. 오른쪽 벽을 등지고 커다란 가죽의자 하나와 책이 가득 들어찬 책장이 있었다.
 그리고 강철판에 조각한 볼수염을 기른 외과의사의 초상화가 넉 장

벽에 걸려 있고 바닥에 깔린 대리석 비슷한 리놀륨 외에는 아무런 장식도 없었다.

"그런데 의사 선생, 어떤 판정이 나왔소?"

장관이 무뚝뚝하게 물었다.

플라우티 의사는 불이 꺼진 잎담배를 만지작거리고 있었다.

"같은 수법입니다. 교살입니다."

엘러리는 앞으로 몸을 굽히고 무릎에 팔을 올려놓은 채 손가락으로 턱을 쓰다듬고 있었다. 눈은 방심한 듯 거의 애처로울 정도였다.

"철사요, 전번같이?" 총경이 물었다.

"그렇습니다. 직접 보십시오."

퀸 총경은 천천히 책상으로 다가갔다. 그 뒤에서 샘프슨과 장관이 따라갔다. 죽은 사나이의 반백의 머리를 내려다보자 찐득하니 검게 묻은 핏덩이가 보였다. 총경도 장관도 얼른 얼굴을 돌렸다.

"목을 죄기 전에 머리를 맞았습니다." 플라우티가 눈치빠르게 말했다. "뭔가 무거운 둔기입니다. 뭔지는 모르겠지만 뒤쪽의 바로 소뇌부(小腦部) 위쪽 근처에 타박상이 있습니다."

"그렇게 해서 정신을 잃게 한 뒤 목을 조를 때 소리를 지르지 못하게 한 거로군." 총경은 중얼거렸다. "때린 것은 후두부인데, 당했을 때 어떤 자세였을까. 낮잠을 자고 있었던 게 아닐까? 그러면 가해자는 책상 앞에 서서 때릴 수 있었을 거야. 바로 앉아 있었다면 범인은 뒤에 서 있었다고밖에 생각할 수가 없거든."

엘러리의 눈이 빛났으나 아무 말도 하지 않았다.

"말씀하시는 대로입니다, 총경님." 불이 꺼진 잎담배를 문 플라우티의 입술이 우스운 모양으로 비뚤어졌다. "때린 놈이 누구든 책상 뒤에 서 있었습니다. 우리가 처음 발견했을 때는 이 사람이 지금처럼 엎드려 있지 않았지요. 의자 등에 기대어 앉아 있었던 겁니다. 또 한

가지 보여드리지요."

플라우티는 책상과 벽 사이의 구석에 끼어들어가 책상 뒤에 섰다. 부드럽게, 그러나 완전히 무관심한 태도로 죽은 사람의 어깨를 잡아 일으켜 몸을 회전의자의 등에 기대도록 했다. 머리가 가슴 위로 축 늘어졌다.

"이런 모습이었지요?" 플라우티가 물었다. "어이, 퀸 씨!"

엘러리는 흠칫하며 기계적으로 미소를 지었다.

"네, 맞습니다. 그대로였어요."

"자, 보십시오, 이제 철사가 보이지요?"

플라우티는 조심하면서 시체의 머리를 들어올렸다. 목 둘레에 가느다랗게 피맺힌 줄이 있었다. 철사는 죽은 살에 깊이 파고들어가서 거의 보이지 않을 정도였다. 목 뒤에서 철사의 양끝이 하나로 비틀려 합쳐져 있는 것도 에비게일 도른의 경우와 똑같았다.

총경은 똑바로 몸을 일으켰다.

"그러니까 우선 이런 순서였군. 박사가 여기 앉아 있다, 누가 들어와서 뒤로 돌아가 머리를 후려치고 난 다음 목을 죈다, 그렇게 된 거요?"

"그렇습니다." 플라우티는 어깨를 으쓱하고 가방을 집어들었다. "내가 절대로 확신을 가지고 말할 수 있는 오직 한 가지는, 머리를 저렇게 후려치려면 책상 뒤가 아니고는 절대로 불가능하다는 것입니다……그럼, 나는 이만 물러가겠습니다. 사진계는 벌써 왔습니다, 총경님. 그리고 지문반도, 사방이 다, 특히 이 책상의 유리판 위는 온통 지문투성이인 것 같습니다. 하지만 대부분은 박사의 것이 아니면, 저 타이피스트인 조수의 것이겠지요."

의무 검사관보는 모자를 머리 위에 푹 눌러붙이고 납작해진 잎담배를 이빨 사이로 밀어넣고는 성큼성큼 방에서 나갔다.

모두들 다시 죽은 사나이를 내려다보고 있었다.

"민첸 박사, 이 머리의 상처가 사인이 될 수 있을까요?"

민첸은 침을 삼켰다. 눈시울이 벌겋고 눈은 충혈되어 있었다.

"아니오." 그는 낮은 목소리로 말했다. "플라우티 씨의 말대로입니다. 상처는 다만 정신을 잃게 했을 뿐입니다. 사인은 교살입니다. 총경님, 절대로 틀림없습니다."

다시 모두들 철사를 들여다보았다.

"똑같은 것이로군." 총경은 생각에 잠겨 있었다. "토머스, 손이 나는 대로 저걸 조사해 봐 주게."

거한은 고개를 끄덕였다.

시체는 아직 플라우티가 만들어 둔 대로의 자세로 의자에 기대앉아 있었다. 장관은 그 얼굴을 꼼꼼히 들여다보면서 뭔가 혼잣말로 중얼거리고 있었다. 그 얼굴에는 공포나 뜻밖의 사태에 대한 불안한 표정은 없었다. 시체 특유의 푸르스름한 빛이 늘어진 피부 밑에서 떠올라 있긴 했으나, 표정은 부드러워 거의 온화하다고 할 수 있을 정도였다. 눈은 감고 있었다.

"당신도 느꼈지요?" 엘러리가 갑자기 의자에서 말을 걸었다. "난폭한 공격을 받고 살해된 사람의 얼굴로는 보이지 않습니다. 어떻습니까?"

장관은 얼굴을 돌려 날카롭게 엘러리를 보았다.

"나도 마침 그렇게 생각하고 있던 참이었소. 당신은 퀸 총경의 아들이지요? 묘한 말의 부합이로군(퀸의 아들이라면 여왕의 아들이 된다)."

"그렇습니다." 엘러리는 의자에서 튀어나가 책상 곁으로 가서 생각에 잠긴 듯이 박사의 얼굴을 바라보고 있었다. "게다가 플라우티 의사가 말한 둔기라는 것이 없어졌습니다. 범인이 가져가 버렸을 겁니다……박사가 저 세상으로 길을 떠날 때 뭘 하고 있었는지 아시겠습니까?"

엘러리는 죽은 이의 손가락에 끼어 있는 펜을 가리킨 다음, 몸을 앞으로 숙였을 때 바로 손이 가닿을 장소 근처의 유리판 위에 놓인 흰 종이를 가리켰다. 종이는 간을 좁혀서 꼼꼼하게 씌어진 글씨로 반쯤 메워져 있었다. 박사는 분명히 문장을 쓰던 도중에 그만둔 것이다. 종이 위의 마지막 글자는 떨려서 흐트러지고, 잉크 얼룩으로 지저분했다.

"맞았을 때 그는 저술 일을 하고 있었던 겁니다." 엘러리는 중얼거렸다. "한눈에 알 수 있지요. 쟈니 박사와 저기 있는 민첸 박사는 공동으로《선천성 알레르기》라는 전문적인 저작을 쓰고 있었습니다."

"몇 시쯤 죽었을까?" 샘프슨이 생각에 잠기면서 말했다.

"플라우티 의사의 짐작으로는 10시에서 10시 5분 사이라고 하는데, 민첸 박사도 같은 의견입니다."

"아무튼 이러고 있어 봐야 아무 소용이 없지." 총경이 느닷없이 말했다. "토머스, 자네는 시체를 지하의 안치소로 옮기도록 하게. 옷가지를 철저하게 조사하는 걸 잊지 말고. 그리고 나거든 곧 돌아오게, 일이 있으니까. 앉으십시오, 장관님, 검사님 당신도, 그리고……스완슨 씨도."

전외과의사는 흠칫했다.

"난 그만 돌아가면 안될까요?"

그는 목에 걸린 속삭이는 듯한 목소리로 말했다.

"글쎄요." 총경이 부드럽게 말했다. "우선은 당신에게 볼일이 없는 것 같군요. 토머스, 누구를 시켜 포트 체스트까지 스완슨 씨를 따라가도록 하게."

벨리는 스완슨을 재촉해서 방 밖으로 나갔다. 스완슨은 한 마디도 하지 않고 뒤돌아보지도 않고 방에서 서둘러 나갔다. 완전히 얼이 빠져 겁을 먹고 있는 것 같았다.

엘러리는 방 안을 침착하지 못하게 돌아다녔다. 장관은 코를 한 번 킁 하고는 자리에 앉아 낮은 목소리로 총경과 샘프슨과 이야기를 시작했다. 파라다이스는 아직도 의자에 웅크리고 앉아 떨고 있었다. 민첸은 아무 말 없이 밝은 색의 리놀륨 바닥을 가만히 내려다보고 있었다.

엘러리가 민첸의 앞에 멈춰서서 의아한 듯이 내려다보았다.

"뭘 그렇게 보고 있나, 새 리놀륨인가?"

"아니!" 민첸은 마른 입술을 축이고 미소를 지으려고 했다. "아니……어떻게 새 것이라는 걸 알았나?"

"그런 것쯤은 간단하지, 존. 그렇지 않은가?"

"글쎄, 사실은 2, 3주일 전에 바닥을 전부 새로 깔았거든……."

엘러리는 또 걸어다니기 시작했다.

다시 문이 열렸다. 두 명의 실습생이 들것을 가지고 들어왔다. 두 사람 다 파랗게 질린 얼굴을 하고 동작이 굳어져 있었다.

그들이 시체를 들어올리려고 하고 있을 때 엘러리는 눈썹을 찌푸리고 창 앞에 서 있었으나, 이윽고 방 저쪽에 비스듬히 놓여 있는 책상을 돌아보았다. 그는 눈을 가늘게 뜨고 부지런히 일하고 있는 실습생 곁으로 천천히 걸어갔다.

실습생이 박사의 축 늘어진 몸을 들것 위에 얹자, 엘러리는 홱 돌아서서 날카로운 목소리로 말했다. 모두들 깜짝 놀라 눈을 들었다.

"어떻습니까, 이 책상 뒤에는 창문이 하나 있어야 할 터인데……."

모두 눈을 크게 떴다. 퀸 총경이 말했다.

"네 머릿속에서 또 뭐가 윙윙거리고 있는 모양이지?"

민첸은 흥미없다는 듯이 웃었다.
"자네의 머리가 어떻게 되려는 게 아닌가? 거기에는 본디부터 창 같은 건 없었네, 엘러리."
엘러리는 고개를 저었다.
"건축상의 실수가 나를 괴롭히고 있는 거라네……가엾게도 박사가 플라톤의 반지에 대한 격언을 몰랐던 게 유감이야. 자네는 알고 있나. '나쁜 습관을 방치하는 것은 타파하는 것보다 쉽다'라는 걸……."

예를 들다 ENUMERATION

그로부터 몇 시간 뒤, 이제는 푸른 연기가 자욱하게 낀 죽은 사나이의 방에 입을 꽉 다문 한무리의 사람들이 앉아 있었다. 굳어진 얼굴, 억센 턱, 주름진 이마로 보아 쟈니 박사 살해는 에비게일 도른 살해와 마찬가지로 설명이 전혀 절망적이고 실패가 앞에 막아서 있다는 느낌이 그들 위에 덮여 있는 것이 분명했다.

사람 수도 많이 줄어 있었다. 경찰 장관은 잿빛 얼굴을 하고 이미 돌아가 버렸다. 낙심한 허퍼는 중요한 뉴스를 신문에 연락해야 한다면서 한 시간쯤 전에 나갔다. 샘프슨은 정신적인 피로로 눈을 껌벅거리면서 병원을 나갔다. 그 길로 곧장 사무실에 돌아가서 어차피 피할 수 없는 신문기자들이며 대중들과 대결하는 일로 씨름하게 되었다.

벨리 부장은 아직도 복도의 여기저기를 뛰어다니며 사실과 증언을 긁어모으고 있었다. 목숨을 빼앗은 액자용 철사는 맨 첫 번째 살인에 쓰인 것과 같은 종류의 것이 결정적으로 확인되었다. 아무런 단서도 없어서 부장은 그럴 듯하게 생각되는 다른 방면의 수사에 손을 대어 보았으나 현재로서는 성과가 전혀 없었다.

방에 남아 있는 것은 총경과 엘러리와 민첸 박사, 그리고 간호사이며 박사의 조수였던 루실 플레이스뿐이었다. 총경의 속기를 쓰기 위해 임시로 불려온 것이었다.

이 두 번째 살인으로 해서 네 사람 가운데——분명히 넋이 나가 버린 민첸도 역시 마찬가지지만——엘러리가 가장 충격을 받은 것 같았다. 얼굴에 고뇌와 정신 집중으로 말미암아 깊은 주름이 잡혀 있었다. 눈은 흐릿하고 우울하여 거의 애처로울 정도였다. 그는 높은 창가의 의자에 웅크리고 앉아 리놀륨 바닥을 가만히 내려다보고 있었다.

"준비 다 됐소, 플레이스 양?" 총경이 쉰 목소리로 물었다.

간호사는 구석의 작은 책상에 앉아 노트를 펴 들고 연필을 든 채 불안해 하고 있는 것 같았다. 얼굴이 새파랬다. 손이 떨리고 있었다. 아무것도 쓰지 않은 속기용 노트 위로 눈을 떨구고, 바로 조금 전에 비극이 일어난 방 저쪽 구석에 있는 말없는 책상을 보지 않으려 피하고 있었다.

"그럼, 받아 써 주시오." 총경이 입을 열었다.

총경은 눈썹을 치켜올리고 두 손을 등 뒤에서 굳게 잡은 채 간호사 앞을 큰 걸음으로 왔다갔다하고 있었다.

"필립 모어하우스가 시체를 발견했다.

상황——모어하우스는 도른 부인의 유언장에 의한 쟈니 박사의 몫에 대해 박사와 이야기하기 위해 서류 가방을 들고 약 9시 45분쯤 병원에 도착했다. 병원에 들어오는 것을 현관 경비 컵브가 보았으며 시각도 확인되었다. 근무 중인 전화 교환수가 쟈니 박사의 방을 불러내어 모어하우스가 박사와 만나고 싶어한다는 뜻을 전했다. '의심할 여지가 없는 쟈니 박사의 목소리'가——플레이스 양, 거기에 밑줄을 그어 주시오——지금은 바빠서 만날 수 없으나 곧 끝난다고 대답했다. 모어하우스에게 기다려 달라고 하라는 것이었다. 교환수의 말에 따르면 모어하우스는 시간이 걸린다면 곤란하다고 말했으나 기다리기로 했다. 컵브는 현관에서 모어하우스가 대합실로 들어가서 앉는 것을 보았다. 너무 빠른가요?"

"아니오, 결코."

"그럼, '주의'로서 이렇게 덧붙여 주시오." 총경은 다시 말을 이었다. "그 뒤의 시간에 모어하우스가 대합실에서 한 걸음도 나가지 않았는지 어떤지는 컵브도 확인할 수 없었다. 컵브는 현관에 자리잡고 있었다. 대합실에는 남쪽 복도로 면한 다른 출입구가 있어 그 안에 있는 사람은 아무도 없는 경우 사람들의 눈에 띄지 않고도 그 출입구를 통해 남쪽 복도로 빠져나갈 수가 있다…….

상황의 계속――모어하우스는 30분 동안, 약 10시 15분까지 대합실에 앉아 있었다고 주장했다. 그 뒤 현관의 출입구를 지나 사무실에 가서 교환수를 불러내어 짜증난 목소리로 다시 한 번 박사를 불러 달라고 부탁했다. 교환수는 박사 방의 벨을 눌렀으나 대답이 없었다. 모어하우스는 화가 난 나머지 재빨리 남쪽 복도를 달려나가 박사의 방문을 두들겼다. 대답이 없었다.

이것을 보고 컵브는 항의하기 위해 모어하우스의 곁으로 달려갔다. 바깥 계단에서 임무를 맡고 있던 경관도 쫓아왔다. 모어하우스는 '30분 동안에 쟈니 박사가 방에서 나간 것을 보았소?' 하고 물었다. 컵브는 '아니오, 하지만 죽 감시하고 있었던 건 아닙니다' 하고 대답했다. 모어하우스는 '아마 박사에게 무슨 일이 있는지도 몰라' 하고 말했다. 컵브는 머리를 긁적였다. 경관이 문을 열려고 했다. 모런(근무 중인 경관)은 문에 자물쇠가 채워져 있지 않음을 알았다. 컵브, 모어하우스, 모런은 안으로 들어가 박사의 시체를 발견했다. 컵브는 곧 경보를 울리고 모런은 병원 안에 있는 형사들에게 도움을 청했다. 바로 그때 민첸 박사가 건물로 들어왔다. 민첸은 원조대가 도착하기까지 임시로 그 자리의 책임을 맡았다. 엘러리 퀸이 그로부터 몇 분 늦게 병원에 도착했다. 다 썼소, 플래이스 양?"

"네."

민첸은 다리를 포개고 앉아 엄지손가락을 빨고 있었다. 쓸쓸해 보이는, 말할 수 없는 공포의 빛이 그 눈에 떠올라 있었다.

총경은 방을 걸어다니면서 종이쪽지를 참조하고 있었다. 그리고는 팔을 똑바로 간호사 쪽으로 내밀었다.

"모어하우스의 대목에다 이렇게 덧붙여 주시오.

관찰――모어하우스에게는 중요한 시간의 결정적인 알리바이가 없음……그러면 이번에는 새로운 다른 사람, 핼더 도른에 대해…….

핼더 도른은 병원에 있었다. 9시 30분에 도착했는데 컵브와 모런이 보았다. 방문 목적은 에비게일 도른이 월요일에 사고를 일으켜 수술을 받을 때까지 입원해 있던 방에서 부인의 일상용품을 가져가기 위해서였다. 방에는 그녀밖에 아무도 없었다. 그녀는 어머니의 옷을 본 순간, 갑자기 슬픔이 북받쳐올라 그 자리에 주저앉아 생각에 잠겨 있었던 일 말고는 아무것도 하지 않았다고 말하고 있다. 10시 30분쯤에 간호사 오버먼이 발견했을 때 핼더 도른은 침대에 기대어 울고 있었다고 한다. 한 발자국도 방에서 나가지 않았다는 핼더의 진술을 뒷받침할 만한 증거는 없다."

연필이 종이 위를 바쁘게 달리고 있었다. 흑연이 종이를 긁는 부드럽고 힘찬 소리 말고는 죽음의 방에서는 아무 소리도 들리지 않았다.

"루시어스 더닝과 샐러 플러." 총경의 입술은 그 마지막 이름을 말하고 나자 꽉 힘이 주어졌다. 말투에 상당히 가시가 돋쳐 있었다. "더닝은 여느 때와 마찬가지로 이른 아침에 병원에 도착하여 일상 사무 처리를 하고 있었다. 이것은 조수들에 의해 확인되었다. 샐라 플러는 9시 15분에 더닝을 만나러 왔었다. 이것은 모런, 컵브, 전화 교환수의 증언에 의해 확인되었다. 두 사람은 약 한 시간 동안 이야기했다. 샐라 플러는 쟈니 박사의 시체가 발견된 직후 병원을 나가려고 했다.

 두 사람 다 회담의 내용에 대해 공개하기를 거부했다. 서로 상대방의 알리바이를 내세우고 있다. 두 사람 다 더닝의 방에서 나오지 않았다고 주장했다. 이 진술에 대한 제삼자의 확인은 없다.” 총경은 잠깐 쉬며 천장을 바라보고 있었다. “그 결과 경찰 장관의 간곡한 요청에 의해 더닝과 샐라 플러는 체포되어 중요 증인으로서 구치되었다. 그런데도 그들은 이야기하기를 거부했다. 즉결 재판에 의해 보석금은 2만 달러로 결정되었다. 두 사람은 모어하우스 변호사 사무실을 통해 보석금을 지불하고 석방되었다.” 총경은 급히 뒤를 계속했다. “에디스 더닝, 9시부터 사회 봉사부에서 근무. 사건의 전후를 통해 병원 안에 있었으며 사회 봉사 관계의 일을 보았음. 시각 및 행동에 대해 확실한 취조는 불가능. 에디스를 용의에서 제외시킬 수 있을 만큼 오랫동안 그녀와 같이 있은 사람은 아무도 없음······.

 마이클 커대이——맹장 수술 뒤 요양을 위해 계속 328호실에 있었음. 형사가 감시중. 침대에서 빠져나오기란 불가능함. 형사들이 아는 한 외부와의 연락은 없었다. 그러나 그것은 아무런 의미도 없다. 커대이는 일을 함에 있어 독특하고 묘한 수단을 가지고 있으니까.

 페니 박사——산부인과에서 여느 때와 마찬가지로 일을 봄. 약 20명의 환자를 진찰했으나 행동의 정확한 조사는 불가능. 컵브, 모런의 증언에 의하면 오전 중 병원 건물 밖으로 나간 적이 없음.

 모리즈 니젤——오전 중 개인 실험실에 있었으며 아무도 출입하지 않았음. 따라서 확인할 수 없음. 본인의 진술에 의하면 쟈니 박사가

9시 조금 전에 실험실을 방문했고, 눈앞에 닥친 체포에 대한 신문 기사로 당황하고 있는 모습이었다고 함. 그리하여 자기의 방으로 가서 면회를 전부 거절하고 저작 일을 하겠다고 이야기했음. 실험의 진척 상황에 대해 잠깐 이야기를 나누고 헤어졌음. 니젤은 이번 살인 사건에 대해서는 아무런 언질을 주지 않았으나 몹시 충격을 받은 모양임 ······됐소, 플래이스 양?"

"모두 기록했습니다, 퀸 총경님."

"고맙소. 앞으로 한 가지만 더······." 총경은 갈겨 쓴 메모를 잘 확인해 보고 다시 구술을 계속했다. "헨드릭 도른——병원을 방문, 9시 20분에 도착. 주3회 반드시 신경 증상에 대한 자외선 요법을 받기로 되어 있으며, 이번에도 그 일 때문이었다. 9시 35분까지 5층 자외선실에서 기다리고, 9시 50분에 치료를 마쳤다. 시체가 발견될 때까지 아래층 특별 병실에서 누워 휴식하고 있었다. 내내 그 방에 있었는지 어떤지에 대해서는 확증없음······.

이것으로 끝이오, 플래이스 양. 미안하지만 곧 타이프해 주시오. 그리고 복사를 두 장 만들어서 벨리 부장에게 건네 주시오. 거기 있는 그 큰 사나이입니다. 저 사람은 오후 동안 죽 여기 있을 테니까."

간호사는 순순히 고개를 끄덕이고 곧 책상 위의 타이프라이터를 치기 시작했다.

엘러리는 피로한 듯이 얼굴을 들었다. 그는 멍하니 창 밖을 바라보며 말했다.

"아무 쓸모도 없는 그 소름끼치는 보고가 끝났으면, 아버지, 나는 집으로 돌아가고 싶습니다."

"이제 곧 끝난다. 그렇게 마음 상해할 건 없어. 언제든지 좋은 일만 있는 건 아니니까." 총경은 쟈니 박사의 책상에 기대어 천천히 코담배를 빨아들였다. "정말 놀라운 일이야." 그는 생각에 잠기듯이 말을 이었다. "이런 일은 있을 수 없다고 말하고 싶을 정도지. 누구 한 사람도 뭔가 눈에 띌 만큼 오랫동안 이 방의 문을 보지 않았다니, 게다가 뭘 아는 것이 직업인 사람들이 여기저기 우글거리고 있으면서……." 총경은 슬픈 듯이 고개를 저었다. "박사는 스스로 자기의 죽음을 계획한 거나 같아. 플래이스 양에게도 오늘 아침엔 볼일이 없다고 말하고 혼자 이 방에 틀어박혀서——아마 엄청나게 화가 나 있었던 모양이지——그리하여 안성맞춤으로 아무도 보고 있는 사람이 없으니 제발 멋대로 죽여 주십시오, 하는 거나 같은 상황에 자기 자신을 드러내 놓은 거야. 살아 있는 걸 마지막으로 본 것은 컵브로, 니젤의 실험실에서 돌아와 방으로 들어가려고 했을 때지. 그 뒤 9시 45분쯤 모어하우스가 찾아왔다고 교환수가 전할 때까지 아무도 박사를 본 사람이 없어. 목소리를 들은 사람도 없고, 박사가 10시에서 10시 5분 사이에 살해되었다는 것에는 의사들도 의견을 일치하고 있어. 게다가 9시 45분에 전화에 나온 것이 박사였던 것은 의심할 여지도 없지……아니, 이거 정말……."

"무서운 진흙 구덩이입니다." 엘러리는 창문에서 돌아보지도 않은 채 천천히 말했다. "핼더 도른, 헨드릭 도른, 더닝, 샐라 플러, 니젤, 모어하우스——모두가 병원에 있었으면서 아무도 행동이 분명치 않다니……."

민첸이 애매한 미소를 띠고 머뭇거리면서 말했다.

"절대로 할 수 없었던 사람은 마이클 커대이 한 사람뿐이라는 말이 되겠군. 그리고 나하고, 내가 의심받지 않고 있다는 것은 확실하겠지요, 총경님? 이런 일이 있을 수 있다면 어떤 일이라도 있을 수 있을 테니까요……정말이지……."

박사는 두 손에 얼굴을 묻었다.

타이프라이터가 침묵 속에서 타닥타닥 울리고 있었다.

"글쎄, 민첸 박사, 자네가 했다면 아마도 자네는 귀신이겠지. 동시에 두 곳에 있을 수는 없으니까."

모두들 소리를 낮춰 웃었다. 민첸의 웃음 소리는 히스테리컬했다. 엘러리는 외투로 몸을 단단히 감쌌다.

"자, 가십시다." 그는 단호한 목소리로 말했다. "이 멍청한 내 머리가 바보 같은 생각으로 터지기 전에 어서 갑시다."

세 번째??? TRIPLICATION???

고뇌와 좌절감이 엘러리 퀸을 뒤쫓아서 공황 상태의 네덜란드 기념병원 복도로부터 경찰본부 퀸 총경의 방까지 따라왔다.

엘러리는 완전히 정나미가 떨어져서 서87번 거리에 있는 집으로 돌아가, 마르셀 프루스트라도 읽으면서 이런 귀찮은 일을 잊고 싶다고 말했다.

총경도 그 기분을 잘 알 수 있었다. 그러나 그런 제안을 들어 주려고 하지 않았다. 함께 사무실로 가서 차분히 이야기를 나눈 뒤 시장한테 꾸중을 듣고 나서 그런대로 유쾌하게 시간을 보내자는 것이었다.

그래서 총경과 엘러리 퀸, 지방검사 샘프슨 세 사람은 총경의 방에 주저앉게 되었다. 총경과 지방검사 두 사람은 이런저런 이야기를 유쾌한 듯이 주고받았으나, 도른과 쟈니 박사 살해 사건에는 언급하지 않으려 하는 것 같았다.

뉴욕 시의 모든 신문은 마치 로마의 축제일처럼 야단법석이었다. 사흘 동안에 두 개의 살인──더구나 피해자들이 기사거리로서는 안성맞춤인 중요 인물인 것이다. 시청 앞 광장은 신문기자들로 붐비고, 경찰 장관은 행방을 감추어 버렸으며, 시장은 '의사의 권고'에 따라

자기 집에 틀어박히고 말았다. 사건 관계로 조금이라도 이름이 들먹여진 사람은 모조리 사진기자와 올챙이 기자들에게 쫓기고 있었다. 토머스 스완슨에 대한 정보가 새어나가 신문의 경쟁은 포트 체스터를 목표로 스타트를 끊었다. 퀸 총경은 자기의 권한이 미치는 한 온갖 수단을 다 써서 스완슨의 진짜 신분은 감추어 주려 애쓰고 있었다. 현재까지로는 성공하고 있으나, 언제 드러날지 모른다는 위험이 도사리고 있었다. 스완슨도 역시 지금으로선 엄중한 감시 아래 놓여 있었다.

벨리 부장은 도깨비불을 뒤쫓고 있었다. 부장에게 주어진 긴급 임무는 죽은 외과의사의 행적을 밝혀 내는 일이었으나, 발견된 것은 모두 공명정대한 공사(公私)의 접촉뿐이었다. 박사의 집에 있던 개인적인 서류들은 현미경으로 들여다보듯 세밀하게 조사되었다. 스완슨의 진술을 뒷받침하는 토머스 쟈니가 보낸 몇 통의 편지를 제외하고는 그 수사에서도 전혀 얻은 바가 없었다. 곳곳에 벽이 있었다…….

엘러리의 긴 손가락은 총경의 책상 위에 있는 대 베르티용(프랑스의 유명한 경관)의 작은 상(像)을 만지작거리고 있었다. 노인은 매우 유쾌한 듯이 젊은 시절의 일화를 이야기하고 있었으나, 눈 밑에는 어두운 그늘이 져 있었다. 가엾게도 겉으로만 꾸며 보인 명랑함이었다.

"스스로 자기를 속여 봐야 소용없습니다, 아버지." 엘러리가 느닷없이 말했다.

총경과 샘프슨이 불안한 듯 엘러리를 돌아보았다.

"마치 깜짝 놀라 어둠 속에서 떠들어대는 아이들 같군요, 아버지, 그리고 샘프슨 씨, 우리는 완전히 얕보이고 있는 것입니다!"

두 선배는 말이 없었다. 샘프슨은 고개를 숙이고 총경은 생각에 잠겨 네모난 구두코를 바라보고 있었다.

"나는 비록 게일(스코틀랜드 高地人)인의 피를 받았다는 긍지를 저버리게 되고, 또한 내가 무슨 짓을 하든 아버지께서 일을 계속해 가야 한다고 하더라도……." 엘러리는 말을 이었다. "물론 이건 비유입니다만 칼을 내던지고 천국에서의 전사(戰士)의 평화를 바라겠습니다*1……"

"그건 또 왜지, 엘러리?" 총경은 얼굴을 들지 않고 말했다. "네가 그런 말을 하는 것은 이제까지 들은 적이 없는데. 바로 어제만 해도 너는 누가 범인인지 상당히 뚜렷하게 짐작하고 있다고 말했지 않았니?"

"그렇소." 샘프슨은 힘을 주어 말했다. "이 제2의 살인은 의심할 여지도 없이 제1의 살인과 관련이 있다고 생각하는데, 이것으로써 근본 문제에 어떤 광명이 던져질지도 모르오."

엘러리는 신음하듯이 말했다.

"운명론의 저주할 점은 구제할 길 없는 바보를 만든다는 것입니다, 샘프슨 씨. 나는 그다지 낙관하고 있지 않습니다……." 엘러리는 의자에서 몸을 내밀고 짜증스러운 듯이 두 사람을 내려다보고 있었다.

"내가 어제 말한 것은 지금도 바꿀 필요가 없습니다. 나는 막연하긴 하지만 누가 에비게일 도른 부인을 교살했는지 알고 있습니다. 사건에 관계된 사람들을 둘러보면, 단서의 성질로 생각해 볼 때 도저히 부인을 죽일 수 없었던 사람을 반 다스나 지적할 수 있습니다. 그러나……."

"사건 전체를 통해서 단지 반 다스쯤인가?" 총경은 도전하듯이 말했다. "그럼, 무엇을 고민하고 있지?"

"여러 가지요."

"자, 엘." 노인은 열을 띠고 말했다. "만일 네가 두 번째 범죄를 막지 못한 것을 자책하고 있다면, 그건 잊어 버려. 어느 누구도 그만큼 많은 사람 중에서 쟈니 박사가 부인의 뒤를 따르리라고는 예상할 수 없었을 터이니까."

엘러리는 쌀쌀맞게 손을 저었다.

"아니, 그런 게 아닙니다. 저도 온갖 의혹을 갖고 있었지만, 아버지 말씀대로 설마 박사가 죽으리라고는 예상 못했지요……샘프슨 씨, 당신은 아까 이 두 개의 범죄에 관련이 있다고 말씀하셨지요. 왜 그렇게 확신하는 겁니까?"

샘프슨은 놀라는 듯했다.

"글쎄……나는, 그건 뻔한 일이라고 생각하오. 두 개의 범죄가 잇달아 일어났소. 두 사람의 피해자는 밀접한 관계가 있었소. 장소도 같고 수법도 같고 모든 점으로 보아……."

"복음서처럼 분명하다는 건가요?" 엘러리는 몸을 내밀었다. "그것은 두 개의 범죄는 '관련이 없다'고 믿는 논리에도 적용되지 않을까요? 한 명의 범인 대신 두 명의 범인이 있었다고 가정합시다. 그래서 범인 제2호는 이렇게 생각합니다. '아하, 쟈니 박사에게 복수하여 경찰이 범인 제1호가 한 일로 하기에 더없이 좋은 기회다'라고. 그렇다면 같은 장소를 택하고 같은 수법을 쓴 사정도 납득이 갑니다. 이것을 증거를 들어 논박해 보십시오, 어디."

총경이 머뭇거리면서 말했다.

"엘, 설마 너는 진심으로 그런 말을 하는 건 아니겠지? 글쎄, 그렇다면 우리는 완전히 처음부터 다시 시작해야 해."

엘러리는 어깨를 움찔했다.

"나는 다른 사람이 제2의 범죄를 저질렀다고 믿고 있을 뿐입니다. 지금으로서는 어느 쪽 이론이나 성립됩니다."

"하지만……."

"솔직히 말하면 나 역시 범인 2인설보다는 1인설이 마음에 들긴

합니다만, 그러나 제 말을 기억해 두세요." 엘러리는 열심히 말했다.
"만일 동일한 인물이 두 개의 범죄를 저질렀다고 하면, 우리는 이렇게 머리가 좋은 악당이 어째서 덮어놓고 같은 수법만 되풀이하는 위험한 길을 택했는지, 그 이유를 찾아내야 합니다."

"네가 말하는 것은," 총경은 납득이 안 가는 듯이 물었다. "교살을 피하는 편이 범인에게는 한층 더 유리했으리라는 뜻이냐?"

"물론 그렇지요. 박사가 사살되거나 찔려 죽거나 독살당했다면 우리는 이 두 개의 범죄에 관련성이 있다고 믿을 이유가 아무것도 없습니다. 두 번째 사건의 경우, 범인이 박사를 교살하기 전에 먼저 후두부를 후려친 점을 잘 생각해 보십시오. 어째서 범인은 그 둔기로 일을 해치우지 않았을까요? 어째서 단지 졸도만 시키고 나서 그 뒤에 다시 목에 철사를 감는 수고를 했을까요?……그렇고말고요, 아버지, 범인은 두 개의 범죄에 관련이 있다는 것을 우리에게 '보여 주고 싶었다'고밖에 생각할 수 없습니다."

"글쎄, 그럴지도 모르겠군." 노인이 중얼거렸다.

"그렇고말고요. 내 생각으로는," 엘러리는 대답하면서 힘이 빠지는 듯 다시 의자에 몸을 묻었다. "범인이 어째서 두 개의 살인을 같은 범죄의 일부로 생각하게 하려고 했는지, 그 이유를 알 수 있다면 사건 전모가 분명해질 겁니다. 하지만 나는 두 번째 살인에 대해서는 아주 객관적으로 맞서 나갈 생각입니다. 두 개의 범죄가 동일한 악당에 의해 행해졌다는 '증거'는 아직 잡지 못했으니까요."

총경의 책상 위 내선 전화가 따르릉 하고 울렸다. 총경이 수화기를 들었다.

"니젤이라는 사람이 총경님을 만나고 싶어합니다. 아주 중대한 용건이라고 말하고 있습니다."

"니젤이라고?" 노인은 눈을 번쩍 빛내며 한참 동안 잠자코 있었다. "니젤이라고 했나. 들어오게 해, 빌."

샘프슨이 몸을 앞으로 내밀었다.

"대체 니젤이 무슨 볼일로 찾아왔을까요?"

"글쎄……아아, 생각나는 게 있는데……."

두 사람은 얼굴을 마주보고 서로 알았다는 듯이 눈짓을 나누었다. 엘러리는 아무 말도 하지 않았다.

한 형사가 문을 열었다. 모리츠 니젤의 작은 모습이 문 앞에 나타났다.

총경이 일어섰다.

"들어오십시오, 니젤 박사. 수고했네, 프랭크."

형사가 나가고, 가무잡잡하니 몸집이 자그마한 과학자는 천천히 방으로 들어왔다. 니젤은 비로드 깃이 달린 낡아빠진 녹색 외투를 입고 있었다. 반점이 있는 한쪽 손에 녹색 비로드 모자를 들고 있었다.

"앉으시지요. 용건은?"

박사는 의자 끝에 단정히 앉아 모자를 무릎 위에 얹었다. 온화한 눈이 침착하지 못하게 방 안을 둘러보았다. 그는 아무 생각 없이 기계적으로 눈에 들어오는 것을 평가하여 마음에 집어넣고 있는 것 같았다.

그는 느닷없이 지껄이기 시작했다.

"오늘 아침 당신에게서 심문을 받을 때, 말씀드릴 것도 없겠지만 나는 친구이자 동료인 쟈니 박사의 뜻하지 않은 죽음으로 완전히 당황해 있었습니다. 그리하여 깊이 생각할 겨를이 없었던 것입니다. 그 뒤에 곰곰이 여러 가지 사정을 생각해 보았습니다. 퀸 총경님, 그래서 아주 솔직하게 말씀드리는 바입니다만 나는 내 몸의 안전을 걱정하고 있습니다."

"흐음, 그래서요?"

기세있게 나가던 말이 니젤의 입술에서 얼음처럼 녹아 사라져 버렸다. 지방검사가 니젤의 긴장해서 굳어진 몸 뒤에서 총경에게 눈짓을 했다. 총경은 넌지시 고개를 끄덕여 보였다.

"그게 무슨 말씀이시지요? 쟈니 박사의 살해에 대해 우리에게 이야기해야 할 무엇인가가 발견되었습니까?"

"아니, 그런 게 아닙니다." 니젤은 두 손을 들어 올려 거칠어지고 표백된 피부를 멍하니 바라보았다. "그러나 나는 어떤 이론을 갖고 있습니다. 그 일 때문에 오전 내내 걱정을 하고 있었습니다. 만일에 그 추론이 맞는다면 나는 악마적인 연속 살인의 제3의 희생자가 될 겁니다."

엘러리의 눈썹이 꿈틀했다. 호기심의 빛이 눈에 스며들었다.

"추론입니까?" 엘러리는 중얼거렸다. "그거 참 재미있군요." 엘러리는 곁눈으로 니젤을 보았다. "그렇습니까, 니젤 박사님? 우리는 오늘 이론 부족으로 약간 난감해 있던 참이었지요. 자세한 이야기를 들어 볼까요. 크게 기운을 얻을 게 분명합니다."

"나의 죽음이 절박해 있다는 말이 농담이나 야유거리입니까, 퀸 씨?" 과학자는 무뚝뚝하게 물었다. "당신에 대해 나의 첫인상이 바뀌려고 하는군요. 나로서는 당신이 자신도 모르게 나를 비웃고 있는 것 같이 생각됩니다."

그는 말을 마치자 갑자기 엘러리에게서 얼굴을 돌렸다. 엘러리는 다시 의자에 등을 기대었다.

"총경님, 나의 추론은 간단히 말하자면 이렇습니다. 즉 여기 제4자가 있다고 하고, 편의상 X라고 부릅시다. 이 X는 연속 살인을 꾀하여 우선 첫째로 에비게일 도른 부인을 교살하고 이어 쟈니 박사를 교살하고 그리고 마지막으로 모리츠 니젤을 교살하려 하고 있습니다."

"제4자라니요?" 총경은 눈썹을 찌푸렸다. "누굽니까?"

"나도 모릅니다."

"그럼, 무슨 이유로……?"

"네, 그게 문제입니다." 니젤은 총경의 무릎을 가볍게 쳤다. "나의 합금 돌나이트의 비밀과 이익을 손에 넣기 위해서지요."

"네, 그렇습니까……." 샘프슨은 그다지 흥미가 없는 듯 말했다.

그러나 총경은 진지하게 미간을 모으고 있었다. 그는 눈을 빛내면서 엘러리와 니젤을 번갈아보고 있었다.

"몇백만 달러의 가치가 있는 비밀을 위한 살인, 이상하지는 않군요. 조금도 이상하지 않습니다……그러나 그렇다면 대체 무엇 때문에 도른 부인과 쟈니 박사를 죽였을까요? 당신의 연구가 완성되었을 때 당신 혼자만 죽이면 될 텐데요?"

"그렇게 되지는 않습니다." 과학자는 어디까지나 냉정하고 태연히 앉아 있었다. 마치 강철로 만들어진 인간 같았다. "지금 만일 그 제4자가 사건의 배후에 숨어 있다고 가정합시다. 그리고 내가 온 힘을 기울인 연구 성과를 손에 넣으려고 갈망하고 있다고 합시다. 그리고 또 그 중요한 지식을 손에 넣는 데 있어 자기 혼자서 독차지하려고 생각했다고 합시다.

그 경우 에비게일 도른을 죽이는 것은 아주 유리한 셈이지요. 부인이 실험을 계속할 수 있는 비용을 대주는 동안은 살려 두는 겁니다. 그러나 그만두겠다고 할 때 부인을 죽입니다. 그렇게 하면 두 가지 목적을 달성하게 됩니다. 부인이 죽은 뒤에도 재정적 원조를 확보할 수가 있고, 동시에 비밀을 알고 있는 세 사람 중 한 사람을 처치할 수 있으니까요."

"계속하십시오."

"그 다음은," 니젤은 태연하게 계속했다. "니젤 박사의 협력자 쟈니 박사의 차례입니다. 내가 말하는 것은 아주 논리적이지요……쟈니 박사가 이 세상을 떠나는 데 나보다 앞서게 된 이유는, 기술적으로 말해서 박사는 연구 완성에 나만큼 중요하지 않기 때문입니다. 내가 생애를 건 일을 달성하는 데 쟈니 박사는 수단을 제공해 주었지요. 그 점에서 지금까지 박사는 이용 가치가 있었지만, 그것도 끝이 난 것입니다. 그래서 박사는 살해되었습니다. 세 명 가운데 두 번째 인물을 살려 두면, 범인이 도둑질의 성과를 돈으로 만들려고 할 때 방해가 되므로 무대에서 없애 버린 것입니다. 이제까지의 이야기를 이해하시겠습니까, 여러분?"

"알기는 알겠는데요……." 총경은 매정스럽게 말했다. "그러나 나는 노부인을 죽인 바로 뒤에, 이렇게 빨리 박사를 죽일 필요가 어디에 있었는지 그 점을 잘 모르겠군요. 무엇 때문에 그렇게 서둘렀을까요? 게다가 당신의 연구는 아직 완성되어 있지도 않습니다. 쟈니 박사도 합금을 완성하는 데 조금쯤은 도움이 될는지도 모르지요."

"오오, 그러나 상대는 교활해서 먼 앞날까지 내다보고 있는 것입니다!" 니젤은 말했다. "일이 끝나기를 기다리고 있으면 거의 동시에 두 개의 살인을 해야 하겠지요. 그러나 쟈니 박사가 죽어 버리면, 세 사람 가운데 마지막 한 사람을 해치우기 위해 한 번만 살인을 하면 되며, 그것으로 몇백만 달러의 값어치가 있는 비밀을 독차지할 수 있는 것입니다."

"이치에는 닿지만 근거가 빈약하군요." 엘러리가 중얼거렸다.

니젤은 그 말을 무시했다.

"덧붙여 말씀드리자면, 도른 부인과 쟈니 박사가 죽은 결과 나는 자유롭게 수완을 발휘할 수가 있게 되고, 자금도 충분할 만큼 남겨져서 실험을 진행시켜 나가는 과학적 능력도……따라서 지금 드린 이야기가 크게 가능성이 있다는 것을 인정하시겠지요?"

"글쎄요……." 엘러리는 부드럽게 말했다. "가능성이 있다는 건 알겠습니다."

니젤의 여자 같은 눈이 순간 날카로워졌으나, 그 빛은 금방 사라져 버렸다. 박사는 어깨를 움츠렸다.

"아주 훌륭한 이론입니다, 니젤 박사." 총경이 말했다. "그러나 결국 우리가 필요로 하는 것은 추측 이상의 것입니다. 즉 이름입니다. 당신은 아마 누군가를 마음 속으로 생각하고 계시겠지요?"

과학자는 눈을 감았다.

"특별히 이렇다할 인물은 짐작이 안 갑니다. 게다가 어째서 당신이 구체적인 증거가 꼭 필요하다고 하는지, 나는 이해할 수가 없군요. 물론 당신은 이론을 무시하고 계시는 건 아니겠지요, 총경님? 엘러리 씨 자신도 이러한 지적 견지에 서서 일하고 계시리라고 믿습니다만……이 이론은 확실한 것입니다. 모든 사실을 고려하여 그 위에 서 있으니까요, 이건……."

"그러나 진실은 아닙니다." 엘러리가 단호하게 말했다.

니젤은 다시 어깨를 으쓱했다. 엘러리가 말했다.

"빈약한 삼단논법으로 대전제와 소전제를 토대로 하여 논쟁할 여지가 없는 결론을 끌어 냈다고밖에 생각되지 않는군요. 자, 니젤 씨, 털어놓는 게 어떻습니까? 당신은 아주 교활해요. 뭘 숨기고 있는 겁니까?"

"당신의 추측이 나의 추측과 같을 정도로 명확하군요, 퀸 씨."

총경이 물었다.

"도른 부인, 쟈니 박사, 당신, 이 세 사람 외에 그 연구의 정확한 성질을 잘 알고, 경제적으로 유망하다는 걸 알고 있는 자가 누굽니까? 물론 월요일에 도른 부인이 죽은 뒤 우리도 그건 알고 있습니다만, 그 이전부터 알고 있는 사람이 달리 없습니까?"
"당신은 나에게 대답을 강요하고 있군요. 나로선 도른 부인에게 들어서 비밀을 잘 알고 있으리라고 생각되는 인물은 한 사람밖에 생각할 수가 없습니다. 그건 유언장을 기초(起草)한 변호사입니다. 모어하우스 씨지요."
"당치도 않은 소리!" 샘프슨이 말했다.
"네, 분명히 그렇습니다."
"그러나 당신도 잘 아시리라고 생각합니다만……." 총경이 말했다. "도른 집안 사람들이나 노부인의 가족들 가운데 누구일 수도 있지 않습니까? 그런데 왜 하필이면 모어하우스 씨를 점찍었지요?"
"특별한 이유는 없습니다." 니젤은 당황하는 것 같았다. "다만 논리적으로 말해서 그 사나이일 것 같이 생각되었을 뿐입니다. 잘못이라는 건 알고 있습니다만……."
"당신은 아까 도른 부인이 비밀을 누설한 게 분명하다고 했지요? 쟈니 박사가 그런 짓을 안했으리라는 건 확실합니까?"
"절대로 확실합니다." 니젤은 확고하게 말했다. "쟈니 박사는 비밀을 지키는 데 있어서 나만큼이나 조심하고 있었습니다."
"한 가지 생각난 게 있는데……." 엘러리가 심란하게 말했다. "지난번 취조를 받을 때 당신은 당신의 일을 어느 정도 알고 있던 학문상의 동료를 통해 처음으로 쟈니 박사와 알게 되었다고 했지요? 내가 보기에는 당신은 그 동료가 어쩌면 수다쟁이였을지도 모른다는 사실을 간과하고 계시는 것 같군요."
"퀸 씨, 나는 아무것도 간과하고 있지 않소." 니젤은 아주 잠깐 동안 미소지었다. "내가 말한 인물은 이번 범죄에 아무런 관계도 없습니다. 거기에는 훌륭한 이유가 두 가지 있습니다. 첫째, 그 인물은 2년 전에 죽었거든요. 둘째, 당신은 지난 월요일에 한 나의 진술을 오해하고 계십니다. 그 사람은 내 일의 성질에 대해서는 아무것도 모르고 있었습니다. 따라서 다른 사람에게 가르쳐 줄 수 없었을 것입니다."

"한 대 얻어맞았군." 엘러리가 중얼거렸다.

"그러면 결국 어떻게 되는 건가요?" 총경이 물었다. "당신의 결론은 무엇입니까, 니젤 박사?"

"나의 추론은 뜻하지 않은 사고까지 계산에 넣고 있습니다. 이번 살인의 배후에 있는 인물은 내가 죽은 뒤 합금을 손에 넣어 아무것도 모르는 금속회사와 교섭하여 돈으로 만들 수 있는 지위에 있는 사람이겠지요. 그 선에서 수사를 해야 할 겁니다, 총경님, 만일 내가 갑자기 죽기라도 하는 날이면……."

샘프슨은 의자의 팔걸이를 톡톡 두들기고 있었다.

"걱정하시는 건 잘 알겠습니다. 그러나 증거가 전혀 없고 구체적인 사실도 없군요."

니젤은 싸늘하게 미소지었다.

"실례되는 말 같지만, 나는 탐정 흉내내기를 좋아하지 않습니다. 그러면 당신이나 총경님이나 엘러리 퀸 씨 중에, 겉으로 보기에는 아무 관계도 없는 것 같은 도른 부인과 쟈니 박사의 살해에 대해 나보다 더 적절한 동기를 지적할 수 있겠습니까? 무엇이든 좋으니 동기를 '하나'라도 들 수 있습니까?"

"그건 별문제지요." 총경이 따끔하게 말했다. "당신은 앞으로 곧 또 다른 장례식이 있을 것이며 그 주인공이 자신이라고 추정하고 계십니다. 좋습니다. 그러면 당신의 기대가 어긋나서 네덜란드 기념 병원의 살인은 이것으로 끝이라고 가정하면 어떻겠습니까? 그러면 당신의 이론은 어떻게 되는 거지요?"

"나는 과학자로의 명예를 지키기 위해 단순한 이론이 갖는 오류를 인정합니다. 기꺼이. 내가 살해되지 않는다면 내 짐작이 잘못된 것이지요. 살해된다면 내가 옳은 거구요. 어차피 만족할 만한 것이 못될 건 확실합니다. 그러나 옳았든 잘못되었든 나는 당연한 권리로서 안전하고 싶습니다. 총경님, 나는 보호를 요청합니다."

"오, 그건 약속할 테니 걱정마십시오. 당신이 요구하시는 것보다 더욱 확실하게. 당신의 신상에 무슨 일이 일어나는 것은 바라지 않으니까요, 니젤 박사."

"당신도 그 점은 아시리라고 믿습니다만……." 엘러리가 한 마디 거들었다. "당신의 이론이 옳다고 하더라도 도른 부인은 어쩌면 한 사람 이상에게 비밀을 누설했을지도 모릅니다. 이 점을 어떻게 생각하십니까?"

"글쎄요, 그야 그럴 수도 있겠지요. 하지만 어째서 그런……무슨 생각으로 그런 걸 묻는 겁니까?"

"아무것도 아닙니다, 다만 논리적이라고 생각했을 뿐입니다." 엘러리는 한가롭게 손을 머리 뒤로 돌려 맞잡았다. "만일 한 사람 이상의 인간이 이야기를 들었다면, 당신이 말하는 그 X 씨, 즉 제4자도 역시 그 사실을 알고 있다는 논리가 성립됩니다. 그러면 보호를 필요로 하는 우리 멜로드라마의 등장인물은 당신만이 아니라는 이야기가 됩니다. 또 누군가가 있다는 거지요. 내가 말하려 하는 점을 아시리라고 생각합니다만."

니젤은 입술을 깨물었다.

"그렇습니다, 그렇습니다. 그밖에도 또 살인이 행해지겠군요……."

엘러리는 웃었다.

"나는 그렇게 생각지 않습니다. 어쨌든 그 이야기는 그만둡시다. 돌아가시는 건 조금만 더 기다려 주십시오. 어쩐지 자꾸 뭘 물어 보고 싶은 기분이 들어서……당신은 돌나이트가 아직 완성되지 않았다고 하셨지요?"

"아직 완전히는……."

"완성되려면 앞으로 얼마나 걸립니까?"

"몇 주일 걸릴 겁니다. 그러나 그 이상은 안 걸립니다. 어쨌든 그때까지는 안전할 겁니다."

"아무래도 나는 그렇게 확신할 수가 없군요."

엘러리는 쌀쌀맞게 말했다.

니젤이 의자 속에서 천천히 방향을 바꾸었다.

"그건 어떤 의미지요?"

"간단한 거지요. 당신의 실험은 사실상 이미 완성된 거나 마찬가지입니다. 그렇다면 당신이 말씀하시는 그 가공의 음모가 지금 곧 당신을 죽이고 자기가 일을 완성시키려고 꾀하지 않는다고는 단언 못하겠지요. 또는 적당한 다른 야금학자를 고용해서 완성시킬 수도 있겠지요."

과학자는 깜짝 놀라는 것 같았다.

"정말이오, 분명히 그렇군요. 다른 누구라도 완성할 수 있으니까……그건 즉 나는 안전하지 않다는 말이 되겠군. 지금 이 순간에도."

"지금 곧," 엘러리는 상냥하게 말했다. "당신의 연구 증거가 될만한 자취를 모조리 없애 버리지 않는 한은."

니젤의 목소리가 긴장되었다.

"한심한 일이로군요. 어차피 사느냐 죽느냐의 문제가 됩니다."

"예로부터 유명한 딜레마지요." 엘러리가 중얼거렸다.

니젤은 몸이 굳어져서 고쳐 앉았다.

"나는 오늘이라도 죽게 될지 모릅니다, 오늘 밤에라도."

총경이 몸을 앞으로 내밀었다.

"그렇게 걱정하실 건 없습니다, 니젤 박사. 충분히 경계해 드릴 테니까요. 잠깐만 실례하겠소." 노인은 내선 전화의 수화기를 집어들었다. "리터, 자네한테 새 일감이 생겼네. 모리츠 니젤 박사가 내 방을 나간 순간부터 박사의 신변 경호를 맡아 주게……이제부터 곧. 박사하고 죽 같이 있어야 하네, 리터. 밤에는 적당한 사람과 교대하도록 하고. 아니, 미행이 아니야. 자네는 지금부터 호위병이야. 그렇지." 총경은 과학자 쪽으로 돌아앉았다. "완전히 수배했습니다."

"고맙습니다, 총경님. 그럼, 실례하겠습니다." 니젤은 모자의 챙을 만지작거리고 있었는데, 이윽고 갑자기 일어서더니 엘러리 쪽은 보지도 않고 빠르게 말했다. "안녕히 계십시오, 여러분, 안녕히 계십시오."

그는 방에서 나갔다.

"어처구니없는 사람이로군." 총경이 흰 얼굴을 밝게 상기시키며 의자에서 일어나 말했다. "잘도 횡설수설 지껄여댄단 말이야. 고약한 사람, 정말 심장이 두꺼워."

"무슨 뜻이지요, 퀸 총경!"

"햇님만큼이나 분명한 일이오." 노인은 외쳤다. "그의 이론은 모두 다 엉터리야! 다 꾸민 수작이오, 검사. 당신은 몰랐소? 그 사람의 말을 뒤집어 보면, 그자야말로 뒤에 남아서 멋대로 할 수 있으며, 도른 부인과 쟈니 박사가 죽어서 가장 이득을 본 사람이오. 그의 이론의 '제4자'는 본인 자신을 말한 데 지나지 않소. 바꾸어 말하자면 제4자란 있지도 않단 말이오."

"정말이오, 퀸 총경. 당신 말대로라고 생각하오."

노인은 자랑스러운 듯이 엘러리를 돌아보았다.

"X가 도른 부인과 쟈니, 그리고 자기 자신까지 해치우려 하고 있다는 건 과연 잘되어 있지만……도무지 넌센스야. 내 생각이 딱 들어맞았다고 생각지 않니, 엘러리?"

엘러리는 한동안 입을 열지 않았다. 눈이 초췌해 보였다.

"내 생각을 뒷받침해 주는 구체적인 증거는 하나도 없습니다." 이윽고 그는 말했다. "하지만 아버지도 니젤도 모두 틀렸다고 생각합니다. 나는 니젤이 한 짓이라고도 생각하지 않고, 니젤이 이야기하던 제4자라는 순수하게 가정적인 인물이 한 짓이라고도 생각하지 않습니다…… 아버지, 이 수사가 해결되었을 땐, 이번 사건이 니젤이 상정하고 있는 것보다 훨씬 더 교묘한 범죄라는 사실을 알게 될 겁니다. 과연 해결될는지 어떨지는 매우 의심스럽습니다만, 훨씬 더 예상 밖의, 형용할 수 없는 범죄일 것입니다."

총경은 머리를 긁었다.

"네 이야기는 어째서 이렇게 뜨거워졌다 차가워졌다 하니, 너는 방금 니젤은 문제도 안된다고 해놓고서, 이번에는 그 사나이가 이 사건의 가장 유력한 용의자라도 되는 것처럼 그에게서 눈을 떼지 말라고 하려는 게 아니냐?"

"놀랍습니다, 바로 그렇게 말하려던 참이었거든요." 엘러리는 새 담배에 불을 붙였다. "하지만 오해하지는 마세요, 아버지. 그건 방금 아버지가 이미 하신 일입니다……니젤은 편잡의 마하라자처럼 경호해야 합니다. 나는 그 사나이에게 10피트 이내로 접근하는 모든 사람의 내력, 대화, 그 뒤의 행동에 대해 자세한 보고를 원합니다."

재심 RE-EXAMINATION

이리하여 수요일이 지나고, 뉴욕의 가장 엽기적인 살인 사건의 수수께끼는 시시각각 변하는 시간과 더불어 더욱 더 미궁으로 빠져들었다.

프랜시스 쟈니 살해의 수사는 에비게일 도른의 수사와 마찬가지로 파국적인 단계에 이르렀다. 법률 관계 여러 관청의 공통된 일반적 견해는 만일 48시간 안에 범죄를 밝힐 수 있는 실마리를 잡지 못한다면, 이 수사는 해결의 테두리 밖에 있다고 생각해도 좋은 것으로 일치되었다.

목요일 아침 퀸 총경은 불안한 하룻밤을 보낸 뒤, 공허하고 우울한 기분으로 눈을 떴다. 기침이 또 나오기 시작했으며, 눈은 건강치 못한 열띤 빛으로 반짝이고 있었다. 그러나 총경은 쥬너와 엘러리가 말리는 것도 듣지 않고 온화한 겨울 날씨임에도 불구하고 두꺼운 외투 속에서 떨며 서87번 거리의 자택을 나와 뚜벅뚜벅 브로드웨이의 지하철로, 그리고 경찰본부로 걸어갔다.

엘러리는 창가에 앉아서 걸어가는 아버지의 모습을 멍하니 바라보고 있었다.

테이블 위에 아침 식사 접시가 놓여 있었다. 쥬너는 커피 잔을 집어든 채 방 너머로 편안히 앉아 있는 엘러리의 모습을 집시다운 눈으로 지켜보고 있었다. 턱의 근육 하나 움직이지 않았다. 이 소년은 가만히 꼼짝하지 않고 있을 수 있는 모든 기술을 터득하고 있었다. 소리 하나 내지 않는 그 타고난 재능은 야만인이나 묘족(猫族)의 그것이었다.[1]

"쥬너!" 엘러리가 돌아다보지 않고 말을 걸었다.

"쥬너, 무슨 이야기든 좀 해봐."

쥬너의 깡마른 몸이 떨리고 있었다.

"나더러 이야기를 하라구요?"

"그래."

"하지만 무슨······?"

"아무거라도 좋아. 나는 목소리를 듣고 싶어. 네 목소리를."

검은 눈이 반짝였다.

"당신도 퀸 총경님도 걱정스러워 보여요. 저녁에는 닭튀김이 어떨까요? 당신이 읽게 해준 큰 고래 이야기——그 《백경(白鯨)》은 참 멋있어요. 호레이쇼 앨저*[2]의 것 따위와는 전혀 다르던데요. 하긴 여기저기 건너뛰어 읽긴 했지만, 정말로 그 검둥이는 퀴, 퀴, 뭐라더라?"

"퀴이케그. 그리고 절대로 '검둥이'라고 말해선 안돼. 흑인이라고 해."

"네……그렇지요. 그리고……."

검은 공단 같은 피부를 가진 소년의 얼굴이 삐뚤어지며 주름이 잡혔다.

"난 지금이 야구 시즌이라면 좋겠어요. 베이브 루드가 때리는 걸 보고 싶어요. 당신은 어째서 퀸 총경님의 기침을 낫게 해드리지 않지요? 새 전기 방석이 필요해요. 낡은 것은 다 닳았어요. 클럽에서는 나를 축구 팀의 쿼터백으로 해주었어요. 나는 모두에게 시그널 방법을 가르쳐 주었지요."

"내 생각으로는……."

문득 엘러리의 입술에 미소가 떠올랐다. 그는 긴 팔을 뻗어 소년을 끌어당겨서 창가의 의자에 앉혔다.

"쥬너, 내게 몹시 친절하게 해줘서 고마워. 넌 어젯밤에 아버지와 내가 도른 부인과 쟈니 박사 사건에 대해 이야기하는 걸 듣고 있었어?"

쥬너는 열심히 말했다.

"네."

"그래, 어떻게 생각했지, 쥬너? 이야기해 봐."

"내가 어떻게 생각하느냐구요?" 소년은 눈을 크게 떴다.

"그래."

"나는 당신이 범인을 잡을 것으로 생각합니다."

소년은 보기에도 사랑스러워 보였다.

"정말로 그렇게 생각하니?" 엘러리의 손가락이 소년의 말라서 뼈가 불거진 늑골을 더듬거렸다. "여기에도 약간 살이 필요하구나, 쥬너." 그는 진지하게 말했다. "축구를 하면 살이 좀 붙겠지……그러니까 넌 내가 범인을 잡을 거라고 확신한단 말이지? 너는 정말로 사람을 믿고 있구나. 아마 내가 자신있는 것처럼 말하는 것을 들은 모양이지? 그런데 천만에야. 지금까지로서는 모든 것이 잘돼 가고 있다고 말할 수가 없단다."

쥬너가 소리내어 웃었다.

"놀리고 있는 거지요? 네, 그렇지요?"

"그렇지 않아."

약삭빠른 빛이 소년의 대담한 눈에 떠올랐다.

"내던져 버릴 건가요?"

"천만에."

"내던져 버려선 안돼요." 소년은 열심히 말했다. "우리 팀은 이틀 전의 시합에서 마지막 쿼터까지 14대 0으로 지고 있었어요. 하지만 우리는 단념하지 않았어요. 그리고 터치다운을 세 번 했지요. 저쪽은 굉장히 화가 나 있었어요."

"나는 어떻게 하면 좋을까, 쥬너? 나는 네가 될 수 있는 대로 조언을 해주었으면 좋겠어." 엘러리는 웃지도 않고 말했다.

쥬너는 곧 대답하지 않았다. 입을 꼭 다물고 열심히 생각하는 것 같았다. 그리고 의미깊은 오랜 침묵 뒤에 쥬너는 또렷한 목소리로 말했다.

"달걀이에요."

"뭐라구?" 엘러리는 놀라서 물었다.
쥬너는 저 혼자 아주 좋아하고 있었다.
"달걀 말이에요. 오늘 아침에 나는 퀸 총경님께 달걀을 삶아 드렸어요. 퀸 총경님께 드릴 달걀은 언제나 퍽 조심하지요. 까다로우시니까요. 그런데 너무 단단하게 삶고 말았어요. 그래서 나는 그걸 버리고 다시 했어요. 두 번째는 마침 알맞게 되었지요."
쥬너는 뜻있게 엘러리를 지켜보고 있었다.
엘러리도 껄껄 웃었다.
"환경 때문에 너는 좋지 않은 영향을 받았구나. 너는 내 비유 이야기의 수법을 훔쳤어……쥬너, 그건 상당히 훌륭한 내용이 담긴 생각이다. 아주 멋진 생각이야." 엘러리는 소년의 머리를 쓰다듬어 주었다. "완전히 처음부터 다시 하라, 그 말이지?" 엘러리는 의자에서 벌떡 일어섰다. "네 로마니(집시)의 신들에게 맹세하지만, 그건 훌륭한 조언이야, 쥬너."
엘러리는 새로운 용기를 내어 침실로 사라졌다. 쥬너는 얼마쯤 자랑스러운 태도로 아침 식탁의 접시를 치우기 시작했다.

"존, 나는 쥬너 소년의 충고에 따라 두 개의 범죄 현장을 다시 한 번 조사해 보려고 하네."
두 사람은 병원의 민첸 박사 방에 앉아 있었다.
"나도 필요한가?"
의사의 눈은 흐릿하니 광채가 없고 보랏빛 그늘이 생겨 있었다. 숨소리가 무거웠다.
"만일 시간이 있다면……."
"시간은 있네."
두 사람은 민첸의 방을 나갔다.

그날 아침 병원은 그런대로 여느 때의 공기를 되찾고 있었다. 출입 금지가 해제되어 아래층의 두세 군데 금지 구역을 제외하고는 생과 사의 작업이 아무 잘못도 없었다는 듯이 계속되고 있었다. 형사와 제복 경찰이 아직 서성거리고 있었으나, 방해가 되지 않도록 의사와 간호사의 활동에는 간섭하지 않고 있었다.

엘러리와 민첸은 동쪽 복도를 지나 모퉁이를 돌아서 남쪽 복도를 서쪽으로 향해 걸어갔다. 마취실 입구에 이르니 제복 경관이 한 사람 예비 병동에서 가져오게 한 흔들의자에 편안히 앉아 졸고 있었다. 문은 닫혀 있었다.

엘러리가 문의 손잡이를 잡고 열려고 하자 경관이 깜짝상자 속의 인형처럼 튀어 일어났다. 엘러리가 귀찮은 듯이 퀸 총경의 서명이 든 특별 통과증을 내보일 때까지 감색 제복의 경관은 단호하게 두 사람이 마취실에 들어가는 것을 가로막았다.

마취실은 사흘 전 그들이 나갔을 때와 조금도 다름이 없었다.

대기실로 통하는 문에는 또 다른 경관이 앉아 있었다. 여기서도 통과증이 번개같이 효과를 발휘했다. 경관은 계면쩍은 듯 힘없이 싱긋 웃고는 입 속으로 우물거리며 "들어가십시오" 하고 말했다. 두 사람은 안으로 들어갔다.

바퀴가 달린 운반차, 의자, 비품장, 엘리베이터의 문……아무것도 달라져 있지 않았다.

엘러리가 말했다.

"아무도 여기 들어오는 것이 허락되지 않는 모양이군?"

"비품을 약간 가져가고 싶었는데," 민첸이 중얼거리듯이 말했다. "자네 아버님의 엄중한 명령이 있어서 말이야. 바깥쪽 문을 지나가는 것조차 허락되어 있지 않다네."

엘러리는 우울한 듯이 주위를 둘러보고 있었다. 그리고 머리를 내밀었다.

"내가 여기 다시 돌아온 것을 보고 자네는 바보 같은 사람이라고 생각하겠지, 존? 사실 쥬너의 영시(靈示)에서 최초로 받았던 감격이 지나가 버린 지금은 나도 자신이 약간 바보스럽다는 생각이 든다네. 여기에 새로운 단서가 '있을 리 없잖나?'"

민첸은 대답하지 않았다.

두 사람은 계단식 대수술실을 들여다보고 다시 대기실로 되돌아왔다. 엘러리는 엘리베이터 문 있는 데로 가서 문을 열었다. 엘리베이터는 빈 채로 멈춰 있었다. 엘러리는 안으로 들어가서 반대쪽 문의 핸들을 시험해 보았다. 꿈쩍도 하지 않았다.

"저쪽에는 막아 놓았지." 그는 중얼거렸다. "그래, 여기 동쪽 복도로 나갈 수 있겠군."

엘러리는 대기실로 돌아와서 주위를 둘러보았다. 엘리베이터 옆에 작은 소독실로 통하는 문이 있었다. 안을 들여다보았다. 모든 것이 월요일에 남기고 간 그대로인 듯했다.

"정말 시시하군." 엘러리는 소리를 질렀다. "이 을씨년스러운 곳에서 나가세, 존."

두 사람은 마취실을 지나서 정면 현관 쪽을 향해 남쪽 복도를 걸어갔다.

"그렇지." 엘러리가 갑자기 말했다. "이 별수도 없는 일이 완전히 실패였다는 걸 증명해 두기로 할까. 잠깐 쟈니 박사의 방을 들여다보세."

문 곁에 있던 제복 경관이 허둥지둥 길을 비켰다.

방 안으로 들어서자 엘러리는 커다란 책상을 앞에 놓은 죽은 사나이의 회전의자에 앉아서 민첸에게 서쪽 벽가에 있는 의자에 앉으라고 손짓했다. 두 사람은 말없이 앉아 있었다. 그동안 엘러리는 담배 연기를 통해서 비웃듯이 빈 방을 찬찬히 둘러보고 있었다.

이윽고 그는 맥빠진 듯한 침착한 목소리로 말을 시작했다.

"존, 고백하네만, 아무래도 내가 오랜 동안 주장해 오던 불가능의 영역에 속하는 일이 일어난 모양일세. 해결이 불가능한 범죄의 존재 가능설 말일세."

"그러면 해결할 희망은 없다는 건가?"

"희망은 세계의 기둥이야, 아프리카의 월로프 인이 말하듯이." 엘러리는 담뱃재를 털며 미소지었다. "기둥은 쓰러지려 하고 있네. 내 자존심에 있어선 무서운 스승──두 개의 범죄를 해결 불가능하게까지 교묘하게 해치운 천재적인 범죄의 두뇌를 드디어 만났다고 납득할 수 있다면, 그것으로 눈을 감아야겠지. 그 경우에는 정말이지 당연한 존경을 보내겠네.

그러나 내가 '완전 범죄'라고 하지 않고 '해결 불가능'이라고 말한 점을 주의해 주기 바라네. 이번 범죄는 어느 모로 보나 완전 범죄가 아닐세. 범인은 실제로 상당히 뚜렷한 단서를 남기고 있지. 그리고 그 단서는 어떻게 보면 결정적인 거야. 그렇지, 이 두 개의 범죄에는 천재적인 두뇌의 번쩍임이 없어, 존. 천재와는 거리가 멀어. 우리의 매우 상냥한 악당이 자신의 잘못을 교묘하게 감추었는지, 아니면 운명이 끼어들어 범인의 실수를 뒤치다꺼리했는지 둘 중 하나야……."

엘러리는 책상 위의 재떨이에다 난폭하게 담배 꽁초를 눌러 껐다.

"우리에게 남겨진 수단은 하나밖에 없네. 그것은 지금까지 조사한 사람 하나하나의 배후 관계를 철저하게 캐내 보는 거야. 반드시 그 사람들의 이야기 가운데 어디에 뭔가 숨겨져 있을 거야. 그것이 마지막 희망일세."

민첸은 갑자기 열의를 보이며 고쳐 앉았다.

"그 점에서는 나도 자네를 도울 수가 있네." 그는 희망을 가지고 말했다. "나는 어쩌면 쓸모가 있을지도 모르는 어떤 사실을 발견했어."

"뭔가?"

"어젯밤에 나는 쟈니 박사와 공동으로 쓰고 있던 저술의 늦어진 예정을 돌이키기 위해 상당히 늦게까지 일을 하고 있었네. 쟈니 박사가 하다가 남기고 간 뒤를 잇는 의미로서 말이야. 그런데 사건에 관계된 두 인물에 대해 이상한 일이지만 이제까지 전혀 알지 못했던 어떤 사실을 발견했네."

엘러리는 눈썹을 찌푸렸다.

"원고의 인용례 안에서인가? 나는 잘 모르겠지만······."

"아니, 원고 안에서가 아니라 쟈니가 12년 동안 모아두었던 기록 안에서야······ 엘러리, 이건 직업상의 비밀에 속하네. 보통 경우라면 자네한테도 이야기해선 안되겠지만······."

"누구에 대한 건데?" 엘러리가 날카롭게 물었다.

"루시어스 더닝과 샐라 플러."

"흐음, 그래?"

"하지만 이것이 사건과 관계가 없는 경우에는 기록에 싣지 않겠다고 약속해 주겠나?"

"그러지, 물론. 이야기해 보게, 존. 재미있을 것 같군."

민첸은 빠른 말투로 말했다.

"자네도 알고 있을 줄 믿지만, 의학책에 특별한 병례를 인용할 경우에는 머리글자나 아니면 병례 번호로 표시하는 관행이 있다네. 이건 환자에 대한 배려와 동시에 병리(病理)를 이해하는 데 있어서 환자의 이름이나 신원이 반드시 중요한 것은 아니기 때문이지.

그런데 어제 저녁 《선천성 알레르기》의 원고에 아직 채택하지 않은 병례 기록을 몇 가지 조사해 나가는 도중에 나는 문득 어떤 기록에 부딪친 걸세. 20년이나 묵은 기록의 일부로 특별한 설명이 없이 붙어 있었지. 그 설명에는 이 병례를 인용하는 경우 그 신원을 암시하는 단서는 물론 관계 환자의 머리글자로 쓰지 말도록 '특별한 주의'를 요한다고 씌어 있었네.

이건 너무나 보기 드문 일이어서 나는 아직 책에 넣느냐 안 넣느냐 결심도 서 있지 않았지만 아무튼 곧 그 기록을 읽어 보았지. 병례는 더닝과 샐라 플러에 관한 것이었네. 샐라 플러는 조산——제왕 절개——환자로서 기재되어 있었으며, 조산에 따른 다른 두 서너 가지 상황과 양친의 성적 배경에 대해 설명이 있었네. 그게 우리 저술의 자료로서 소용되는 것이었어." 민첸의 목소리가 낮아졌다. "아이는 사생아였어. 그 아이가 지금의 핼더 도른일세."

엘러리는 저도 모르게 의자의 팔걸이를 움켜잡고 민첸을 넌지시 응시하고 있었다. 천천히 유머의 빛조차 없는 미소가 그 얼굴에 떠올랐다.

"핼더 도른이 사생아라……." 그는 분명한 목소리로 다시 되풀이했다. "그랬었군." 엘러리는 긴장을 풀자 새 담배에 불을 붙였다.

"그건 굉장한 뉴스인데. 가장 고약한 점이 이것으로 분명해졌네. 이것이 사건 해결의 마지막 양상을 바꾼다고는 생각지 않지만 계속 들어 보세, 존. 그밖에 또 뭐가 있나?"

"바로 그 즈음 더닝 박사는 아직 고생 중인 젊은 개업의로 날마다 몇 시간씩 실습생 자격으로 병원에서 일하고 있었어. 어떻게 샐라 플러와 알게 되었는지는 모르겠네만, 두 사람 사이에는 은밀한 관계가 맺어졌지. 더닝은 이미 결혼했기 때문에 샐라와 결혼할 수는 없었어. 사실 당시 더닝에게는 2살 난 딸 에디스가 이미 있었던 거야. 내가 이해하기로는 당시 샐라는 젊은 처녀로서 꽤 매력이 있었던 모양이야……물론 이런 사랑은 엄밀한 의미에서 말하면 의학과 아무 관계가 없네. 그러나 모든 병례 기록은 제대로 정리되기 전에 방대한 양에 이르는 부수적 사실들이 기재되어 있는 게 보통이라네."

"물론이겠지. 그리고."

"그런데 마침 도른 부인이 샐라의 사정을 알게 되어 그녀에게 많은 관심을 갖고 있었으므로 사건을 너그럽게 처리하도록 했어. 도른 부인은 더닝의 입을 막으려 했으며, 나중에 병원의 정식 의사로 채용하기까지 했네. 그리고 아이는 자기 아이로서 맡아 곤란한 사태를 완전히 처리해 버렸지."

"법률적으로도 말인가?"

"물론이지. 샐라는 이런저런 말을 할 수가 없었겠지. 기록에 의하면 샐라는 별조건도 없이 이 결정을 승낙했다는 거야. 아이의 양육에 대해서는 일체 간섭하지 않고 에비게일 도른의 딸로서 세상에 내세울 것을 맹세했지.

당시는 아직 도른 부인의 남편이 살아 있었으나 아이가 없었던 걸세. 이 일은 병원 사람들도 포함해서 누구에게나 절대 비밀에 붙여졌네. 다만 샐라의 아이를 받은 쟈니 박사만이 예외였지. 도른 부인이 가지고 있던 권세의 덕분으로 어떠한 소문도 뚜껑이 덮이고만 걸세."

"이건 지금까지 분명치 않았던 여러 가지 점을 설명하는 데 크게 도움이 되네." 엘러리는 말했다. "도른 부인과 샐라의 싸움도 설명이 되고, 샐라는 아마 억지로 흥정한 것을 후회했을 걸세. 또한 더닝이 열심히 도른 부인 살해에 대해 샐라는 결백하다고 변호하고 있는 점도 설명되지. 샐라가 체포된다면 젊은 혈기의 무분별한 이야기가 드러나 가정적으로나 사회적으로나 파멸할 테니까. 아마 직업적으로도 파멸하겠지." 엘러리는 머리를 내저었다. "하지만 이것이 사건 해결에 얼마만큼이나 도움이 될는지 나는 아직 잘 모르겠네. 이것으로서 샐라가 도른 부인을 죽일 유력한 동기를 가지고 있었다는 건 분명해졌네. 쟈니 박사의 경우에 대해서도 대충 납득이 가는 동기를 갖고 있었다고 할 수 있지. 어쩌면 피해 망상에서 나온 편집광적인 범죄일지도 몰라. 그 여자는 분명히 균형이 잡혀 있지 않아. 그러나……."
엘러리는 갑자기 자세를 바로 고쳐 앉았다. "존, 그 병례 기록을 잠깐 들여다보고 싶은데, 어떨까? 자네가 빠뜨린 뭔가 중요한 게 있을지도 모르니까 말일세."

"자네에게 보여 줘서 나쁠 건 없겠지. 이렇게 털어놓고 이야기한 이상은." 민첸은 피로한 듯한 목소리로 말했다.

그는 무겁게 엉덩이를 들고 방심한 태도로 쟈니 박사의 책상 뒤를 향해 걸어갔다.

엘러리는 민첸이 자기 책상 뒤를 거북스럽게 빠져나가려고 하는 것을 보고 웃음을 터뜨렸다.

"대체 자넨 어디로 갈 작정인가, 선생?"

"뭐!"

민첸은 한동안 멍해 있었다. 그리고 쓴웃음을 지으며 머리를 긁적였다. 그리고 발길을 돌려 문 쪽으로 걸어갔다.

"노인이 죽어서 머리가 좀 이상해진 걸 드러낸 셈이로군. 어제 이 방에 들어와서 박사가 죽은 것을 발견하자 곧 그 양반의 서류 정리장을 책상 뒤에서 다른 데로 옮긴 것을 까맣게 잊고 있었어……."

"뭐라고?"

그 뒤 몇 년이나 지난 뒤에도 엘러리는 언뜻 나타난 별것도 아닌 이 정경을 생각해 보고는 혼자 좋아하곤 했다. 그의 주장에 의하면 그때, 그는 '범죄 수사자로서의 신통치도 않은 생애 가운데 가장 극적인 순간'을 경험했다는 것이었다.
 하나의 잊혀졌던 사건, 짤막한 단 한 마디 말에 의해 도른 부인과 쟈니 박사 사건의 전모가 아주 새로운 양상을 보이기에 이른 것이다.
 민첸은 엘러리의 고함 소리가 너무 날카로운 데 놀라 그 자리에 우뚝 서고 말았다. 그리고 어처구니없어하며 엘러리를 바라보고 있었다.
 엘러리는 이미 바닥에 엎드려 회전의자 뒤쪽에 두 무릎을 꿇고 세심한 주의를 기울여 리놀륨을 조사하고 있었다. 한참 뒤에 그는 기운차게 일어나서 미소마저 띠며 머리를 내저었다.
 "바닥에는 정리장의 자국이 없어. 새 리놀륨이기 때문이지. 맞았어, 그 때문에 내 관찰력이 미치지 못한 걸세……."
 엘러리는 뚜벅뚜벅 방을 가로질러 가서 민첸 박사의 어깨를 힘껏 잡았다.
 "존, 자네 덕분에 일이 결말났네. 잠깐 기다려……이쪽으로 돌아오게. 그까짓 병례 기록 같은 건 아무래도 좋아."
 민첸은 하는 수 없다는 듯이 어깨를 으쓱하고는 다시 자리에 앉아서 재미있기는 하지만 언짢은 기분으로 엘러리를 지켜보고 있었다. 엘러리는 맹렬한 기세로 담배를 피우면서 방을 성큼성큼 왔다갔다하고 있었다.
 "일의 내력은 이렇네." 그는 유쾌한 듯이 말했다. "자네가 나보다도 몇 분 전에 여기 와서 박사가 죽어 있는 것을 발견했지. 그리하여 곧 경관들이 닥쳐와 여기저기 휘저어 놓을 것을 알고 그전에 저 중요하고 귀중한 기록을 숨기기 위해 안전한 장소로 옮겼네. 틀렸나?"
 "으음, 맞았네. 하지만 그게 왜 나쁜가? 그 서류장이 어떻게 되었다는 건가. 난 도무지 알 수가 없군."
 "왜 나쁘냐고?" 엘러리는 소리쳤다. "물론 모르고 한 짓이기는 하지만, 자네는 이번 사건의 해결을 꼬박 24시간이나 늦추고 말았네. 자네는 그 정리장이 이번 범죄에 크게 관계가 있다는 것을 몰랐던 걸세. 존, 그게 요점이야, 사건의 요점이라구. 그걸 모르고 나는, 이 젊은 셜록은 아버지의 지위와 나의 마음의 평화에 하마터면 '끝'이라고 써넣을 뻔했네……."

"하지만." 민첸은 어안이 벙벙하여 말했다.

"하지만이 아니야, 존. 그러나 그렇게 걱정할 건 없네. 중요한 건 내가 마침내 확증을 잡았다는 사실이지."

엘러리는 방 안을 왔다갔다하는 것을 그만두고 장난스럽게 미간을 찌푸리며 민첸을 바라보았다. 그리고 한 손을 쓱 들어 손으로 오른쪽을 가리켰다.

"저기를 보게. 나는 저 구석에 창문이 있어야 한다고 했지, 존?"

민첸은 엘러리가 힐난하듯이 가리키는 방향을 멍하니 바라보았.

아무것도 보이지 않았다. 있는 것은 다만 쟈니 박사의 책상 뒤쪽에 보이는 밋밋한 벽뿐이었다.

단순화 SIMPLIFICATION

"아래층의 평면도를 가져다 주게, 존."

민첸 박사는 엘러리의 새로 생겨난 열정의 폭풍에 휘말리고 말았다. 말이 없고 시무룩하니 깊은 생각에 잠겨 이것도 아니고 저것도 아니라며 고민하던 사나이로부터 엘러리는 전혀 다른 모습이 되어 있었다. 활발하고 전격적이고 과단성이 있었다…….

서무 주임인 파라다이스 자신이 설계도 청사진을 죽은 외과의사의 방으로 가지고 왔다. 서무 주임은 마치 왕족이라도 대하듯 뻣뻣이 굳어져서 인사를 하고는 가냘프게 미소짓더니 얼른 나가 버렸다.

엘러리는 본 척도 하지 않았다. 그는 곧 평면도를 펴서 책상 위에 놓았다. 그리고 손 끝으로 뭔가 미로를 더듬고 있었다. 친구의 어깨 너머로 그것을 지켜보고 있던 민첸 박사에게는 도무지 모든 것이 수수께끼였다. 의사는 마음 속으로 이 키 큰 청년의 곁눈질 한 번 안하는 정신 집중에 감탄하고 있었다. 엘러리는 평면도에 그려진 선의 미궁 말고는 현실 세계가 사라져 없어진 것처럼 청사진을 응시하고 있었다.

무척 오랫동안 그러고 있었다. 그동안 민첸 박사는 참을성있게 기다리고 있었다. 이윽고 엘러리는 어딘지 모르게 묘하게 만족스러운 표정을 지으며 몸을 일으키더니 코안경을 벗었다.

청사진은 희미하니 바스락 소리를 내면서 본대대로 말려졌다.

엘러리는 코안경으로 아랫입술을 가볍게 두들기면서 생각에 잠겨 방을 성큼성큼 걸어다니기 시작했다. 담배에 불을 붙이고, 머리가 연기 속으로 사라졌다.

"다시 한 번 가 보세, 다시 한 번." 말이 연기 속에서 새어나왔다.

"자, 존!" 엘러리는 의사의 어깨를 소리나게 두들겼다. "만일 그런 일이……만일 습관의 힘으로." 엘러리는 말을 중간에서 끊고 싱긋 웃었다. "만일 운이 좋으면 증거의 조그만 조각이라도 하나…… 자, 가 보세."

엘러리는 방에서 남쪽 복도로 튀어나갔다. 민첸도 그 뒤를 부리나케 쫓았다. 엘러리는 마취실 앞에서 멈춰서더니 홱 뒤돌아보았다.

"빨리 대기실 비품장의 열쇠를 주게."

바쁜 듯이 그의 손가락이 재촉하고 있었다. 민첸은 열쇠꾸러미를 꺼냈다.

엘러리는 내민 열쇠꾸러미를 의사의 손에서 낚아채자 허둥지둥 마취실로 들어갔다.

방을 가로지르는 도중에 급히 가슴 속에서 작은 수첩을 꺼냈다. 그리고 페이지를 넘겨서 무엇이 씌어 있는지 잘 모르는, 아무렇게나 연필로 그린 그림이 있는 곳을 펼쳤다. 뭔가 기하학적인 윤곽의 도형으로, 한쪽 끝이 기묘한 톱니 모양을 하고 있었다. 한참 열심히 그 그림을 들여다보고 있더니 이윽고 그는 미소를 띠었다. 그리고 한 마디도 하지 않고, 수첩을 주머니에 집어넣고는 문 곁에 있던 경관 옆을 빠져나가 대기실로 들어갔다. 민첸은 의아해 하면서 그 뒤를 따라갔다.

엘러리는 곧장 비품장 곁으로 갔다. 민첸의 열쇠로 유리문을 열고는 우뚝 선 채 눈을 반짝이며 앞에 늘어서 있는 좁은 서랍의 열을 지그시 바라보고 있었다. 서랍에는 각각 한 가운데에 금속 주머니가 붙고 있어 그 안에 든 물품의 이름을 적은 종이가 꽂혀 있었다.

엘러리는 재빨리 그 라벨을 훑어보다가 비품장 아래쪽 라벨의 하나를 읽고는 조사하기 시작했다. 몇 번이나 서랍에서 꺼내어 눈 가까이 가지고 가서 찬찬히 살펴보았다. 그러나 아무래도 만족스럽지 못한 것 같았다. 이윽고 네 번째로 얇은 용기를 꺼냈다. 그리고 나직이 환성을 지르더니 장에서 뒤로 물러나와 주머니에서 수첩을 꺼내어 이상한 연필 그림이 그려 있는 페이지를 다시 열었다. 그 그림과 서랍에서 꺼낸 물건을 주의깊게 견주어 보았다.

그는 미소를 지으며 수첩을 주머니에 집어넣고 발견한 물건을 장 안에 도로 넣었다. 다시 한 번 고쳐 생각한 듯이 그 물건을 꺼내어 이번에는 얇고 투명한 봉투에 소중하게 다시 넣어 윗옷 주머니에 넣었다.

"아마도," 민첸이 참다못해 말을 꺼냈다. "뭔가 중대한 것을 발견한 모양이군. 하지만 나로서는 뭐가 뭔지 전혀 모르겠네. 뭘 그렇게 싱글벙글하고 있나?"

"발견한 게 아니야, 존. 확인했을 뿐이지." 엘러리는 매우 진지하게 대답했다. 그는 대기실 의자의 하나에 앉아 어린아이처럼 다리를 흔들거렸다. "이번 사건은 내가 이제까지 만난 것 중에서 가장 기괴한 거였네. 지금 손에 넣은 하나의 증거는 복잡하기 짝이 없는 가설을 확인하기에 충분할 만큼 유력한 것이네. 그러나 비록 이것을 보다 전에 찾아냈다 해도 별로 크게 도움이 되지는 않았을 걸세.

생각해 보게. 이건 처음부터 죽 내 코 끝에 있었어. 그러나 나는 이 귀중한 증거의 소재를 확인하기 전에 '우선 범죄 그 자체를 해결' 해야 했던 걸세."

나눔 EQUATION

목요일 오후, 엘러리 퀸이 한쪽 팔 밑에 커다란 종이꾸러미를 안고 또 한쪽 팔 밑에는 종이를 감은 막대기를 안고 서87번 거리의 갈색 석조 건물 계단을 올라가는 모습이 보였다. 얼굴 가득 미소를 띠고 있었다.

엘러리가 문의 열쇠 구멍에서 열쇠를 짤가닥거리는 소리를 듣고 쥬너가 곧 현관으로 뛰어나왔다. 문을 열자 엘러리가 커다란 종이꾸러미를 등 뒤에 숨기려 하고 있는 참이었다.

"엘러리 씨, 돌아오십니까? 어째서 벨을 울리지 않으셨지요?"

"나는 저어……." 엘러리는 싱글벙글하며 입구의 기둥에 기대었다. "쥬너, 물어 볼 게 있는데……너는 커서 뭐가 되고 싶지?"

쥬너는 눈을 크게 떴다.

"커서요?……나는 탐정이 되고 싶어요."

"변장할 줄 아니?" 엘러리가 진지한 말투로 물었다.

소년의 입이 딱 벌어졌다.

"아니오, 그런 건 몰라요. 하지만 배우지요, 뭐."

"나도 그게 좋겠다고 생각했지."

엘러리는 숨겼던 손을 앞으로 내밀었다. 그리고 꾸러미를 소년의 팔에다 떠맡겼다.

"여기 그럴 듯한 것이 있으니까 연습을 시작해 봐."

그리고 엘러리는 어처구니가 없어 말도 못하는 쥬너를 뒤에 남겨 둔 채 유유히 방 안으로 들어갔다.

2분도 되기 전에 쥬너가 거실로 뛰어들어가 외쳤다.

"엘러리 씨! 나에게 주시는 겁니까?"

쥬너는 공손히 꾸러미를 책상 위에 놓았다. 포장지를 뜯자 안에 금속제의 상자가 있고 뚜껑을 여니 가짜 수염, 백묵, 안료, 그밖의 같은 종류에 속하는 온갖 수수께끼 같은 물건이 복잡하게 가득 들어 있었다.

"장난꾸러기 너한테 주는 거야." 엘러리는 외투와 모자를 한쪽 구석에 집어던지고는 소년 위로 몸을 굽혔다. "너에게 주는 거야. 네가 퀸 집안에서 가장 유능한 탐정이기 때문이지."

쥬너의 얼굴에 붉으락푸르락 온갖 빛깔이 나타났다.

"너한테 안 주면 누구에게 주겠니. 네가 없었더라면……." 엘러리는 소년의 볼을 살짝 치면서 점잔을 빼고 말했다. "오늘 아침 너의 영묘한 암시가 없었더라면 도른 부인과 쟈니 박사 사건은 해결을 보지 못했을 거야."

"잡았나요?" 그 순간 쥬너의 입이 열렸다.

"아직 못 잡았지만, 그러나 오래 걸리지는 않을 거야. 자, 그 변장 도구를 가지고 저쪽으로 가거라. 나는 생각할 일이 있으니까. 산더미처럼 많아."

쥬너는 퀸의 변덕에 익숙해 있었으므로 알라딘의 램프 노예(《아라

비안나이트〉에 나옴)처럼 부엌으로 자취를 감추었다.

 엘러리는 길다란 종이 두루마리를 책상 위에 폈다. 병원에서 서무 주임인 파라다이스가 가져다 준 청사진이었다. 담배를 입으로 흔들흔들하며 엘러리는 오랜 시간 동안 다시 평면도를 조사하고 있었다.

 그리고 가끔 도면의 난 밖에다 수수께끼 같은 메모를 했다.

 무언가가 엘러리를 당혹케 하고 있는 것 같았다. 담배를 몇 개비나 연기로 만들며 언제 끝날지도 모르는 채 방 안을 왔다갔다하기 시작했다. 평면도는 책상 위에서 잊혀지고 있었다. 이마는 흐리고, 하얀 선이 새겨지며 주름이 잡혀 있었다.

 쥬너가 머뭇머뭇 소리나지 않게 들어왔다. 무서운 모습을 하고 있었다. 검은 곱슬머리 위에 새빨간 가발이 얹혀져 있었다. 적황색의 반다이크 수염이 턱에서 늘어져 있었다. 굉장한 검은 콧수염이 코 밑에 매달려 있었다. 털투성이 얼굴 장식의 마지막 손질은 툭 튀어나온 굵다란 반백의 가짜 눈썹이었는데, 어딘지 모르게 리처드 퀸 총경을 닮은 것 같았다. 연지로 볼을 붉게 칠하고 검은 연필로 그린 눈은 전설에 나오는 스벤가리의 눈과 비슷했다.

 쥬너는 가슴을 두근거리며 테이블 곁에 서서 어떻게 해서든지 엘러리의 주의를 끌려고 애쓰고 있었다.

 엘러리는 깜짝 놀란 표정을 짓고 우뚝 멈춰섰다. 그 놀라움이 사라지자 진지한, 거의 불안해 뵈기까지 하는 표정이 떠올랐다.

 "누구신가요? 어째서 여기에 들어왔습니까?"

 그는 좀 떨리는 목소리로 물었다.

 "엘러리 씨, 나에요." 쥬너는 눈을 끔벅거렸다.

 "뭐라고!" 엘러리는 한 발 뒤로 물러섰다. "나가!" 그는 목쉰 작은 소리로 말했다. "사람을 놀리는 데도 정도가 있지……쥬너, 정말로 쥬너냐?"

"물론이지요." 쥬너는 의기양양해서 외쳤다.

그는 콧수염과 볼수염을 잡아뗐다.

"감쪽같이 속았군." 엘러리는 중얼거렸다. 눈에 숨어 있던 웃음이 한꺼번에 밖으로 튀어나왔다. "이리 와 봐, 이 장난꾸러기야."

엘러리는 총경의 커다란 팔걸이의자에 앉아서 소년을 가까이 오게 했다.

"쥬너." 그는 엄숙하게 말했다. "사건은 거의 해결됐단다. 한 가지를 빼고는 완전히."

"그런 조그만 일이야 아무려면 어때요."

"나도 너의 유쾌한 기분에 동감이야. 그런 조그만 일은 아무래도 좋아." 엘러리의 눈썹이 다시 흐려졌다. "나는 오늘 범인의 목덜미를 잡을 수가 있어. 저 두 번의 살인을 저지른 인간, 단 한 명의 인간을. 빈틈없이 완전한 증거를 잡고 있지. 그러나 단 한 가지 이 고약한 조그만 점이……." 엘러리는 쥬너에게 이야기한다기보다는 오히려 자신을 향해 이야기하고 있었다. "이 조그만 점이 아주 이상하지만 범인을 체포하는 데는 조금도 영향이 없어. 하지만 아무튼 그 답이 나오기 전까지는 전부 알았다고 할 수 없겠지."

그의 목소리는 중간에서 무슨 생각이 난 듯이 끊겨 버렸다. 엘러리는 쥬너를 밀어내고 반쯤 눈을 감은 채 고쳐 앉았다.

"그렇지." 엘러리는 조용히 말했다. "이제야 알겠군."

그는 의자에서 벌떡 일어나 침실로 모습을 감추었다. 쥬너가 얼른 뒤를 따라갔다.

엘러리는 나이트 테이블에서 전화기를 들어올리더니 수화기에 대고 번호를 외쳤다.

"피트 허퍼 씨……피트 씨, 잘 들어요……질문은 하지 말고 잠자코 듣기만 하시오. 피트 씨, 당신이 내 부탁을 들어 주면 지난번보다 더 멋진 뉴스를 주겠소……들리오? 펜과 종이는 준비되었겠지요? 그리고 당신의 영원한 사랑에 맹세코 이 일을 아무에게도 말해선 안되오. 누구에게도 말이오. 알겠소. 내가 말할 때까지 발표해서는 안되는 거요. 그래서 말인데……당신이 가 주었으면 하는 데가 있소. 그건…….''

(1) 쥬너에 대한 좀더 자세한 설명──그 생장, 퀸 부자와의 관계에 대해서는 첫작품인 《로마 모자의 비밀》을 참조하기 바란다.
*1 북구 신화에 의하면 쓰러진 전사는 하늘나라(발하라)에 가서 천사(발커리스)의 영접을 받는다.
*2 미국의 아동문학가(1834~1899).

독자에의 도전

《네덜란드 구두의 비밀》 이야기도 여기까지 왔으므로 나는 몇 년 전에 발표한 나의 최초의 추리소설에서 만들어 낸 전례에 따라 〈독자에의 도전〉을 삽입하겠다.

독자는 이제 에비게일 도른과 프랜시스 쟈니 살해의 올바른 해결에 있어 중요한 '모든 적절한 사실'을 입수했으리라고 나는 완전한 성실성을 가지고 보증한다.

이야기가 여기까지 오고 보면 주어진 자료에 대해 엄밀한 논리와 논박할 여지가 없는 추리를 구사함으로써 에비게일 도른과 프랜시스 쟈니 박사를 죽인 범인을 지명하는 것은 독자에게 있어 간단할 것이다. 나는 감히 간단하다고 말한다. 그러나 실제로는 간단하지가 않다. 이 사건의 추리는 아주 자연스러우나, 날카롭고 쉴 줄 모르는 사고를 필요로 한다.

작자가 대기실의 비품장에서 꺼낸 물건이나 앞장에서 허퍼에게 전화로 준 정보 같은 지식은 해결에 필요치 않다는 것을 명심해 주기 바란다……독자가 정확하게 논리를 밀고 나간다면 그 물건이 무엇이었는지, 또는 확실하게는 모른다 하더라도 그 정보가 어떠한 것이었는지는 대강 추정할 수 있을 것이다.

　공명정대하지 못하다는 비난을 면하기 위해 나는 다음과 같은 변증을 싣는다. 즉 나 자신이 해답을 낸 것은 비품장에 가기 '전'이며, 허퍼에게 전화를 걸기 전이었다는 것을.

엘러리 퀸

제3부 진상의 발견

 일생 동안 범인을 쫓아다니며 지낸 사람은 누구나 늙어서 회고할 나이에 이르면 뭔가 좀 색다른 공포의 씨앗의 물적 증거를 수집하는 법이다……내가 아는 한 탐정은 살인의 흉기로 방을 가득 채워 놓았고, 또 다른 한 사람은 지문의 기록 속에 묻혀서 지낸다. 나 자신의 어리석은 취미는 '종이' 수집이었다. 온갖 모양, 크기, 색깔, 용도의 종이를 모으는 것이다. 그러나 동시에 그러한 종이들은 모두 공통적인 내력에 의해 서로 관련되어 있었다. 즉 어떤 범죄에 중요한 역할을 한 것이다.
 이를테면 나의 보물 가운데 어느 서재에서 떼어 온 귀중한 노란 마분지 토막이 있다. 그것으로써 나는 19명의 인간을 죽인 브라질 사람 레지로스를 기아나(유형지)에 보내는 데 성공했다. 또한 타락한 말티닉의 영국인 피터 피터로 불리는 묘한 괴짜를 체포하는 계기가 된 반쯤 탄 잎담배의 띠도 가지고 있다……나는 또 전당표라든가, 25년 전의 보험 통지서라든가, 싸구려 부인 외투의 가격표라든가, 작은 담배 종이다발 등 얼른 보기에 아무런 특징도 없는 종이로 된 물건을 둘러싸고 전개된 범죄의 완전한 사건 기록을 보존하고 있다. 그리고 나의 수집품 가운데 가장 볼 만한 것이 될 흥미있는 종이쪽지는……

발견되었을 때 그것은 물에 젖어서 겉으로 보기에는 글씨를 쓰거나 인쇄한 흔적이 아무데도 없는, 본디는 상당히 두꺼웠을 단순한 백지장이었다. 너무 젖어 가까스로 종이 모양을 유지하고 있을 정도였다 ……그러나 이 무심한 한 조각의 종이쪽지가 이윽고 20세기 최대의 해적을 교수형에 처할 단서가 되었던 것이다.

그것은 낡은 위스키의 라벨로서, 화학 분석에 의해 바다의 짠물 속에 잠겨 있었던 것이 밝혀졌기 때문이었다…….

오스트레일리아 멜버른
바솔로뮤 틴 지음
《한 형사의 각서》에서

해명 CLARIFICATION

뉴욕 시 서87번 거리 ××번지
리처드 퀸 총경 귀하

친애하는 총경님.

저는 엘러리 퀸 씨의 특별 요청에 의해 이 편지를 씁니다. 엘러리 퀸 씨와는 오늘 아침 전화로 이야기했습니다.

퀸 씨는 어제 네덜란드 기념 병원의 존 민첸 박사로부터 들어서 알기까지 경찰이 아직 입수하지 못했던, 어느 개인에 관한 비밀 정보에 대해 완전히 알고 있음을 본인에게 알려 왔습니다.

비밀이 드러난 이상 저로서는 침묵을 지키거나 회피할 이유가 없어졌으므로, 이 기회를 이용하여 더닝 박사와 플러의 관계에 대해 아직 설명되지 않았던, 아니면 명료하지 않았던 여러 가지 점을 밝히고 싶습니다.

그러나 이야기를 진전시키기 전에 오늘 아침 엘러리 퀸 씨 자신이 본인에게 주었던 보증을 당신에게 말씀드리는 것을 용서하십시오. 엘러리 퀸 씨는 핼더 도른의 참된 혈통에 대해서는 신문 지상에 공표하지 않도록 모든 경계 조치를 강구하여 가능하면 귀하의 경찰 기록에도 수록되지 않게 하겠다는 것을 약속하였습니다.

도른 부인의 유언장에 의해 없애도록 명령받은 서류는 저의 의뢰인이 이 편지 속에 씌어진 사건의 전후 몇 년 동안에 걸쳐 써 두었던 개인적인 일기로서, 약 5년 전부터 다시 쓰기 시작하여 그 뒤로는 종교적이라 할 만큼 신중하게 써 온 것입니다.

명민하게도 퀸 씨가 추측하신 대로, 저는 법적 도덕이 요청하는 대로 봉인을 뜯지 않은 채 봉투를 없애 버리지 않고 법적 권한을 넘어서 월요일에 이를 뜯어 내용을 읽었던 것입니다.

퀸 총경님. 저는 이미 오랫동안 법률사무를 취급하여 돌아가신 제 아버님의 직무상의 명성을 손상시키지 않도록 있는 힘을 다해 노력해 왔다고 확신합니다. 특히 도른 부인의 경우는 의뢰인인 동시에 친구로서 언제나 부인의 최선의 이익을 위해 온 힘을 다해 왔습니다. 도른 부인의 죽음이 자연사였다면 저는 스스로의 법률적 신용을 배신하는 일을 결코 하지 않았을 것입니다. 그러나 부인은 살해되었으며, 동시에 또 저와 핼더 도른 양은 지금은 고인이 된 그녀 어머니의 전적인 동의를 얻어서 약혼한 사이였으므로——지금도 그렇습니다——저 또한 사실상 도른 일가의 한 사람이라는 사실에 의거하여 봉투를 열어 그 내용을 조사하지 않을 수 없었던 것입니다. 만일 제가 뜯어 보지 않고 이를 경찰에 넘겨 주었다면 이번 살인 사건과는 아무 관계 없는 개인적 사실이 드러나고 말았을 것입니다. 그런 까닭으로 하여 저는 고문 변호사라기보다 오히려 가족의 한 사람으로서의 입장을 취하여 만일 범죄와 관계된다고 여겨지는 어떠한 사실이 서류 중에서 발견된 경우에는 당신의 손에 넘겨 주겠다는 생각을 마음 속에 품고 그 봉투를 뜯었던 것입니다.

그러나 일기를 읽어 감에 따라 저는 핼더의 출생을 둘러싼 놀라운 사실을 발견했던 것입니다. 총경님. 당신은 제가 정보를 숨기고 일기를 없애 버렸다는 데 대해 과연 힐난하시겠습니까? 그것은 저 개인을 위한 것이 아니었습니다. 그러한 치욕은 저에게 있어서는 아무 의미도 없습니다. 그러나 핼더같이 순진무구한 처녀에게 있어서는, 자신이 가정부의 사생아라는 사실이 세상에 알려진다는 게 무엇을 의미하는지 생각해 보시기 바랍니다.

이에 관련하여 말씀드리고 싶은 것이 또 한 가지 있습니다. 이것은 지금 검증을 위해 제출해 놓은 유언장과 대조함으로써 확인될 것입니다. 즉 핼더는 출생이나 혈통에는 상관없이 에비게일 도른의 법률상 딸로서——사실 그러합니다만——부인의 재산을 거의 물려받게 되어 있다는 사실입니다. 그 혈통의 비밀은 핼더에 대한 유증에 아무런 영향도 주지 않습니다. 따라서 이 부끄러운 사실에 대한 저의 침묵을, 핼더의 유산 상속이 고인과의 혈연 관계로 좌우되는 경우 스스로 의혹을 받아도 어쩔 도리 없는 이기적인 동기에 의한 것이라고 해석할 수는 없을 것입니다.

도른 부인과 샐라 플러가 출생의 비밀에 대해 끝없이 논쟁하고 있었다고 퀸 씨가 추측한 것은 사실 맞았습니다. 일기에는 특히 샐라가 약속을 후회했다는 것, 딸을 돌려 주지 않으면 자기가 어머니라는 것을 폭로하겠다고 늘 협박했었다는 것이 씌어 있었습니다. 세월이 흐름에 따라 도른 부인은 핼더에 대해 진실된 어머니의 애정을 느끼게 되었던 것입니다. 현재로선 거의 광신적이 된 중년의 샐라 플러를 내보내기를 주저한 것은 다만 그녀가 진상을 세상에 폭로할까 두려워했기 때문입니다.

 도른 부인이 죽은 뒤 저는 샐라 플러와 은밀하게 회담하여 도른 부인——그녀의 증오의 대상——이 없어진 지금은, 무슨 이유에서인지는 모르지만 샐라의 마음에 든 제가 핼더와 결혼하기로 되어 있는 이상 비밀을 폭로하지 않겠다는 확약을 받았습니다. 더닝 박사는 이기적 이유에서 입을 다물고 있다고 믿어도 좋을 것입니다. 그의 지위와 명성은 모두 침묵을 지키는 데 달려 있습니다.

 엘러리 퀸 씨가 추측한 바와 같이 샐라 플러가 지난 며칠 동안 자주 더닝 박사와 만난 것은 핼더의 혈통 문제와 앞으로 취할 행동 방침에 대해 의논하기 위하였음은 상상하기에 어렵지 않습니다. 이상하게도 샐라 플러는 저에게 어제 두 사람이 문제를 여러 가지 각도에서 검토했다고 말하고, 더닝 박사를 설득하여 핼더에게는 도른 집안의 피를 받은 것으로 알고 살아 가도록 결정했다는 것을 얼마쯤 자랑스러운 듯이 이야기해 주었습니다.

 일기에 의해 밝혀진 또 한 가지 문제는, 이 사건에서 쟈니 박사가 맡은 역할을 이야기해 주고 있다는 점에서 중요한 것입니다. 알고 계시는지 모르겠습니다만, 쟈니 박사는 시종일관 도른 부인의 의논 상대였습니다. 특히 핼더의 출생에 대해 진상을 알고 있는 몇 안되는 사람들 가운데 하나였다는 점에서도 그러했습니다. 일기의 어떤 대목에서는 쟈니 박사의 더닝 박사에 대한 태도는, 더닝 박사가 사실상 샐라 플러에게 폭행을 가했음을 알고 있으면서도 거기에 의해 조금도 영향을 받지 않았다고 씌어 있었습니다. 더닝 박사는 젊은 시절의 과오는 용서받아야 한다는 세속적인 견해에 의해 이익을 얻고 있었던 것 같습니다.

 아무튼 쟈니 박사는 가끔 툭하면 말썽을 일으키려는 샐라 플러의 버릇, 단순히 비뚤어진 모성 본능을 만족시키기 위해 핼더의 일생을 망쳐 버리려는 집념을 충고하고 있었습니다. 기묘한 이야기라고 생각되지 않습니까? 아마 더닝 박사에 대한 쟈니 박사 너그러운 태도는 더닝 박사의 전문적인 지식에 진심으로 경복하고 있었다는 것과 세속을 초월한 박사 자신의 성격 때문이었을 것입니다.

진정한 의미에 있어 쟈니 박사는 도른 부인의 친구였습니다. 박사는 부인의 모든 행동을 변호했으며 두 사람 사이에서 불화나 불성실이란 찾아볼 수조차 없었습니다.

여기에서 거듭 당신의 침묵을 간청하는 것을 용서해 주십시오. 저 자신을 위해서가 아닙니다. 그것은 귀하도 잘 알고 있으리라 믿습니다만 핼더를 위해서입니다. 핼더는 지금 저에게 있어 무엇과도 바꿀 수 없는 존재입니다.

그럼, 이만 줄이겠습니다.

　　　　　　　1월 ×일 금요일 필립 모어하우스 법률사무소
　　　　　　　　　　　　필립 모어하우스

덧붙임——이 편지의 복사는 없습니다. 읽으신 뒤에 곧 없애 주신다면 더할 데 없이 고맙겠습니다.

이 평온무사했던 금요일, 퀸 총경이 나중에 가서 돌이켜 생각해 볼 만한 이유가 있었던 단 한 가지 다른 사건은 저녁 6시 반 무렵 엘러리 퀸에게 전화가 걸려 온 일이었다.

지난 24시간 이래 엘러리의 태도는 미묘하게 변화하고 있었다. 이제는 초조해 하는 빛도 없고, 이전의 파란만장했던 나날의 특징이었던 마구 정력을 소모하며 방 안을 성급하게 왔다갔다하는 짓도 하지 않았다.

금요일 하루 종일 엘러리는 거실의 창가에 앉아 독서도 하고, 두 시간 남짓 덜커덩거리는 낡은 타이프라이터를 치기도 했다. 급히 서둘러 점심을 먹고 본부의 여러 부하들과 전화로 의논하기 위해 정오에 아파트로 돌아온 퀸 총경이 아들의 어깨 너머로 들여다보니 엘러리는 탐정소설을 쓰고 있었다. 몇 달 전부터 쓰기 시작한 것이었으나, 요 몇 주일 동안 마음이 안정되지 않아 팽개쳐 놓은 채로 있던 것이다. [1]

노인은 코를 킁킁거렸으나, 반백의 콧수염 아래에서 미소가 번져 나왔다. 좋은 징후인 것이다. 총경은 벌써 몇 달째 이렇게 한가롭고 평화로운 아들의 모습을 보지 못했었다.

그 중요한 전화는 총경이 또다시 아무런 수확도 없는 오후를 보내고 아파트로 돌아오는 엘러리의 목소리를 들은 순간, 그 주름이 사라지고 긴장된 표정으로 바뀌었다.

그것은 흥분한 목소리——생생하고 유쾌한 목소리——엘러리가 어쩌다가 한 번씩 내는 목소리였다.

총경은 살며시 현관 문을 닫은 뒤 거의 숨을 죽이고 서서 귀를 기울이고 있었다.

"피트 씨, 어디 있지요?" 처음에는 어딘가 불안한 듯한 느낌이 있었다. 그러나 이윽고 목소리가 침착해지고 밝아졌다. "좋습니다, 아주 좋아요, 피트 씨. 코네티컷이라구요. 있을 법한 일이지요……수고하셨습니다, 그래, 그럼 됐어요. 당신은 정말 좋은 사람이오, 한평생 그랬으면 좋겠군요. 서류는 손에 들어왔나요? 그거 잘했소……아니, 그럴 필요는 없습니다. 복사해서 시내로 돌아오거든 곧 내게 주십시오. 오전 3시라도 좋습니다, 필요하다면. 일어나서 기다리고 있겠소……아주 급한 거요."

총경은 찰깍 하는 수화기 소리를 들었다. 그리고 엘러리의 원기왕성한 목소리가 소리치고 있었다.

"쥬너, 다 끝났다."

엘러리가 거실로 튀어나오자 노인이 물었다.

"뭐가 끝났니?"

"오오, 아버지!" 엘러리는 아버지의 팔을 잡고 다정하게 흔들었다. "이 증거는 흠잡을 데가 없습니다. 이제 곧 피트 허퍼가……."

"피트 허퍼라구?" 총경은 씁쓰레한 얼굴을 지었다. 피로한 빛이 노인의 입 언저리를 둘러쌌다. "시킬 일이 있으면 내 부하에게 시키지 않고……?"

"노여워하지 마세요, 아버지." 엘러리는 껄껄 웃으며 노인을 팔걸이의자에 억지로 앉혔다. "그런 건 묻지 않으셔도 아버지께서 더 잘 아실 텐데요. 그 까닭이 있었던 겁니다. 증거가 완전치 않았던 거에요. 그리고 나는 피트에게 시킨 그 일로 관청의 손을 빌리고 싶지 않았어요. 피트가 해주었습니다. 만일 잘 안 되었다면 여러 가지로 설명해야 됐겠지요.

이젠 만세만 부르면 됩니다. 오늘 밤 피트가 이리 돌아와서 아주 흥미있는 서류를 나에게 건네 주기만 하면……이제 '조금만' 참으면 됩니다, 아버지!"

"오냐, 알았다." 노인은 피로한 것 같았다. 그는 의자에 힘없이 기대어 눈을 감고 있었다. "나에게는 휴식이 필요해." 명민해 보이는 그의 눈이 반짝 뜨였다. "넌 24시간 전만 해도 이번 살인 사건에서는 별로 유쾌해 보이지 않았는데……."

엘러리는 눈에 보이지 않는 우상에게 반쯤 장난스레 인사하듯이 길다란 두 팔을 쳐들었다.

"하지만 그때는 잘 안됐거든요. 그런데 오늘은 잘됐어요. 왜냐하면——고집쟁이 영감 디즈레일리의 말을 인용하자면 '성공은 과단의 아들이다'이기 때문입니다. 나는 아버지도 믿을 수 없을 만큼 과감

한 추리를 했지요. 앞으로 나는 언제나 '과단'이라는 고을의 격언을 좋은 생활 신조로 삼겠습니다."

토의 ARGUMENTATION

사건이 클라이맥스에 가까워짐에 따라 언제나 퀸 일가가 경험하는 긴장이 집안 공기 전체에도 전염되어 있었다. 뭔가가 공기 속에 있었다. 그들이 억제하려고도 숨기려고도 하지 않는 흥분의 방사능은 쥬너에겐 들뜬 장난기가 되어, 총경에게는 무뚝뚝한 신경질이 되어, 엘러리에게는 힘있는 확신에 찬 태도가 되어 나타났다.

엘러리는 아버지의 동료들을 불러 회의를 열기로 했다. 엘러리의 계획은 안개와 수수께끼에 싸여 있었다. 금요일 밤의 암흑 속에서 엘러리가 마음 속에 생각하고 있던 것을 아버지에게 털어놓고 이야기했는지 모르겠다. 만일 이야기했다 하더라도 아버지도 아들도 그 속내용은 이야기하지 않았을 것이다. 또 피트 허퍼가 토요일 오전 2시 반에 예고도 없이 그들의 집 문 앞에 모습을 나타낸 데 대해서도 두 사람은 아무 말이 없었다. 어쩌면 총경은 신문기자의 심야의 방문에 대해서는 몰랐는지도 모른다. 엘러리가 실내복에 슬리퍼 차림으로 허퍼를 맞아들여서 위스키를 잔뜩 따라 주고 한줌의 잎담배를 권한 뒤 바스락거리는 얄팍한 서류를 집어들고 공허한 눈으로 바라보고 있다가 유유히 버티고 있는 신문기자를 자기 집으로 쫓아 버렸을 때 총경은 침대 속에 몸을 내던지고 있었던 것이다.

토요일 오후 2시, 퀸 총경과 엘러리 퀸은 두 사람의 손님을 점심 식사에 초대했다. 샘프슨 지방검사와 벨리 형사부장이었다. 쥬너는 입이 벌름해 가지고 모두들의 주위를 왔다갔다하고 있었다. 샘프슨의 눈이 엘러리를 나무라듯이 바라보았다.

"아마도 바람이 달리 부는 모양이군."

"굉장한 회오리바람입니다." 엘러리는 미소지었다.

"커피나 드십시오, 샘프슨 씨. 우리는 지금부터 발견의 여행을 떠나는 겁니다."

"그렇다면, 완전히 끝난 거요?" 샘프슨이 의심스러운 듯 말했다.

"바로 맞았습니다." 엘러리는 벨리 부장 쪽을 돌아보았다. "니젤의 옛 교우 관계에 대한 보고가 있었소?"

"물론이지요."

거한은 테이블 위로 한 장의 종이를 밀어 주었다.

엘러리는 눈을 가늘게 뜨고 그것을 살펴보고 있었다. 그리고 다시 밀어 주었다.

"그런데 이건 이미 문제가 안되오."

엘러리는 의자에 길게 다리와 허리를 펴고 마음에 드는 편한 자세를 취했다. 머리를 의자 등에 기대고 꿈이라도 꾸듯이 천장을 바라보고 있었다.

"무척 재미있는 술래잡기였습니다." 그는 중얼거리듯이 말했다.

"매우 미묘한 점이 몇 가지 있어서 말이오. 이렇게 유쾌해 본 적은 이제까지 없었지요. 다 끝난 뒤의 이야기이지만." 엘러리는 싱긋 웃었다.

"나는 아직 결론은 말하지 않았소……내 추론의 어느 부분은 상당히 복잡하답니다. 그래서 아버지나 샘프슨 씨 당신이나 벨리 부장에게 그걸 어떻게 생각하는지 물어 보고 싶군요.

우선 처음 살인에서 우리가 무엇을 손에 넣었는지 생각해 봅시다. 그렇지요, 에비게일 도른의 경우는 두 개의 멋진 유력한 단서가 있습니다. 겉보기에는 이상한 점이 아무것도 없는 것이었습니다만, 하나는 흰 캔버스 구두 한 켤레, 또 하나는 흰 즈크 바지 한 벌이었지요."

"그게 대체 어쨌다는 거요?" 샘프슨은 약이 오르는 듯 무뚝뚝하게 말했다. "그 두 가지는 모두 흥미있는 것이오. 그건 나도 인정하지만, 그것만을 토대로 하여 기소할 수는 없지요."

"그게 대체 어쨌다는 거냐고 말씀하시는군요." 엘러리는 완전히 눈을 감았다. "지금부터 내가 두세 가지 주목해야 할 점을 지적할 테니까, 당신이 그걸 어떻게 생각하는지 들어 보십시다.

우리는 구두를 한 켤레 발견했습니다. 그 구두에는 세 가지 눈에 띄는 특징이 있었지요. 끈이 끊어져 있었고, 끈에 반창고가 붙어 있었고, 안창이 구두 안쪽 끝에 납작하게 붙어 있었던 겁니다.

얼른 보기에는 그 설명도 간단한 것으로 생각됩니다. 끈이 끊어진 것은 우연한 일이었으며, 반창고는 그것을 잇기 위해 붙였음을 뜻한다고 할 수 있겠지요. 그러나 말려들어간 새 안창, 이것은 무엇을 의미하는 걸까요?"

샘프슨은 눈썹을 모으고 생각에 잠겼다. 거인 벨리는 어쩌할 바를 모르겠다는 표정을 짓고 있었다. 총경은 열심히 생각을 정리하려 하고 있었다. 세 사람 다 한 마디도 입 밖에 내지 않았다.

"대답이 없습니까? 논리적 추리를 못하시겠소?" 엘러리는 한숨을 쉬었다. "그럼, 그건 그대로 둡시다. 다만 한 가지 말해 두겠는데, 사기꾼이 신었던 구두의 이 세 가지 특징에서 나는 최초의, 어떤 의미로는 가장 중요한 진상의 단서를 잡았던 것입니다."

"그러면 퀸 씨." 벨리가 쉰 목소리로 말했다. "당신은 그때 이미 누가 했는지 알았소?"

"벨리 부장, 당신은 정직한 호인이로군요." 엘러리는 미소지었다. "나는 그렇게 주장하지는 않았소. 내가 말하는 것은, 구두 특징의 분석과 바지에 나타난 가장 계발적인 특징으로 해서 내 추리의 범위가 아주 좁혀졌다는 이야기요. '아주'라고 말했지만, 그 덕분에 나는 범인의 일반적인 특징을 상당한 데까지 설명할 수 있게 되었지요.

　바지에 대해서는 무릎 위쪽에 있던 임시변통으로 '줄여 올린' 곳이 상당히 흥미롭고 의미심장했다는 것을 당신들도 분명히 깨달았을 거요. 게다가 그 바지가 있었다는 사실 자체가……."
"그 바지의 본디 임자가 누구였든 그는 훔친 사기꾼의 키보다 컸다. 따라서 사기꾼은 짧게 줄여야 했다는 것을 나타내는 외에……."
총경이 나지막한 목소리로 말했다. "그 바지에서 눈이 번쩍 뜨일 만한 것은 하나도 없었다고 나는 생각하는데."
샘프슨은 거칠게 잎담배를 물어뜯었다.
"나는 세계 제1의 바보인가 보군. 나로서는 아직 결정적인 이론을 아무것도 세울 수가 없소."
"가엾게도……." 엘러리는 중얼거렸다.
"두 사람의 멍텅구리 씨, 그럼, 이야기를 계속하겠습니다. 지금은 고인이 된 우리의 아까운 친구, 선량한 의사 선생이 허무하게 인간의 시야에서 사라지고 만 두 번째 살인 이야기로 옮기겠습니다…… 여기서도 역시 단정적인 말을 쓰는 것을 용서해 주십시오. 어떤 우연한 일이 생기기 전까지는 그 살인에는 겨우 한 가지 눈에 띄는 특징이 있었을 뿐입니다. 그것은 즉 박사가 발견되었을 때의 '상태'입니다."
"상태라니?" 샘프슨이 의아스러워했다.
"그렇습니다. '박사의 죽은 얼굴 모습'이라는 단순한 사실에 의해 제공된 증거입니다. 기억하고 계시겠지만, 박사는 일——'선천성 알레르기'의 원고를 쓰고 있다가 살해된 것이 분명합니다. 얼굴의 표정이 자는 동안에 죽은 것처럼 평온했습니다. 깜짝 놀란 모습도, 공포도, 죽음의 불안도 남기고 있지 않았습니다.

그 사실과, 박사를 기절시킨 상처가 특수한 곳에 나 있음을 결부시켜 생각해 보십시오. 그러면 실로 가공할 교묘한 상황이 머리에 떠오를 것입니다. 이 상황에서 두 번째 단서가 발견됨과 더불어 더욱 더 교묘하기 짝이 없다는 걸 알 수 있습니다."

"나로서는 도무지 납득이 안 가는걸." 샘프슨이 말했다.

아마도 그는 반항심을 일으키고 있는 것 같았다.

"철회하지요." 엘러리는 또다시 미소지었다. "두 번째 단서는…… 오오, 그 제2의 단서는 너무도 엉뚱한 것으로 운이 좋았던 겁니다. 여러분, 민첸 박사가 쟈니 박사의 병례 기록을 넣어 둔 서류장을 다른 곳으로 옮겼습니다. 그것을 알자 광명이 비쳐서 나의 증거는 완벽해졌습니다. 과연 훌륭하고 튼튼하게 조립되어 한 군데의 틈새도 없는 것이 되었지요. 그런데 그것을 글쎄, 민첸의 지나치게 발달한 재산 가치 존중심 덕분으로 하마터면 놓치고 말 뻔했었지요…….

제2의 범죄가 일어나지 않았더라면 도른 부인의 살해범은 안전했을 겁니다. 부끄러운 말이지만, 쟈니 박사가 주님 곁으로 가지 않더라면 오늘 나는 두 손을 들었으리라는 사실을 고백합니다. 쟈니 박사의 죽음의 수수께끼를 풀게 됨으로써 나는 도른 부인이 어떻게 살해되었는가 하는 놀라운 진상을 밝힐 수가 있었던 것입니다."

퀸 총경은 손가락을 코담뱃갑 속에 쑤셔넣었다.

"지방검사가 스스로 그렇게 생각하는 것처럼 나도 바보인가 보군." 그는 말했다. "너는 언제든 '설명'한다고 하면서도 어떻게 해결했는가 하는 것은 분명히 이야기하지 않더구나. 우리는 마치 놀림을 당하고 요점을 파악 못하면서도 면목을 유지하려고 웃는 인간과 마찬가지야……엘, 그 서류장에 대체 어떤 의미가 있는 거냐? 네 말로 판단하건대, 그건 구두와 거의 마찬가지로 너에게 있어 중요한 것 같구나. 나는 그 어느 것도 뭐가 뭔지 모르겠다만. 대체 그 서류장과 사건은 어떻게 결부되지?"

엘러리는 소리내어 웃었다.

"그래서 아까 제가 발견의 여행길을 떠나는 것이라고 예고한 겁니다. 드디어 때가 온 거에요." 엘러리는 일어서서 테이블 너머로 몸을 내밀었다. "고백하겠습니다만, 나는 그 기대로 지금 맥박이 여느 때보다 훨씬 빨라졌습니다. 지금부터 여러분에게 가장 유쾌한 놀라움을 맛보게 해 드리겠다고 약속할 수 있습니다. 자, 여러분, 준비해 주십시오. 그동안 나는 병원에 전화를 걸어 두겠습니다."

모두들 엘러리가 성큼성큼 침실로 들어가는 것을 보자 서로 얼굴을 마주보며 고개를 젓고 있었다. 엘러리가 병원의 전화번호를 부르고 있는 것이 들려 왔다.

"민첸 박사를…… 존인가, 엘러리 퀸인데, 지금부터 약간 실험을 해보고 싶네. 그러려면 준비가 필요해…… 맞았네, 자네한테 좀 부탁할 일이 있는데…… 그거 잘됐군. 자네, 쟈니 박사의 서류 정리장을 본디 방에다 도로 갖다 놓아 주었으면 좋겠네. 제대로 전에 있던 자리에 놓아 주게…… 알겠지?……그래, 지금 곧. 나는 사람 수는 적지만 대단한 양반들을 데리고 콧수염을 한 번 비틀 동안에 자네의 신성한 산책장으로 갈 걸세. 그럼……."

결말 TERMINATION

민첸 박사는 파랗게 질린 신기한 듯한 얼굴로 쟈니 박사의 방문 앞에서――우둔해 뵈는 감시 경관을 옆에 두고――기다리고 있었다. 그동안 엘러리 퀸, 퀸 총경, 지방검사, 벨리 부장, 그리고 뜻밖에도 겁을 먹은 듯 열띤 눈을 한 쥬너를 포함한 일행이 급한 걸음으로 네덜란드 기념 병원으로 들이닥쳤다.

평소의 자랑인 예의바름도 어디로 갔는지 엘러리는 모두들 중에서 분명 가장 흥분하고 있었다. 쥬너도 예외는 아니었다. 그 거무스름한 볼에는 두 개의 붉은 반점이 불타고 있었고, 눈이 맑고 생생하게 빛나고 있었다.

엘러리는 느닷없이 근골이 건장한 경관을 한쪽으로 밀치고는 마지못해 간단히 사과를 한 뒤 모두들을 성급하게 방 안으로 몰아넣었다.

민첸은 조용히 슬프고 감개무량한 듯이 이 친구를 바라보고 있을 뿐이었다.

엘러리는 의사의 팔을 잡았다.

"존, 구술 속기를 해줄 사람이 필요한데, 누가 좋을까……그렇지, 그 간호사가 좋겠네, 쟈니 박사의 조수 플래이스 양 말일세. 그 아가씨를 곧 불러 주게. 착한 여자더군."

엘러리는 민첸이 급히 나가는 것을 보자 곧 방으로 들어갔다.

총경은 방 한가운데에 두 손을 등 뒤로 맞잡고 버티고 서 있었다.

"그런데 어떻게 할 건가, 무대 감독?" 하고 부드럽게 물었다. 그의 눈 속 저 먼 곳에는 쓸쓸한 빛이 있었다. "저 서류장이 있으면 어떻게 달라지는지 난 모르겠군."

엘러리는 죽은 외과의사의 책상 뒤인 방구석을 흘끗 보았다. 지금은 책상 바로 뒤쪽의 두 벽이 마주쳐서 직각을 이루는 모서리에 비스듬히 녹색으로 칠한 강철제 서류 정리장이 하나 놓여 있었다. 책상과 정확하게 평행으로 놓여 있는 셈이었다.

"벨리 부장." 엘러리는 한가로운 투로 말했다. "당신은 내가 아는 한 우리들 가운데 박사가 살해되기 전에 이 방에 들어와 본 적이 있는 유일한 사람이오, 기억하고 있소? 도른 부인이 죽었을 때의 예비 심문 때 말이오. 당신은 쟈니 박사의 주소록을 찾기 위해서 분명 여기 왔었지. 스완슨의 신원을 조사하기 위해서……."
 "분명히 그렇습니다, 퀸 씨."
 "이 정리장을 본 기억이 있소?"
 거인 사나이는 불만스러운 듯 걸걸한 목소리로 말했다.
 "그렇고말고요. 그게 내 일이지요, 퀸 씨. 서랍을 열어 보려고까지 했습니다. 주소록이 장 안에 있을지도 모른다고 생각했기 때문이지요. 그러나 잠겨 있었어요. 그 말은 보고하지 않았는데, 저렇게 일일이 카드가 붙어 있어 안에 무엇이 들었는지 씌어 있었기 때문입니다. 게다가 주소록이 그런 데 들어 있을 것 같지도 않았기 때문에……."
 "잘 알겠소." 엘러리는 가느다란 손가락으로 담배에 불을 붙였다. "그래, 정리장은 정확하게 지금 있는 장소에 있었소?"
 "그렇습니다."
 "책상 모서리도 지금 보는 대로 벽에 닿아 있었소?"
 "틀림없습니다. 저쪽 모서리가 너무 벽에 붙어 있어서 창문에 가까운 쪽을 지나서 돌아가야 했었던 것을 기억하고 있습니다. 그래도 빠져나가기에 아주 불편했었지요."
 "매우 좋소. 이야기가 맞아들어가는군. 하지만 벨리 부장." 엘러리는 악의없이 싱긋 웃으며 말했다. "당신은 정리장이 있었다는 것과, 그 있던 장소를 보고하는 것을 잊어 버렸기 때문에 불후의 명성을 얻을 기회를 잃었다고 말해 주고 싶소. 물론 당신이 알 리 없는 일이지만……들어오게, 존. 자아, 들어오십시오, 플레이스 양."
 민첸은 옆으로 비켜서서 깨끗한 제복을 입은 루실 플레이스를 안으로 들어가게 했다. 두 사람이 문턱을 넘자 엘러리는 재빨리 방을 가로질러 문을 닫았다.

"그럼, 시작할까요?" 엘러리는 유쾌한 듯이 말하고 방 한가운데로 되돌아와서 손을 비비고 있었다. "플레이스 양, 당신은 자기 책상에 앉아서 우리를 위해 다시 한 번 노트를 해주시겠소. 좋습니다."

간호사는 자리에 앉아 책상 맨 윗서랍에서 노트와 연필을 꺼내어 조용히 기다렸다.

엘러리는 아버지를 손짓해서 불렀다.

"아버지는 쟈니 박사님의 회전의자에 앉아 주시면 좋겠습니다."

총경은 약간 미소를 띠고 시키는 대로 했다. 엘러리는 거인 형사부장의 등을 탁 쳐서 문 곁에 서 있으라고 신호했다.

"샘프슨 씨, 당신도 앉아 주십시오, 여기."

엘러리는 서쪽 벽 곁에서 의자를 하나 끌어냈다.

지방검사는 아무 말 하지 않고 앉았다.

"그리고, 쥬너."

소년은 흥분해서 숨도 제대로 못 쉴 정도였다.

"너도 물론 한 역할을 담당해야지. 너는 저쪽 책장 곁으로 가 벨리 부장 곁에 붙어서서 저 큰 선생에게 보호받도록 해."

쥬너는 종종걸음으로 방을 가로질러 가서 지시된 장소에 정확하게 섰다. 1인치라도 오른쪽으로 다가서면 엘러리의 계획이 완전히 망가진다고 생각하는 것 같았다.

"존, 자넨 샘프슨 지방검사 곁에 앉게."

의사는 지시대로 했다.

"이것으로 다 준비가 되었습니다. 무대 장치는 끝났습니다. 경험 많고 교묘한 큰 거미는 말하자면 입맛을 다시며 기다리고 있는 참입니다. 내 추측이 틀리지 않는다면 무심한 파리는 생각보다 빨리 거미줄에 걸릴 것입니다."

엘러리는 동쪽 벽 곁에 있는 커다란 의자를 끌어내어 와서 방 안을 죄다 둘러볼 수 있는 위치에 놓았다. 그리고는 자리에 앉자 답답할 정도로 느릿느릿 코안경을 끼고, 의자에 편안히 앉아 두 다리를 마음껏 뻗고는 한숨을 한 번 내쉬었다.

"준비는 다 됐습니까, 플레이스 양?"

"네."

"그럼, 뉴욕 시 경찰 장관 앞으로 보내는 각서를 받아 써 주시오. 보낼 곳은 '경찰 장관 귀하'로 하고, 됐습니까?"

"네."

"작은 표제――'리처드 퀸 총경으로부터'――다음 문장에는 밑줄을 긋고 이탤릭체로 해 주시오. '에비게일 도른 및 프랜시스 쟈니 박사 살해 사건에 대한 보고' 본문――본인은 이 보고를 할 수 있음을 다시없는 명예로 여기는 동시에 또한 기쁘고 통쾌하게 생각하는 바입니다."

방 안에서는 단지 엘러리의 억양없는 느릿한 말과 간호사의 연필이 종이 위를 달리는 소리, 그리고 듣는 사람들의 숨을 죽인 호흡 소리만이 들릴 뿐이었다. 바로 그때 문을 세게 노크하는 사람이 있었다.

엘러리의 얼굴이 벨리를 향해 치켜올려졌다.

"누군가 보시오."

부장이 문을 조금 열고서 "뭐야" 하고 외쳤다.

겁먹은 듯한 남자의 목소리가 말했다.

"민첸 박사님이 계시는지요? 더닝 박사님이 방에서 뵙자고 하시는데요."

벨리는 묻는 듯한 눈으로 엘러리를 보았다. 엘러리는 민첸 박사 쪽을 돌아보며 놀리듯이 물었다.

"나가고 싶은가, 존? 더닝 박사가 자네를 몹시 필요로 하는 것 같은데."

의사는 의자의 팔걸이는 잡고 반쯤 엉덩이를 들었다.

"글쎄 가야 한다고 생각하나?"

"알아서 하게. 이제 곧 여기서 다시없이 재미있는 오락이 시작될 테니까. 자네도 놓치지 않는 것이 좋을 것 같네……."

민첸은 다시 의자에 엉덩이를 붙였다.

"지금은 바쁘다고 해줘." 그는 우물쭈물 말했다.

벨리는 심부름 온 사나이의 코 앞에서 문을 탁 닫았다.

"누구요, 부장?" 엘러리가 물었다.

"수위실의 컵브입니다."

"오오, 그래." 엘러리는 다시 의자에 기대었다. "자, 계속합시다, 플래이스 양. 갑자기 방해가 생겨서 중단된 곳부터, 어디까지였지요?"

간호사는 분명하게 빠른 말투로 읽었다.

"'뉴욕 시 경찰 장관에게 보내는 각서. 리처드 퀸 총경으로부터. 에비게일 도른 및 프랜시스 쟈니 박사 살해 사건에 대한 보고. 본인은 이 보고를 할 수 있음을 다시없는 명예로 여기는 동시에 또한 기쁘고 통쾌하게 생각하는 바입니다.'"

또다시 노크 소리가 났으므로 엘러리는 자리에서 벌떡 일어났다.

"누구야, 대체!" 하고 그는 외쳤다. "벨리 부장, 문을 꽉 닫아 주시오. 이렇게 자꾸 방해가 생겨서야 어디……."

벨리는 문을 몇 인치 열고 햄같이 생긴 한 손을 복도로 불쑥 내밀어 다짜고짜 짤막한 신호를 하고는 손을 오므리더니 문을 닫아 버렸다.

"이번에는 골드 의사였습니다." 부장이 말했다. "개한테나 물려가 버려라!"

"제발!" 엘러리는 손가락을 간호사에게로 향했다. "계속해 주시오, 앞으로 보내 드릴 상세한 정규 보고서에서 설명하게 될 것이므로 이 각서에는 동기와 수법에 대해서는 언급하지 않겠습니다. 행을 바꿔 주시오, 플래이스 양. 도른 부인 및 프랜시스 쟈니 박사의 살해 범인은……. "

엘러리는 다시 말을 끊고 잠깐 쉬었다. 방 안에는 작은 속삭임 소리 하나 나지 않았다.

"잠깐 기다려 주시오, 잊은 게 있었군. 여기서 설명해 두어야 할 약간의 정보가 있는데 샐라 플러와 더닝 박사의 병례 기록에 관한 거요. 플래이스 양, 계속하기 전에 잠깐 그 기록을 꺼내 주시오."

"네, 알겠습니다, 퀸 씨."

간호사는 의자에서 활달하게 일어서 노트와 연필을 타이프라이터 위에 놓고 방을 가로질러 쟈니 박사의 책상으로 다가갔다.

"실례합니다." 간호사는 입 속으로 말했다.

퀸 총경은 뭐라고 중얼중얼하면서 간호사가 책상과 벽 사이를 빠져나가 자기 뒤를 지나가도록 하기 위해서 의자를 앞으로 끌어당겼다.

간호사는 노인 곁을 빠져나가 빳빳이 풀을 먹인 가운 주머니에서 작은 열쇠를 꺼내어 앞으로 몸을 구부리고 열쇠를 정리장의 맨 아래 열쇠구멍에 집어넣었다.

방 안은 죽음처럼 고요했다. 총경은 고개도 돌리지 않았다. 그는 손 끝으로 유리로 된 문진(文鎭)을 만지작거리고 있었다. 벨리, 샘프슨, 민첸, 쥬너는 각각 술에 취한 듯 긴장된 표정으로 간호사의 사무적인 동작을 지켜보고 있었다.

플래이스는 파란 표지의 서류 다발을 손에 들고 몸을 일으켜 다시 총경 옆을 지나서 엘러리에게 병례 기록을 건네 주었다. 그리고 조용히 자기 자리로 돌아가서 노트 위에 연필을 세게 잡았다.

엘러리는 편하게 의자에 버티고 앉아 입술에서 담배 연기를 토하고 있었다. 손 끝은 기계적으로 파란 표지의 기록을 넘기고 있었으나 눈을 끔벅끔 벅하며 죽은 사나이의 책상 맞은 편에 앉은 아버지의 눈을 찌르듯이 응시하고 있었다. 뭔가 연락이 취해지고, 두 사람 사이의 공간을 섬광이 달렸다. 총경의 얼굴에는 뭔가 떠올라 왔다. 영지(英知)와 놀라움과 결단의 표정. 그러나 그것은 순간적으로 사라지고 그 뒤로는 엄숙하게 입을 꽉 다문 주름잡힌 노인의 얼굴이 보일 뿐이었다.

엘러리는 미소지었다.

"보아하니 아마도," 그는 힘겨운 듯이 말했다. "지금 리처드 퀸 총경께서 중대한 발견을 하신 모양입니다. '퀸 만세'라고나 할까요."

총경은 침착성을 잃고 안절부절못하고 있었다.

"아버지, 어떻습니까, 경찰 장관에게 보내는 각서의 구술은 아버지께서 계속하시는 게?"

"그렇게 하지." 총경은 냉랭하고 침착한 목소리로 말했다.

그리고 회전의자에서 일어나더니 책상 옆을 빠져나와 방을 가로질러 가서 간호사의 타이프라이터 위에 주먹을 올려놓았다.

"이렇게 써 주시오, 플래이스 양." 그는 말했다. 눈이 번들번들 빛나며 노기를 띠고 있었다. "'도른 부인 및 쟈니 박사의 범인은—— 토머스, 이 여자를 체포하게——루실 플래이스입니다'."

설명 EXPLANATION

저녁 신문의 최종판은 일제히 정규 간호사로서, 죽은 프랜시스 쟈니 박사의 조수였던 루실 플래이스가 그의 고용주인 박사와, 비할 바 없는 권세를 누리던 에비게일 도른 부인을 살해한 죄로 체포된 뉴스를 떠들썩하게 실었다.

그러나 그밖에는 아무것도 씌어 있지 않았다. 쓸 것이 없었던 것이다.

뉴욕 시의 각 신문사 편집국장은 경찰 출입 기자들을 향해 똑같은 질문을 하고 있었다.

"이번에는 진짜인가? 이번에도 또 쟈니 박사 체포 이야기처럼 엉터리는 아닌가?"

거기에 대한 대답은 어느 신문사나 똑같았다.

"글쎄요, 모르겠는데요."

예외는 피트 허퍼의 대답뿐이었다. 허퍼는 국장실로 허둥지둥 뛰어들어가서 30분 남짓이나 지껄이고 지껄이고 또 지껄여대고 있었다.

그리고 허퍼가 나가자 편집국장은 떨리는 손으로 책상 위에서 타이프된 두꺼운 원고 다발을 집어들어 읽기 시작했다. 눈이 빛났다. 이윽고 그는 전화기에다 대고 명령을 외쳐대기 시작했다.

허퍼는 그 귀중한 특종을 자기 혼자만이 독차지하고 있으며, 엘러리 퀸의 허가만 있으면 그 즉시 사건의 전모를 윤전기에 걸 수 있도록 모든 준비가 갖추어져 있음을 알고 있었으므로 마음 푹 놓고 택시를 집어타자 급히 경찰본부를 향해 달렸다.

엘러리 퀸을 위해 36시간의 원정을 시도한 것이 바야흐로 황금의 열매를 맺은 것이다.

지방검사국은 난리법석의 도가니였다.

지방검사 샘프슨은 조수인 티모시 클로닝과 급히 협의한 뒤 사무실에서 빠져나와 떠들어대는 신문기자들을 피해 경찰본부를 향해 걸어가고 있었다.

시청은 마치 지옥의 솥뚜껑을 연 것 같았다. 시장은 방에 자물쇠를 채우고 비서들과 함께 틀어박혀 화난 호랑이처럼 방 안을 걸어다니며 구술을 하고, 명령을 하고, 시청 관리들의 전화에 응답하고 있었다. 땀방울이 상기된 얼굴에서 방울져 흐르고 있었다.

"지사님으로부터 장거리 전화입니다."

"이리 줘." 시장은 책상 위에서 수화기를 움켜잡았다. "여보세요, 지사님이십니까?" 순간적으로 시장은 목소리가 부드러워지고 얼굴에는 선전이 잘된 워싱턴 풍의 표정이 돌아와 있었으며, 영화를 보러 가는 몇 백만 시민들에게 낯이 익은 명랑한 태도로 발 끝으로 살짝 튀어올랐다. "그렇습니다, 완전히 끝났습니다. 정말이구말구요. 플래이스라는 여자가 했습니다……알고 있습니다, 지사님, 알고 있습니다. 그 여자는 지금까지 사건에 그다지 관계가 있다고는 생각되지 않았습니다. 나도 이렇게 감쪽같이 속은 것은 처음입니다……5일 동안에……나쁘지 않지요. 시의 역사가 시작한 이래 가장 센세이셔널한 살인 사건 두 가지가 모두 닷새 만에 해결나다니……자세한 것은 나중에 전화로 보고드리겠습니다……고맙습니다, 지사님."

수화기를 놓자 경건한 침묵이 있었다. 그리고 땀방울이 다시 솟고 발 끝이 튀어오르기를 그만두고 얼굴에서 위엄이 없어지자, 또다시 고함 소리의 명령이 잇달아 튀어나왔다.

"하는 수 없군. 경찰 장관은 어디 있나? 다시 한 번 사무실에 전화해 줘. 대체 배후 관계는 뭔가 제기랄! 사건에 대해 뭐가 뭔지 도무지 모르는 것은 온 뉴욕 안에서 나 혼자뿐이 아닌가!"

"안녕하십니까, 시장님, 좀더 일찍 전화를 못해서 미안합니다. 범인을 심문하고 있는 참입니다. 바빠서, 너무 바빠서, 하하하…… 아니, 지금으로서는 자세한 이야기를 할 수가 없습니다. 그러나 모든 일이 잘되어 가고 있습니다. 아무 걱정 없습니다. 플래이스라는 여자는 아직 자백하지 않았습니다. 도무지 입을 열려고 하지 않는군요. 아니, 잠시 버티고 있는 거지요. 조심하고 있는 겁니다. 우리가 어디까지 알고 있는지 모르니까…… 네, 그렇습니다. 퀸 총경은 오늘 안으로 입을 열게 할 거랍니다. 독 안에 든 쥐지요. 네? ……물론이지요. 매우 재미있는 사건입니다. 상당히 흥미있는 점이 많이 있습니다…… 그렇고말고요, 하하. 안녕히 계십시오."

이윽고 뉴욕 시 경찰 장관은 수화기를 놓았다. 그리고는 곡식 자루처럼 의자 속에 축 늘어져 앉았다.

"곤란하군." 난처한 듯이 장관은 조수 한 사람에게 말했다. "퀸 총경도 무엇이 어떻게 된 건지 조금쯤은 가르쳐 주어도 좋을 텐데……."

2분 뒤 장관은 복도로 나가서 눈썹을 찌푸리고 눈을 번들거리면서 퀸 총경의 방 쪽을 향해 걸어갔다.

그날 퀸 총경의 사무실은 온 뉴욕 안에서 가장 조용한 관청의 방이었다. 노인은 안장 없는 말에 올라탄 것처럼 의자에 걸터앉아 나른한 듯한 조용한 목소리로 구내 전화를 통해 여기저기 명령을 내리고 있었다. 그리고 틈틈이 속기사에게 구술하고 있었다.

엘러리는 창가에 한가하게 앉아 사과를 베어먹고 있었다. 어느 개가 짖느냐는 듯이 한가로운 모습이었다.

쥬너는 엘러리의 발 밑에 쭈그리고 앉아 초콜릿을 먹느라고 열심이었다.

끊일 새 없이 형사들이 방을 들락거렸다.

한 사복 형사가 불쑥 들어왔다.

"핼더 도른 양이 총경님을 만나고 싶다고 합니다. 들어오라고 할까요?"

총경은 뒤로 몸을 일으켰다.

"핼더 도른이? 좋아. 그리고 자네도 거기 있게, 빌. 1분도 안 걸릴 테니까."

형사는 곧 핼더 도른을 데리고 왔다. 핼더는 상복을 입고 있었다. 매력적인 가련한 모습으로, 흥분하여 볼이 발갛게 되어 있었다. 총경의 윗옷 소매를 잡은 손가락이 떨리고 있었다.

"퀸 총경님."

쥬너는 예의바르게 일어서고, 엘러리도 의자에서 일어났으나 아직 입 속에서 사과를 우물우물 씹고 있었다.

"앉으시지요, 아가씨." 총경은 다정하게 말했다. "건강한 모습을 뵙게 되어서 기쁩니다……무슨 용건이십니까?"

핼더의 입술이 떨리고 있었다.

"저어, 부탁드릴 게 있어서, 저어 전……."

핼더는 몹시 당황해서 말을 끊었다.

"뉴스는 들으셨을 줄로 압니다만." 총경은 미소지었다.

"네, 그렇습니다. 생각만 해도 정말 무서운 일이에요." 핼더는 처녀다운 맑은 목소리로 말했다. "하지만 당신이 체포하신 건 정말 훌륭하다고 생각해요. 그 고약하고 무서운 여자를." 핼더는 몸서리를 쳤다. "저는 아직도 믿을 수 없을 정도에요. 그녀는 가끔 어머니의 병간호를 도우러 쟈니 박사님과 함께 우리 집에 왔었거든요."

"그 여자가 한 짓임에는 틀림이 없습니다, 아가씨. 그래, 당신은……."

"무엇부터 이야기해야 좋을지……." 핼더는 무릎 위에서 장갑을 만지작거리고 있었다. "필립의 일인데요, 제 약혼자인 필립 모어하우스의 일로……."

"당신 약혼자인 필립 모어하우스 씨가 어떻게 됐나요?"
총경은 부드럽게 말했다.
"저는 걱정이에요. 그렇습니다, 총경님. 지난번에 당신이 필립을 나무라신 일이. 저, 필립이 찢어 버린 서류 때문에 말이에요. 하지만 이제 아무 일도 아니지요, 진짜 범인이 잡힌 지금에는 이제……"
"흐음, 잘 알겠습니다." 노인은 핼더의 손을 가볍게 두들겼다. "그런 일로 당신의 귀여운 머리를 괴롭히고 계시다면, 아가씨, 모두 잊어버리십시오. 모어하우스 씨가 한 짓은 말하자면 분별없는 짓이어서 몹시 화를 냈지만, 지금은 화내고 있지 않습니다. 그 일은 이제 없었던 것으로 합시다."
"어머나, 고맙습니다."
핼더의 얼굴이 밝게 확 빛났다.
그때 문이 홱 열리더니 빌이라고 불린 형사가 거칠게 떠밀려서 빙글 돌며 방으로 튀어들어왔다.
필립 모어하우스가 살피는 듯한 눈초리로 방으로 뛰어들어왔다. 핼더 도른을 발견하자 곧 그녀 곁으로 달려가서 한 손을 어깨에 올려놓고는 사납게 총경을 노려보았다.
"도른 양을 어쩌자는 거요?" 모어하우스는 소리쳤다. "핼더, 당신이 여기 왔다고 하길래. 이 사람들이 당신에게 어떻게 했소?"
"아니에요, 필립!"
핼더가 몸을 비틀며 의자에서 일어나자 모어하우스의 팔이 그 허리를 꼭 안았다. 두 사람은 서로 눈을 마주보고 있었다. 그리고는 갑자기 둘 다 미소지었다. 총경은 미간을 찌푸리고, 엘러리는 한숨을 쉬고, 쥬너는 입을 딱 벌렸다.
"미안합니다. 난 또……"

아무 대답이 없었다. 갑자기 총경이 고함을 질렀다.
"빌, 저리로 가게. 젊은 아가씨에게 훌륭한 호위역이 있는 게 안 보이나!"
형사는 어깨를 문지르며 어슬렁어슬렁 나갔다.
"그런데 아가씨, 그리고 모어하우스 씨. 당신들 젊은 두 분의 다정한 장면을 보여 주어 매우 기쁩니다만……그건 그렇다 치고, 여긴 경찰서라는 걸 부디 잊지 마십시오."

그리고 15분 뒤 총경의 방 안 광경은 바뀌어져 있었다.
의자가 책상 주위에 나란히 놓여 있고, 거기에 지방검사 샘프슨, 경찰 장관, 피트 허퍼가 앉아 있었다. 쥬너는 장관 바로 뒤의 의자 끝에 동그마니 앉아 있었다. 그리고 무슨 부적이라도 되는 것처럼 살짝 장관의 윗옷을 만져 보았다.
엘러리와 민첸 박사는 창가에 서서 낮은 소리로 이야기를 주고받고 있었다.
"병원도 야단법석이겠지, 존?"
"굉장치도 않아." 민첸은 정신이 나간 것 같았다. "어떻게 해야 좋을지, 뭐라고 해야 좋을지 아무것도 모를 지경일세. 완전히 엉망이 되어 버렸네. 루실 플래이스라니, 하필이면 글쎄, 도저히 믿을 수가 없네."
"으음…… 하지만 그 믿을 수 없다는 점이 바로 비상습 살인범에게는 최대의 심리적인 방위인 법이라네." 엘러리는 중얼거리듯이 말했다. "라 로슈푸코(1613~1680. 유명한 격언집의 저자)의 격언에 '죄없는 자는 죄있는 자만큼 많은 보호를 받지 못한다'라는 것이 있는데, 이것은 보편적인 진리에 바탕을 둔 걸세……그건 그렇고, 우리의 야금학자인 친구 니젤 선생께선 이번 뉴스를 어떻게 받아들였나?"

의사는 얼굴을 찌푸렸다.

"자네가 예상하고 있을 법한 그대로일세. 그는 사람도 아니야. 이제 와서 보니 그 신통치도 않은 연구를 완성하기에 충분한 자금이 손에 들어오게 된 걸 별로 기뻐하고 있는 것같이 보이지도 않고, 동료가 죽은 것을 특별히 슬퍼하는 빛도 없으며, 살인도 동정도 이 세상엔 없는 것처럼 아주 담담하게 실험실을 잠그고 틀어박혀서 일을 계속하고 있다네. 그는 냉혈 동물 중에서도, 마치 뱀과 같아."

"갑자기 달려들어 무는 건 아닐까?" 엘러리는 소리를 죽여 웃었다. "그렇긴 해도," 엘러리는 반쯤 혼잣말 비슷하게 중얼거렸다. "그는 자기가 말한 어떤 이론이 틀렸음을 알고 마음놓고 있는 게 분명해. 그의 합금 이론 역시 마찬가지로 꿈 이야기가 아닐까 의심스럽군……어쨌든 난 뱀족이 냉혈이라는 건 몰랐네. 가르쳐 줘서 고맙군."

그리고 한참 있다가 민첸이 자리에 앉고 총경이 발언권을 포기하자 엘러리가 이야기하기 시작했다.

"나는 우선 먼저 총괄적으로 말씀드리고 싶습니다만, 그것은 내가 아버지의 일에 크건 작건 적극적인 관심을 갖게 된 이래 몇 년 동안이나 이번의 에비게일 도른 살해 사건만큼 교묘하게 계획된 범죄를 만난 일이 한 번도 없었다는 것입니다.

어디서부터 이야기해야 좋을지 좀 판단하기가 곤란합니다만……여러분은 누구나 다 일단은 믿을 수 없다는 생각을 가지셨을 것으로 상상합니다. 즉 루실 플래이스가 어떻게 이 범죄를 행할 수 있었을까 하는 의문입니다. 루실 플래이스가 대기실에 있었다는 것은 믿을 수 있는 많은 목격자에 의해 증언되고 있습니다. 바이어스 의사, 간호사인 클레이튼 오버먼, 그리고 '마이크 두목'으로 알려져 있는 저 수상쩍은 신사 등입니다만——이들 증인은 동시에 또한 쟈니 박사로 분장한 인물이 있었음도 증언하고 있습니다. 그러면 분명히 같은 시간에 루실 플래이스가 어떻게 두 사람의 전혀 다른 인물이 될 수 있었느냐 하는 것입니다."

모두들 한결같이 힘있게 머리를 끄덕였다.

"그런데 여러분도 아시다시피 플래이스는 동시에 두 사람의 인물이 되었던 것입니다." 엘러리는 말을 이었다. "지금부터 어떻게 해서 이러한 강신술적(降神術的)인 곡예를 할 수 있었는지 분석해서 이야기하려고 생각합니다.

우선 이 놀라운 상황을 생각해 보시기 바랍니다. 루실 플래이스는 대기실에서 의식불명이 된 에비게일 도른의 육체를 충실하게 지켜보고 있었습니다. 그리고 한편으론 똑같은 시각에 쟈니 박사로 분장하여 겉으로 보기에 남자의 모습을 하고 있었다는 것이 됩니다. 절대로 신뢰할 수 있는 증인들이 대기실에 두 사람——도른 부인을 제외하고 말입니다만——간호사와 의사가 한 사람씩 있었다고 증언하고 있습니다. 간호사가 이야기하는 소리를 다른 사람이 듣고 있습니다. 누가 간호사와 의사를 동일 인물이라고 상상이나 했겠습니까? 루실 플래이스가 처음 한 증언에서 보면 간호사는 자기이며 사기꾼이 의사였다고 되어 있습니다만, 그것이 절대적인 진실이고 달리 생각할 수 없다는 것을 누가 의심했겠습니까? 그러나 모든 것이 끝난 이제 와서 보면 실제로는 어떤 일이 일어났는지 우리는 알고 있습니다. 언뜻 보기에 불가능하게 생각되는 일련의 상황을 가능케 했을 뿐만 아니라 이치를 잘 맞게 한 의미심장한 사태를 지적할 수가 있습니다. 즉 '간호사의 목소리가 들렸을 때는 그 모습이 보이지 않았고, 사기꾼의 모습이 보였을 때는 그 목소리가 들리지 않았다'는 사실입니다."

엘러리는 컵의 물을 마셨다.

"그러나 이건 이야기의 순서가 바뀌었습니다. 루실 플래이스는 어떻게 하여 이 일인이역의 연기를 기적에 가깝게 해냈는가를 이야기하기 전에 사건의 발단으로 돌아가서 추리의 각 단계를 더듬어, 진리는 끝내 모든 것을 정복한다는 축복받은 사태에 이른 경과를 말씀드리겠습니다.

사기꾼의 옷가지가 전화실 바닥에서 발견되었을 때 마스크, 가운, 외과 모자는 단서로서는 아무 소용도 없었습니다. 어디 한 군데 흥미를 끌 특징이 없는 흔해 빠진 다른 것들과 전혀 다른 점이 없었으니까요.

그러나 세 가지 물건――바지와 두 개의 구두입니다만――은 놀라운 것이라고 해도 좋을 만큼 계발적(啓發的)이었습니다.

우선 구두를 실험실 용어를 쓰는 것을 용서해 주신다면 해부해 보기로 합시다. 한쪽은 끊어진 끈의 둘레에 반창고가 붙여져 있었습니다. 이것은 무엇을 의미하는 것일까요? 우리는 전에도 생각해 보았습니다.

우선 첫째, 끈이 범행 도중에 끊어졌다는 것은 조금만 생각해 보아도 명백합니다. 왜냐고 물으시겠지요?

이것은 신중하게 계획된 범죄입니다. 거기에 대해서는 많은 증거가 있습니다. 그런데 만일 끈이 준비 기간 중에 끊어진 것이라면, 다시 말해서 범행 기간 전에 언젠가 범인에 의해 이것들이 병원 밖의 어딘가 다른 장소에서 모여졌을 경우를 말합니다만――그 경우는 끊어진 곳을 잇는 데 반창고 같은 것을 과연 썼을까요? 도저히 있을 수 없는 일입니다. 범인의 전반적인 수법으로 보아 끊어지지 않는 색다른 끈을 가져와 그것을 구두에 꿰어 닥쳐올 범행 기간에 다시 끊어지거나 하는 일이 없도록 예방 수단을 강구했으리라고 생각하는 것이 한층 더 타당하게 여겨지기 때문입니다. 범행 기간에는 일분일초가 중요하며, 약간의 지체도 치명적인 것이기 때문입니다.

물론 거기에는 아주 자연스러운 의문이 생깁니다. 범인은 어째서 끊어진 끝을 잡아매지 않고 그 대신 붙이는 따위의 특수한 방법을 썼는가. 끈을 조사해 보면 그 이유를 알 수 있습니다. 끈은 잡아매면 그만큼 길이가 짧아져서, 위에서 양끝을 매는 것이 글자 그대로 불가능했을 겁니다.

끈이 범행 시간 중에 끊어져서 붙였다는 증거는 그밖에도 있었습니다. 반창고는 내가 끈에서 벗겼을 때도 아직 약간 축축했습니다. 분명히 붙인 지 그다지 오래되지 않았다는 증거이지요.

반창고를 쓴 일, 그리고 또 아직 축축했다는 사실. 이것으로써 끈이 범행 시간 중에 끊어졌다는 것은 아주 확실했습니다. 그런데 범행 중 언제 끊어진 것일까요? 살인 전일까? 뒤 일까? 살인 전입니다. 왜냐하면 사기꾼이 구두를 벗을 때 끊어졌다면 붙일 필요가 전혀 없었을 것이기 때문입니다. 시간은 귀중했습니다. 구두가 이미 그 목적을 다했다면 끊어진 끈을 그대로 두어도 아무 해될 것이 없을 겁니다. 그 점은 아시리라고 믿습니다."

일제히 머리가 끄덕여졌다. 엘러리는 담배에 불을 붙여 가지고 총경의 책상 끝에 걸터 앉았다.

"그래서 나는 범인이 살인하기 직전, 사기꾼의 분장을 하는 도중에 끈이 끊어졌다는 사실을 알았습니다. 그러나 그것을 안 결과가 어떻게 되었을까요?" 엘러리는 회상하듯이 미소지었다. "그때는 그다지 도움이 되지 않았습니다. 그래서 나는 그 일은 머리 한구석에 집어넣고 가장 기묘한 문제인 반창고 자체에 매달리기로 했습니다.

나는 스스로에게 이렇게 물어 보았습니다. 인간의 성질을 아주 개괄적으로 분류하여 두 가지 서로 다른 집단으로 나누고, 어느쪽 집단의 사람이 이 살인을 저질렀다고 할 수 있을까 하고 말입니다. 사실 마음대로 몇 가지로든지 분류할 수 있을 겁니다." 엘러리는 소리내어 웃었다. "이를테면 담배를 피우는 사람과 싫어하는 사람, 술을 마시는 사람과 안 마시는 사람, 코카시안과 흑인. 우선 이렇게 서로 관계가 없는 집단으로 구분할 수 있겠지요.

하지만 진지하게 이야기를 합시다. 우리가 당면하고 있던 것은 병원 안의 살인이므로 대답은 자연히 다음과 같이 병원에 관계가 있는 초보적인 분류로 낙찰됩니다. 즉 살인은 전문적인 지식을 가진 자에 의해 행해졌느냐, 아니면 전문적 지식이 없는 자에 의해 행해졌느냐 하는 것이 됩니다. 물론 이것은 적절한 개괄적 분류입니다.

여기서 나는 용어에 대한 정의를 내리겠습니다. 내가 '전문적 지식을 가진 자'라고 하는 것은 병원이나 의학상의 관례에 대해 훈련을 쌓았거나 아니면 올바른 지식을 가지고 있는 사람을 가리킵니다. 아주 넓은 의미에서의 지식이지요.

좋습니까? 나는 구두끈을 붙이는 데 반창고가 쓰였다는 사실에 비추어 여러 가지 가능성을 생각해 보았습니다. 그 결과 도달한 결론은 사기꾼 살인 범인은 전문적 지식을 가진 인물이라는 것이었습니다.

어째서 이런 두뇌적 결론에 도달했느냐고 물으시겠지요? 그럼, 설명하지요. 구두끈이 끊어진 것은 우연한 사건입니다. 이미 내가 설명한 바와 같이 예측할 수 없었던 우연한 사건입니다. 다시 말하자면 사기꾼은 살인에 앞서 미리 준비해 놓았던 외과의사의 옷을 입기 전에는 설마 한쪽 구두끈이 끊어지리라고는 전혀 생각조차 못했던 것입니다. 따라서 그러한 예기치 못한 사태에 대해 미리 준비해 둘 수가 없었을 것입니다. 따라서 또 이와 같이 갑자기 구두끈이 끊어졌을 경우 그것을 수리하기 위해서 어떠한 수단을 강구한다 하더라도 그것은 손쉽게 해야 하므로 무계획하고 직관적인 방법을 쓰게 마련입니다. 그런데 문제의 범인은 이 긴급 사태에 있어 끊어진 끈을 수리하는 데 반창고를 쓴 것입니다. 여러분에게 물어 보겠습니다. 전문적 지식이 없는 사람——제가 아까 말씀드린 의미에 있어서의 전문적 지식이 없는 사람이 과연 반창고를 가지고 다니겠습니까? '그럴 리가 없습니다.' 전문적 지식이 없는 사람이라면 이와 같이 전문 직업적인 물건을 가지고 다니는 것은 '생각조차' 할 수 없을 것입니다. 결코 생각 못할 일입니다. 그처럼 가지고 있지 않았다면, 끊어진 곳을 수리할 필요가 생겼을 경우 전문적 지식이 없는 사람이 반창고 같은 것을 찾으려고 생각이나 했겠습니까? 천만에요. '그래서 말입니다.'"

엘러리는 둘째손가락으로 책상 위를 가볍게 두들겼다. "반창고를 생각해 냈다는 사실, 그리고 반창고가 순간적으로 사용되었다는 사실은 분명히 그러한 물건과 평소에 친숙한 인물을 가리키고 있다고 말할 수 있습니다. 바꾸어 말한다면 '전문적인 지식을 가지고 있는 사람'이라는 말입니다.

이것은 좀 다른 이야기입니다만, 나의 분류에는 간호사와 의사와 실습생뿐만 아니라, 전문적인 지식을 갖고 있는 자 역시 포함해야 합니다.

그런데 사기꾼이 수리에 필요한 물품을 찾고 있는 바로 그때 반창고가 마침 눈앞에 있었다고 하면——써 달라는 듯이 놓여 있었다고 한다면——이제까지의 나의 추리도 모두 어긋나고 맙니다. 바로 가까이에 그런 것이 있다면 전문적 지식이 있든 없든 누구라도 곧 눈앞의 반창고를 천만다행이라고 여기며 이용할 것입니다. 바꾸어 말하면 끈이 끊어진 순간 범인이 눈앞에 반창고가 놓여 있는 것을 발견했다면 끈의 수리에 반창고를 사용한 것은 직관적도 전문적 두뇌의 활동도 아니겠지요. 그것은 단순히 '주의가 이끌리지 않을 수 없었던' 상황을 이용한 데 지나지 않는다는 것을 나타내 줄 뿐입니다.

그러나 나의 논증을 견실하게 진행시켜 가는 데 있어 다행이었던 것은." 엘러리는 담뱃재를 태연하게 혹 불어 내면서 이야기를 계속했다.

"나는 사건이 있기 전에 이미 민첸 박사와 잡담을 하며 병원 안을 돌아보다가 네덜란드 기념 병원에서는 의료용 비품에 대해 아주 엄중한 규칙이 행해지고 있음을 알게 되었습니다. 반창고는 비품으로서 없어서는 안될 물품의 하나입니다. 그런데 비품은 모두 특별한 장 속에 넣어져 있습니다. 테이블 위에 놓여져 있거나 누구나 드나들 수 있는 비품실에 놓여 있는 것이 아닙니다. 사정에 밝지 않은 사람의 눈에는 전혀 띄지 않도록, 손이 닿지 않도록 되어 있었던 것입니다. 병원의 종업원이나 그 비슷한 자만이 범인의 시간표가 요청하는 바와 같이 급한 경우 어디에 가면 반창고를 구할 수 있는지 알고 있습니다. 반창고는 사기꾼의 눈앞에 놓여 있었던 것이 아닙니다. 반창고를 쓰기 위해서는 어디에 가야 구할 수 있는지 알고 있어야만 했던 것입니다.

좀더 직접적으로 말하겠습니다. 나는 범인은 전문적 지식을 갖고 있는 자라는 결론을 확증했을 뿐만 아니라, 이제 나의 최초의 분류 범위를 좀더 줄여 볼 수 있게 되었습니다. 즉 내가 찾는 범인은 '네덜란드 기념 병원에 관계가 있는 전문적 지식을 가진 사람'인 셈이 되었던 것입니다.

그리하여 나는 높은 장애물을 하나 뛰어넘었습니다. 나는 여러 가지 사실로 비추어 추리함으로써 사기꾼 살인범에 대해 얼마쯤 알 수 있었습니다. 다시 한 번 지금까지 말씀드린 것을 요약해 봅시다. 그렇게 하면 나의 추리가 더욱 분명하게 여러분의 머릿속에서 어떤 형태로 나타나게 될 테니까요. 반창고에 생각이 미쳤으며 또한 사용한 이상 범인은 전문적 지식을 가진 자가 틀림없다, 순간적으로 어디에 가면 반창고가 손에 들어오는지 알고 있었다는 것은 범인이 다른 병원이 아니라 네덜란드 기념 병원 자체에 어떠한 관계가 있음이 틀림없다, 이것이 지금까지 내가 말씀드리려고 한 것입니다."
엘러리는 새 담배에 불을 붙였다.
"이것으로써 범위가 상당히 좁아졌습니다만, 아직 만족스러울 정도에는 이르지 못했습니다. 이상의 결론을 가지고서는 아직 에디스 더닝, 핼더 도른, 모리츠 니젤, 샐라 플러, 현관 경비 아이작 컵브, 서무 주임 제임스 파라다이스, 엘리베이터 보이, 청소부 등을 제외할 수가 없기 때문입니다. 이 인물들은 모두 고용인으로서, 아니면 특권있는 방문객으로서 늘 병원 안에 출입하여 방의 배치며 규칙 따위를 잘 알고 있는 사람들입니다. 따라서 그들도 '네덜란드 기념 병원에 관계가 있는 전문적 지식을 가진 사람'이라는 부류에 넣어야만 했습니다.

그러나 이야기는 그것만이 아닙니다. 구두에 아직도 더 이야기가 있습니다. 구두를 조사해 보고 실로 불가해한 현상에 부딪친 것입니다. 양쪽 구두의 안창이 모두 발 끝 안쪽 위에 말려들어가서 납작해져 있는 것을 발견한 것입니다. 이것은 어떻게 설명해야 좋을까요?

구두는 범인에 의해 사용된 것입니다. 반창고가 그것을 증명해 주고 있습니다. 범인의 발이 구두 속에 들어가 있었던 것입니다. 그런데 안창이 그런 상태로, 지금 말한 그런 상태로 되어 있었습니다.

여러분은 구두를 신을 때마다 안창이 발 끝으로 말려들어갔는데도 그대로 신겠습니까? 누구에게나 가끔은 그런 경험이 있겠지요. 그러나 곧 이상하다는 것을 깨닫게 됩니다. 안창이 제대로 안된 것을 느끼지 못할 리가 없습니다……그러므로 아무리 범인이라 할지라도 거북한 것을 참고, 특히 안창이 발 끝에서 뭉쳐 있는 것을 그대로 두고 구두를 신었을 리가 없다는 것은 분명합니다. 그렇다면 범인은 안창이 어떻게 되었는지 몰랐다거나, 아니면 구두를 신었을 때 거북하지도 아무렇지도 않았거나 둘 중 하나입니다……

그러나 대체 어떻게 그런 일이 있을 수 있을까요? 그 설명은 오직 하나밖에 없습니다. 범인이 신고 있던 구두 즉 우리가 뒤에 전화실에서 발견한 구두보다도 훨씬 작았다는 것입니다. 그런데 우리가 발견한 구두는 우스우리만큼 아주 작았습니다. 사이즈 6이었으니까요, 이것은 무엇을 뜻할까요? 아시겠습니까? 사이즈 6은 보통 남자 신으로서는 가장 작은 편입니다. 어른 남자가 이런 구두를 신을 수 있다고 하면, 그 남자는 어떠한 기형을 하고 있을까요? 받들어 모시는 주인으로부터 여자로 오인되어 발에 족쇄가 채워진 중국인이기라도 한가요? 어쨌든 그 구두에 발을 쑤셔넣어 안창을 발 끝으로 밀어붙이고 아무 이상한 느낌을 받지 않았던 사나이는 더 작은 구두를 신고 있을 게 틀림없습니다. 사이즈 4나 5겠지요. 그러한 사이즈는 남자 구두에는 없습니다.

이상의 사실을 분석해 보면 이러한 결론에 이릅니다. 즉 안창을 발 끝으로 밀어붙인 구두를 신고도 아무런 불편도 이상도 느끼지 않을 정도로 작은 발은 첫째 아이들의 발입니다. 그러나 이것은 증인들이 말하는 범인의 키로 보아 분명히 우스운 일입니다. 둘째는 부자연스러울 정도로 작은 남자의 발입니다. 그러나 이것도 방금 말씀드린 이유에 의해 찬성할 수 없습니다. 셋째는 보통 크기의 여자 발입니다."

엘러리는 책상을 쳤다.

"여러분, 지난 일주일에 걸친 수사 동안 나는 몇 번이나 그 구두에 중대한, 아주 중대한 의미가 있다고 말씀드렸습니다. 바로 그대로였던 것입니다. 끈에 붙여진 반창고에서 나는 범인이 네덜란드 기넘 병원에 관계가 있는 전문적 지식을 가진 자임을 계산해 내고, 구두의 안창에서 여자를 계산해 내었던 것입니다.

이것은 사기꾼이 타인으로 분장했을 뿐만 아니라, 자기와 반대되는 성(性)의 인간으로 둔갑했었다는 최초의 증거였습니다. 즉 여자가 남자로 둔갑한 것입니다."

누군가가 깊이 한숨을 쉬었다.

샘프슨이 "증거는……" 하고 중얼거렸다.

경찰 장관의 눈은 감탄한 듯이 반짝이고 있었다. 민첸 박사는 처음 만나는 사람을 보듯이 물끄러미 친구를 바라보고 있었다. 퀸 총경은 깊은 생각에 잠겨서 아무 말도 하지 않았다.

엘러리는 어깨를 움츠렸다.

"구두에 대해서는 이 정도 해 두고, 문제를 다른 각도에서 다루기 전에 양쪽 뒤축의 높이에 차이가 없었다는 점을 지적하는 것은 흥미있는 일이 아닐까 생각합니다. 양쪽 뒤축이 거의 같은 정도로 닳아 있었습니다. 만일 그것이 쟈니 박사의 구두였다면 한쪽 굽이 다른 쪽 굽보다 훨씬 많이 닳아 있었을 것입니다. 박사는 아시는 바와 같이 한쪽 발을 몹시 절고 있었으니까요.

그러면 그 구두는 박사의 것이 아니라는 결론이 됩니다. 그러나 이것은 박사가 범인이 아니라는 증거가 되지는 않습니다. 박사가 우리에게 발견되게끔 누군가 남의 구두를 전화실에 갖다 놓았을 수도 있고, 자기 것이 아닌 양쪽 굽이 똑같이 닳은 구두를 신었을지도 모릅니다. 굽이 고르게 닳았다는 것은 쟈니 박사가 죄가 없다고 추정하는 훌륭한 뒷받침이 되니까요. 즉 박사로 둔갑한 자가 실제로 있었다는 증명이 되는 셈입니다. 끝까지 박사 자신이었음에도 불구하고 누군가가 박사로 변장한 것처럼 보이려고 했는지로 모르는 것입니다.

그러나 나는 처음부터 그것을 믿지 않았습니다. 그렇지 않습니까? 쟈니 박사 자신이 우리가 범인이라고 부른 사람이었다고 한다면, 박사는 자기의 수술복——그날 아침에 입고 있던 수술복 그대로 그 피비린내나는 일을 할 수 있었을 겁니다. 그러면 전화실에서 발견된 옷 가지는 '일부러 놓아 둔 것'이라는 것, 다시 말해서 박사가 범죄를 행할 때 입었던 것이 아니라 단지 우리의 판단을 그르치게 하기 위해 남겨 두었던 것이라는 결론이 됩니다. 그러나 그렇다면 반창고나 구두의 안창은 어떻게 설명이 될까요? 그 구두는 내가 증명한 대로 분명히 사용된 것입니다. 줄여 넣은 바지는 어떻게 설명될까요. 그 '줄인 부분'은 그 옷가지에 있어 두 번째로 중요한 점입니다. 그것은 뒤에 곧 말씀드리겠습니다…… 쟈니 박사가 자기 자신으로 분장했다 치고, 그렇다면 쟈니 박사는 범행 기간 동안 자기 방에 있었다는 알리바이를 입증하기 위해서 어째서 스완슨을 끌어내지 않았을까요? 그렇게 하는 것이 박사에게는 절대로 필요했을 텐데요. 그러나 박사는 완강하게 스완슨을 들고 나오는 것을 거절했습니다. 그 결과 경찰의 혐의의 올가미에 자기 목을 들이밀게 된다는 것을 잘 알면서도 그는 그렇게 했던 것입니다. 그렇습니다. 이러한 쟈니 박사의 행동과 그 옷가지를 생각하여 나는 박사가 자기 자신으로 변장했을지도 모르는 가능성을 마음 속에서 지워 버렸던 것입니다.

그러면 줄여 넣은 바지입니다만, 어째서 줄여 넣었을까요?

쟈니 박사가 그것을 일부러 줄여 넣었다고 하더라도 박사는 그 바지를 직접 사용할 필요가 없었습니다. 그러나 아까도 말씀드렸던 것처럼 그 바지는 분명히 범인이 입고 있었던 것입니다. 그러면 줄여 넣은 것도 일부러 한 것일까요? 무슨 목적으로? 범인의 키에 대한 우리의 판단을 그르치기 위해, 사기꾼이 실제의 키보다 2인치쯤 작다고 우리가 생각하게끔 하기 위해서일까요? 그러나 이것은 전혀 넌센스입니다. 범인은 키에 대해서는 속일 수가 없다는 것을 알고 있었기 때문입니다. 변장하고 있는 동안 '사람들에게 들키고', 따라서 자신의 키를 증인의 눈에 인상지운다는 것은 범인의 계획의 일부였음이 분명하기 때문입니다. 그렇습니다. 줄여 넣은 것은 바지가 범인에게 너무 길었기 때문에 그것을 짧게 하려는 정당한 이유에 의한 것이었습니다. 의심할 여지도 없이 그 바지는 변장하고 있는 동안 범인이 입고 있었던 것입니다."

엘러리는 미소지었다.

"그래서 나는 다시 가능성을 좀더 자세하고 대조적인 분류로 구분해 보았습니다. 이번에는 네 개의 포괄적인 구분을 한 겁니다. 즉 사기꾼은 다음의 어느 것에 속하는 자라고 본 것입니다. 첫째는 병원에 관계 있는 남자, 둘째는 병원에 관계가 없는 남자, 셋째는 병원에 관계있는 여자, 넷째는 병원에 관계없는 여자로 말입니다.

이 중에서 세 가지가 얼마나 쉽게 제외되는지 살펴봅시다.

사기꾼은 병원에 관계있는 남자일 수가 없습니다. 병원에 관계있는 남자는 모두 엄격한 규칙에 따라 병원 안에 있는 동안은 언제나 흰 바지를 포함한 흰 제복을 입고 있어야 하며 실제로 입고 있습니다. 병원에 관계있는 남자가 변장자였다면, 그는 범죄 이전에 이미 흰 바지를 입고 있었을 것입니다. 그렇다면 무엇 때문에 '자기 몸에 맞는' 흰 옷을 벗고 '몸에 맞지 않는' 전화실의 흰 옷으로 바꾸어 입고 범죄에 착수하는 번거로운 짓을 해야 했을까요? 도무지 미친 짓입니다. 그 남자가 쟈니 박사로 둔갑했다면 자기의 흰 바지를 입고 범죄를 행한 뒤 다른 바지를 남겨 두어 들키게 하는 짓은 하지 않았을 겁니다. 그런데 바지는 발견되고 우리는 그것이 일부러 놓여진 것이 아니라는 사실을 증명했습니다. 즉 발견된 바지는 실제로 분장자가 입었던 것이라는 점이 증명된 것입니다. 이처럼 그 바지가 실제로 분장자가 입었던 것이라면, 그 이유는 단 하나 분장자가 '범행 전'에는 정규의 바지를 입고 있지 않았기 때문입니다.

 만일 정규의 바지를 입고 있지 않았다면 범인은 병원에 관계있는 남자일 수가 없습니다. 그건 이미 증명했습니다.

 둘째로 범인은 병원에 관계없는 남자일 수도 없습니다. 왜냐하면 우리는 이미 반창고를 사용한 것으로 추정하여 병원에 '관계없는' 모든 사람을 제외했기 때문입니다.

 이 점에 대해 여러분은 이렇게 말씀하실지도 모릅니다. 그러면 필립 모어하우스, 헨드릭 도른, 커대이의 부하인 악당들은 어떤가? 그들은 병원 제복을 안 입었지 않은가?

 거기에 대한 대답은 이러합니다. 모어하우스나 도른이나 저 악당들이 쟈니 박사로 분장하려면 제복을 입어야만 했지만, 그들 가운데 누구도 어디에 가면 반창고를 손에 넣을 수 있는지 정확하게 알 만큼 병원 사정에 정통해 있지 못합니다. 굳이 말하면 도른은 알고 있었을지도 모릅니다. 그러나 비록 알고 있었다 해도 육체적인 구조가 그로 하여금 분장자가 될 가능성을 부정합니다. 너무 뚱뚱하고 큰 겁니다. 대기실에 들어가는 것을 들킨 사기꾼은 거의 쟈니 박사의 체격에 가까웠지요. 박사는 자그마하고 가는 몸집이었습니다. 모어하우스에 대해서는 비품이 어디에 있는지 알고 있었던 듯한 흔적이 아무것도 없습니다. 이것은 커대이의 부하들에게도 적용됩니다. 커대이 자신에게는 눈꼽만큼도 가능성이 없습니다. 그 사나이는 도른 부인이 교살당하고 있는 동안 마취되어 있었으니까요. 또한 병원과 관계가 있는 사람들로서 이번 사건에 관계가 있는 다른 모든 남자들 역시 제외됩니다. 왜냐하면 이미 내가 설명한 대로 이러한 사람들은 바지를 갈아입을 필요가 없었기 때문입니다. 더닝, 쟈니, 민첸 박사, 실습생들, 컵브, 엘리베이터 보이, 이러한 사람들은 모두 정규의 흰 제복을 입고 있었습니다.

그러면 범인은 병원에 관계있는 남자도 아니고 관계없는 남자도 아니라는 결론에 이르게 됩니다. 그 점은 확정된 셈입니다.

그러면 여자는? 이번에는 그것을 생각해 보십시다. 범인은 병원에 '관계없는' 여자일 수가 없습니다. 왜냐하면 여자들은 보통 스커트를 입고 있기 때문에 그런 분장을 하려면 바지를 입어야 했을 터이지만, 여기서도 또 반창고에 대한 추리가 이 가정을 배제합니다. 그러한 여자는 앞서 말한 정의에 의해 병원에 관계가 없기 때문입니다.

이리하여 복잡한 점검을 추진한 결과 남는 단 한 가지 가능성은 '살인범은 병원에 관계있는 여자'가 됩니다. 이 부류에 들어가는 것은 도른 부인과 마찬가지로 당연히 병원 사정에 밝은 핼더 도른, 샐라 플러, 그리고 병원에 근무하고 있는 에디스 더닝, 산부인과 여의사 펜니 박사, 또한 구내에 있는 간호사, 청소부 등 모든 여자입니다.

그러면 이야기가 잘 들어맞는지 어떤지 살펴봅시다.

맞습니다. 범인과 거의 같은 몸집으로 병원에 관계있는 여자가 범인이라면, 그 여자는 분장을 위해 흰 바지를 필요로 했을 것이며 다시 여자의 모습으로 돌아가기 위해 그것을 어디다 버려야 했던 겁니다. 중키의 여자였으므로 긴 바지를 줄여서 짧게 만들어야 했을 겁니다. 그리고 발이 작다는 것은 구두 안창이 안쪽으로 말려들어가 있었다는 점으로 입증이 됩니다. 대개 여자의 발은 남자보다 훨씬 작고 갸름하며, 그 여자가 신고 있었던 것은 남자 구두였기 때문입니다. 그리고 끝으로 병원에 관계있는 여자라면 직관적으로 반창고를 생각해 내고, 어디에 가면 곧 그것을 손에 넣을 수 있는지 알고 있었을 겁니다. 여러분, 모든 점에서 딱 들어맞지 않습니까?"

모두들 서로 얼굴을 마주보고 있었다. 각자 이제까지 들은 것을 음미하고 분석하고 저울질해 보고 있었다.

경찰 장관이 갑자기 다리를 포개고 앉았다.

"말을 계속해 보시오, 이건 정말……." 경찰 장관은 일단 말을 끊고 면도 자국이 파란 턱을 어루만졌다. "뭐라고 해야 좋을지 모를 만큼 훌륭하군요, 계속해 주시오, 퀸 씨."

엘러리는 설명을 계속했다.

"두 번째 범죄는," 하고 그는 담배 끝에서 가물거리는 연기를 생각에 잠긴 듯이 바라보며 말했다. "전혀 다른 문제였습니다. 첫 범죄에 사용한 것과 똑같은 방법을 적용하려고 시도해 보았으나 도저히 불가능하다는 것을 발견했습니다. 여러 가지 뭐, 대단한 건 아닙니다만 추정을 내릴 수는 있었지만 특별히 이렇다 할 결론에는 이르지 못했습니다. 다시 한 번 개괄적으로 분류해 보면, 이 두 개의 범죄가 동일 범인에 의해 행해졌는지, 전혀 다른 범인에 의해 행해졌는지 하는 것으로 나누어집니다.

우선 무엇보다도 막연한 것은, 에비게일 도른 부인 살해 범인으로 단정한 이 '전문적인 지식이 있는 여자'가 쟈니 박사도 죽였다면, 어째서 일부러 같은 흉기를 사용했는가 하는 의문에 대답할 수 없다는 점이었습니다. 즉 어째서 똑같은 종류의 철사로 사람을 교살했는가 하는 점입니다. 이 살인범은 결코 머리가 둔한 여자가 아닙니다. 두 번째 범죄에서 다른 흉기를 사용하면 경찰은 두 사람의 범인을 추구하게 될지도 모르므로 범인에게는 한층 더 유리했을 것입니다. 그렇게 되면 추적의 손을 빗나가게 만들 수가 있습니다. 그럼에도 불구하고 그 여자는 두 사람을 죽임에 있어 마치 일부러 그런 것처럼 두 가지 범죄의 결부를 은폐하려는 아무런 노력도 하지 않은 것입니다. 어째서일까요? 나는 그 이유를 알 수가 없었습니다.

한편 또 쟈니 박사가 다른 범인에 의해 살해되었다면, 수법이 같다는 점으로 보아 박사를 살해한 범인이 현명하게도 도른 부인을 죽인 자가 박사까지 죽인 것으로 보이게 하려는 속셈임을 나타내 주는 거라고 해석할 수 있을 것입니다. 이것은 지극히 있을 법한 일입니다.

나는 될 수 있는 한 객관적으로 문제와 맞섰습니다. 어떤 가정이든 진실일 수가 있기 때문입니다.

일부러 똑같은 수법을 두 번 썼다고 해석되는 점 외에도 두 번째 범죄에는 또 다른 까다로운 요소가 여러 가지 있어, 그 어느 것에도 타당한 설명을 붙일 수가 없었습니다.

민첸 박사가 쟈니 박사의 책상 뒤에서 정리장을 움직였다고 이야기해 주기 전까지는——그것은 그날 아침 내가 병원에 도착하기 전에 옮겨졌습니다만——나 역시 이 두 번째 범죄에 대해 전혀 오리무중이었습니다.

그러나 쟈니 박사의 방에 정리장이 있었다는 것, 그 본디 있었던 장소를 알았을 때 상황은 완전히 달라졌습니다. 그것은 도른 부인 살해의 증명에서 구두와 바지가 중요한 역할을 한 것과 마찬가지로 쟈니 박사 살해를 설명하는 데 가장 의미심장한 점이었습니다.

사실에 대해 생각해 봅시다. 박사의 죽은 얼굴은 놀랄 만큼 온화하고 자연스러운 표정이었으며 놀라움이라든가 불안, 공포 같은 징후가 전혀 없었습니다. 보통 폭력에 의한 죽음에서 흔히 볼 수 있는 표정이 전혀 나타나 있지 않았던 것입니다. 더구나 맨 처음 박사를 졸도시킨 일격을 내리친 위치는 박사의 '뒤'였음이 틀림없다는 것을 나타내 주고 있었습니다. 후두부를 때리기 위해서는 그렇게 할 수밖에 없습니다. 범인은 어떻게 하여 박사에게 의심을 일으키지 않고, 적어도 불안을 느끼게 하지 않고 그의 등 뒤로 돌아갈 수 있었을까요 ?

 박사의 책상 뒤에는 창이 없으므로 범인이 밖에서 그 문턱에 웅크리고서 그를 후려쳤다고 볼 수도 없습니다. 박사의 책상 뒤에 창이 없었다는 것은, 누군가가 밖을 내다본다는 구실로 그의 뒤에 서 있었을 가능성도 무너뜨려 버립니다. 북쪽 벽에는 가운데 뜰로 면한 창이 하나 있었습니다만, 거기에 서서는 그렇게 일격을 가할 수 없었을 것입니다.

 아시는 바와 같이 책상과 의자는 북쪽과 동쪽 벽을 두 변으로 하여 직각 삼각형의 사선(斜線)을 이루고 있었습니다. 따라서 가까스로 책상 뒤로 빠져나갈 수 있을 만한 여지가 남아 있을 뿐이었습니다. 책상에 앉아 있는 사람이 모르게 뒤로 돌아갈 수는 없을 것입니다. 더구나 박사는 살해되었을 때 책상에 앉아 있었습니다. 그 점에는 의문의 여지가 없습니다. 그는 맞아 쓰러졌을 때 원고를 쓰고 있었던 것입니다. 잉크가 글씨 끝머리에서 흩어져 있었거든요. 그러면 범인은 박사의 뒤로 돌아갔을 뿐만 아니라, 그것을 박사가 알고 있었고 박사의 동의를 얻어서 뒤로 돌아간 것입니다." 엘러리는 싱긋 웃었다. "정말 곤란한 상황입니다. 나는 거의 포기할 판이었습니다. 사람이 책상 뒤에 있었으나, 그가 거기에 있다는 것을 '승인받은' 사실을 설명할 만한 것이 '아무것도' 없었기 때문입니다. 그런데도 범인은 박사에게 약간의 반사적 경계심도 일으키게 하지 않고 뒤로 돌아갈 수 있었다는 것이 명백합니다.

 여기에서 두 가지 결론이 나옵니다. 첫째로 박사가 범인을 잘 알고 있었다는 것, 둘째로 박사가 범인이 뒤에 있다는 것을 알면서도 그 상황을 아무런 의혹도 불안도 없이 받아들였다는 사실입니다.

 그런데 책상 뒤에 정리장이 놓여 있었다는 사실을 알기 전까지 나는 완전히 두뇌적으로 병자가 될 만큼 충격을 받고 있었습니다. 그러나 존 민첸이 그것을 가르쳐 주었을 때 모든 걸 알았습니다. 쟈니 박사가 범인과 범인의 위치를 받아들인 것은 어떠한 이유에서였을까요? 저 구석에 있었던 유일한 물건은 서류 정리장이었다는 사실을 우리는 이제 알았습니다. 거기에서 생각을 밀고 나가면 범인이 박사의 뒤에 있었던 사실은 논의할 여지도 없이 정리장에 의해 설명되어집니다. 이치가 들어맞지요?"

"오오, 정말이로군!" 민첸 박사가 자기도 모르게 외쳤다.

샘프슨은 깜짝 놀라 박사를 바라보았다. 약간 졸음이 오던 것이 달아나 버린 듯했다.

"고맙네, 존!" 엘러리는 쌀쌀맞게 말했다. "다음 단계는 완전히 불가피한 것이었습니다. 나에게 있어 그 정리장은 다행스럽게도 병원의 일반 자료를 넣어 두는 보통 정리장이 아니었습니다. 거기에는 박사의 개인적 물품, 쟈니 박사에게 있어서는 가장 귀중한 개인적인 서류가 들어 있었던 것입니다. 그 서류란 박사가 민첸 박사와 공동으로 쓰고 있던 저술에 필요한 병례 기록이었습니다. 쟈니 박사가 국외자로 생각한 사람에게 얼마나 경계하며 그 병례 기록을 안 보이려 했던가는 모두 다 아는 사실입니다. 그는 열쇠로 잠가놓고 아무에게도 보여 주지 않았습니다. '아무에게도' 라고 말했습니다만." 하고 엘러리는 한층 더 목소리에 힘을 주었다. 그의 눈이 반짝반짝 빛나고 있었다. "거기에는 세 사람의 예외가 있었습니다.

첫째는 박사 자신입니다. 그 이유는 명백합니다.

둘째는 박사의 협력자인 민첸 박사입니다. 그러나 민첸은 그를 살해할 수가 없었습니다. 살인이 일어난 시각에 그는 병원에 없었기 때문입니다. 민첸은 그날 아침 시간의 일부를 나와 같이 보내고 살인이 일어나기 바로 조금 전까지——그러나 병원에 가서 협력자를 죽이기에는 너무 짧은 시간밖에 없었습니다――나와 함께 브로드웨이의 86번 거리 근처를 이야기하면서 걷고 있었으니까요. 그런데 이 두 사람뿐이었을까요?" 엘러리는 코안경을 벗어 렌즈를 닦기 시작했다. "천만에, 그렇지 않았습니다. 나는 도른 부인이 살해되기 전에 이미 쟈니 박사와 민첸 말고도 의심받지 않고 그 서류 정리장에 접근할 수 있는 사람이 있다는 걸 알고 있었습니다. 그것은 쟈니 박사의 비서 일을 맡고 있는 조수로, 병원의 사무와 박사의 저술 활동에 대해 사무적인 조력자일 뿐만 아니라 동시에 또 박사 방의 정당한 사용자로서 거기에 책상을 가지고 있었습니다. 그녀는 시종 박사가 읽고 쓰는 일을 거들었으므로 당연한 결과로서 박사의 등 뒤에 놓여 있는 귀중한 서류에 자유로이 접근할 수 있었습니다. 저 구석에 그녀가 있는 것은 아주 예사로운 일이며, 박사에 의해 당연한 것으로 인정되고, 하루에도 몇 번씩이나 박사가 일하고 있을 때에도 저 구석에 자주 갔다는 것은 의심할 여지가 없습니다…… 내가 말하려 하는 인물은 물론 나의 제3의 가능한 사람 루실 플래이스를 가리키는 것입니다."

"훌륭합니다!" 샘프슨이 감탄의 소리를 질렀다.

총경은 애정이 담긴 눈으로 엘러리를 지켜보고 있었다.

"정말 멋있게 상황과 딱 들어맞습니다." 엘러리는 소리를 높였다. "이 경우 병원 내부 사람이든 병원 외부 사람이든 그녀 말고는 어느 누구도 저 특수한 상황 아래에서 쟈니 박사에게 의혹, 불안, 분노의 표정을 전혀 일으키게 하지 않고 박사의 등 뒤로 돌아갈 수는 없었을 것입니다. 쟈니 박사는 지나칠 정도로 그 기록을 소중히 여기고 있었으며, 지금까지도 가끔 사람들이 그 기록에 손을 대는 것을 거절해 왔습니다. 그러나 민첸 박사와 루실 플래이스만이 예외였던 것입니다. 하지만 민첸은 이미 제외되었습니다. 그러면 남은 것은 루실 플래이스뿐입니다."

엘러리는 코안경을 흔들었다.
"결론은 루실 플래이스야말로 쟈니 박사를 죽일 수 있었던 유일한 범인이라는 것이 됩니다. 루실 플래이스……나는 이 이론을 갑자기 얻은 영감과 함께 마음 속에 되새겨 보았습니다. 그러면 루실 플래이스의 특징은 무엇인가? 우선 여자이며, 전문적인 지식을 가지고 네덜란드 기념 병원에 관계하고 있습니다.
게다가 내가 '에비게일 도른의 살인 범인으로서 찾고 있던 여자의 인상과 딱 들어맞습니다.' 언뜻 보기에는 순진하고 유능한 간호사가 동시에 도른 부인을 살해한 범인이라고 생각할 수 있는가 없는가?"
엘러리는 물을 한 모금 들이켰다. 방은 무덤 속처럼 고요했다.
"그 순간부터 내 눈앞에는 사건의 전모가 펼쳐졌습니다. 나는 아래층 평면도를 가져오게 하여 루실 플래이스가 분명 간호사로서의 자기 자신인 동시에 쟈니 박사로 변장한 범인이었다는 대담무쌍한 범죄를 보기 좋게 해치운 발자취를 조사해 보았습니다.
검토를 거듭하고 해결되지 않았던 요인을 하나하나 신중히 연결함으로써 나는 루실 플래이스가 기적이라고도 할 수 있는 그 일을 해내는 데 썼을 게 분명한 시간표를 만들 수가 있었습니다. 지금 그것을 읽어 보겠습니다."
엘러리는 가슴 주머니를 더듬어서 닳아빠진 수첩을 꺼내었다. 허퍼는 연필과 종이쪽지를 들고 몹시 분주해졌다. 엘러리는 빠른 말투로 읽기 시작했다.

10시 29분──진짜 쟈니 박사가 불려나갔다.
10시 30분──루실 플래이스는 대기실 쪽 문을 열고 대기실의 엘리베이터에 들어가 문을 닫고 방해가 들어오지 않도록 동쪽 복도

쪽의 문을 잠갔다. 그리고 미리 거기에 놓아 두었거나 아니면 대기실 어디에 숨겨 두었던 구두와 흰 즈크 바지, 가운, 모자, 마스크를 하고 자기 구두는 엘리베이터 안에 숨겨 둔 뒤 자신의 옷은 새로운 남자 옷으로 숨겨 버렸다. 엘리베이터 문을 지나 동쪽 복도로 빠져나와 모퉁이를 돌아 남쪽 복도로 나가서 그대로 곧장 마취실까지 갔다. 그동안 박사의 흉내를 내어 다리를 절며 마스크로 얼굴을 가린 채 모자에 머리를 숨기고 급히 마취실을 지나 바이어스 의사와 오버먼 간호사, 커대이 등에게 모습을 보이고 대기실로 들어와서 문을 닫았다.

10시 34분──혼수 상태에 있는 도른 부인에게 다가가서 옷 밑에 숨겨 가지고 있던 철사로 부인을 교살하고 기회를 보아 자기 목소리로 "곧 준비가 됩니다, 쟈니 박사님" 이든가 아무튼 그런 의미의 말을 크게 했다. 물론 그녀가 증언 중에서 주장한 것처럼 소독실 따위에는 들어가지도 않았다. 골드 의사가 대기실에 목을 들이밀었을 때 그는 수술복을 입은 플레이스가 등을 돌린 채 도른 부인 위에 몸을 구부리고 있는 것을 보았다. 물론 골드 의사는 간호사의 모습은 보지 못했다. 수술복 차림의 의사 말고 거기에는 아무도 없었다.

10시 38분──대기실에서 나와 마취실을 지나 남쪽 복도에서 동쪽 복도로 왔던 길을 도로 지나 엘리베이터로 들어가서 남자 옷을 벗고 자기 구두를 신고는 급히 다시 나와 그 옷을 바로 엘리베이터 문 바깥쪽에 있는 전화실에 놓고 전과 같이 엘리베이터 문을 지나 대기실로 돌아갔다.

10시 42분──루실 플레이스로서의 자기 본디의 모습이 되어 대기실로 돌아갔다.

이상의 모든 과정에 소용된 시간은 12분을 넘지 않았다.

엘러리는 미소지으며 수첩을 넣었다.

"구두끈은 살인을 하기 전 엘리베이터 안에서 남자 캔버스 구두로 바꾸어 신을 때 끊어진 것입니다. 플래이스가 해야 했던 일은 다만 엘리베이터 문을 나와 대기실로 돌아와서 바로 곁에 있던 비품장을 열고 서랍에서 반창고 통을 꺼내 주머니 가위로 자르는 일뿐이었습니다. 그 여자처럼 반창고가 어디에 있는지 잘 알고 있으면 누구든 20초 안에 그 정도의 일은 할 수 있습니다. 덧붙여 말씀드리자면 나는 시간표가 대충 정해지자 구두에 사용한 반창고를 잘라 낸 반창고 통을 찾아보았습니다. 반창고를 대기실에서 가지고 나왔다는 것이 절대로 확실하다고 볼 수는 없었지만, 우선 논리적으로 말해서 그렇게 생각되었습니다. 그래서 대기실에 가 보았더니 역시 발견되었지요. 구두에 붙어 있던 토막과 통에 남겨져 있던 들쑥날쑥한 벤 자리를 비교해 보았습니다. 딱 들어 맞았습니다. 이건 증거가 되겠지요, 지방검사님?"

"되고말고요."

"플래이스는 반창고 통을 쓴 뒤에 자기 주머니에 넣었다가 나중에 처리할 수도 있었을 것입니다. 그러나 그건 생각지도 않았습니다. 비록 일단 그렇게 생각했다고 해도 위험한 통을 몸에 지니고 있는 것을 피하기 위해서는 다시 몇 초 동안을 굳이 소비하기로 했는지도 모릅니다.

하지만 아시는 바와 같이 대기실은 수사가 시작되고 나서 출입이 금지되었습니다. 감시가 붙어 있었던 거지요. 그러나 플래이스가 통을 가져갔다 하더라도 해결에는 아무 영향도 미치지 않았을 것입니다. 기억해 두기를 바라고 싶은 것은, 내가 이번 범죄를 해결한 것은 반창고 통을 찾으려고 생각하기 '전'이었다는 사실입니다.

그러니까 간단히 말씀드리면 구두와 바지가 여자 살인범의 이름을 뺀 나머지 모든 것을 가르쳐 주었고, 서류 정리장이 그 이름을 가르쳐 준 셈입니다. 이것으로 사건은 완전히 해결되었습니다."

엘러리는 말을 끊고 피로한 듯이 미소를 띠면서 모두들을 둘러보았다.

듣는 사람의 얼굴에는 놀란 듯한 표정이 떠올라 있었다. 허퍼는 흥분으로 떨며 의자 끝에 엉거주춤하게 앉아 긴장된 표정을 짓고 있었다.

샘프슨이 불안한 듯이 말했다.

"어딘지 뭔가 빠진 것 같군. 그게 전부는 아닐 거요……니젤은 어떻소?"

"오오, 실례했습니다." 엘러리는 얼른 말했다. "나는 루실 플래이스가 범인이라는 것은 공범자가 있을 가능성을 배제하는 게 아님을 빠뜨렸군요. 플래이스는 단순히 방편이고 남자의 두뇌가 배후에서 그 여자를 조종하고 있었을지도 모릅니다. 니젤이 그 두뇌의 소유자였을지도 모릅니다. 그 남자에게는 용기가 있었습니다. 도른 부인과 쟈니 박사가 죽으면 일을 계속하는 데 충분한 자금이 확보되고 연구의 성과를 완전히 독점할 수가 있으니까요. 게다가 그 남자가 들고 나온 초라한 이론은 우리 눈에 모래를 끼얹기 위해서였는지도 모릅니다, 그러나."

"공범자라면……." 경찰 장관이 중얼거렸다. "오늘 오후에 스완슨을 잡은 건 그 때문이었군."

"뭐라구요?" 지방검사가 소리쳤다. "스완슨이라구!"

퀸 총경이 미소지었다.

"글쎄, 너무 급작스러운 일이라 당신한테 알릴 틈이 없었소, 검사. 스완슨을 오늘 오후 루실 플래이스의 공범으로서 체포했소. 잠깐, 실례."

총경은 벨리 부장에게 전화했다.

"토머스, 그 두 사람을 대질시켜 주게, 스완슨과 플래이스 말이야. 그 여자는 아직 아무것도 지껄이지 않는다고?……그것으로 통하는지 어떤지 시험해 봐." 총경은 수화기를 놓았다. "이제 곧 알 수 있습니다."

"어째서 스완슨을?" 민첸 박사가 부드럽게 항의했다. "그 사나이는 어느 범죄도 스스로는 할 수 없었네. 최초의 살인에서 쟈니가 알리바이를 세우고 있고, 두 번째 범죄에는 자네 자신이 알리바이를 세우고 있지 않았나. 난 도무지 모르겠군."

엘러리가 말했다.

"스완슨은 처음부터 나에게 수상한 놈이었네. 박사의 귀신이 나타나는 바로 그 시각에 박사를 면회하러 오다니, 스완슨이 주장하듯이 단순한 우연으로는 도저히 믿을 수가 없었네. 플래이스에게는 자기가 박사로 둔갑해 있는 동안 절대로 박사를 멀리해 둘 필요가 있었다는 것을 잊지 말게. 그러면 바로 주문대로의 시간에 박사를 멀리해 둔 것은 우연이 아니고 계획이었다는 셈이 되지. 따라서 스완슨은 도구였던 걸세. 스완슨은 사정을 모르고 사건에 말려들었는가. 플래이스는 박사를 만나 붙잡고 있어야 할 이유가 무엇인지 스완슨에게 알리지 않고 면회하도록 했는가? 아니면 스완슨은 범죄를 알고 있는 공범자였던가? 그 점이 한동안 의문이었지.

그러나 스완슨이 지방검사의 사무실로 찾아와서 쟈니 박사가 살해되려 하고 있을 때 뉴욕 안에서 가장 논박할 여지가 없는 장소에서 알리바이를 만들어 자신의 결백을 세우려고 함에 이르러 나는 그 사나이가 범죄를 알고 있는 공범자임을 깨달았다네. 그리고 나는 스완슨이 쟈니 박사와 도른 부인이 죽음으로써 가장 크게 이익을 본다는 사실을 상기했지. 도른 부인의 유증이 쟈니 박사에게로 가고 박사가 죽으면 그 돈은 그대로 몽땅 스완슨의 것이 되네. 과연 딱 들어맞지 않는가?"

전화가 울렸다. 퀸 총경은 책상 위에서 거칠게 수화기를 들어올렸다. 그리고 얼굴을 상기시키며 듣고 있었다. 이윽고 그는 찰칵 수화기를 놓으면서 외쳤다.

"다 끝났어! 스완슨과 루실 플래이스를 대질시킨 순간 스완슨은 맥이 빠져 자백했다네. 드디어 놈들을 잡은 거야! 고맙다, 엘러리!"

허퍼가 의자에서 뛰어올랐다. 눈이 호소하듯 엘러리에게 애원하고 있었다.

"이제 그만 쏘아도 되겠소? 아니면 지금 여기서 전화를 하게 해줬으면 좋겠는데, 어떻소, 퀸 씨?"

"좋습니다, 피트 씨." 엘러리는 미소지었다. "약속을 지키겠소."

허퍼는 전화를 움켜잡았다.

"날려!" 전화가 연결되자마자 허퍼는 고함을 질렀다.

그리고 그뿐이었다. 그는 다시 의자에 앉아 유인원처럼 흰 이를 드러내 보이고 있었다.

경찰 장관은 한 마디도 하지 않고 일어나서 나갔다.

"난 말이오." 허퍼가 생각에 잠기듯이 말했다. "아무래도 이상해 못 견디겠소. 예기치 못했던 도른 부인의 사고가 일어난 뒤 겨우 두 시간도 되기 전에 범인이 어떻게 이처럼 복잡한 행동 계획을 짜냈느냐 하는 점이. 그것은 제쳐 두고라도 구태여 그런 살인을 할 필요가 없었을 것 같은데. 요컨대 도른 부인은 수술 결과 죽을지도 모르고, 그렇게 되면 범인은 분명히 그만큼 많은 수고를 하지 않아도 되었을 테니까요."

"훌륭합니다, 피트 씨."

엘러리는 유쾌해 보였다.

"두 가지 다 실로 아주 흥미가 끌리는 훌륭한 의문입니다. 그러나 거기에 대해서는 좀더 훌륭한 해답이 있지요. 도른 부인은 지금부터 약 한 달 뒤에 맹장 수술을 받기로 되어 있었소. 그것은 온 병원 안에 소문나 있었지요. 의심할 것도 없이 범죄는 그때를 목표로 하여 계획된 것이오. 아마 얼마쯤 수법의 차이는 있었겠지만, 이를테면 그때는 그 할머니가 혼수 상태에 빠져 있지 않을 테니까 대기실에는 마취계가 있을지도 모릅니다. 마취계가 있으면 루실 플레이스는 수술 '전'에 살인을 하기가 곤란했겠지요. 상상하건대 그 여자는 수술이 끝난 뒤 병원의 특별실에서 그 할머니를 죽일 계획이었을 거요. 이번에 실제로 해치운 범죄에서 대기실에 들어간 것과 같은 수법으로 쟈니 박사가 되어 부인의 특별실에 들어갈 기회를 노렸다가 말이오. 그 여자는 박사와의 관계로 그 경우에도 도른 부인의 담당 간호사가 되었을 게 틀림없다고 생각합니다. 그러니까 이번 일이 일어나기 전부터 범죄에 대한 상세한 준비가 실질적으로 다 이루어져 있었던 거지요. 즉 옷가지는 병원 안의 어디에 숨겨두었고, 박사를 멀리 떼어놓기 위해 스완슨과 타협도 다 되어 있었을 거요. 그래서 그 돌발 사고가 일어났을 때 그 중에서도 가장 유리한 점인데, 살인 계획을 실행에 옮길 수가 있었던 거지요. 급히 스완슨에게 전화를 걸어 새로운 사태의 발전을 알리고 그리하여 일은 계획대로 끝이 난 거지요."

엘러리는 목 밑을 살그머니 만졌다.

"마치 모래처럼 버석버석하군……그런데 살인할 필요까지는 없었을 것이라는 게 당신의 논점인데, 그것은 다음의 이유로 성립되기가 어렵습니다. 존도 쟈니 박사도 박사가 그 할머니의 수술에 성공하리라는 걸 믿어 의심치 않았거든요. 쟈니 박사와 그처럼 긴밀하게 맺어져 있던 루실 플레이스니까, 박사의 자신만만한 태도를 받아들이지 않을 수 없었을 게 확실합니다. 그리고 또한 도른 부인이 회복되면 맹장 수술은 무기 연기되고 따라서 루실 플레이스도 무기한 기다려야 하므로 계획은 전부 공중 누각이 된다는 것을 생각해 보시오. 그렇지 않소, 피트 씨? 그 뜻하지 않은 사고는 범죄 실행의 기회를 단순히 바꾸게 한 데 지나지 않는 것이 확실하오."

샘프슨은 아직도 생각에 잠겨 돌처럼 가만히 앉아 있었다. 엘러리는 재미있다는 듯이 그를 지켜보고 있었다. 허퍼는 혼자서 싱글벙글 웃고 있었다. 이윽고 샘프슨이 말했다.

"하지만 루실 플레이스의 동기는? 나는 그걸 모르겠소. 그 여자와 스완슨 사이에는 어떤 관계가 있지요? 무엇 하나 그럴 듯한 게 없는데, 스완슨이 그 이중 살인의 수익자라는 건 인정하지만, 그 여자가 무엇 때문에 스완슨을 위해 그 더러운 일을 해야 했을까요?"

퀸 총경은 입 속으로 뭔가 변명하면서 모자와 외투를 모자걸이에서 집어들었다. 해야 할 일이 있었던 것이다. 그는 나가기 전에 온화한 목소리로 말했다.

"그건 엘러리가 당신한테 설명해 줄 거요. 뭐라고 할지는 모르지만, 엘러리에게 맡겨 둡시다…… 쥬녀, 얌전히 있어야 해."

문이 닫히자 엘러리는 아버지의 의자에 편안히 앉아 책상 위에 다리를 포개어 얹었다.

"좋은 질문입니다, 샘프슨 씨." 그는 꽤 피로한 듯이 말했다. "나도 오후 반나절을 허비하며 그걸 생각했지요. 겉으로 보기에 아무런 관계도 없을 것 같은 그 두 사람 사이에 어떤 관계가 있을 수 있을까? 스완슨은 노부인이 자기를 병원에서 내쫓아 일생을 망쳤다는 데 대해 원한을 품고 비뚤어진 근성으로 해서 죄 많게도 살인을 계획했을는지도 모릅니다. 그리고 또 경제적 이유가 있었는지도 모릅니다.

스완슨은 그러한 모든 것에 관계없이 의붓아버지의 상속자였으니까요…… 그러나 루실 플래이스는, 그 조용하고 유능한 간호사 루실 플래이스는? 그 두 사람 사이에는 어떤 관계가 있었을까요?"

그 뒤에 이어진 침묵 속에서 엘러리는 주머니에서 수수께끼의 문서를 꺼냈다. 목요일 오후 허퍼에게 의뢰해서 찾아오게 한 것이었다. 엘러리는 그것을 허공에서 흔들어 보였다.

"이것이 간단명료한 회답입니다. 루실 플래이스가 어째서 스완슨을 위해 그 더러운 일을 했느냐 하는 까닭을 이것이 설명해 주고 있습니다. 플래이스는 스완슨과 함께 쟈니 박사의 재산 상속인이 될 것이기 때문입니다.

이 문서는 몇 년에 걸친 계획과 범죄적 숙고와 흉악하기 그지 없는 수법을 설명해 주고 있습니다. 동시에 또 루실 플래이스가 아무런 증거도 남기지 않고 어디서 어떻게 남자 외과의사용 옷들을 손에 넣었느냐 하는 것도 설명해 주고 있습니다. 전외과의사 스완슨에게서 받았던 것입니다. 덧붙여 말하면, 그 여자가 입은 바지가 너무 길었다는 것도 이것으로 설명이 됩니다. 또한 구두도 아마 스완슨의 것이었을 겁니다. 그 사람은 키가 5피트 9인치 정도입니다만, 뼈대는 가는 편입니다.

이러한 모든 것은 두 사람이 비밀리에 긴밀하게 협력하고 있었음을 나타냅니다. 이러한 일들——쟈니 박사 살해를 조속하게 해치운다는 일 따위는 위험을 무릅쓰고 아마 전화로 협의했을 겁니다. 두 사람이 만나거나 같이 살거나 하기에는 너무 이르다고 생각했기 때문입니다. 스완슨은 어제 신문의 계략에 걸려서 당신의 사무실을 방문하게 되어 쟈니 박사가 살해되었을 때 뜻밖에도 완전한 알리바이가 주어졌던 것입니다.

이 또한 두 사람을 죽이는 데 어째서 같은 수법을 썼느냐 하는 점을 설명하고 있습니다. 가능성도 계산에 넣었을 겁니다. 쟈니 박사가 그처럼 같은 범인의 손에 살해된 것처럼 보이게 해 두면, 두 번째 살인의 경우 스완슨의 알리바이가 자동적으로 첫 번째 살인 용의를 벗겨 주리라고 생각한 것입니다.

　생각건대 쟈니 박사도 자기의 의붓아들인 토머스 쟈니, 별명 스완슨과 루실 플래이스가 이처럼 떨어질 수 없는 관계에 있는 것은 몰랐던 모양입니다…… 그렇습니다. 그 관계가 어떤 것인가 하고 나는 스스로에게 물어 보았던 것입니다."

엘러리는 총경의 책상 위로 손에 들고 있던 문서를 밀어 주었다. 그러자 샘프슨 지방검사와 민첸 박사와 쥬너가 일제히 몸을 내밀고 그것을 보았다.

허퍼는 싱긋이 웃었을 뿐이었다.

그것은 결혼 증명서의 복사 사진이었다.

(1) 엘러리가 자신의 본이름으로 발표한 소설의 하나인 《꼭두각시 살인 사건》의 원고.

미스터리 황금시대의 깃발

《로마 모자의 비밀》《프랑스 분(紛)의 비밀》에 이어 나온 엘러리 퀸의 나라 이름 시리즈 제3작 《네덜란드 구두의 비밀》은 1931년에 책으로 되어 나왔다.

이것은 병원 안에서 일어난 사건으로서, 여기에 관련된 인물이 굉장히 많다. 그 20명 남짓한 관련자를 하나하나 지칠 줄 모르고 조사해 나가면서도 독자로 하여금 싫증을 느끼게 하지 않는 솜씨가 실로 놀랄 만하다.

미스터리소설이란 무릇 기기괴괴한 장면의 연속에 의하여 매듭짓지 않는다면 쓰기도 쉬울 뿐더러 저속하게 보이는 법이다. 좋은 미스터리소설은 한편으로 불가해한 사건을 묘사해 나가면서 그 동안에 줄곧 올바르고 충분한 해결의 열쇠를 독자에게 제시해 두지 않으면 안 된다. 더욱이 최후의 승리는 지은이에게 있어야만 하는 것이다.

엘러리 퀸의 《네덜란드 구두의 비밀》은 실로 이 조건에 잘 들어맞고 있다.

네덜란드 기념 병원에서 그 병원의 설립자인 백만장자 부인이 수술을 받으려는데 이미 시체가 되어 있는 수수께끼가 발생한다. 그리하여 많은 증언 속에서 진실을 가려내려는 엘러리 퀸의 예민한 감각이 믿음직스럽게 활동하기 시작한다. 병원을 무대로 한 그 착상이 아주 재미있다. 그러나 이 제목도 역시 전작(前作)들과 마찬가지로 억지로 꿰어맞춘 듯한 느낌이 있다. 그러면서도 30개로 나누어진 각 장(章)의 제목을 반드시 '-TION'으로 끝내고 있는 치기(稚氣)가 논리의 유희를 즐기려는 추리작가로서 오히려 마음 흐뭇한 만족스러움을 독자에게 주고 있다.

또한 언제나의 예에 따라 '독자에의 도전'이 덧붙여져서 페어플레이를 강조하고 있다. 모든 단서는 독자에게 환히 드러나 있으며, 물적 증거에 의하여 추리가 해결되고 동기의 문제에 있어서도 물론 고려되어 있다.

엘러리 퀸의 미스터리소설에서는 작자와 독자가 서로 검을 겨누고 결투하는 두 사람의 기사와도 같다. 그러므로 그의 작품을 '기사도적 미스터리소설'이라고도 부른다. 우선 독자는 작자로부터 글자 그대로의 엄숙한 도전을 받는다. 그리고 서로 논리의 격전을 벌이는 것이다. 지은이인 기사 퀸은 비겁함을 무엇보다도 혐오한다. 읽는이인 기사가 검을 떨어뜨리면 퀸은 싸움을 멈추고 조용히 상대가 그 검을 다시 집어들기를 기다린다. 이것이 페어플레이를 제1신조로 삼는 엘러리 퀸의 기사도 정신인 것이다.

포의 《모르그 거리의 살인》과 《마리 로제의 수수께끼》를 빼고는 논리적 흥미로 시종일관된 미스터리소설이 그다지 많지 않다. 이들 작품은 수학적이기조차 하다. 그런데 엘러리 퀸의 작품이 빈틈없는 구성과 아울러 논리적 추리를 전개시켜 가고 있는 것이다. 이러한 추리적인 점에 있어서는 퀸 쪽이 그보다 3년 먼저 나온 반 다인보다도 훨씬 뛰어나다. 또한 반 다인의 파이로 번스 탐정을 심리적인 탐정이라고 한다면 퀸은 순수한 논리적인 탐정이다. 독자와 작자가 지혜 겨루기를 하는 흥미로 구성된 가장 순수하고도 정통적인 미스터리소설인 것이다.

엘러리 퀸은 지은이의 필명이자 명탐정의 이름이다.

지은이인 엘러리 퀸은 혼자가 아닌 두 사람이다. 프레드릭 대니와 맨프리드 B. 리라는 두 사촌형제의 합작 필명인 것이다. 두 사람 다 1905년에 미국 뉴욕의 브루클린에서 리는 1월, 대니는 10월에 태어났다. 리는 뉴욕 대학을 졸업했으나, 대니는 대학을 나오지 않았다. 리는 재학 중 학생 오케스트라를 조직하여 특기인 바이올린을 연주했으며, 졸업한 뒤에는 영화회사의 선전부에서 일했다. 대니가 뉴욕 광고 대행 회사 미술 주임이었던 23살 때 어느 잡지사에서 낸 장편 미스터리소설 현상 모집 광고를 보았다. 두 사람은 미스터리소설에는 자신이 있었으므로 둘이서 공동 집필하는 형식으로 이에 응모하기로 의논하고 그해 안으로 작품을 써냈다. 그리하여 브로드웨이의 로마 극장에서 공연 중 변호사가 피살되는 《로마 모자의 비밀》이 첫 작품으로 탄생되었던 것이다. 이 작품은 그들이 24살 되던 해인 1929년에 출판되어 굉장히 좋은 평을 받았다. 그 뒤로 두 사람은 온 세계의 나라 이름을 첫머리에 붙인 시리즈로 이름을 떨치게 되었다. 그러는 한편 버너비 로스라는 필명으로 귀머거리 탐정 연극배우 출신의 도르리 레인이 등장하는 비극 4부작——X, Y, Z의 비극과 최후의 비극을 써내어 굉장한 평판을 불러일으켰다.

한편 명탐정 엘러리 퀸은 코안경을 걸친 어딘지 모르게 신경질적인 풍모를 지닌 타입이다.

퀸의 아버지는 뉴욕 시 경찰에 40년 동안 봉직한 리처드 퀸 총경. 반백의 머리와 입수염, 매 같은 회색 눈을 한 몸집이 자그마한 노인이다. 그는 아내가 세상을 떠나 혼자서 살고 있다. 그리하여 독신 시절의 퀸——나중에 결혼하여 자식까지 두었지만——은 뉴욕 시 서 87번 거리에 있는 석조 아파트의 맨 위층에서 아버지와 하인 쥬너 셋이서 살고 있다.

취미는 책 수집으로, 폭력에 관한 저작물을 많이 가지고 있다. 이것은 그를 탄생시킨 어버이의 한 사람인 대니가 온 세계의 미스터리 소설이며 범죄학에 관한 문헌 수집가인 데서 비롯된 일인 듯하다. 자타가 공인하는 애서가(愛書家)인 엘러리 퀸은 수사 도중에도 곧잘 책 수집에 열을 올리곤 한다. 그리하여 뒷날 그의 아파트는 그가 수집한 책들로 이루어진 사설 박물관이 된다.

이처럼 퀸은 글자 그대로 책벌레이면서도 수사 도중 자신의 지식을 자랑하는 페던트리를 펼치는 일은 일체 하지 않는다. 이 점이 반 다인의 파이로 번스 탐정과 다른 특색으로서 그 겸허한 인물됨이 독자에게 많은 호감을 갖고 있다.

엘러리 퀸이 사건에 관여하게 된 것은 물론 아버지인 리처드 퀸 총경의 영향임은 말할 나위도 없다. 처음에는 아버지나 또는 그 부하인 토머스 벨리 형사부장의 뒤에서 조심스레 고개를 들이밀었지만 나중에는 추리작가이며 범죄분석가인 명탐정으로서 그 이름을 드날리게 되었던 것이다.

그러나 아버지와는 그 탐정법이 서로 다르다. 퀸 총경은 이른바 밑에서부터 차근차근 다져 올라간 수사의 베테랑으로 연장자로서의 경험에 의해 일하는 대표적인 형사 타입니다. 따라서 현실적인 성격이어서 지문 기록과 몽타즈 및 범죄 기록 카드를 중요시하며, '과학적인 수사에 그 바탕을 두면 범죄의 90퍼센트는 해결된다'고 주장한다. 그는 그의 저서 《미국의 범죄와 수사법》에서 '나는 미국 경찰에서 일한 40년 동안 단 한 번도 완전 범죄에 부닥친 일이 없다'고 부르짖고 있다.

이와 반대로 아들인 엘러리 퀸 쪽은 그 종류를 찾아볼 수 없는 이론가 타입으로 영감에 의한 추리의 필요성을 내세워 범죄 현장에서 곧잘 아버지와 대립한다. 그러나 결국은 두 사람이 서로 힘을 도와 사건을 해결하며 명콤비의 활약을 발휘하는 것이다.

이들 아버지와 아들이 이루어 해결하는 사건으로《이집트 십자가의 비밀》《차이나 오렌지의 비밀》등이 있다.